LA MAISON
D'EMILY

Amy Belding Brown

LA MAISON D'EMILY

Traduit de l'anglais (États-Unis)
par Charlène Busalli

Les Presses de la Cité

Publié aux États-Unis sous le titre original EMILY'S HOUSE
par Berkley, une marque de Penguin Random House LLC,
en 2021.

Ce livre est une œuvre de fiction. Les noms, les personnages, les lieux et les événements sont le fruit de l'imagination de l'auteur ou sont utilisés fictivement. Toute ressemblance avec des personnes réelles, vivantes ou mortes, serait pure coïncidence.

Les Presses de la Cité, un département Place des Éditeurs
92, avenue de France – 75013 Paris

ISBN 978-2-258-20583-3
Dépôt légal : avril 2024

Ce livre est dédié à la mémoire
de Patricia Wyman Belding
1930-2018

Tante adorée, mentor, visionnaire, écrivaine et poétesse ;
sa curiosité joyeuse et ses chaleureux encouragements
ont nourri mon intérêt précoce pour l'écriture,
et sa passion pour l'œuvre d'Emily Dickinson
a façonné la mienne

Partie I
Seuils

1

1916

Plus d'une fois je me suis dit qu'une vie pouvait se mesurer sur le pas de la porte. Ouvrir à quelqu'un qui frappe ou entrer quelque part apporte souvent de l'inattendu. Je me montre toujours un brin curieuse lorsqu'on franchit mon seuil. L'irruption dans ma cuisine de Rosaleen Byrne, un nouveau chapeau sur la caboche et le bec truffé de commérages, aurait donc pu m'intéresser. Mais je n'ai pas la tête aux cancans ce matin – je suis jusqu'au cou dans la viande de porc hachée et le pain trempé. Pourtant la voilà, tout agitée, les joues brûlées par l'air froid du mois de mars qu'elle charrie et le visage aussi rouge que les saucisses que je prépare.

— Margaret, commence-t-elle en déboutonnant son manteau comme si elle comptait s'attarder, je viens d'apprendre et je suis venue directement. J'ai couru presque tout du long.

Elle m'a l'air essoufflée, et sa poitrine se soulève. Ça m'inquiète un peu – elle ne devrait pas courir à son âge. Elle a bien deux ou trois ans de plus que moi et j'en ai déjà plus de 70.

— D'apprendre quoi ?

Il est peu probable qu'elle ait entendu quoi que ce soit que je ne sache déjà. Ma pension sur Kelley Square est le haut lieu des potins. Rosaleen vit plus loin, de l'autre côté d'Irish Hill. Je dois reconnaître qu'elle n'a pas son pareil pour exhumer les secrets, même si la plupart n'en sont pas, tout au plus des on-dit d'une banalité crasse. Je triture encore le mélange puis m'essuie les mains sur mon tablier. C'est un mauvais jour, mes rhumatismes me lancent dans les pouces, sans parler des genoux.

— Au sujet de la propriété des Dickinson, répond Rosaleen. Ça a dû vous faire un choc, j'imagine.

J'ignore de quoi elle parle mais j'ai un mauvais pressentiment.

— Qui vous l'a dit ? je demande, les mains dans le tablier, en pesant mes mots pour ne rien laisser paraître.

— La nouvelle bonne de Mrs Hills. La rouquine. Je suis tombée sur elle chez Cutler et elle n'avait que ça à la bouche.

Elle s'apprête à abandonner son manteau sur le dossier d'une chaise au lieu de l'accrocher près de la porte.

— La moitié de la ville doit déjà être au courant.

Je hoche la tête comme pour acquiescer mais sens la moutarde me monter au nez. Elle finira par vendre la mèche, et qu'elle en fasse toute une histoire m'agace. Dieu me garde de lui poser la question ; je ne lui donnerai pas cette satisfaction.

Je me dirige vers l'évier pour me laver les mains et me calmer. Ouvrir le robinet me surprend encore, après toutes ces années passées à forcer sur des pompes pour remplir des seaux à mettre sur le feu. Un petit miracle du quotidien, cette eau chaude qui apparaît d'un seul geste. Je prends mon temps et, quand je me retourne, Rosaleen s'est laissée tomber sur une chaise ; elle sort un mouchoir de son sac, une fanfreluche bordée de dentelle.

— À ce qu'on raconte, cette fille mélange tout, fais-je remarquer. Elle peut aussi bien dire la vérité que la déformer.

— C'est aussi ce que j'ai entendu.

Rosaleen se tamponne le nez.

— Mais elle assure l'avoir appris de la bouche de Mrs Hills en personne. « La grande maison des Dickinson sur Main Street est à vendre », lui a dit Madame. Et le Dr Bowen songe à l'acheter.

Je sens un tiraillement dans la poitrine.

— Laquelle ? je demande d'une voix étrangement coupante. Elle est propriétaire des deux.

— Pas les Evergreens ; elle y vit, répond Rosaleen. La grande d'à côté, Homestead.

La maison de miss Emily ? C'est presque sorti tout haut. J'ai ma réponse mais, Dieu m'est témoin, j'en suis chamboulée. Et, comme si elle était encore parmi nous, je songe *Emily ne va pas aimer ça.*

Rosaleen ajoute quelque chose mais le raffut d'un train qui entre en gare étouffe tout. Il faut un temps pour que les sifflets et les freins cessent de hurler ; je m'occupe en astiquant les robinets. Quand le bruit se dissipe enfin, elle est encore en train de parler :

— J'ai ouï dire qu'elle était en vente depuis deux semaines mais qu'à Amherst personne n'en savait rien jusqu'à présent. Sauf Mattie D., bien sûr. Et peut-être vous, puisque vous avez été leur employée pendant tant d'années ?

Elle est à la pêche aux informations, c'est évident. Mais je ne laisserai pas courir partout en ville le bruit que je n'en savais rien. Je fronce les sourcils en guise de réponse. À Amherst, tout le monde appelle la nièce d'Emily Mattie D., mais entendre prononcer ce nom par Rosaleen me chiffonne. Comme si elle rabaissait ma propre famille.

— Maintenant, elle s'appelle Mme Bianchi, fais-je remarquer.

— Mme Bianchi, répète Rosaleen en laissant échapper un petit grognement avant de ranger son mouchoir dans son sac. Quel genre de nom est-ce donc ? Avec sa fortune et ses grands airs, elle se prend pour une comtesse depuis qu'elle a épousé ce Russe. Aussi hautaine que sa mère avant elle.

— Paix à son âme, j'interviens, pour éloigner le mauvais sort, quoique j'aie souvent pensé la même chose.

Je n'aime pas qu'on dise du mal des morts. Du reste, l'autre visage de Sue Dickinson m'est apparu à travers les yeux d'Emily.

Rosaleen jette un œil à la bouilloire posée sur la cuisinière. Elle espère me voir préparer le thé, mais je l'ai assez entendue jacasser et j'ai besoin de réfléchir.

— Bon, dis-je avec brusquerie. J'ai promis à mes pensionnaires des saucisses pour le dîner. Désolée de ne pas vous offrir une tasse de thé, mais midi approche et ces boyaux ne vont pas se farcir tout seuls. Et j'imagine que vous avez des courses à faire.

Je lui adresse un aimable signe de tête pour atténuer le coup.

Elle paraît étonnée mais se lève et enfile son manteau en gigotant, et je ne tarde pas à lui faire prendre la porte, bien contente de la voir débarrasser le plancher, même si elle passera sans doute le reste de la matinée à répandre dans Amherst le bruit que Margaret Maher est trop imbue de sa personne pour partager un thé avec une amie.

Puis cela me frappe : j'ai peut-être raison au sujet de la bonne, si ça se trouve son histoire n'est pas vraie. Ce ne serait pas la première fois que Rosaleen affabulerait. Par la fenêtre, je la regarde longer la maison de mon beau-frère et traverser le jardin en direction de la gare. Je me demande combien de paires d'oreilles elle aura rebattues le temps de rentrer chez elle. Étrange que ce ne soit pas ma nièce qui m'ait appris la nouvelle. Nell passe sans cesse me raconter ce qui se dit en ville. Cela rend encore moins crédibles les propos de Rosaleen. Plus j'y pense, moins ça me paraît logique. Pourquoi diable Mattie D. vendrait-elle Homestead ? Elle l'aime au moins autant que moi. C'est la dernière Dickinson qui pourra jamais en être propriétaire, et cette grande maison jaune est un fier bijou derrière sa haie et sa jolie clôture.

J'ai été chargée de prendre soin de cette propriété pendant trente ans. Quand j'en suis partie, en 1899, et que j'ai remonté Main Street jusque chez ma sœur à Kelley Square, je pensais en avoir fini avec les Dickinson. Ç'avait sonné comme une bénédiction en ce triste jour : Emily, Austin et Vinnie reposaient dans leur caveau et la maison était devenue muette comme une tombe.

Désormais, je ne peux plus passer devant sans jeter un œil par-dessus la haie, vers les fenêtres de l'aile ouest, où se trouvait la chambre d'Emily. Plus d'une fois j'y ai aperçu un mouvement fugace – une illusion d'optique, son fantôme ? Pourtant, c'est étrange, mais je ressens plus de réconfort que d'effroi lorsque je poursuis ma route. Comme s'il s'agissait d'un lieu consacré.

Mattie D. a hérité de tout à la mort de Vinnie. Des maisons, des terres et de l'intégralité de l'argent de son grand-père. La dernière fois que je l'ai vue, c'était à l'enterrement de sa mère. Mais dans mes souvenirs elle restera la fillette qui courait sur le sentier menant de Homestead aux Evergreens. Avec les petits mots que s'échangeaient sa mère et Emily. Il y a bien quarante ans. Elle débordait autant qu'Emily de vie et d'entrain. Toutes deux têtues et farouches, à dissimuler secrets et manigances. Rusées comme des renards. Mais Mattie D. fait parfois de cette ingéniosité un usage inconsidéré. Comme lorsqu'elle s'est enfuie en Europe pour épouser ce Russe. Ou lorsqu'elle a mis Homestead en location.

Ça m'a travaillée, bien sûr, mais je savais que c'était nécessaire. Une maison doit être occupée, sans quoi elle tombe en ruine. Il lui faut des rideaux aux fenêtres et de la lumière dans le salon à la tombée de la nuit. Le tintement de l'argenterie sur la porcelaine et le craquement des marches causé par les habitants qui descendent ou montent à l'étage. Savoir que Homestead appartient encore à une Dickinson m'apaise.

Je dois démêler le vrai du faux, c'est certain. Avant qu'il ne soit trop tard.

Alors que je suis en train de farcir les boyaux, je décide tout à trac de me rendre aux Evergreens l'après-midi même. Je parlerai à Mattie D. entre quatre yeux et lui tirerai les vers du nez. Puis, s'il le faut, je lui dirai le fond de ma pensée.

Je me hâte de finir, nettoyant énergiquement la table et le plan de travail. Puis je me frotte les mains pour en enlever l'odeur de farce et les enduis d'une généreuse dose de cette crème au miel et à l'amande que Nell m'a offerte à Noël.

Dans ma chambre, j'enfile une jupe et un chemisier propres et, pour me porter chance, j'épingle mon nouveau chapeau sur ma tête selon un angle élégant. En me regardant dans le miroir, je suis prise d'un fourmillement familier, comme si je me lançais dans une nouvelle aventure. On dirait que Homestead exerce sur moi le même attrait qu'en 1869, quand je suis tombée sous son charme.

2

1869

On dit que les grands changements surviennent les jours mornes. Et Dieu sait qu'il n'y a pas plus morne qu'un après-midi de février, quand la neige tombe dans un froid qui transperce les os. Je travaillais comme bonne chez Mrs Talcott depuis quatre mois seulement ; c'était temporaire, pour m'aider à rebondir. Comme elle ne recevait pas beaucoup de visiteurs, lorsqu'on a frappé à la porte je me suis demandé qui ça pouvait bien être.

Un homme grand et filiforme se tenait sur le perron, il tapotait le plancher du porche du bout de sa canne fantaisie. Son pommeau en or m'a accroché l'œil par ce temps gris.

— Je suis Mr Dickinson, m'a-t-il dit avant de donner un autre coup de canne pour m'inciter à relever la tête.

Son visage n'avait rien de plaisant. Sombre, dur, des sourcils sévères et de petits yeux perçants.

Évidemment, je savais qui c'était. À Amherst, tout le monde connaissait Edward Dickinson. On lisait son nom dans les journaux, associé à quelque grande affaire. Il était avocat, propriétaire terrien, trésorier du Collège d'Amherst et fondateur, parmi d'autres, du Collège d'agriculture. Les gens le surnommaient Monseigneur en raison de son arrogance et de sa fière démarche. Je l'avais souvent vu parader dans ses beaux habits sur Pleasant Street ; il y faisait tournoyer cette même canne.

J'ai incliné la tête comme il se doit.

— Entrez donc, monsieur. Si vous voulez bien attendre dans le salon, je m'en vais chercher Mrs Talcott.

Il a tapé du pied pour faire tomber la neige de ses bottes et retiré son chapeau avant d'entrer. J'ai attendu qu'il me tende son manteau mais il ne l'a pas ôté. Il a simplement posé sa main osseuse sur mon bras.

— Vous êtes Margaret Maher, a-t-il déclaré.

À l'évidence, il était homme à croire que toute parole devenait vérité.

— C'est bien moi, monsieur.

Il a souri de façon imperceptible, retroussant les coins de sa bouche dans un visage tiré. Visiblement, il ne souriait pas souvent.

— C'est vous que je suis venu voir.

Les bras m'en sont tombés.

— Moi, monsieur ?

Une sombre pensée m'a traversé l'esprit.

— C'est à propos de Tom Kelley ?

Mon beau-frère travaillait parfois pour Monseigneur. Il inspectait les rails du chemin de fer et effectuait de menues tâches. Avait-il eu un autre accident, lui qui n'était pas encore habitué à n'avoir plus qu'un bras ?

Monseigneur a secoué la tête et émis une sorte de jappement. Peut-être un rire, allez savoir.

— Non, non. Tom va parfaitement bien.

Une vague de soulagement m'a submergée, car Tom était un homme bon. Il travaillait dur, rapportait son salaire à ma sœur et ne s'était jamais adonné à la boisson. Il avait assez économisé pour acheter un bout de terrain près de la gare et y faire construire deux maisonnettes, une pour lui et une pour son frère James. Il avait baptisé le tout Kelley Square, comme un domaine de campagne. Ce qui m'avait fait rire : quel autre gars du comté de Tipperary aurait eu l'idée de donner un nom à sa maison ? Notre Tom avait de l'ambition à revendre.

— Il se trouve que c'est lui qui m'a suggéré de venir, a continué Monseigneur. Je suis ici pour vous engager.

J'ai froncé les sourcils. Quatorze ans que je vivais en Amérique et j'avais surtout travaillé pour la famille Boltwood. Mais j'en avais fini avec ça et je m'apprêtais à faire quelque chose de ma vie. À Beltaine[1], je comptais prendre la direction des collines de Californie où mes frères, Michael et Tommy, étaient déjà employés dans des mines d'or et d'argent.

— Mais je travaille actuellement pour Mrs Talcott, ai-je répondu.

— Il m'a semblé le comprendre. Mais c'est temporaire, n'est-ce pas ? J'ai ouï dire que sa nièce arriverait de Baltimore la semaine prochaine et que vos services ne seraient plus requis.

Nul doute, il connaissait ma situation. Monseigneur avait l'esprit sournois.

---

1. Célébrée le 1er mai, Beltaine est l'une des quatre grandes fêtes du calendrier celtique. *(Toutes les notes sont de la traductrice.)*

— Je quitte la ville au 1er mai, monsieur, ai-je dit tandis qu'il se tenait encore dans son manteau et son écharpe, le chapeau à la main. Je ne reviendrai pas. Vous cherchez sûrement quelqu'un de stable.

J'étais certaine qu'il ferait demi-tour. Qui serait assez idiot pour employer une domestique quelques semaines seulement ?

— Je suis prêt à vous offrir deux fois la somme payée par Mrs Talcott, m'a-t-il annoncé comme s'il ne m'avait pas entendue. J'imagine que vous en ferez bon usage.

Deux fois mon salaire : six semaines de travail pour le double de ce que je gagnais me rapporteraient au moins 20 dollars.

— Nous sommes donc d'accord, a conclu Monseigneur en me tendant la main, bien que je n'aie pas encore répondu. Vous savez où nous vivons, j'en suis sûr. Sur Main Street. La maison jaune sur la gauche avant la voie ferrée.

— Oui, monsieur, ai-je confirmé.

Ne passais-je pas devant ladite maison chaque fois que je rendais visite à ma sœur ? Il a paru ne pas se rendre compte que je ne lui avais pas serré la main.

— Je vous attends la semaine prochaine.

Sur ces mots, il a remis son chapeau puis il est sorti.

— J'y réfléchirai, monsieur, ai-je lancé.

Il a descendu les marches sans se retourner, me laissant dans l'embrasure de la porte à le regarder disparaître à l'angle de Prospect Street. Il remontait la rue d'un pas décidé, fier comme un coq. Je me suis demandé s'il pensait que j'avais dit oui ou si ça n'avait pour lui aucune espèce d'importance.

Mon amie Molly Ryan est sortie du jardin de la maison des Holland, panier au bras. Je lui ai fait signe avant de rentrer. Avec un peu de chance, je pourrais bientôt discuter avec elle ; la proposition de Monseigneur me donnerait du grain à moudre.

En fait, sa visite me turlupinait. Si les Boltwood en avaient vent – et, nul doute, cela se produirait –, ils en seraient très contrariés. Être moins influents que les Dickinson les chagrinait ; ils n'apprécieraient pas que je travaille pour eux. C'est une chose que j'ai remarquée chez les nantis : ils ont beau savoir se tenir, ils ne s'admirent pas pour autant les uns les autres. En général, tout ce qui leur importe est d'être perçus comme plus respectables que leurs semblables.

Fanny Boltwood a été la première à me prendre à son service quand je suis arrivée et je lui ai toujours su gré de sa gentillesse. Je n'avais pas 15 ans à l'époque ; j'étais empotée comme un poulain. Mais elle m'a sermonnée jusqu'à ce que je devienne, au fil du temps, aussi douée que les autres bonnes. Au point qu'elle a fini par vanter à ses amies le beurre que je préparais.

J'ai travaillé dans sa grande maison pendant cinq ans, effectuant toutes sortes de corvées aux côtés de sa cuisinière et de sa gouvernante. Puis son fils a épousé Clarinda Williams et Fanny m'a envoyée auprès d'eux. Clarinda, comme Fanny, aimait particulièrement me corriger, mais je l'aimais bien. J'étais sa seule domestique et je passais chaque instant à m'occuper de la maison et garder les enfants. Quand la famille a déménagé à Washington, D.C., puis à Hartford, dans le Connecticut, c'est moi qui ai tout organisé et emballé.

Je serais encore à Hartford si mon père ne nous avait pas quittés. Je suis revenue à Amherst deux jours seulement avant qu'il ne pousse son dernier soupir. Cinq jours plus tard, Tom est tombé du toit de la Lamp Black Factory et s'est réduit les os en miettes. Il a perdu un bras et frôlé la mort de si près que j'entendais déjà hurler la banshee[1] ; il n'y avait que moi pour aider ma pauvre Mary à s'occuper de lui.

Clarinda a pris une autre bonne pour me remplacer en attendant et m'a suppliée de revenir dès que Tom serait à nouveau sur pied. Or cela lui a pris tout l'été – pour un gaillard comme lui, ç'a été un sacré coup. Il a beaucoup souffert et la canicule l'a forcé à rester allongé sur un pain de glace afin de ne pas succomber à un coup de chaud. Ma sœur n'aurait pas pu s'en sortir sans moi, pas avec six enfants dont le plus petit avait quatre mois. Et, une fois Tom remis, j'ai à peine eu le temps de faire mes bagages pour Hartford que j'ai attrapé la typhoïde. Impossible de soulever la tête de l'oreiller pendant des semaines.

Clarinda m'écrivait des lettres pleines d'encouragements et me faisait parvenir des fioles de remèdes. En vérité, j'y serais retournée si mon frère Tommy n'avait pas passé ses soirées à mon côté, à me lire *Quatre mois parmi les chercheurs d'or* et à me chanter les louanges de la Californie. Avant même que j'aie pu sortir du lit, nous avions décidé de rejoindre Michael, qui était déjà parti travailler dans les mines d'or et nous envoyait

1. Dans le folklore irlandais, la banshee est une créature féminine qui se manifeste en hurlant pour annoncer une mort imminente.

des lettres où il nous disait combien c'était magnifique. Tommy et moi étions d'accord pour mettre notre argent en commun une fois sur place et acheter une maison suffisamment grande pour prendre des pensionnaires. Je m'occuperais de la pension pendant que Michael et lui descendraient à la mine. Je serais fière de ma position plutôt que de trimer pour des riches. Sûr qu'ils m'ont bien aidée à me remettre, ces projets-là.

Quand Tommy est parti pour la Californie en octobre, j'étais encore trop faible pour le suivre. Mais je lui ai promis de le rejoindre au mois de mai. Michael m'a écrit qu'il avait hâte de me revoir et s'était déjà arrangé pour me louer une chambre à San Francisco, si bien que je n'avais pas à m'en préoccuper. J'ai acheté mon billet et l'ai mis en sécurité au fond de ma malle. Tous les soirs je prenais le petit daguerréotype de Tommy et Michael dans leurs habits californiens et récitais une prière pour chacun de nous trois. J'ai trouvé du travail temporaire : je faisais des bocaux de conserves pour Mrs Hills et le ménage chez les Lessey trois fois par semaine. Puis Mrs Talcott m'a proposé un poste provisoire. J'économisais chaque penny pour le voyage. Ce devait être ma plus grande aventure.

Néanmoins, je n'avais pas le courage de le dire à Clarinda. Il me semblait préférable d'attendre mon arrivée en Californie pour lui écrire une longue lettre. Je préférais me trouver loin à ce moment-là : il serait vain d'essayer de me persuader de revenir.

Le lendemain matin, j'ai expédié mes courses chez le boucher et je me suis arrêtée pour discuter avec

Molly Ryan dans la cuisine des Holland. Molly et moi papotions souvent. Nous n'aimions rien tant que nous pencher ensemble sur un magazine rempli de robes et de chapeaux. Mais ce jour-là, le filet de veau de Mrs Talcott au fond du panier posé sur la table tandis que nous prenions le thé, nous n'avons pas causé chiffons. J'étais trop occupée à lui parler de la proposition de Monseigneur Dickinson.

Bouche bée, qu'elle était, les sourcils relevés et les yeux ronds comme des dollars.

— Tout cet argent… ça fait une petite fortune ! Pense à ce que tu pourrais t'acheter !

Elle n'avait pas besoin de me le dire : j'imaginais déjà les châles en laine douce sur mes épaules et les chapeaux élégants sur ma tête.

— C'est tentant, pour sûr, ai-je dit. Mais il faut que j'économise pour ma pension en Californie.

— Ta pension, hein ? m'a taquinée Molly, les yeux pétillants de malice. Pas de doute, avec les Dickinson, tu as touché le gros lot, mais chacun de ces pennies va se mériter. À ce qu'on raconte, ce sont de drôles d'oiseaux, tous autant qu'ils sont.

— Oui, c'est aussi ce que j'ai entendu, ai-je dit, me rappelant les commérages que ma sœur m'avait rapportés quelques semaines plus tôt. Il paraît qu'ils sont austères, pas plus aimables que sympathiques. Une femme souffreteuse et deux vieilles filles, le fils qui habite la maison d'à côté, aussi désagréable que son père, et hautain pour couronner le tout.

Molly a hoché la tête.

— Et l'aînée, on raconte qu'elle est folle à lier.

J'ai jeté un œil à l'horloge.

— Seigneur Dieu ! Mrs Talcott va se demander où j'ai pu passer !

Je me suis empressée de me lever et de reprendre mon panier. Je ne pouvais pas m'attarder plus longtemps. Le dîner de ma patronne n'allait pas se préparer tout seul.

— Il est soucieux, Monseigneur, ai-je dit à Mary et Tom le dimanche suivant. Il broie du noir, comme qui dirait. On dirait le tonnerre qui gronde sur les collines.

Le dimanche était mon jour de repos et nous étions tous les trois dans la cuisine de Kelley Square, assis autour de la table après la vaisselle. Tom en était à sa troisième tasse de thé et Mary tricotait une paire de guêtres tandis que je berçais mon plus jeune neveu. Jamie faisait ses dents et souffrait le martyre.

— Il est soucieux mais juste, a commenté Tom. Tu vas accepter le poste ? Tu lui as dit oui ?

— Il ne m'a pas laissé cette chance, ai-je répondu. Il a fait comme si l'affaire était dans le sac – sans même une poignée de main.

Tom a pouffé.

— Les Dickinson obtiennent toujours ce qu'ils veulent, c'est bien vrai.

— Comme tous les riches de par le monde, ai-je fait remarquer en pensant à Monseigneur Cooke qui, en vendant la ferme du Tipperary, avait fait de nous, les Maher, des exilés dans notre propre pays.

Tom a regardé le fond de sa tasse. Elle était ornée de feuilles vertes, jolies comme tout.

— Ce n'est pas faux. Mais eux n'ont pas mauvais fond. Ils sont plutôt cordiaux une fois qu'on a appris à les connaître.

— Et combien de temps ça prendra ? ai-je demandé en berçant Jamie. Je serai partie en Californie d'ici peu.

Mary a poussé un long soupir. Elle m'avait fait comprendre qu'elle n'aimait pas l'idée de mon départ.

Tom a levé les yeux vers moi.

— Si Monseigneur tient à te prendre à son service, ça ne devrait pas être trop difficile. Le reste de la famille ne vit que pour lui faire plaisir.

Ce n'était pas de bon augure. Les hommes chouchoutés sont les plus pénibles.

— Et l'aînée ? ai-je demandé. Elle est aussi toquée qu'on le dit ?

Tom a secoué la tête.

— Emily n'est pas toquée. Originale, c'est sûr. Je l'ai vue arracher les mauvaises herbes dans son jardin, gaie comme un pinson. Puis un cabriolet s'est engagé dans l'allée et elle a disparu aussitôt. On aurait dit un courant d'air.

Ça a piqué ma curiosité.

— Alors elle est timide ?

Il s'est frotté les épaules contre le dossier de sa chaise.

— J'ignore ce qui ne tourne pas rond chez elle, en vérité. La plupart du temps, elle est comme tout le monde. Caustique, à la rigueur. Mais c'est de famille.

— Mrs Talcott l'appelle le mythe d'Amherst, ai-je fait observer. Elle dit que personne ne l'a vue depuis des années.

Tom a ri.

— Je parie que ça plairait à Emily. C'est sûr, elle aime cultiver le mystère.

Il a fini son thé et reposé sa tasse en la faisant tinter contre la soucoupe.

— Il y a quelques années de ça, elle a eu un problème aux yeux. Elle a consulté à Cambridge et y est restée des mois pour son traitement. Ça l'a plus ou moins guérie, mais il lui arrive d'être très sensible à la lumière. Dans ces moments-là, on ne la voit plus.

Nous avons entendu quelqu'un courir à l'étage. Puis un enfant pleurer.

Mary a secoué la tête.

— Ça doit être Katie, a-t-elle dit. Elle s'est levée du mauvais pied et même Nell n'arrive pas à l'amuser aujourd'hui.

— Je vais aller lui parler.

Tom a quitté laborieusement sa chaise. L'épingle qui remontait sa manche gauche contre son épaule s'est défaite, la laissant pendre dans le vide.

Mary s'est levée à son tour.

— Viens là, mon chéri, je vais t'arranger ça.

Je l'ai regardée remettre l'épingle en place et lui tapoter le torse. Parfois elle me rappelait notre mère avec ses manières tendres et son bon sens. En fait, elle avait toujours été très maternelle avec mes frères et moi. Elle était de quinze ans mon aînée et je l'avais toujours admirée.

Elle s'est tournée vers moi.

— Tu veux encore du thé ?

J'ai fait passer Jamie d'une épaule à l'autre et lui ai frotté le dos bien qu'il n'ait pas besoin qu'on le cajole puisqu'il dormait à poings fermés.

— Si j'en bois une goutte de plus, j'explose.

— Merci d'avoir bercé le petit gars, tu es un ange. Il a été agité toute la semaine.

Elle a ouvert les bras pour le prendre.

— Continue donc ton tricot, ai-je dit. Il est bien là où il est. Les petits Boltwood me manquent, pour être franche. Jamie réchauffe mes vieux os et me met du baume au cœur.

— Ton cœur va très bien, a répondu Mary. C'est plutôt de ta langue qu'il faudrait s'occuper.

J'ai ri. À me balancer de la sorte avec le souffle de Jamie dans le cou, je me sentais trop bien pour rétorquer quoi que ce soit. Mary a repris ses aiguilles, et nous avons laissé un de ces silences agréables entre sœurs nous envelopper.

— Alors tu es toujours déterminée à partir ? a-t-elle fini par me demander.

— Oui, tu le sais. Je voulais déjà y aller avant de quitter le Tipperary.

J'ai repensé au petit livre sur l'Amérique que j'avais lu alors que j'étais écolière. Il appartenait au maître et était posé sur une étagère près de son bureau. Je l'avais lu en long, en large et en travers, et la Californie m'y était apparue comme le jardin d'Éden.

— Nos frères sont en train d'y prospérer, alors pourquoi pas moi ?

— Je ne veux pas qu'on se chipote, a dit ma sœur, mais je ne sais pas ce que j'aurais fait sans toi quand Tom s'est si gravement blessé.

Ma hardiesse a fondu comme neige au soleil et les sanglots me sont montés à la gorge.

— Ce n'est pas que je veuille m'éloigner de toi, Mary. Je me disais que tu convaincrais peut-être Tom de déménager là-bas afin que nous soyons à nouveau réunis. Michael dit qu'il y fait beau et chaud à longueur d'année et qu'il y a plus de travail que de travailleurs.

Elle m'a lancé un regard triste.

— Nous savons toutes les deux que Tom ne retrouvera pas un travail normal. Il a de la chance que Monseigneur soit là pour lui. C'est un homme bon.

Je ne savais que répondre à cela. Je me suis tue, écoutant le cliquetis des aiguilles à tricoter et la douce respiration de Jamie. Puis le pas de Tom s'est fait entendre dans l'escalier.

— Je suppose que je pourrai bientôt jauger l'homme moi-même, ai-je dit, puisque je m'apprête à travailler chez lui. On dirait qu'être à son service sera une aventure en soi.

3

Il tombait une pluie glacée le matin où j'ai commencé à travailler chez les Dickinson. La maison m'a fait l'effet d'une forteresse tandis que j'approchais, tête baissée, pour me protéger des cristaux qui voletaient dans l'air. Comme des aiguilles, ils me picotaient le visage et rebondissaient sur ma cape. J'ai ouvert le portail et remonté une galerie latérale jusqu'à la porte de service. Seuls les membres de la famille et les invités avaient l'usage de l'entrée principale, m'avait prévenue Tom.

À l'arrière, tout près de la maison, se trouvait une grange. C'était aussi réconfortant que la vue d'une vache laitière ; ça m'a rappelé la ferme du Tipperary et un frisson de nostalgie m'a parcourue des pieds à la tête. J'ai été tentée d'y entrer pour sentir la bonne odeur de foin et passer la main sur le flanc chaud d'un animal.

Au lieu de ça, j'ai rajusté ma capuche et examiné la demeure d'un œil attentif. Elle était immense : un étage plus un grenier et une coupole, la galerie ouest et à l'est une longue aile. Les murs étaient de brique sous la peinture jaune ; il fallait être près pour le voir. Des volets d'un vert sombre identique à celui de ma robe en calicot encadraient les fenêtres. Une belle maison, sans aucun doute, mais quelque chose me flanquait la chair de poule. Des nuées de chagrin semblaient s'en échapper telle la vapeur d'une bouilloire sur le feu. J'ai fermé les yeux. Peut-être un esprit en peine hantait-il les lieux ou une fée me mettait-elle en garde. J'ai attendu que cette sensation se dissipe avant de frapper à la porte de service.

Au bout de quelques minutes, des pas se sont fait entendre et la porte s'est ouverte sur une jolie femme au visage rond. Elle avait un gros chat roux sur le bras.

— Je peux vous aider ? a-t-elle dit sur un ton glacial qui s'est vite radouci. Oh, vous devez être la nouvelle bonne !

Avant que j'aie pu ouvrir le bec, elle m'a fait signe d'entrer puis a refermé la porte derrière moi. Nous nous trouvions dans une remise : du bois fraîchement coupé empilé contre le mur du fond et un escalier étroit sur ma droite.

— Margaret, c'est bien ça ? a-t-elle demandé sans attendre ma réponse. Je suis Lavinia. Accrochez votre cape à l'une de ces patères, je vais vous faire visiter.

Elle m'a adressé un sourire canaille, le coin des lèvres retroussé. Je n'avais pas pu en placer une ; elle ne m'en laissait pas l'occasion, elle n'arrêtait pas de caqueter.

— Appelez-moi Vinnie. Emily et moi ne faisons pas de manières. Mais prenez garde à vous adresser à notre mère en l'appelant Mrs Dickinson ou madame. Elle est terriblement vieux jeu.

L'entendre parler ainsi de sa mère m'a surprise, mais je n'ai pas eu le loisir de m'attarder sur la question. Je l'ai suivie dans l'entrée encombrée de balais et de serpillières qui menait à une arrière-cuisine. La bouilloire en cuivre installée dans un petit foyer de briques est la première chose que j'ai repérée. Elle était pleine et fumante. Nulle part ailleurs je n'avais connu le luxe d'avoir de l'eau chaude à portée de main toute la journée. Cette merveille m'a ébahie.

— Je vois que vous avez remarqué l'une des innovations de Père, a dit Vinnie. Il en est très fier, ainsi que de notre évier en pierre à savon.

Elle a désigné d'un geste le mur est, où une pile de casseroles sales attendaient d'être récurées.

— La meilleure des pierres à savon, d'après ce qu'on nous en a dit, a-t-elle poursuivi en battant des cils avec humour. Le puits est situé sous la cuisine, donc vous n'aurez pas besoin de sortir chercher de l'eau.

Elle m'a montré la pompe près de l'évier et j'ai souri. Ma foi, c'était une fort bonne nouvelle.

— Suivez-moi, m'a-t-elle dit en me guidant vers la cuisine.

Le grésil tapotait contre les carreaux et le sol baignait dans une lumière grise. Mais la pièce était chaude et chaleureuse avec ses plinthes jaunes et ses murs aussi verts qu'une prairie du Tipperary.

— Attendez ici et réchauffez-vous près du poêle, je vais chercher Mère.

Elle a disparu par une autre porte d'un pas vif.

Je suis restée plantée où elle m'avait laissée, à m'imaginer travailler ici. Pour sûr, j'avais sous la main tout ce dont j'aurais besoin : un immense fourneau, un long plan de travail, quatre solides chaises et un tabouret.

Des cuves et des bassines, des étagères, des placards et un étendoir plein de torchons et de chiffons. Le four était orné d'un charmant médaillon et ses portes de motifs sophistiqués. Dans cette maison, on semblait apprécier les jolies choses. Une bulle de joie s'est formée au creux de mon ventre. Une sensation totalement inattendue.

Vinnie est revenue accompagnée d'une femme menue. Je n'avais jamais vu un teint si gris : elle devait être à l'article de la mort.

— Mère, voici Margaret.

Le matou que tenait Vinnie m'a toisée de son méchant regard jaune et a remué la queue telle une bête sauvage. Je n'ai jamais aimé les chats ; des fauteurs de troubles.

— Margaret, a dit Mrs Dickinson en me saluant de la tête.

Elle triturait une petite montre au bout d'une chaîne. Lentement, comme si elle craignait de se briser la main par un geste trop rapide.

— Vous avez excellente réputation dans le village, on vous dit travailleuse et efficace. Nous sommes si heureux que vous ayez pu nous rejoindre ! Extrêmement heureux.

Pour la première fois depuis que j'avais passé la porte, j'ai ouvert la bouche.

— Merci, madame.

J'étais censée répondre que je me faisais une joie d'entrer à leur service, je le savais, mais ma langue n'a pas pu se résoudre à formuler ces mots.

— Vous constaterez que nous menons une vie simple, a-t-elle continué, et ses yeux fatigués m'ont fait de la peine. Mes filles et moi sommes habituées à accomplir une grande partie des tâches ménagères. Mais nous avons besoin de quelqu'un pour organiser le tout.

Elle avait un côté agité. Un oiseau en cage : voilà à quoi elle me faisait penser.

— Pour nous aider à nous montrer à notre avantage, en quelque sorte.

— Je ferai de mon mieux, madame.

— Très bien. Vous êtes-vous arrangée pour qu'on vous livre vos affaires ?

— Mon neveu est en train d'apporter ma malle, ai-je répondu en espérant que le jeune Michael n'ait pas oublié ; c'était l'aîné de Mary, mais il n'avait que 11 ans et faisait parfois fi de ses promesses.

— Parfait ! Vous ne travaillerez ni le jeudi après-midi ni le dimanche. Je crois que c'est l'usage. Mr Dickinson rentre du bureau tous les jours à midi et aime que son déjeuner soit prêt quand il passe la porte.

Elle a désigné un grand placard d'un geste indolent.

— Il y a déjà un jambon dans le garde-manger pour aujourd'hui. Je l'ai remonté du cellier tout à l'heure.

J'ai hoché la tête.

— Très bien, madame.

— Lavinia vous montrera votre chambre afin que vous puissiez vous installer avant de préparer le repas. Nous mangeons à midi pile.

Puis elle s'est éclipsée.

Vinnie m'a adressé un clin d'œil. Nous avons traversé l'office, monté un étroit escalier en colimaçon et pris un couloir.

— Vous pouvez utiliser l'escalier de service si vous voulez, mais celui-ci est plus direct. Et ne laissez pas

Mère vous causer du souci. Elle a bon fond. Si Père est satisfait de votre travail, elle le sera aussi.

Heureusement, j'étais derrière elle, si bien qu'elle ne m'a pas vue lever les yeux au ciel. Peu m'importait qu'ils soient satisfaits de moi. Je serais partie d'ici la fin avril.

Elle a ouvert une petite porte et fait un pas en arrière.

— Voilà, m'a-t-elle dit en me laissant là, dans une pièce grise et austère comme une cellule de moine.

La chambre avait une forme curieuse : elle était agencée autour d'un conduit de cheminée. Certes, la chaleur qu'il dégageait était bienvenue en cette journée d'hiver. Il y avait aussi deux petites fenêtres, un lit, un fauteuil, une commode et trois patères au mur. J'ai constaté avec plaisir qu'il y aurait assez de place pour ma malle, celle-là même qui avait traversé l'Océan avec les modestes possessions de la fratrie Maher, quand nous avions émigré. Mon père m'en avait confié la clé le jour du départ, et je la portais encore autour du cou.

Par la fenêtre, j'ai jeté un œil au jardin enneigé et à la longue palissade qui bordait la rue jusqu'à la voie ferrée. Savoir ma sœur à quelques centaines de mètres était rassurant. J'ai fait le tour de la pièce avant de m'asseoir dans le fauteuil pour l'essayer. Puis j'ai ouvert et refermé les tiroirs de la commode et testé le lit : le matelas était bosselé, avec un creux au milieu. Il ne serait pas facile de m'y habituer, mais pour quelques semaines j'en ferais mon affaire. J'avais dormi sur bien pire. J'ai fait le signe de croix et récité une prière rapide pour m'armer de patience, puis j'ai regardé de nouveau par la fenêtre. Aucune trace de mon neveu ; rien qu'un chien errant dans la rue, vaquant à son train-train.

Debout dans la petite pièce, je sentais la maison m'envelopper. Il y régnait un tel silence que j'avais l'impression de m'y trouver seule, même si c'était une idée ridicule. J'avais vu Vinnie et Mrs Dickinson de mes propres yeux, et Emily devait se cacher quelque part. J'ai attendu autant que possible avant de me glisser dans le couloir pour redescendre l'escalier, aussi discrètement que le permettait le grincement des marches. Je n'entendais que mes propres pas. Pourtant, quand je suis entrée dans la cuisine, quelqu'un regardait dehors par la fenêtre donnant à l'ouest. Une femme aux cheveux roux rassemblés dans un filet brun, vêtue d'une robe aussi blanche que la neige du jardin.

Je n'ai ni avancé ni battu en retraite ; je suis restée immobile comme la pierre à observer cette femme dont tout le monde avait entendu parler, mais sur laquelle personne n'avait jamais posé les yeux : le mythe d'Amherst en chair et en os. Cela semblait un rêve, en un lieu étrange et cerné de brume, dans l'attente de la suite.

Puis elle s'est retournée. Et n'a pas paru surprise de me trouver là.

— Vous êtes Margaret, n'est-ce pas ?

Sa voix m'a évoqué les notes graves d'un violon.

— En personne.

Elle n'était pas aussi jolie que je m'y attendais, moins ravissante que sa sœur, même si j'aurais été bien en peine de dire à quoi je m'attendais. Cela dit, elle n'était pas laide non plus. Elle avait un physique peu banal avec sa chevelure épaisse autour de son visage pâle. Et ses yeux, ni bruns ni gris, mais d'un mélange curieux de noisette et d'érable, et peut-être un peu de chêne sombre. J'ignore pourquoi je pensai soudain aux arbres.

— Je suis Emily, m'a-t-elle dit sans cesser de m'observer.

Les petits poils de ma nuque se sont hérissés. Aussi sûr qu'il grésillait dehors, elle m'examinait en long, en large et en travers. Elle me détaillait des pieds à la tête. Ça m'a fait un tel effet que j'ai détourné le regard.

Mes yeux se sont posés sur l'évier et son amoncellement de casseroles.

— Excusez-moi, miss, ai-je dit. Je venais vérifier si mon neveu avait apporté ma malle.

Un mensonge, puisque j'avais fait le guet sans voir aucun signe de son arrivée. Un double mensonge, même, car c'était la sensation de confinement et non la malle qui m'avait poussée à quitter la pièce.

— Ma foi, je m'en vais récurer ces casseroles en attendant.

Je me suis dirigée avec empressement vers l'arrière-cuisine.

— Alors, oust, allez-y ! a-t-elle dit en prenant un accent irlandais.

Elle a ri et j'ai senti mon dos se raidir. Je n'aime pas qu'on se moque de moi, quand bien même ladite moqueuse m'est supérieure. J'ai pompé de l'eau dans l'évier et laissé les éclaboussures noyer sa voix. La pierre de savon était douce et froide sous mes doigts.

Le petit Michael n'a pas tardé à venir frapper, mon bagage dans les bras et la bouche pleine d'excuses pour justifier son retard. Je lui ai dit que je ne voulais rien savoir et lui ai fait porter mes affaires à l'étage.

— Prends garde à ne pas esquinter les murs, l'ai-je prévenu.

— Y fait diablement froid dehors, a-t-il dit en me suivant dans la chambre, où il a laissé tomber lourdement la malle.

Il avait le souffle court, et pour cause : elle était pleine à craquer et difficile à manier. Mais il m'a tiré un sourire : ça sautait à la figure qu'il essayait de prouver sa virilité.

— C'te maison est fichtrement silencieuse, a-t-il poursuivi.

J'ai songé à Kelley Square avec toutes ses allées et venues, les bruits joyeux de la vie de famille. Pour être honnête, il prononçait tout haut ce que je pensais tout bas.

— C'est comme ça que vivent les nantis, ai-je dit. Dans le calme et les bonnes manières.

— Eh ben chuis content de pas être riche. Ça me flanquerait la trouille. Alors, tu l'as rencontrée ?

Il se tenait à côté de la malle, les mains sur les hanches, les coudes saillants comme les nœuds d'un arbre.

— Rencontré qui ? ai-je demandé, feignant de ne pas savoir de qui il voulait parler.

— Celle qu'est bizarre. Emily.

— Ce ne sont pas tes oignons, l'ai-je rabroué. Maintenant, déguerpis avant que Madame te voie rôder autour de sa maison.

Il a enfoui une main dans sa poche et en a sorti une enveloppe. Froissée et tout en boule.

— C'est pour toi, m'a-t-il dit. Arrivée au courrier aujourd'hui.

C'était une lettre de Clarinda Boltwood, qui me suppliait encore de vite revenir à Hartford, expliquant à quel point la maison était triste en mon absence. Elle avait écrit une page entière sur ses garçons. Comme quoi je leur manquais, le petit Georgie la rendait folle à force de lui demander où j'étais. J'ai ressenti une pointe de culpabilité à l'idée de ne lui avoir rien révélé de mes projets.

Quand j'ai relevé la tête, Michael furetait dans la chambre, à regarder sous le lit comme s'il croyait pouvoir y dégoter un trésor. J'ai glissé la lettre dans ma poche.

— Oust, mon p'tit gars ! Et dis à ta mère que je la verrai dimanche, même heure que d'habitude.

Arranger ma chambre ne m'a pas pris longtemps – à dire vrai, il n'y avait pas grand-chose à mettre en place. La malle rentrait impeccablement sous la fenêtre. J'ai suspendu aux patères ma robe en calicot marron et une tenue de rechange, puis rangé le reste de mes vêtements dans la commode. J'ai fait le lit avec les draps et les couvertures pliés au pied et tenté de donner du volume à l'oreiller, mais les plumes étaient si vieilles qu'elles ne rembourraient plus rien, si bien qu'il était plat comme une planche. J'ai posé mon daguerréotype de Michael et Tommy sur la petite commode et glissé mon chapelet à l'abri sous mon oreiller.

C'est notre mère qui me l'avait offert avant la traversée d'Irlande. Elle m'avait expliqué qu'un moine bienveillant le lui avait donné lorsqu'elle avait fait le pèlerinage de

Saint Patrick's Well à Clonmel. En corne de chèvre, il était, et elle aurait eu le plus grand mal à dire quand il avait été fabriqué ; pour ce qu'elle en savait, il aurait pu dater de l'époque même de saint Patrick. Il était beau comme tout. Des petits grains si pâles qu'on aurait dit des perles. Le jour où elle l'a glissé dans ma poche, je me suis promis que je n'en utiliserais jamais d'autre.

Je suis redescendue au rez-de-chaussée pour refaire le tour des lieux avant de commencer à préparer le repas. En jetant un œil aux placards et aux étagères, j'ai repéré tout ce dont j'aurais besoin pour les tâches quotidiennes : les bols, les casseroles et les poêles, les moules à pain, les louches, et un gros beurrier avec couvercle. Il y avait un tonneau de farine dans un coin de l'office et un pain de sucre sur une étagère, à côté d'un pot de mélasse.

Je sortais le jambon du garde-manger quand des pas se sont fait entendre. Je me suis retournée pour voir qui c'était, mais il n'y avait personne. Cette maison était vraiment trop silencieuse. Tom m'avait prévenue que les Dickinson étaient du genre discret y compris chez eux, mais ma foi c'était fort bizarre. Michael avait raison : cet endroit fichait la trouille.

Tandis que le matin gris laissait place à l'heure du déjeuner, j'ai ressenti une vague de chagrin inexplicable à travailler dans cette cuisine déserte. Un chagrin si profond que je me suis demandé si un fantôme n'avait pas passé le seuil. Dieu m'est témoin : la seule chose qui m'ait retenue de quitter Homestead sur-le-champ est l'orgueil.

4

Quel foin ont fait les Dickinson quand Monseigneur est rentré ! À croire qu'elles n'avaient pas posé les yeux sur lui depuis des semaines. J'étais dans la cuisine en train de remplir un bol de gelée à la menthe quand j'ai entendu s'ouvrir et se refermer la porte d'entrée. Puis le frou-frou bruyant des jupons et des pantoufles tandis que la famille se hâtait d'aller l'accueillir. Ensuite, la voix tonitruante de Monseigneur et les pépiements de Mrs Dickinson en réponse.

J'étais si nerveuse que j'en avais les mains toutes molles. Mais j'ai pris le plateau où j'avais disposé le jambon, les pommes de terre et les panais, respiré un grand coup et traversé l'office jusqu'à la salle à manger. La pièce était encombrée de meubles volumineux : un divan noir et un buffet surmonté d'une soupière remplie de papiers. La table trônait au milieu de ce bazar, dressée avec la nappe et la porcelaine bleue que Vinnie m'avait dit d'utiliser.

La famille était déjà installée, à l'exception d'Emily. Son assiette et ses couverts en argent l'attendaient, mais aucune trace de l'intéressée. J'ai posé le plateau devant Monseigneur.

— Merci, Margaret.

Il a pris sa serviette et l'a déployée sur ses genoux.

— Dois-je apporter son repas à miss Emily dans sa chambre ? ai-je demandé avec un coup d'œil à la chaise vide.

Mrs Dickinson a adressé à Vinnie un regard de lapin terrorisé, mais Vinnie a souri et m'a fait signe de laisser.

— Elle est parfois en retard. Allez donc manger, Margaret. Si elle ne descend pas, je lui apporterai un plateau tout à l'heure.

Monseigneur a hoché la tête d'un petit coup sec, alors je suis retournée dans la cuisine où j'ai pris mon repas, en tendant l'oreille pour entendre Mrs Dickinson m'appeler quand elle voudrait que je débarrasse et que j'apporte le dessert. Je me suis demandé ce qui empêchait Emily de descendre. Elle ne se sentait peut-être pas bien ou elle avait mal à la tête. Elle s'était peut-être chamaillée avec sa sœur.

J'avais assez de bouteille pour savoir que les nantis peuvent se montrer aussi mesquins que les autres. Qu'ils sont capables de se quereller et de s'emporter à la moindre broutille, quelles que soient leurs manières quand ils reçoivent leurs amis. Mais, en général, ils sont à cheval sur la question des repas, des réceptions et tout le tralala. Donc j'ai trouvé curieux qu'ils ne s'offusquent pas de l'absence d'Emily.

Sa chaise est restée vide pendant tout le déjeuner, y compris le dessert, et quand j'ai eu fini de débarrasser Vinnie lui avait déjà préparé et apporté un plateau.

Une fois la vaisselle terminée, Vinnie m'a fait visiter le reste de la maison. L'atmosphère était troublante en cet après-midi d'hiver. De la salle à manger, nous avons traversé l'office puis un couloir tout en sombres recoins pour nous rendre dans la partie avant de la maison. Il y avait deux salons encombrés de chaises, de tables et de canapés. Un piano droit patientait dans un angle comme une bête tapie dans les ténèbres. Les murs étaient ornés d'une multitude de portraits, paysages et eaux-fortes dans d'imposants cadres dorés. De lourds rideaux verts recouvraient les hautes fenêtres.

La bibliothèque se situait de l'autre côté du couloir, une pièce obscure dont les étagères pleines s'élevaient jusqu'au plafond. C'était à vous couper le souffle, toutes ces pages recelant tant de mots à lire. Au milieu trônait un immense bureau, si massif qu'il paraissait avoir été rivé sur place avant la construction de la maison.

— Le bureau de Père, a dit Vinnie quand j'ai passé la main sur la surface brillante. Vous ne devez toucher à rien. Seule Mère est autorisée à faire la poussière ici.

Ça m'a surprise que Mrs Dickinson fasse le ménage. C'était une tâche à laquelle ni Clarinda ni Fanny Boltwood ne se seraient abaissées. J'ai suivi Vinnie qui, en ressortant de la pièce, s'est dirigée vers l'escalier principal. En haut, quelque chose m'a arrêtée sur le palier : une sorte de pincement étrange, tout le premier étage semblait privé d'air.

— Margaret ?

La voix de Vinnie m'a fait redescendre sur terre. Elle se trouvait déjà à l'autre bout du couloir.

— Voici ma chambre, a-t-elle dit en ouvrant une porte pour que je puisse voir. Celle d'Emily est en face, mais nous n'y entrerons pas. Elle déteste être interrompue.

Interrompue dans quoi ? J'aurais bien aimé le savoir, mais j'ai seulement hoché la tête.

— Votre première tâche, le matin, consistera à allumer le feu dans chacune des chambres, a-t-elle poursuivi. Sauf celle d'Emily. Si elle laisse la porte entrouverte, cela signifie qu'elle veut qu'on allume son poêle à elle aussi. Sinon, vous ne pouvez pas entrer.

— Même si je frappe d'abord ?

Pourquoi crever de froid par un matin d'hiver quand on a une bonne à disposition pour s'occuper du feu ?

— Jamais, a-t-elle insisté avec fermeté.

Il y avait une chambre d'amis à côté de celle d'Emily, puis la chambre des maîtres au bout d'un petit couloir. Vinnie m'a montré un placard à linge et un débarras, ainsi que l'escalier étroit qui menait au grenier et à la coupole.

— Vous ne pouvez pas monter à moins d'y avoir été invitée, a-t-elle précisé.

Je ne lui ai pas demandé pourquoi, même si là encore cela m'a rendue perplexe. Chez les Boltwood et les Talcott, on m'envoyait constamment au grenier chercher ceci ou cela.

— Et empruntez l'escalier de service lorsque votre travail requiert de passer d'un étage à l'autre.

Je me suis abstenue de lui signifier que j'utiliserais l'escalier le plus commode en fonction de la tâche en cours. Quand on prend un nouveau poste, mieux vaut fermer son clapet et ouvrir les yeux.

Pour être honnête, je crois que c'est plutôt la maison qui m'a coupé le sifflet le premier jour. Tenir ma langue n'est pas dans ma nature. Il est rare que je ne dise pas tout haut ce que je pense tout bas. Mais là, quelque chose m'incitait à rester bouche cousue, si bien qu'à la fin de la journée j'étais à peine capable de murmurer un « Oui, madame » quand Mrs Dickinson m'a envoyée charger les feux pour la nuit.

J'ai mis un moment à m'endormir sur le matelas bosselé. La maison me paraissait trop vaste. Trop de pièces vacantes et d'air ténébreux. Trop de place pour les fantômes.

Au bout d'une semaine, j'avais trouvé ma routine à Homestead. Comme partout, le lieu avait ses bizarreries. La porte de la cuisine donnait sur une surface pavée que les Dickinson appelaient un « patio ». Et j'ai vite appris que la galerie ouest n'en était pas une, mais qu'il s'agissait d'une « véranda ». La maison regorgeait de cachettes secrètes. Une fois, j'ai ouvert un placard à la recherche d'ustensiles pour y découvrir un minuscule renfoncement plein de bouts de papier : des listes de blanchissage, des recettes de remèdes, des tableaux de dépenses. Dans la chambre adjacente à la mienne se trouvait une grande caisse remplie de vieilles robes. Des robes chics, en velours ou en laine de qualité, mais passées de mode depuis belle lurette. Et, lors d'un morne après-midi où Vinnie et Mrs Dickinson étaient sorties, je me suis glissée au deuxième étage pour jeter un coup d'œil au grenier.

Le lendemain, j'ai grimpé l'escalier en colimaçon jusqu'à la coupole et atterri dans une si petite pièce que deux personnes auraient à peine pu s'y tenir en même temps. Il n'y avait là qu'un vieux fauteuil mais,

Dieu m'est témoin, j'en ai eu le souffle coupé. Quatre doubles fenêtres baignaient la pièce de lumière et tout, des murs et chambranles au plancher, était peint d'un blanc pur. J'en suis restée coite jusqu'à ce qu'il me vienne à l'esprit de me demander pourquoi je n'étais pas autorisée à monter là. Qui cela dérangerait-il qu'une bonne passe quelques minutes seule au sommet de la maison ? C'était un lieu paisible et l'unique pièce d'où je pouvais apercevoir Kelley Square.

Malgré les mystères de Homestead, une chose était sûre : être bonne dans cette maisonnée était bien plus facile que chez les Boltwood. De meilleurs gages, pas de bambins à garder, et je n'étais pas seule pour les tâches ménagères. Vinnie balayait et époussetait la salle à manger et les salons tandis que Mrs Dickinson aérait les chambres. Emily s'occupait du reprisage et faisait aussi le pain et les gâteaux la plupart du temps. Vinnie m'a expliqué que Monseigneur aimait tant le pain d'Emily qu'il refusait de toucher à celui des autres. Tout cela allégeait grandement ma charge de travail puisque j'étais la seule employée des Dickinson.

L'une des corvées que Vinnie m'avait assignées consistait à jouer avec ses chats. Une tâche fort pénible, et idiote par-dessus le marché. Elle n'avait de cesse d'accueillir des chats errants. Elle en avait presque une douzaine, des chats de ferme pour la plupart. Mais ses préférés passaient leurs journées à l'intérieur. Il y en avait cinq en tout et elle leur avait attribué des noms. Tabby et Tootsie étaient bons chasseurs, si bien que les laisser fureter dans les recoins de l'office ne me dérangeait pas. Mais les autres ne faisaient strictement rien pour gagner leur pitance et me traînaient constamment dans les pattes, à miauler et se frotter contre mes jupes à m'en faire trébucher. Je rouspétais de devoir les caresser ; j'avais bien mieux à faire. Plus tard, j'apprendrais qu'Emily ne les appréciait guère elle non plus.

Emily était comme Tom l'avait décrite : là sans être là. Je ne savais jamais quand elle apparaîtrait. Certains jours, elle gardait la chambre du matin au soir. D'autres fois, elle était déjà dans la cuisine quand j'arrivais pour raviver le feu. Je la trouvais en train de doser de la farine dans un saladier jaune ou assise près de la fenêtre donnant à l'ouest, à écrire sur des bouts de papier en murmurant pour elle-même.

Elle ne me disait pas grand-chose. Réservait ses paroles à d'autres. Il me semblait parfois qu'elle écoutait une conversation lointaine, ou qu'elle n'entendait que ce qu'elle avait dans la tête.

La plupart des après-midi, elle papillonnait dans la maison ou travaillait dans son jardin d'hiver, la pièce étroite attenante à la bibliothèque, tout en plantes et en fenêtres. Vinnie m'a appris que Monseigneur l'avait fait construire rien que pour elle et je crois que c'était une sorte de refuge, car personne n'y pénétrait ni n'en sortait sans y avoir été invité. Une fois, en passant, je l'ai entendue chantonner ; on aurait dit un oiseau dans la forêt.

Emily avait la fâcheuse habitude d'entrer dans une pièce sans un bruit. J'ai cessé de compter les fois où j'ai levé les yeux pour la trouver plantée à quelques mètres de moi, sans savoir depuis quand elle m'observait. La première fois que c'est arrivé, elle pétrissait de la pâte à l'autre bout du long plan de travail tandis que je découpais de la viande de mon côté. Ma joue s'est mise à me picoter et, quand je me suis tournée, elle m'examinait de ses grands yeux.

— Avez-vous besoin de quelque chose, miss ? lui ai-je demandé.

Mais elle a secoué la tête et s'en est retournée à ses mesures et ses mélanges.

Ça me faisait frissonner, mais j'ai fini par m'y habituer. Je ne sursautais plus à chaque fois, car je savais que c'était juste Emily. Je me suis mise à lui parler, pour rendre le silence de la cuisine moins pesant. Quand elle ne répondait pas, je continuais à bavasser. Ce n'était pas tout à fait comme parler dans le vide, ni une réelle conversation non plus, mais j'étais contente que ça semble ne pas la déranger ; à dire vrai, j'aimais avoir de la compagnie.

Un jour, je lui ai raconté avoir pris en chasse un filou de cochon dans le champ de pommes de terre de mon père. Elle a arrêté de pétrir et s'est mise à rire.

— Vous êtes un sacré numéro, Maggie, m'a-t-elle dit.

L'entendre rire était un plaisir. Mais je n'ai pas trop apprécié qu'elle m'appelle Maggie.

— Je m'appelle Margaret, miss.

Elle a souri.

— Mais dorénavant j'ai décidé de vous appeler Maggie. C'est un prénom charmant, l'un de mes préférés, en vérité. Je me dis souvent que j'aurais aimé le porter. Il ne vous plaît pas ?

Elle ne m'avait jamais adressé une telle tirade et malgré son sourire la chose ne m'a pas paru amicale.

Pourquoi diable aurait-elle apprécié un prénom aussi rustique que Maggie ? Pour une Américaine, Margaret n'était pas un nom difficile à prononcer, contrairement à d'autres.

— Il ne me dérangerait pas si c'était le mien, lui ai-je répondu. Mais on m'a baptisée Margaret et c'est Margaret qu'on m'a toujours appelée.

Elle a retourné la pâte sur la planche et retroussé ses manches.

— Nous avons eu d'autres Margaret, a-t-elle dit en me prêtant si peu attention qu'elle aurait aussi bien pu se parler à elle-même. Mais aucune ne vous ressemblait. Alors vous serez Maggie.

Et c'est ainsi qu'à Homestead je suis devenue Maggie. « Maggie, pouvez-vous m'aider à déplacer cette table ? » par-ci. « Maggie, venez voir cet oiseau ! » par-là. Ou toute autre requête parmi des centaines, mais jamais plus Margaret, pas même dans la bouche de Monseigneur ou de Mrs Dickinson. Si je m'y suis habituée, ça ne me plaisait pas pour autant. Enfant, déjà, je savais que les noms ont une signification ; ma mère m'avait dit un jour que Margaret voulait dire perle. Qu'une perle était le seul joyau qu'on n'avait besoin ni de tailler ni de polir. Que la main de Dieu même lui avait donné sa forme parfaite. Et que je devais chérir le fait d'en être une.

Alors que Maggie ne signifiait rien du tout.

5

La première fois que je me suis trouvée face à Sue Dickinson, je hachais du petit salé et du pain rassis pour faire de la farce. J'ai entendu un bruit sourd ; c'était la porte arrière du vestibule, celle que Vinnie utilisait toujours quand elle sortait. Mais ce n'était pas elle, puisque Vinnie et sa mère étaient déjà parties en calèche pour Northampton.

J'ai posé mon couteau et je me suis essuyé les mains sur mon tablier avant d'aller voir qui s'était permis d'entrer sans frapper. Prête à mettre un gredin dehors. Après avoir traversé l'office à la hâte, arrivée dans le couloir je suis tombée nez à nez avec une femme qui sortait du salon. Sa cape avait un col en fourrure et, même dans la pénombre, sa beauté sautait aux yeux.

— Où est Emily ? m'a-t-elle demandé d'un ton qui tenait plus de l'ordre que de la question.

Je ne pouvais pas lui répondre avec certitude. Sans doute dans sa chambre ou son jardin d'hiver, puisque je ne l'avais pas entendue sortir. Je m'embrouillais à me demander qui pouvait être cette femme et ce que je devais faire d'elle. Il m'a fallu une minute pour que ma langue se délie.

— Si vous voulez bien patienter dans le salon, madame, je vais voir si miss Emily est prête à recevoir des invités aujourd'hui.

Elle a relevé le menton pour me toiser.

— Ne soyez pas ridicule.

Elle avait une voix claire et tranchante.

— Je vais la trouver moi-même. Vous pouvez retourner d'où vous venez.

Comme si elle ne me renvoyait pas seulement dans la cuisine, mais en Irlande. De toute évidence, je ne lui étais d'aucune utilité et elle voulait que je déguerpisse. J'ai redressé les épaules en m'avançant pour lui bloquer le passage. Qui qu'elle soit, je ne la laisserais pas déranger Emily.

C'est à cet instant précis que j'ai entendu dans l'escalier les petits pas rapides de l'intéressée. La femme m'a écartée au moment où Emily apparaissait au bout du couloir, et elles se sont quasiment jetées dans les bras l'une de l'autre.

— Oh, Sue… tu es venue !

La voix d'Emily était pleine d'émotion, comme si elle retrouvait une sœur perdue de vue depuis des années. Sans m'accorder un regard, elle a embarqué la femme vers son jardin d'hiver. Et c'est ainsi que j'ai fini par me réveiller : il s'agissait de Susan Dickinson, l'épouse d'Austin, le frère aîné d'Emily.

J'aurais dû le deviner à l'instant où j'avais posé les yeux sur elle. Je l'avais aperçue de loin, à se promener en calèche ou à prendre l'air dans le parc de la ville. J'avais entendu parler de ses grandes réceptions, de la façon dont les bourgeois des environs se bousculaient au portillon pour se faire inviter. La reine de la bonne société d'Amherst, disaient les gens.

Curieux qu'Emily et elle aient pu être si proches, elles étaient tellement différentes. Sue était élégante et sociable ; Emily était tout ce qu'il y a de plus naturel et solitaire. Il m'a fallu quelques semaines pour comprendre de quoi il retournait. Elles avaient la même façon de parler des livres. Et s'émouvaient autant l'une que l'autre quand elles lisaient des poèmes. Elles n'aimaient rien mieux que chuchoter ensemble dans le couloir obscur menant de la salle à manger aux salons. Elles lui avaient même attribué un nom : le passage du Nord-Ouest. Ce qui lui donnait un air de mystère et d'aventure.

Je n'ai jamais su ce qu'Emily et Sue pouvaient se raconter. Elles gardaient jalousement leurs secrets, ces deux-là.

Alors que je m'habituais tout juste à mon nouveau poste, une rencontre inopinée m'a laissée comme deux ronds de flan. C'était la mi-mars et il y avait dans l'air une douceur qui présageait la fonte des neiges. J'avais passé la matinée à repasser et je n'avais pu commencer mes courses qu'en début d'après-midi. Je remontais North Pleasant Street à pas pressés quand j'ai vu Fanny Boltwood marcher dans ma direction. Elle s'appuyait sur le bras de son mari, le visage triste et fatigué. J'avais ouï dire que son frère était malade, voire mourant, donc j'ai eu de la peine pour elle. Je lui ai fait signe en lançant :

— Ça fait plaisir de vous voir, Mrs Boltwood. J'espère que Mr Shepard va mieux. Je ne l'oublie pas dans mes prières.

Fanny n'a pas pipé mot ; elle n'a pas même daigné me regarder. Mr Boltwood non plus, d'ailleurs. Au début, j'ai cru qu'ils ne m'avaient pas entendue. Mais ils sont passés juste à côté de moi sans m'accorder la moindre attention. Ça m'a fait l'effet d'un coup de poing à l'estomac. C'était clair comme de l'eau de roche : ils m'ignoraient.

Ma pitié pour Fanny a tourné au vinaigre. Je suis restée devant la boutique de chapeaux à les regarder remonter la rue. Une bourrasque soudaine m'a giflé le visage et l'enseigne du magasin s'est mise à grincer. L'humiliation m'a enveloppée de son lourd manteau, me figeant sur place. J'ai fini par reprendre le chemin de Homestead comme une vieillarde, mais, arrivée sur Main Street, j'y voyais à peine tant j'avais de larmes dans les yeux.

Pendant des jours j'ai été dévorée par le chagrin et la honte. Comment savoir ce que j'avais fait de mal ? Que faire si je venais à les recroiser ? Mais la présence des Boltwood en ville était aussi rare qu'une pépite d'or dans la poche d'un mendiant.

Puis, par un après-midi glacial, Mrs Dickinson m'a envoyée porter un gâteau et de la confiture aux Boltwood, avec un message pour Mr Shepard. Je n'avais pas du tout envie d'y aller et je me suis fait du mauvais sang pendant tout le trajet.

Les Boltwood vivaient près du Collège. Je suis passée par l'entrée de service et j'ai trouvé Ellen, leur cuisinière, en train de laver la vaisselle. Elle était contente de me voir. Elle a laissé tremper les plats, préparé du thé et posé dans une assiette quelques biscuits à grignoter pendant que nous papotions.

— Quelle surprise ! m'a-t-elle dit. Je te croyais en Californie, mariée à un beau gars avec de l'or plein les poches.

Elle avait le regard brillant, et pour cause : n'était-ce pas le rêve de toute bonne de faire d'une pierre deux coups en trouvant l'amour et la fortune ?

— Mais te voilà toujours à Amherst et à travailler chez les Dickinson.

— Plus pour longtemps, lui ai-je dit. J'embarque pour San Francisco le 1er mai.

— Je n'arrive pas à le croire, a-t-elle murmuré.

— Quoi de neuf par ici ?

Les biscuits étaient bons, mais secs. Pas comme les mignardises d'Emily.

— Mr Shepard se meurt. Madame est au bout du rouleau, comme de juste. Mais ça la rend ourse avec son personnel. Impossible de la satisfaire en ce moment.

J'ai opiné et je m'apprêtais à lui demander s'ils avaient engagé une nouvelle gouvernante quand des pas l'ont fait bondir de sa chaise pour s'affairer aux fourneaux. Mr Boltwood en chair et en os est entré dans la cuisine.

Il m'avait repérée. Ses yeux ont fait le tour de la pièce avant de s'arrêter. J'ai cru une seconde qu'il allait dire quelque chose. Mais il a tourné la tête et pris tout droit la direction de la salle à manger. Sans prononcer un mot.

Au début, je n'ai pas bougé ; me voir ignorer par un homme dont j'avais récuré la maison des années durant m'a fait un choc. Puis je me suis levée d'un coup pour aller mettre ma tasse dans l'évier.

— Je ferais mieux d'y aller, ai-je dit d'une voix brisée. On discutera une autre fois.

Ellen a acquiescé, mais nous savions que je ne reviendrais pas. Et, quand je l'ai croisée au bureau de poste trois jours plus tard, elle m'a appris que Mr Boltwood lui avait donné l'ordre de ne plus me laisser mettre les pieds chez eux.

— Il prétend que tu n'as cure de sa famille, a-t-elle chuchoté, les joues écarlates. Que tu les as trahis en allant travailler pour les Dickinson. Et il m'a défendu de te voir sous peine d'être renvoyée.

Je l'ai prise dans mes bras et lui ai dit de ne pas s'en faire.

— Ils sont fâchés parce que j'ai mes propres rêves, voilà tout. Ils ne voient pas plus loin que le bout de leur nez, comme tous les nantis de ce monde.

Mais j'avais une boule dans la gorge.

Mes problèmes avec les parents Boltwood ont rendu la lecture des lettres de Clarinda encore plus pénible. À la fin mars, j'en ai reçu une ribambelle. Pli sur pli, elle m'envoyait, tant et si bien que Vinnie a commencé à s'en offusquer : je n'aurais pas dû recevoir tant de courrier, d'après elle, ce n'était pas convenable pour une bonne. Elle devait croire qu'il s'agissait de lettres d'amour. Un jour, alors que nous cirions les meubles de la salle à manger, je lui ai expliqué qu'il n'y avait rien d'indécent dans ces missives, qu'elles venaient de mon ancienne patronne, à Hartford.

Vinnie s'est arrêtée pour me regarder.

— Vous comptez quitter Amherst. Vous allez retourner à Hartford, n'est-ce pas ?

— Ce n'est pas à Hartford que j'ai l'intention d'aller, ai-je répondu en pensant à la dernière lettre de Clarinda au fond de ma poche. C'est en Californie. Pour rejoindre mes frères.

Je me suis demandé si elle entendait cette étincelle dans ma voix.

Elle est restée là, son chiffon en l'air. On aurait dit un lapin apeuré.

— Vous plaisantez, j'espère.

— Non. Mr Dickinson est au courant, ai-je expliqué en essuyant une tache sur la table. Je l'ai prévenu quand il m'a engagée.

Vinnie s'est redressée, droite comme un *i*, si bien qu'elle paraissait encore plus grande. On aurait dit sa mère, guindée comme la reine Victoria, sa jolie bouche esquissant une moue.

— Père n'y a jamais fait allusion. Et ça ne va pas plaire à Emily.

Elle a posé son chiffon et quitté la pièce, me laissant là à me demander ce qu'Emily avait à voir dans tout ça. Le tissu gris et sale est resté sur la table reluisante, flasque comme un oiseau à l'agonie.

Pour être honnête, je me sentais légèrement coupable d'abandonner les Dickinson. J'avais conscience que les bonnes compétentes ne couraient pas les rues. Monseigneur me payait correctement, Mrs Dickinson se montrait patiente quand je commettais des erreurs, et Emily et Vinnie ne se plaignaient jamais de mes défauts. Je me suis fait du mouron pendant une semaine, jusqu'à ce que me vienne la judicieuse idée de me trouver une remplaçante. J'ai commencé à me renseigner. Quelqu'un connaissait-il une bonne travailleuse qui sache cuisiner, faire le ménage et tenir sa langue ? J'ai fini par dénicher une fille à Palmer qui avait déjà travaillé pour les Dickinson et je l'ai convaincue de me remplacer. Ça m'a ragaillardie. Il ne me restait plus qu'à l'annoncer à Monseigneur.

Avant de m'en laisser l'occasion, il m'a convoquée. C'est Vinnie qui est venue me dire qu'il m'attendait dans la bibliothèque.

— Qu'est-ce qu'il peut me vouloir ? lui ai-je demandé.

— Aucune idée, m'a-t-elle répondu. Père peut être très mystérieux.

J'ai eu un très mauvais pressentiment en remontant le couloir au pas de course. La porte était ouverte et le maître des lieux installé dans son fauteuil, derrière son énorme bureau et entouré de ses jolis livres.

— Vous vouliez me voir, monsieur ?

Il m'a adressé un léger sourire. Comme c'était rare chez lui, je me suis dit qu'il avait peut-être une bonne nouvelle à m'annoncer.

— Fermez la porte, Maggie, et asseyez-vous.

Il a désigné le siège en cuir près de la fenêtre. M'a donné une minute pour me mettre à l'aise avant de commencer.

— On m'informe que vous envisagez de vous installer en Californie.

— C'est exact, monsieur, ai-je répondu en souriant à cette idée. Vous vous souviendrez que je vous avais prévenu ne pouvoir rester à votre service que jusqu'à fin avril.

Sous la faible lumière, je le voyais déjà froncer les sourcils.

— Malheureusement, il semblerait que votre projet doive être reporté. J'ai reçu aujourd'hui une lettre de votre frère Thomas.

Il a ramassé une enveloppe sur son bureau et l'a agitée sous mes yeux.

— Tommy ?

Pourquoi Tommy serait-il allé écrire à Monseigneur ?

— Oui, en effet. Il m'y demande de vous dire qu'il ne souhaite plus que vous le rejoigniez. Le voyage est dangereux et les campements regorgent d'individus s'adonnant à toutes sortes de crimes et de débauche. Il a conscience que vous bénéficiez d'une bonne position ici et espère que vous demeurerez avec nous à Amherst.

Ses paroles me parvenaient telle une série de perles séparées par de gros nœuds sur un bout de ficelle : ça n'avait ni queue ni tête. Il m'était difficile de croire que Tommy ne veuille plus que je les rejoigne, ou qu'il ait pu utiliser des mots tels que « individus » ou « débauche ». J'ai scruté Monseigneur pour savoir s'il disait la vérité. Mais son visage était aussi impassible qu'à l'accoutumée ; un masque peint à même les os.

— Je peux y jeter un œil, monsieur ?

J'ai tendu la main et il s'est penché par-dessus le bureau pour me donner la lettre. Sur l'enveloppe, c'était bien l'écriture de Tommy. En la lisant, j'ai su tout de suite que Monseigneur ne m'avait pas menti. Tommy voulait que je reste où j'étais.

Mon estomac s'est noué quand je la lui ai rendue. Je me suis sentie à la fois fiévreuse et transie de froid. Dieu tout-puissant, mon propre frère m'avait trahie !

— Ces conseils sont judicieux, m'a dit Monseigneur, les yeux sur la lettre qu'il était en train de replier. Je compte sur vous pour les suivre.

— Je vais y réfléchir, monsieur.

— Nous avons besoin de vous, Maggie, a-t-il poursuivi d'une voix bienveillante. Vous n'êtes pas sans savoir à quel point nous estimons vos compétences. Mes filles vantent vos mérites chaque jour. Vous n'avez rien d'une paresseuse, contrairement à nombre d'Irlandaises.

Peut-être s'attendait-il à ce que ses propos me flattent ou que j'en tire fierté. J'ai cherché les mots pour lui répondre, mais je n'ai trouvé qu'une énorme rancœur.

— Ce n'est pas à vous de décider, monsieur, si je resterai ou si je partirai. Je ne suis tout de même point une esclave.

Dieu du ciel, j'étais furieuse !

Il n'a pas sourcillé. Il s'est levé et a fait le tour de son bureau pour s'approcher de moi.

— Maggie, même si vous partiez, je doute que nous puissions vous remplacer. Certainement pas d'ici mai.

— Vous n'avez pas à vous en faire, monsieur, ai-je contré, mal à l'aise de le voir debout alors que j'étais encore assise. J'ai trouvé une fille pour prendre ma place. Vous la connaissez, car elle a déjà travaillé pour vous.

Je lui ai parlé de la fille de Palmer, qui se tiendrait à leur disposition dès qu'ils auraient besoin d'elle.

Il a froncé les sourcils et laissé échapper une sorte de hennissement.

— Elle n'a passé que quelques mois ici, deux ou trois, tout au plus, et son travail était insatisfaisant, a-t-il dit. Non, elle ne convenait pas du tout. Nous ne la reprendrons pas à notre service. Mrs Dickinson a insisté là-dessus quand elle est partie.

Ma surprise a dû se lire sur mon visage, car il a hoché la tête.

— C'est tout à votre honneur d'avoir fait cette démarche, mais vous devez simplement rester avec nous. Emily dit que vous êtes une perle rare.

— Miss Emily ?

Ça m'a étonnée. Elle n'avait jamais montré le moindre engouement à mon égard. J'ai fixé mes mains, posées sur mes genoux. Elles étaient rouges et gercées à cause du savon à la soude que j'avais utilisé le matin pour laver les torchons.

— En effet, elle affirme que nous ne pourrions pas nous passer de vous. Et je suis d'accord avec elle.

Il a souri de nouveau, puis sa voix a changé, si basse et effrayante que les poils de mes bras se sont dressés tout droit.

— Peut-être n'appréhendez-vous pas tout à fait votre situation, Maggie. Nous quitter maintenant serait une grave erreur de votre part. Je serais dans l'incapacité de me montrer aussi généreux envers vous – ou votre famille – que je l'ai été jusque-là.

— Ma famille ?

— J'imagine que Tom Kelley tient à son travail au chemin de fer, a-t-il poursuivi de cette voix terrible, comme s'il jetait des pierres dans un puits, chaque mot tombant à une vitesse vertigineuse.

— Vous voulez dire que vous le feriez renvoyer, monsieur ? ai-je dit en clignant des yeux.

— Je ne peux répondre de ce que je ferais si j'étais suffisamment en colère.

Lentement, il m'a tourné le dos et est allé se rasseoir derrière son bureau, au bord duquel il a ouvert les mains comme un curé rendant grâce.

— Réfléchissez bien, Maggie.

J'ignorais s'il escomptait une réponse de ma part. Mais il semblait attendre quelque chose, alors j'ai acquiescé.

— Oui, monsieur.

— Vous pouvez disposer, a-t-il conclu en me faisant signe de prendre congé, avant de s'en retourner à ses papiers.

J'étais déjà debout. J'ai lissé mon tablier et fait de mon mieux pour quitter la pièce sans chanceler. Les pierres qu'il avait laissées tomber roulaient au creux de mon estomac et j'ai cru rendre mon déjeuner.

Ce soir-là, j'ai tant frotté les casseroles qu'elles sont ressorties de l'évier étincelantes et immaculées. Je ressassais tout ce que Monseigneur m'avait dit et n'avais à l'esprit que corruption, méchanceté et abus de pouvoir. Depuis des mois, je rêvais de Californie dès que j'avais une minute de libre. Mon billet était déjà payé et ma tenue de voyage achetée. Je me suis imaginée annoncer à Monsieur que je ferais ce que bon me semblait. L'image m'a fait sourire : ses sourcils broussailleux se soulevant de surprise, ses petits yeux durs écarquillés, le contour de ses lèvres blanchi par la colère.

C'est au petit matin que j'ai grimpé l'escalier de service jusqu'à ma chambre. Seigneur, j'étais épuisée. J'ai déboutonné ma robe et enfilé une tenue propre, sorti mon chapelet de sous mon oreiller et je me suis agenouillée. N'ai-je pas senti la Sainte Vierge me regarder de là-haut, portant toute la pitié du monde sur son tendre visage ?

Je n'avais pas prévu de raconter mes malheurs à Mary, mais c'est sorti tout seul le dimanche soir à Kelley Square. Nous venions de terminer la vaisselle et de nous rasseoir à table pour une seconde tasse de thé. Elle m'a demandé si je me plaisais chez les Dickinson et, avant d'avoir pu me retenir, je lui ai dit ce que Monseigneur menaçait de faire si je quittais la famille. Lui confiant à quel point ses paroles m'avaient laissée furieuse et impuissante, à quel point me sentir piégée de la sorte était terrible.

— J'ai l'impression que je vais devenir folle si je reste. Dieu m'est témoin, je préférerais retourner chez les Boltwood que de me soumettre à ses injonctions. Si c'était pour se laisser marcher dessus, on aurait pu rester dans le Tipperary.

Je m'attendais à la voir aussi outrée que moi.

Au lieu de ça, elle a passé les mains dans ses cheveux, geste qu'elle faisait lorsqu'elle se rongeait les sangs.

— Oh, Margaret, pour l'amour de Dieu, pourquoi me tourmenter ainsi ?

— Ce n'est pas moi qui te tourmente, ai-je réagi, sacrément étonnée. C'est Monseigneur. Tout ce que je veux, c'est mener ma vie comme je l'entends.

— Je ne comprends pas pourquoi tu ne peux pas te résoudre à rester à Amherst, a-t-elle dit d'une voix étouffée par les sanglots. Si Monseigneur se retourne contre Tom, il va nous rendre la vie impossible. Tom n'aura ni travail ni perspectives et on crèvera de faim dans la rue.

— Vous n'allez pas crever de faim. Tom trouvera de l'ouvrage ailleurs et je vous enverrai des montagnes d'argent de Californie.

Mais ma voix tremblait. À la vérité, j'ignorais de quoi Monseigneur était capable.

Mary est restée là à secouer la tête tandis que la nuit tombante prenait une teinte noir et bleu autour de nous.

— N'as-tu aucune compassion ? J'ai tous ces enfants à m'occuper et mon mari n'a qu'un bras. Comment trouverait-il du travail ailleurs ?

Ses paroles m'ont ébranlée. Mais elle avait raison. J'avais des devoirs envers ma sœur et risquer le bonheur de ma famille pour suivre mes propres rêves orgueilleux était injuste. Je savais où reposaient mes obligations. Mary avait besoin de moi, donc je resterais à Amherst.

Mais, ce soir-là, je m'en suis retournée à Homestead embourbée dans le chagrin.

6

À la fin du mois de mai, Monseigneur m'a augmenté mes gages : il se réjouissait que j'aie décidé de rester. Et ajoutait que je ne devais pas hésiter à apporter le pain de l'avant-veille à la famille de ma sœur ; il souhaitait s'assurer qu'elle n'ait pas faim. Avant de conclure qu'aussi longtemps que je serais la bonne des Dickinson ni moi ni les miens ne manquerions de rien.

Pour sûr, je ne voulais pas de sa charité, surtout si elle devait me coûter ma liberté. Ce n'est pas de moi qu'était venue la décision de rester, et ça m'a contrariée qu'il présente les choses ainsi, même si j'étais contente de cet argent en plus. Mais on ne peut pas être une domestique efficace en bouillonnant à l'intérieur. Puisqu'il m'était impossible d'enterrer mes rêves californiens, je pouvais attendre une année plus propice. Alors j'ai économisé mes gages, pris mon mal en patience, et je me suis pleinement investie dans la cuisine de Homestead.

Mary aimait à dire que mon bon cœur me perdrait. Mettez-moi face à un pauvre mendiant que je ne connais ni d'Ève ni d'Adam ; au bout de cinq minutes à me voir pleurer et soupirer sur son sort, vous me prendriez pour sa bien-aimée. Les gens en profitaient, me disait-elle. Rien de plus facile que de me faire suer sang et eau pour satisfaire les caprices de telle ou telle grande dame.

Certes, elle n'avait pas tort au sujet de mes affections. L'été venu, j'avais déjà un faible pour les femmes Dickinson. J'ai même commencé à appeler l'épouse de Monseigneur « la mère Dickinson ». Et je n'ai pas tardé à affubler de sobriquets le reste de la famille.

Austin passait tous les jours, avec sa voix tonitruante et sa tignasse rousse. Il se considérait comme un homme important. Tom disait qu'il était un Monseigneur en herbe, et il avait parfaitement raison.

Sue allait et venait comme si elle vivait à Homestead. Parfois, je ne savais même pas qu'elle était là, puis je la voyais descendre l'escalier principal en compagnie d'Emily. Elle et Austin avaient deux enfants que tout le monde chouchoutait. Ned avait 8 ans, le même âge que ma nièce Nell. Maigrichon et toujours plongé dans un livre, il était sérieux comme un pape. Rien à voir avec les garçons de son âge ou son père. C'était une âme sensible, à l'instar de sa tante Emily.

Mattie avait 3 ans, un tout petit bout de chou, débordant d'énergie. Ses parents et grands-parents la grondaient pour un oui ou pour un non, à ce qu'il me semblait. Même Vinnie était stricte avec la petite. Seule Emily admirait son toupet. Elle lui glissait une friandise quand personne ne la regardait et l'emmenait dans le jardin d'hiver pour lui raconter des histoires et jouer à prendre le thé. Comme des conspiratrices, ces deux-là.

Fidèles aux mœurs de leur classe, les Dickinson recevaient des visiteurs. Parfois, des professeurs du Collège venaient s'entretenir avec Monseigneur ou passaient voir la famille par courtoisie. Parents et amis restaient pour la nuit, comme le journaliste Samuel Bowles ou le juge Otis Lord, un ami proche de Monseigneur. Louisa et Frances, les gentilles cousines d'Emily et Vinnie, faisaient le déplacement depuis Boston, et leur tante Elizabeth depuis Worcester. Une femme des plus désagréables, à la mine revêche et aux manières dignes d'un général ; elle avait le don de se mêler de ce qui ne la regardait pas. Chaque fois qu'elle séjournait à Homestead, elle enfilait des gants blancs et faisait le tour de la maison en inspectant la moindre babiole à la recherche de poussière. Si la pointe de son doigt était grise après qu'elle l'eut passé le long d'un bougeoir ou sur le barreau d'une chaise, c'est moi qu'elle sermonnait, même si la plupart du temps c'était Vinnie qui faisait la poussière.

Parfois, tante Elizabeth venait fouiner dans ma cuisine, où elle n'avait rien à faire. Un jour, je revenais de balayer la véranda quand je l'ai surprise à déplacer ce qui était rangé sur les étagères de l'office – elle remettait les boîtes d'épices au mauvais endroit et changeait de place les grandes assiettes. J'ai dû croiser fermement les bras sur ma poitrine pour m'empêcher de la dégager de là.

— Je peux vous aider ? lui ai-je demandé.

Elle a posé l'assiette qu'elle tenait pour me toiser comme une araignée qu'elle aurait aimé écraser.

— Je suis sincèrement étonnée que mon frère vous ait engagée. Regardez, a-t-elle dit en désignant d'un doigt accusateur le bord de l'assiette, deux ébréchures grosses comme le nez au milieu de la figure. Deux ! Et presque aussi larges que le bout de mon index. Vraiment, faites plus attention lorsque vous lavez la vaisselle.

Sa voix était aussi rébarbative que sa trogne.

— Ce n'est pas moi qui ai ébréché ces assiettes, madame.

Elle a haussé les sourcils d'un air dubitatif.

— Insinuez-vous qu'un autre membre de cette maisonnée en serait responsable ? Quelle idée ridicule ! a-t-elle poursuivi sans attendre ma réponse. De toute façon, cela n'excuse en rien la présence de cette assiette dans l'office. N'importe quelle domestique digne de ce nom l'aurait mise de côté depuis longtemps. Elle n'est plus bonne qu'à servir de repose-cuillère en cuisine.

Mon visage a dû s'empourprer. Elle attendait une réponse, mais je lui aurais rétorqué quelque chose de trop salé si je lui avais répliqué.

Elle a grommelé en branlant la tête et ses ridicules petites boucles ont rebondi sur son front.

— Je vous conseille de revoir votre attitude et vos compétences sans tarder. Mon frère est un homme bon et généreux, mais sa patience a des limites.

Puis elle a quitté la pièce en marmonnant le mot « Irlandaise » assez fort pour qu'il me parvienne à l'oreille.

J'ai attendu que ma colère passe du bouillonnement au frémissement, et réussi à mitonner un excellent souper. Tout le monde a fait l'éloge de mon beurre et de mon jus de viande, sauf tante Elizabeth. Ce soir-là, en allumant les lampes, je l'ai entendue, dans la bibliothèque, s'adresser à Monseigneur, et j'ai vite compris que j'étais le sujet de ses griefs.

— Il te faut absolument mettre la main sur une bonne anglaise, disait-elle. Ou allemande. Les Irlandaises sont connues pour leur paresse.

Monsieur a répondu, mais je n'ai pas pu discerner un traître mot de ce qu'il disait, même si sa grosse voix semblait opposer une longue justification.

— Franchement, Edward, a rétorqué la tante, tout ne tourne pas autour du bon vouloir d'Emily !

Le siège de Monseigneur a craqué. Il avait dû se lever. Puis les jupes de tante Elizabeth ont frotté contre le mur et j'ai filé me cacher dans le salon tandis qu'elle quittait la pièce. La scène m'a servi de rappel : il y aurait toujours des gens pour rabaisser les Irlandais.

Le lendemain marquait la fin de la visite d'Elizabeth : elle partirait tout de suite après le déjeuner. Pour être honnête, ça me faisait tellement plaisir qu'être chargée de faire ses bagages ne m'a pas dérangée. C'est dire à quel point j'avais hâte qu'elle débarrasse le plancher ! Je lui ai même adressé un signe d'adieu de la fenêtre de la cuisine.

Emily et Vinnie sont venues me rejoindre après les au revoir, aussi guillerettes qu'au retour d'un ceilidh. J'ai trouvé ça curieux, qu'elles se comportent comme à la fin d'une fête entre voisins, alors je me suis affairée dans l'office à remettre chaque chose à sa place tandis qu'elles discutaient et riaient ensemble. Puis Vinnie a dit :

— Il est temps d'assumer tes responsabilités dans la sphère sociale d'Amherst, Emily.

On aurait dit trait pour trait la voix de tante Elizabeth ! Elles se sont esclaffées comme s'il s'était agi de la meilleure des plaisanteries.

Évidemment, j'ai eu envie de rire moi aussi. Mais n'importe quel sot sait qu'on ne se moque pas de ses aînés. J'ai fait irruption dans la cuisine sans réfléchir.

— C'est la sœur de votre père que vous tournez en dérision, ai-je déclaré comme si je m'adressais à mes propres neveux et nièces. Vous ne devriez pas manquer de respect à votre famille.

Ma tirade terminée, j'ai regretté mes paroles, qui auraient pu me valoir un renvoi. Mais au lieu d'en prendre ombrage elles se sont remises à rire.

— Ne soyez pas fâchée, Maggie, m'a dit Emily. Nous aimons tante Elizabeth, mais c'est un corset sur pattes, et étroit pour couronner le tout ! Il faut respirer un grand coup après l'avoir porté une semaine durant.

Sur quoi Vinnie est repartie d'un fou rire. Dieu m'est témoin, je n'ai pas pu m'empêcher de pouffer moi aussi.

C'est à la suite de cet épisode qu'Emily s'est mise à discuter quand nous travaillions en cuisine. Elle me posait surtout des questions sorties de nulle part et sans aucun lien avec ce que j'étais en train de faire. Peut-être qu'elle avait plus soif de simples bavardages que des grandes conversations entre Dickinson sur la politique, la philosophie et la poésie.

Elle m'a demandé de lui décrire le lieu dont j'étais originaire. Les souvenirs des temps difficiles que j'ai vécus petite fille, de l'autre côté de l'Atlantique, me venaient aussi facilement que la respiration. Je n'avais qu'à regarder dans le vague pour me retrouver dans le Tipperary, à faire le deuil de telle ou telle chose. Mais ce n'était pas de nos misères qu'Emily voulait entendre parler, alors je lui décrivais plutôt les ajoncs qui teintaient de jaune les collines, les tourterelles qui nichaient dans le sorbier derrière notre cottage, les accenteurs mouchets qui chantaient dans la haie et les nuées de martinets. Elle souriait, se penchait et fermait les yeux comme pour se représenter la scène.

Parfois, ses questions me chiffonnaient ; elles étaient trop personnelles. Quel genre d'homme avait été mon père ? Qui étaient mes amis ? Étais-je déjà tombée amoureuse ? C'était trop intime. Mais, pour être honnête, j'étais tellement contente d'échapper aux longs silences habituels de la cuisine que je lui répondais toujours.

Un jour, elle m'a demandé de lui raconter notre départ d'Irlande. La veillée aux vivants que nos voisins avaient organisée pour nous est la première chose qui m'est venue à l'esprit. Alors elle a voulu que je lui explique ce que c'était, une veillée aux vivants ; elle n'en avait jamais entendu parler.

— C'était une veillée pour celles et ceux qui partaient après la Grande Famine. On savait tous qu'on avait peu de chances de se revoir en ce monde.

Lui répondre m'a ramenée à ce jour où, à 13 ans, j'ai dû dire au revoir à la plupart des gens que j'avais jamais connus.

— Tous nos amis et parents sont venus, ai-je poursuivi. On était plus d'une trentaine, serrés comme des sardines dans le cottage de mon oncle, à faire un foin de tous les diables. Ç'a été des lamentations, des pleurs et des adieux toute la nuit.

Je ne lui en ai pas raconté davantage, mais le souvenir de cette soirée était aussi frais que si elle avait eu lieu la veille. Tout en m'affairant à ma besogne, je revoyais Katy Hogan assise dans un coin, son châle sur la tête, se lamentant à cor et à cri. Une atmosphère lourde et morose, comme si les Maher étaient tous morts d'un coup et que le chagrin était trop pesant pour que le vent l'emporte. Danny McClatchy qui pestait dans sa barbe en chevrotant contre les Anglais, tellement soûl qu'il en tombait de son tabouret. Le moment où nous avons chanté ensemble *Éamonn an Chnoic*, d'une seule et même voix mélodieuse à en soulever le chaume du toit. La terrible solitude qui s'est emparée de moi jusqu'à ce que j'aille trouver ma mère pour m'asseoir tout contre elle, sa main sur mes cheveux comme un bol chaud.

Emily a cessé de pétrir.

— À quoi ressemblent-elles, ces fameuses lamentations irlandaises ?

J'ai longuement réfléchi, car impossible de les décrire à qui n'en a jamais fait l'expérience.

— C'est la désolation incarnée, ai-je fini par lui dire. Un son similaire au cri de la banshee. Ça vous dresse les poils.

Emily me faisait face, mais semblait regarder pardessus mon épaule.

— J'ai entendu des loups hurler une nuit d'hiver, a-t-elle dit doucement. Leur chant a quelque chose de surnaturel.

— Oui, il y a de ça. Mais en plus perturbant.

— C'est curieux de pleurer une personne qui n'est pas encore morte, a fait remarquer Emily en recommençant à pétrir. On a tout le temps du monde, l'éternité, pour le deuil, non ?

J'ai hoché la tête, sans être sûre de savoir où elle voulait en venir. Parlait-elle du purgatoire ?

— D'un autre côté, peut-être y a-t-il une certaine sagesse à tirer de cette coutume. Après tout, il est assez exaltant de s'imaginer assister à son propre enterrement.

Elle m'a souri en me jetant un regard espiègle que je lui avais déjà vu. Mais on ne plaisante pas avec ces choses-là ; c'est un coup à s'attirer l'attention des fées. Alors j'ai vite changé de sujet.

Indéniablement, Emily aimait un peu trop discuter de ce que personne d'autre ne voulait aborder. Et ses phrases prenaient souvent une tournure inattendue : il lui arrivait de parler de la mer comme si c'était un homme ou d'affubler les collines de châles comme s'il s'agissait de femmes. Parfois, ce qu'elle racontait n'avait ni queue ni tête, mais il était agréable d'avoir de la compagnie.

J'ai observé de quelle manière elle se limitait à la maison et au jardin. En passant le portail, aurait-elle couru le risque de dégringoler dans un gouffre ? Je l'ai souvent aperçue derrière la haie de pruches, à regarder les gens passer. Dans sa robe blanche, on aurait dit un fantôme, à se promener sans un bruit dans le jardin et les escaliers. Cette habitude qu'elle avait de sortir de l'ombre d'un coup me fichait la chair de poule et m'a tiré plus d'une fois une exclamation de surprise.

Un soir, j'avais fini tard de nettoyer la cuisine, la maison était plongée dans le noir et silencieuse, et j'ai entendu une musique alors que je m'apprêtais à monter dans ma chambre. J'ai traversé sur la pointe des pieds le passage du Nord-Ouest pour trouver Emily dans le salon ; elle jouait du piano dans l'obscurité, une mélodie si jolie qu'elle semblait l'œuvre des fées. Et c'était peut-être bien le cas, car j'ai été paralysée par sa beauté. Elle m'a laissée envoûtée, les yeux rivés sur les bandes d'argent que dessinait sur le parquet le clair de lune qui se faufilait sous les épais rideaux.

Du pas de la porte, je voyais ses mains frôler les touches comme Vinnie caressait ses chats. La mélodie était à la fois joyeuse et mélancolique, m'évoquant tout à la fois l'Irlande, ma famille et les hommes dont j'avais été amoureuse. J'ai dû soupirer fort car Emily s'est arrêtée de jouer. Un instant, je n'ai plus entendu que les grincements de la maison et mon cœur qui battait la chamade.

— Maggie, a-t-elle dit, soudain tout près de moi, ses manches blanches flottant autour d'elle comme celles d'un spectre. Que se passe-t-il ? Êtes-vous malade ?

Clairement, j'étais prise sur le fait et fort gênée. Mais moins gênée que désireuse d'entendre à nouveau cette mélodie.

— Pas du tout, miss. Je vous écoutais simplement. C'est un très bel air. Vous voulez bien le rejouer ?

— Oh, a-t-elle dit. J'en serais incapable. J'improvisais.

Je crois que c'est ce qui m'a charmée chez elle : apprendre qu'elle inventait sa propre musique, comme un violoniste du Tipperary ou Mary lorsqu'elle chantait une berceuse à l'un de ses petits. Après cette nuit, j'ai commencé à être plus attentive au bruit de ses pas dans l'escalier, et à me retourner quand elle entrait dans une pièce.

En août, les Dickinson ont organisé leur réception de remise des diplômes. D'après Vinnie, cet événement avait toujours eu lieu. L'intégralité des étudiants du Collège et de la bonne société d'Amherst venait grignoter et bavarder ; c'était la plus grande festivité de l'année. La famille se rongeait les sangs à tout préparer des semaines durant, et, à la fin du mois de juillet, il fallait voir dans quel état ils se mettaient ! Et pour cause, il y avait des montagnes de choses à faire. Certes, cela ne reposait pas que sur moi. Vinnie nettoyait tout sur son passage telle une tornade et Emily confectionnait à la chaîne des gâteaux au rhum et des pains d'épices. Monseigneur a engagé de jeunes gars pour battre les tapis et des filles pour polir l'argenterie.

Eliza Thompson est venue nous aider – Vinnie m'a expliqué qu'elle se chargeait des préparatifs de la réception depuis des années et savait tout ce qu'il fallait faire. Eliza a donc pris les rênes de ma cuisine, ce qui n'a pas du tout été à mon goût. Elle était discrète et jolie, avait un teint de châtaigne et les manières d'une grande dame. Je n'avais jamais vu une employée de maison si respectable. Mais quand elle était contrariée elle plissait les yeux et prenait une mine chafouine, si bien que j'obéissais à ses ordres même s'il m'arrivait de la trouver fière et impérieuse.

Le jour de la réception, le soleil levant était rouge vif et l'air humide. Emily faisait des allers-retours incessants dans la cuisine ; je ne lui avais jamais connu tant d'énergie. À un moment, je me suis risquée à lui demander si elle prendrait part aux réjouissances. Je m'attendais à ce qu'elle réponde non, puisqu'en général elle restait dans sa chambre lorsqu'il y avait des visiteurs.

— Oh, si je refusais de me montrer, Père ne me le pardonnerait jamais ! J'ai toujours servi le vin aux jeunes messieurs.

Le sourire qu'elle a eu avant de quitter la pièce a suscité en moi des pensées indécentes à m'en faire rougir.

Eliza a gloussé. Elle déposait des cerises dans un plateau sur pied en argent.

— Je n'ai jamais vu miss Emily comme ça, ai-je commenté. On dirait une demoiselle qui folâtre. Ça ne lui ressemble pas du tout.

— Oh, les frivolités ne lui sont pas du tout étrangères, m'a dit Eliza. On raconte plus d'une histoire badine sur ses jeunes années. Et aussi sur celles de sa sœur.

— Ma foi, j'aimerais bien les entendre. Difficile de croire que miss Emily ait pu être badine. Qu'est-ce qui l'a tant fait changer ?

Eliza a haussé les épaules.

— Le monde est un endroit bruyant, agité. J'imagine qu'une dame comme miss Emily doit se concentrer sur sa tâche.

— Laquelle ? La couture ? Le pain et les gâteaux ?

Je n'y comprenais rien. Les tâches ménagères qu'Emily prenait en charge n'avaient rien de bien compliqué.

— La tâche qu'à mon sens lui a confiée le Seigneur, a répondu Eliza en étalant une couche de feuilles de vigne sur les cerises. Ce qui se passe dans sa tête. Et elle n'a rien perdu de sa vivacité. Avez-vous déjà regardé ses doigts de près ? Vu les taches d'encre ?

— Oui, bien sûr, ai-je dit, vexée ; ne vivais-je pas à Homestead depuis six mois à présent ? Je sais qu'elle rédige des tonnes de lettres.

Eliza s'est mise à parsemer de framboises les feuilles de vigne. Je n'avais jamais vu un assortiment de fruits aussi élégant.

— Et ce n'est pas la moitié de ce qu'elle écrit. Miss Emily est une *poétesse*. Nous ne pouvons pas passer notre vie à nous adonner aux frivolités quand Notre Seigneur nous a fait don d'un talent. C'est dans les Saintes Écritures.

J'ignorais de quel évangile elle parlait, mais je la croyais sur parole. C'était là une chose que j'avais apprise : les protestants américains aiment citer la Bible. Même Emily, qui n'allait jamais à l'église, pouvait vous réciter n'importe quel verset sans trébucher.

Je me suis demandé si Eliza avait raison. Je n'avais jamais ouï dire qu'il existait des femmes poètes. Ça me paraissait contraire aux bonnes mœurs. J'avais envie d'en savoir plus mais je n'ai pas eu le temps de l'interroger ; les convives arrivaient.

À 13 heures, la maison et le jardin regorgeaient d'invités. C'était une confusion joyeuse, Eliza remplissant des pichets entiers de limonade tandis que je composais des plateaux de tranches de pain d'épices et de gâteaux. Mes deux nièces aînées, Mary et Meg, sont venues de Kelley Square pour nous aider à servir.

À 14 heures, Monseigneur et la mère Dickinson ont descendu l'escalier principal tels un roi et sa reine et se sont mis à saluer les gens dans le salon. Austin et Sue sont arrivés avec Ned et Mattie. Vinnie ne tenait pas en place, passant joyeusement de pièce en pièce avant de sortir dans le jardin, les cheveux coiffés de rubans et vêtue d'une robe lavande cousue de frais qui révélait ses épaules. Quant à Emily, elle portait une nouvelle robe en linon blanc brodé de roses qui flottait comme une plume d'oie, et avait la chevelure relevée dans un filet doré. Elle était belle à voir, postée derrière la jatte à punch dans la salle à manger, à servir des coupes de vin en carafe. Elle riait, marivaudait, et ses joues étaient si colorées qu'on l'aurait crue fiévreuse. En fait, elle m'a laissée bouche bée plus d'une fois tant son comportement était inhabituel. Elle s'amusait aussi follement que les autres.

Plus tard dans l'après-midi, je l'ai vue se promener dans le jardin en compagnie de Sue. Elles formaient un beau duo, Sue en bleu et Emily en blanc, se tenant par la taille, têtes rapprochées pour se murmurer les plus doux secrets.

7

Après ce que m'avait révélé Eliza Thompson le jour de la réception, j'ai commencé à remarquer les poèmes qu'Emily écrivait. J'ai toujours admiré les poètes. Sans doute à cause de mes racines, car il n'y a pas sol qui en soit plus fertile que celui du Tipperary. C'est en rangeant sa chambre que j'ai d'abord aperçu parmi d'autres feuilles des pages remplies de vers. Puis j'ai trouvé un peu partout dans la maison de courts poèmes parsemés de tirets rédigés à la hâte au dos de recettes, d'enveloppes, ou sur divers bouts de papier. Parfois, elle les fourrait dans ses poches, dont ils tombaient en voletant quand je les mettais à la lessive. Alors je me suis mise à la considérer d'un autre œil.

Depuis que j'avais emménagé à Homestead, je postais des lettres de la part d'Emily à un certain « Mr Higginson, éditeur ». Mais c'est seulement après la réception qu'il m'est venu à l'esprit de demander à Vinnie ce qu'était un éditeur. D'après elle, c'était un homme qui décidait quoi publier dans un magazine ou un livre. Comme des histoires, des essais ou des poèmes, a-t-elle ajouté.

— Alors Mr Higginson publie les poèmes de miss Emily ?

Vinnie a ri.

— Emily serait aux anges si c'était le cas. On ne pourrait plus la retenir à Amherst, elle serait en pleine ascension du mont Olympe. Mais, a-t-elle poursuivi en tapotant la broche en argent et améthyste piquée à son col, je crains que cela ne s'avère guère probable. Mr Higginson lui a signifié que ses poèmes n'étaient pas assez aboutis.

J'ignorais où se trouvait le mont Olympe et pourquoi Emily serait allée le grimper. Mais je compatissais avec quiconque voyait ses rêves foulés aux pieds.

Puis, une chaude matinée d'été où Emily et moi étions toutes les deux dans la cuisine, un petit gars est venu toquer à la porte : le garçon de courses d'Amherst House m'a tendu une enveloppe.

— Pour miss Dickinson.

— Donnez-lui un morceau de pain d'épices pour sa peine, Maggie.

Emily se tenait juste derrière moi. J'ai sursauté parce qu'en général elle se volatilisait dès qu'elle entendait frapper.

— Et ne le laissez pas repartir avant que j'aie fini de rédiger ma réponse. Bloquez la porte s'il le faut.

Elle m'a arraché l'enveloppe des mains et s'est précipitée à l'étage.

J'ai donné son pain d'épices au garçon et m'en suis retournée hacher les rognons pour ma tourte. Il s'est mis à jacasser, me racontant qu'il vivait dans les bois au nord de la ville, et avais-je vu les feux d'artifice de la fête nationale depuis le champ de foire ? J'étais sur le point de lui couper une autre tranche de gâteau pour le faire taire quand Emily est revenue et lui a fourré une feuille pliée dans la main.

— Dépêche-toi de rentrer et prends garde de bien remettre ma missive au monsieur en main propre, lui a-t-elle dit en glissant une friandise à la menthe dans sa poche alors qu'il sortait. C'est de la plus haute importance.

Elle s'est tournée vers moi.

— Mr Higginson s'apprête à nous rendre visite cet après-midi, Maggie, m'a-t-elle dit, les joues aussi roses qu'un bonbon. Et tout doit être… un bonheur parfait, stupéfiant.

Je n'avais jamais vu une femme mettre un tel soin dans ses préparatifs. Rien ne devait être laissé au hasard : des fleurs fraîchement coupées au salon, les coussins tapotés pour leur donner un aspect rebondi, les rideaux tirés afin que la température demeure agréable. Personne ne devait les déranger, Mr Higginson et elle. Pas même Vinnie, ni la mère Dickinson. Je ne servirais pas les rafraîchissements ; elle s'en chargerait elle-même. Après avoir accompagné Monsieur au salon, je devrais rester invisible dans la cuisine jusqu'à son départ.

Elle m'a envoyée chercher des fleurs au jardin – des roses de mai, des lys, des œillets de poète et des zinnias. J'ai rempli le panier jusqu'à ce qu'il ressemble à une explosion de rose, d'orange et de jaune. Elle les a arrangées dans trois vases, puis a choisi deux lys couleur coucher de soleil qu'elle a emportés dans sa chambre.

Quand j'ai entendu le heurtoir de la porte d'entrée, j'ai ouvert pour découvrir un homme de taille imposante.

— Je crois savoir que miss Dickinson m'attend, a-t-il dit dans sa barbe.

Il m'a tendu sa carte, que je me suis empressée d'apporter à Emily. Elle est sortie de sa chambre vêtue d'un châle bleu en maille filet par-dessus une robe blanche et a descendu l'escalier sur la pointe des pieds. Les deux lys reposaient comme des bébés au creux de son bras gauche. J'avais l'impression de rêver.

Ç'a été un long et calme après-midi. La maison était muette comme une cloche au repos, excepté les murmures provenant du salon, qu'on aurait pu confondre avec un bourdonnement d'abeilles. Vinnie et sa mère étaient sorties à la demande d'Emily, donc je me suis occupée en cuisine. À 17 heures, la porte d'entrée s'est refermée, puis Emily a remonté l'escalier au pas de course. Elle n'a pas quitté sa chambre tout le reste de la journée. J'ignorais si c'était bon ou mauvais signe.

Mais quand elle est descendue le lendemain matin, elle était rayonnante. Elle avait le regard brillant et des joues empourprées qui la rendaient presque jolie. Elle a avalé un petit déjeuner copieux – ce qui ne lui ressemblait pas – et bu deux tasses de café. Elle s'en servait une troisième lorsque Sue est apparue. Emily a bondi, si souriante que son visage semblait sur le point de se fendre en deux. Elles ont décampé dans sa chambre en chuchotant comme des écolières.

— Si je n'étais pas mieux informée, je croirais que Mr Higginson est le galant d'Emily, ai-je dit à Vinnie plus tard.

Elle dépoussiérait les chaises du salon tandis que je polissais le piano. Mon œil avait été attiré par une rose de Damas qui pendait tristement, près de tomber de son vase.

Elle a ri en se retournant d'un mouvement vif, si bien que l'ourlet de sa jupe a laissé apparaître ses jolies pantoufles noires avec leurs nœuds papillons parfaits.

— Le galant d'Emily ? Oh non, Maggie ! Emily l'admire énormément, mais pas en tant que soupirant. Quoique, a-t-elle ajouté en souriant à la manière espiègle des Dickinson, ravie de me faire imaginer des choses farfelues. On ne sait jamais avec Emily, n'est-ce pas ?

Son regard pétillait de malice quand elle s'est approchée pour retirer de son vase la pauvre rose.

Ça, c'était la vérité vraie : on ne savait jamais, avec Emily.

L'après-midi suivant, six de mes tartelettes aux pommes ont disparu du coffre à tartes. J'étais certaine d'en avoir mis une douzaine à refroidir. Mais toute la matinée Mattie et Ned avaient fait des allers-retours dans la cuisine, me déconcentrant sans cesse. Mattie n'arrêtait pas de poser des questions et Ned de fourrer son nez dans l'office.

— Allez, filez, leur avais-je dit plus d'une fois. Une magnifique journée qu'on a là, et c'est sous ce grand soleil que vous devriez vous trouver.

Et ils sortaient, sans doute caresser les chevaux ou embêter Tim, le valet d'écurie, pour revenir m'enquiquiner et quémander du lait et du gâteau. Tant et si bien que je ne me souvenais plus s'ils étaient dans les parages quand j'avais mis de côté les tartelettes. Si je ne pensais pas que Ned ait pu les voler, en vérité je faisais moins confiance à Mattie.

J'ai décidé de me rendre aux Evergreens pour savoir de quoi il retournait. Je m'apprêtais à dénouer mon tablier lorsque j'ai entendu des cris et des rires d'enfants tout près. Ça m'a échauffé la bile. Monseigneur avait bien insisté : l'une de mes tâches principales était de faire en sorte qu'aucun bruit ne vienne déranger Emily. J'avais passé la semaine à chasser les gamins du voisinage, et quand je suis sortie par la cuisine j'ai suivi les voix jusque devant la maison. Et qu'y ai-je trouvé ? Une bande de garnements, filles et garçons, en train de pouffer juste sous la fenêtre d'Emily !

— Oust ! me suis-je exclamée en moulinant des bras. Déguerpissez tout de suite ! Vous n'avez rien à faire de ce côté du portail.

Puis la voix zozotante de Mattie a lancé :

— Merci, tante Emily !

Tous les petits avaient le nez en l'air. Emily était penchée à la fenêtre de sa chambre, elle faisait remonter un panier à l'aide d'une corde et riait à gorge déployée, aussi joyeuse que les enfants.

Mattie m'a aperçue et est venue me trouver en courant, gaie comme un pinson.

— Regarde ce que tante Emily nous a donné !

Et que le diable m'emporte, elle avait entre ses mains une de mes tartelettes aux pommes ! J'étais furibonde. Je la lui aurais arrachée des mains si je n'avais pas su que tout était la faute d'Emily.

Il m'a fallu un moment pour me calmer. Heureusement que je n'ai pas vu Emily avant le souper, ou j'aurais pu lui dire quelque chose que j'aurais regretté. Mais elle avait encore une lueur malicieuse dans le regard quand elle a pris place à table. À l'évidence, elle trouvait cette affaire très drôle alors qu'il me manquait six tartelettes et que j'étais mortifiée.

C'est au printemps suivant que j'ai commencé à voir Emily différemment. Le cirque de Maginley était en ville, et Molly et moi nous étions beaucoup amusées à regarder les clowns et les acrobates à cheval pendant mon après-midi de repos. Le lendemain, j'avais une montagne de vêtements à repasser, mais ma bonne humeur ne m'avait pas quittée. J'étais là, penchée au-dessus de la table en chantonnant, quand j'ai entendu un cri en provenance de la grange. J'ai vite reposé mon fer sur le fourneau pour sortir en courant par la porte de service.

C'était Emily, recroquevillée sur elle-même devant la stalle des chevaux. Un pied dépassait de sous sa robe et elle grimaçait de douleur. Dès que je me suis agenouillée, j'ai vu qu'un clou s'était enfoncé dans sa semelle. Il s'était presque entièrement fiché dans son pied et du sang perlait autour. J'ai eu un haut-le-cœur.

— Ça va aller, miss. Je vais vous l'extirper en un tournemain. C'est arrivé à mon frère une fois et je l'ai sorti d'affaire en moins de deux.

Rapide comme un lièvre, j'ai couru à la cuisine pour y récupérer un couteau d'office propre.

Dieu m'est témoin, j'ai retiré cette saleté de clou du pied d'Emily en moins de temps qu'il n'en faut pour le dire. Il est ressorti sans lui arracher plus qu'un tressaillement. Le seul son qu'elle avait produit avait été ce cri terrifiant.

Je lui ai enlevé sa pantoufle pour enrouler mon tablier autour de son pied, terminant par un nœud au niveau de la cheville. Elle tremblait comme une feuille et s'est appuyée sur moi pour claudiquer jusqu'à la maison. On aurait dit une petiote, la tête posée sur mon épaule, une odeur de soleil, de fleurs de cerisier et de tristesse dans les cheveux. Il émanait d'elle une solitude similaire à celle que j'avais connue à mon arrivée en Amérique. Certes, je ne savais pas d'où venait la sienne, mais elle résonna profondément en moi à ce moment-là.

Pas un gémissement ne s'est échappé de sa bouche quand j'ai nettoyé son pied avant de le recouvrir de couenne de porc, puis d'un pansement de soie cirée. Elle a plissé le nez en flairant l'odeur, mais je lui ai assuré que ç'avait été efficace pour mon frère, que ça aidait à se débarrasser de l'infection.

— Du tabac ferait aussi l'affaire, ai-je poursuivi. Mais je ne vais tout de même pas aller farfouiller dans la bibliothèque de Mr Dickinson !

J'ai été surprise de l'entendre rire. On aurait dit une petite étincelle entre nous. Après l'avoir allongée sur le divan de la salle à manger, j'ai couru chercher le médecin.

Le Dr Bigelow a fait l'éloge de mon pansement, puis nous l'avons portée ensemble à l'étage pour la mettre au lit. J'ai passé le reste de la journée à monter et descendre l'escalier pour lui apporter du thé et de quoi manger, puis changer son bandage. Pour être honnête, cette charge supplémentaire ne me dérangeait pas ; j'ai toujours aimé m'occuper des malades. Mais en fin de journée j'ai été contente de me retirer dans ma chambre.

Je venais de terminer mes prières quand la mère Dickinson a frappé à ma porte. Elle avait la mine d'une femme assaillie par tous les malheurs du monde.

— Madame ?

Je frissonnais de froid sous ma chemise de nuit et la tête me tournait de fatigue.

— Emily vous demande, a-t-elle dit d'une voix tremblante. Elle affirme qu'elle ne veut voir personne d'autre.

Ce ne sont pas ses paroles qui m'ont convaincue, mais son apparence : elle ressemblait à une vieille serviette trop usée pour absorber l'eau.

— J'en ai pour une minute, le temps d'attraper mon châle. Allez vous reposer.

Emily était réveillée dans son lit, les couvertures ramenées sous le menton, les joues aussi pâles que ses oreillers. Ses cheveux s'étaient échappés de sa tresse et leurs mèches roux foncé ondulaient autour de son visage. J'ai tapoté ses oreillers et lissé sa courtepointe.

— Vous avez mal ?

Je savais que les malades, quel que soit leur âge, sont toujours soulagés de voir qu'une personne prend les choses en main, quand bien même ladite personne n'est qu'une bonne. J'ai posé la paume sur son front pour vérifier si elle avait de la fièvre, mais Dieu merci sa peau était tiède.

— Votre présence est comme le soleil après l'orage, m'a-t-elle dit en souriant telle la Vierge Marie à Notre Seigneur. Vous illuminez mes ténèbres.

— Chut, voyons, c'est le laudanum qui parle, et puis vous me faites rougir. Est-ce que je peux me rendre utile ?

— Racontez-moi un conte irlandais. Je veux vous entendre parler.

Une triste contrariété m'a prise à l'estomac. Je me suis demandé si elle se moquait encore de moi.

— Pourquoi voudriez-vous écouter un conte irlandais ?

— Faites-moi plaisir, Maggie. J'ai besoin d'enchantement ce soir. Et quoi de plus enchanteur qu'un conte traditionnel venu d'Irlande ?

Je me suis accordé une minute pour me remémorer les histoires que j'avais entendues petite.

— Connaissez-vous l'histoire de Dagda et de sa harpe ?

Elle a secoué la tête. Sous la lumière de la lampe, ses yeux brillaient comme ceux d'une enfant.

Je suis allée chercher la chaise de son bureau pour la rapprocher du lit.

— C'est arrivé dans le brouillard des temps anciens, ai-je commencé. Avant que saint Patrick ne chasse tous les serpents d'Irlande. Dagda est venu du nord avec tout son attirail magique : son bâton magique, son chaudron magique, et sa harpe magique en chêne, sertie de joyaux. Lorsqu'il en pinçait les cordes, il pouvait modifier les saisons ou préparer ses guerriers à la bataille. Sa musique apaisait les blessures de ses soldats et les guérissait de tous leurs chagrins.

Emily a poussé un soupir. Les yeux fermés, elle souriait.

— Ne vous arrêtez pas, a-t-elle murmuré.

Alors j'ai continué à raconter mon histoire : Dagda avait été capturé par ses ennemis et les avait rendus impuissants en jouant sur sa harpe la musique des larmes, la musique des rires puis la musique du sommeil. Tandis que le récit prenait forme sur ma langue, je me suis retrouvée moi-même sous son enchantement. Ça m'a ramenée dans le comté de Tipperary, aux soirées passées autour d'un panier de pommes de terre à écouter mon père raconter cette même histoire tandis que les doigts lestes de ma mère me démêlaient les cheveux. En fait, je me suis sentie apaisée pour la première fois depuis des mois, assise dans la semi-obscurité auprès d'Emily.

Émerger de cette histoire m'a fait l'effet de nager à contre-courant dans un immense fleuve. J'ai levé les yeux et Emily était là, allongée dans son lit, les joues ruisselantes. J'ai pensé qu'elle avait mal, mais non, c'était à cause de la musique des larmes.

— Elle a pris mon cœur au piège, a-t-elle expliqué avant de me demander de lui chanter les airs joués par la harpe.

— Je ne les connais pas, miss. Et si c'était le cas je n'oserais point les chanter car ce sont les chants des fées. Les humains ne devraient jamais toucher à la magie. Elle est diablement capricieuse. Une formule magique peut aussi bien maudire que guérir.

Elle m'observait.

— J'aurais dû savoir que vous refuseriez de révéler vos secrets, a-t-elle dit en riant doucement. Mais je vous remercie pour cette histoire.

J'ai tourné la tête. La lune brillait à la fenêtre, ronde comme une pièce de monnaie, sa silhouette argentée prisonnière de la cime des arbres.

— Si vous voulez une chanson, il y en a une à tirer de ce tableau, lui ai-je dit.

Elle s'est redressée pour regarder, avant de retomber sur ses oreillers.

— En effet. Ou un poème, au moins, a-t-elle dit d'une voix lente et rêveuse. C'est là une vérité aussi vieille que Dieu.

Elle s'est assoupie un moment et je crains avoir fait de même, jusqu'à ce que des voix nous réveillent toutes les deux. Elle a insisté : il lui fallait voir ce qui se passait. Alors je l'ai aidée à se lever et nous nous sommes approchées de la fenêtre. Plus bas dans la rue, deux chevaux sont apparus, tirant une charrette pleine de caisses empilées. D'autres chevaux tractant des calèches ont suivi, puis trois éléphants se tenant par la queue, menés par un garçon qui marchait à côté d'eux. Au cœur de la nuit noire, le cirque quittait la ville ; ces couleurs vives, cette musique joyeuse, ces animaux exotiques filaient en catimini. C'était le plus curieux et le plus magnifique des spectacles.

Ni elle ni moi n'avons pipé mot jusqu'à ce que la caravane ait disparu. Puis Emily a soupiré.

— Il y a quelque chose là-dedans qui évoque la couleur rouge, n'est-ce pas ? J'entendais presque des tambours.

Les mots à peine sortis de sa bouche, la couleur rouge m'est apparue à l'esprit et il m'a semblé entendre une fanfare. Ça m'a rappelé les nombreuses grandes parades à la fin de la guerre de Sécession.

Emily s'est appuyée sur mon bras et je l'ai sentie frissonner. Je l'ai raccompagnée jusqu'à son lit et j'ai vérifié qu'aucun signe d'infection n'apparaissait sur son pied. J'étais en train de refaire son bandage quand le premier oiseau de l'aube s'est mis à chanter. Emily et moi nous sommes regardées en souriant.

Par la suite, Emily allait aimer raconter cette nuit où elle avait vu le cirque s'esquiver dans le noir.

— Comme des voleurs de bonheur, dirait-elle, l'œil taquin. Tous ces grands hommes forts poussant de doux « hue, hue ! » pour faire avancer les chevaux.

Mais elle n'a jamais dit à personne que j'étais avec elle. C'était notre secret.

Lors de cette longue et étrange nuit, un lien s'est tissé entre nous, maîtresse et bonne. D'abord fin comme un fil, léger comme un ruban dans le vent. Mais avec le temps il s'est épaissi et consolidé, il s'est renforcé.

Partie II
Volets

8

1916

Mars est diablement fantasque. D'une heure sur l'autre, on ne sait jamais si c'est l'hiver ou le printemps. Avant de rencontrer Emily, je trouvais que c'était un mois triste, entre gadoue et mélancolie. Mais elle adorait cette période de l'année. Elle disait se sentir vivante tant la saison regorgeait de promesses. Parfois, elle me forçait à sortir et me faisait humer l'air jusqu'à ce que je ressente la même chose. Il n'y a pas d'arôme plus porteur d'espoir que celui de la boue, disait-elle. Peut-être juste pour me faire rire et secouer la tête.

Avec le dégel, la rue s'est couverte d'une bouillasse de neige fondue, si bien que je m'en tiens au sentier de gravier qui longe la haie des Dickinson. Il me faut cinq minutes pour aller de Kelley Square aux Evergreens. C'est le genre de demeure immense qu'on rencontre dans les livres. Un assemblage de tours, de galeries et de balcons couronné d'une coupole et orné de fenêtres qui jettent leurs reflets dans tous les sens. En mai, elle est jolie comme une clairière aux fées, cette propriété, avec sa maison cachée derrière les buissons en fleurs et les arbres d'ornement, mais aujourd'hui elle arbore la couleur marron de l'hiver et des airs d'antre de sorcière.

J'ouvre puis je referme le portail derrière moi. Mon cœur bat un peu trop vite. Je ne me sens plus aussi bravache que ce matin. Je me demande que dire à Mattie D. pour la convaincre de ne pas vendre Homestead. Si elle compte bien la vendre. Il se pourrait que Rosaleen ait mal interprété ce qu'elle a entendu. Ce ne serait pas la première fois.

Je remonte l'allée pavée. Et ne me rappelle pas avoir jamais approché les Evergreens par ce côté-ci : j'empruntais toujours le sentier entre les deux maisons. Je ne résiste pas à l'envie de regarder vers l'est et Homestead m'apparaît, mouchetée de soleil, ce qui me donne un pincement au cœur. Je suis tentée de prendre le sentier, même s'il est difficile à repérer désormais, rendu impraticable par les broussailles et les ronces. Mais ce serait quelque chose de m'introduire là par l'arrière, et de jeter un œil à la cuisine.

Je m'en tiens aux pavés et grimpe les marches qui mènent à l'imposante porte principale. C'est peut-être culotté, mais je n'ai aucunement l'intention de me présenter à la porte de service comme si j'étais une employée de maison. Je me demande qui m'ouvrira et si l'on m'invitera à entrer. J'ai perdu le fil de toutes les bonnes que Sue et Mattie D. ont eues ces dernières années. La moitié du personnel domestique d'Amherst semble avoir travaillé aux Evergreens à un moment ou un autre, y compris ma nièce Meg.

Je me remonte les bretelles pour ma nervosité, comme si j'étais encore une employée qui devait s'inquiéter de ce genre de chose. Je ne suis plus une bonne. Je suis propriétaire et gérante de la meilleure pension d'Amherst. J'ai payé les murs de ma poche et je n'ai pas lésiné sur les dépenses pour le mobilier. Je me souviens du regard scandalisé de Mary quand j'avais rapporté de la véritable porcelaine de Belleek pour la salle à manger : de l'argent jeté par les fenêtres, qu'elle m'avait dit, mes pensionnaires s'en ficheraient comme de l'an quarante. Une bande de vauriens, d'après elle.

— Ils viennent d'Irlande tous autant qu'ils sont, avais-je rétorqué. Alors pourquoi ne pas leur offrir un endroit propre et confortable où loger, à eux qui sont si loin de chez eux ? On peut se sentir seul en pays étranger, et après tout je dépense mes propres deniers.

Ça lui avait rabattu le caquet et elle n'avait jamais plus reparlé de ma vaisselle. Chose rarissime chez elle, qui ne se privait généralement pas d'exprimer son opinion sur tout.

Je toque à la porte et j'attends. Au bout d'un moment, des pas se font entendre, puis le verrou tourne. Mais quand la porte s'ouvre j'ai un mouvement de recul tant je suis étonnée : Mattie D. elle-même se tient devant moi. Grande et mince comme un fil – il y a plus de gras sur le front d'une poule qu'elle n'en a sur les os. Elle est vêtue d'un ensemble d'un gris terne sans rubans ni dentelles. Pas même un nœud au niveau du col. Les sœurs de la Miséricorde approuveraient, mais je ne suis pas nonne et n'ai jamais eu l'intention de le devenir, bien que j'aie été catholique toute ma vie.

Mattie D. paraît aussi surprise que moi. Elle fronce les sourcils d'un air confus, se demandant à l'évidence qui je peux bien être. Pour être franche, il ne m'était pas venu à l'esprit qu'elle pourrait ne pas me reconnaître.

— Margaret Maher, dis-je pour l'aider à se souvenir.

Son expression change du tout au tout.

— Maggie ?

— En personne. Ça fait des lustres, mais c'est bien moi.

— Qu'est-ce qui vous amène ?

Malgré la pénombre, je constate qu'elle a gardé ses yeux de petite fille, fatigués et tristes. Il y a chez elle une sorte de fragilité nerveuse qui me donne envie de lui caresser la joue.

— Je suis venue tailler une bavette.

Elle pince les lèvres de sa grande bouche chagrine. La même que son père. Non pas que j'irais le lui dire. Elle lui en veut toujours, bien qu'il soit mort il y a vingt ans. Mais vu ce qu'il a fait endurer à sa famille, qui pourrait le lui reprocher ?

— Tailler une bavette ? répète-t-elle sans bouger.

— Oui. Les gens racontent que vous êtes en train de vendre Homestead. M'est avis que ça ne peut pas être vrai. Alors je suis venue vérifier.

Sa mine s'est durcie d'un seul coup. Tout en traits tirés et anguleux.

— Vous êtes toujours la même, Maggie, à ce que je vois. Encore à fourrer votre nez partout.

C'est comme si elle m'avait giflée. Je ne suis pas loin de sortir de mes gonds et je dois me pincer pour rester polie.

— Allons bon, inutile d'adopter un tel ton ! Je ne suis plus une bonne, et ce depuis dix-sept ans. Invitez-moi donc à entrer comme n'importe quel autre visiteur.

Elle cligne des yeux – deux, trois fois –, puis redresse les épaules, si bien qu'elle paraît encore plus grande, alors que j'aurais cru la chose impossible ; elle fait déjà une bonne tête de plus que moi.

— Homestead m'appartient et je peux en faire ce que bon me semble, vous le savez parfaitement. Maintenant, partez s'il vous plaît.

On dirait bien que j'ai ma réponse.

— Je ne comprends pas que vous puissiez vous séparer de ce si cher endroit, dis-je, et, comme de juste, les larmes me montent aux yeux. C'était tout l'univers de miss Emily. Que dirait votre mère ?

Je scrute son visage à la recherche du soupçon de culpabilité qui doit se cacher quelque part sous la surface.

— Vous trahissez miss Emily, vous savez. C'était sa maison. Ça ne me surprendrait pas que son esprit s'y attarde encore.

Elle secoue la tête comme un cheval désireux de se débarrasser de sa bride.

— Que les choses soient claires, assène-t-elle, le regard furieux et la diction lente comme si elle s'adressait à une enfant. Ce ne sont pas vos affaires. Cela ne vous regarde pas.

Je lui rends son regard furibond. Mary aimait à dire que Dieu m'avait donné trop de force de caractère, et elle avait sans doute raison : j'ai toujours été têtue et obstinée, à les exaspérer elle et notre mère quand j'étais petite. Mais, du temps où j'étais bonne, j'avais appris à le cacher à ceux qui payaient mes gages. Si bien que Mattie D. ne sait peut-être pas de quel bois je me chauffe.

— Vous avez clairement besoin qu'on vous remette les pendules à l'heure, lui dis-je d'une voix aussi ferme que la sienne. Et, puisque je reste la seule à vous avoir connue toute petite, m'est avis que ça me regarde grandement.

Je suis dans une colère noire et n'ai aucune envie de m'en cacher.

— Homestead a tout à voir avec moi. Et vous le savez très bien. C'est moi qui y ai vécu pendant trente ans. Alors Dieu sait que c'est davantage ma maison que la vôtre, quel que soit le nom qui figure sur l'acte de propriété.

— Je vous ai demandé de partir, dit-elle, sa voix en copie parfaite de celle de Sue. Maintenant, je vous l'ordonne.

Cette femme est dure comme la pierre. Elle tient ça de son grand-père, et la scène de Monseigneur dans la bibliothèque, la lettre de Tommy dans le poing, se rejoue sous mes yeux. Un ressentiment tenace comme une patelle agrippée à la coque d'un bateau me remue l'estomac.

— Très bien, dis-je avant de me retourner pour redescendre l'allée d'un pas martial.

Dieu tout-puissant, je suis folle de rage ! Je n'avais pas été aussi remontée depuis longtemps. Et je ne compte pas laisser courir – Homestead doit rester entre les mains de quelqu'un qui connaissait Emily. Mattie D. n'a aucun droit de me traiter en moins que rien. Je l'ai connue dans les langes, et je me suis même occupée d'elle plus d'une fois quand sa mère et Emily avaient la tête plongée dans les poèmes. Combien de fois l'ai-je félicitée pour les petites histoires drôles qu'elle écrivait enfant ou lui ai-je servi la plus grosse part de gâteau au chocolat ? Combien de fois l'ai-je consolée quand Austin venait de la gronder ? Doux Jésus, je l'ai pratiquement élevée avec eux !

Elle a encore plus changé que je ne le croyais. Peut-être que Rosaleen a raison et que son train de vie lui est monté à la tête. Ces grands airs et ces voyages chics à New York et en Europe, sans parler de son mariage avec cet étranger ! Je me rends soudain compte que je n'ai pas vu Alexander Bianchi depuis un bout de temps, des années peut-être. Pas même entendu de rumeurs sur ses allées et venues, comme c'était le cas par le passé. Je me demande s'il est encore à Amherst.

Je ne comprendrai jamais ce que Mattie D. voit en lui. On dirait un duc anglais avec son air fat et arrogant. Et son sourire, qui m'a toujours fait soupçonner je ne sais quoi derrière sa moustache. Le regard froid comme la pierre en hiver. Il y a quelque chose de louche chez ce bonhomme, j'en mettrais ma main au feu.

C'est triste cette manière qu'ont les hommes de mettre le grappin sur une femme. Triste que même une femme cultivée, qui a vu du pays, puisse se laisser ensorceler par le sourire d'un bougre. L'un des grands mystères de l'amour, j'imagine.

Seigneur Dieu, j'en sais quelque chose.

9

1874

Je travaillais à Homestead depuis cinq ans quand Patrick Quinn est venu toquer à la porte alors que j'étais en pleine vaisselle du déjeuner. Pour être honnête, je n'avais pas la moindre envie d'accueillir dans ma cuisine les bêtises d'un inconnu. Les gens du coin savaient pour la plupart qu'il valait mieux ne pas me déranger l'après-midi où j'étais de repos. J'ai secoué les mains avant de les essuyer au torchon pendu à la ceinture de mon tablier. Elles n'en étaient pas moins glissantes de savon et douloureuses, et j'ai eu un mal de chien à tourner le bouton de la porte.

Il pleuvait des cordes et ça ne semblait pas près de s'arrêter. Je me suis de nouveau essuyé les mains et j'ai jeté un œil soupçonneux au gaillard sur le perron : un homme adulte, mais mal fagoté comme un gamin dans son manteau froissé et sous son chapeau bosselé, dont l'eau gouttait et lui ruisselait sur les épaules. Je ne le connaissais ni d'Ève ni d'Adam. Mais je ne pouvais pas le laisser planté là tandis que la pluie lui remplissait les bottes.

— Entrez avant que les intempéries le fassent à votre place, ai-je dit en ouvrant grand la porte.

Une fois qu'il a eu passé le perron, j'ai remarqué à quel point il était grand. Presque aussi imposant que Tom Kelley, et bel homme par-dessus le marché. Le genre de physique qui m'aurait fait rougir quand j'étais plus jeune. Mais j'en avais fini avec ça. J'avais passé le cap de la trentaine trois ans plus tôt, et j'avais assez de bouteille pour savoir que l'habit ne fait pas le moine.

Il a ôté son chapeau et m'a saluée poliment de la tête.

— Je m'appelle Patrick Quinn.

Grand Dieu, il avait l'accent chantant du Tipperary ! J'en ai ressenti un curieux frisson car je venais d'une bien triste contrée, et à cette époque je préférais ne pas m'en souvenir.

— Et quel bon vent vous amène ici ? ai-je demandé en lui tendant le torchon pour qu'il se sèche.

— Je voudrais parler à Mr Dickinson. C'est James Gallagher qui m'envoie.

— Dites-moi de quoi il s'agit, dans ce cas, ai-je lancé sur un ton péremptoire, n'ayant pas l'intention de me laisser mener à la baguette par un inconnu, et d'autant moins que je n'avais pas la moindre idée de qui était ce James Gallagher. Je transmettrai votre message à Monseigneur dès qu'il rentrera.

— Alors comme ça c'est un seigneur ? a dit Patrick avec ironie, en tenant son chapeau d'une main et en s'essuyant le front de l'autre.

— C'est un homme important.

J'ai fait la moue en voyant de l'eau dégouliner de son chapeau sur mes sols tout propres.

— Ça, je le sais. C'est un des représentants du Massachusetts. Et, d'après ce qu'on raconte, il est aussi riche et pingre que la reine Victoria en personne. Mais ça ne fait pas de lui un seigneur.

Ses yeux noirs pétillaient de malice et il arborait un sourire amusé.

— Chut ! Tenez votre langue !

Son effronterie me choquait. Non qu'il ait eu tort au sujet de Monseigneur. Mais un chat de gouttière n'a pas à injurier un homme en sa demeure. Le sourire de Patrick a disparu ; il regrettait peut-être de s'être comporté en malotru. Je lui ai arraché mon torchon des mains.

— Vous feriez mieux de me confier votre message et de vous en aller. J'ai du travail.

Il a secoué la tête.

— Mes instructions sont de le lui délivrer en personne. Donc j'ai besoin de savoir quand il rentrera.

— Ça ne vous regarde pas, lui ai-je dit sèchement.

— Je vais l'attendre jusqu'à ce qu'il rentre, alors.

Et le voilà qui commence à déboutonner son manteau sous mon nez ! Ça m'a prise de court. Je n'avais pas l'habitude qu'on me tienne tête dans ma cuisine.

— Vous pouvez vous reboutonner tout de suite. Il ne reviendra pas avant demain par le train de Boston.

Il a eu un autre de ses sourires amusés et je me suis rendu compte que je venais de lui dire exactement ce qu'il voulait savoir. Quelle mouche m'avait piquée ? C'était sorti tout seul.

— Vous n'auriez pas un endroit à m'indiquer pour passer la nuit, dans ce cas ? m'a-t-il demandé.

J'ai tout de suite pensé au frère de Tom, James, et à sa femme Ellen, qui vivaient à côté de chez Tom et

Mary. Ils prenaient des pensionnaires de temps à autre, quand ils leur étaient recommandés. Mais je ne connaissais Patrick Quinn ni d'Ève ni d'Adam, j'ignorais d'où il venait et ce qu'il faisait là. Et puis ça me chiffonnait qu'il ne veuille pas me confier son message.

— Il y a Amherst House un peu plus bas dans la rue, ai-je dit. C'est en plein centre-ville. Et si c'est trop cher pour vous il y a des chambres à Northampton, de l'autre côté du fleuve. Un peu de marche n'a jamais tué personne.

Il y a eu un coup de vent et la pluie a redoublé à en faire trembler les carreaux. Il n'aurait pas pu pleuvoir davantage – c'était le déluge. Comme si Dieu trouvait à redire à mon manque de charité. Patrick ne souriait plus.

Je ne l'appréciais guère et ce n'était pas un ami. Mais il était là, avec un air si abattu que l'idée de le livrer aux intempéries m'a démoralisée. Je suis comme ça : je m'emporte, mais ça ne dure jamais bien longtemps.

— Bon, laissez faire, ai-je dit. Mieux vaut que vous attendiez ici que ça se calme. Pour vous donner une chance de vous sécher.

— Vous me tentez, m'a-t-il dit d'un air doux et suppliant.

J'ai pointé du doigt l'eau qui dégoulinait de son manteau.

— Enlevez-moi ça et accrochez-le à une patère avant de transformer mon arrière-cuisine en tourbière.

Il a retiré son pardessus, sans s'excuser du ménage supplémentaire que m'occasionnerait la flaque. Fripon, il affichait un sourire en coin tout en m'obéissant. Ça m'a asticotée encore plus, alors j'ai reporté mon attention sur les casseroles sales qui m'attendaient dans l'évier. Je n'en avais pas lavé la moitié et mon après-midi de repos s'éloignait à vue d'œil.

— Maintenant, filez dans la cuisine, ai-je dit en désignant la porte. Il y a un rocking-chair près du poêle. Et ne touchez à rien.

Une fossette est apparue sur sa joue droite, mais il a obtempéré tandis que je me remettais au travail. À en juger par le bruit de ses pas, il ne s'était pas assis dans le rocking-chair, mais parcourait la pièce, fourrant son nez où il n'avait rien à y faire. D'ailleurs, un homme n'avait rien à faire dans une cuisine tout court, à moins d'être cuisinier. Je me suis soudain rendu compte qu'il pourrait tomber sur la cachette d'Emily, où elle gardait ses papiers pour écrire. Comme ça m'a tracassée, je me suis dépêchée, si bien que je n'ai pas astiqué les casseroles autant que d'habitude.

En entrant dans la pièce, j'étais prête à lui passer un savon. Mais il était assis dans le rocking-chair ainsi que je le lui avais demandé, à me reluquer des pieds à la tête. Ça m'a coupé la chique. On ne m'avait pas regardée comme ça depuis que George Garrett avait essayé de me voler quelques baisers dans la cuisine de Clarinda Boltwood. Ça m'a secouée, le souvenir de la douce moustache de George caressant mon cou, et une sensation mièvre m'a saisie au ventre. Une éternité me semblait avoir passé depuis l'époque où j'étais au service de Clarinda et où je marivaudais avec son pensionnaire.

— Vous prenez joliment soin de votre cuisine, a commenté Patrick.

— C'est une pièce agréable, ma foi, ai-je acquiescé avant de continuer, encore échauffée par le souvenir de George. Plus spacieuse que la moyenne, lumineuse et coquette avec cette peinture jaune autour des fenêtres.

— Il y a pire endroit où travailler, a-t-il renchéri.

L'humidité de ses vêtements s'est mêlée aux arômes de feu de bois.

— Vous êtes trempé jusqu'aux os. Une boisson chaude vous fera le plus grand bien. Je vais faire du thé.

— Merci mille fois.

Il m'a reluquée de nouveau, me communiquant clairement qu'il aimait ce qu'il voyait. J'ai mis la bouilloire sur le feu, ajouté quelques bûches et sorti de l'office des tasses et des soucoupes.

— Allez vous asseoir à table.

Il s'est levé sans se presser, en se frottant la nuque : il avait mal aux os. Au bout de quelques minutes, j'ai fini par poser une tasse de thé bien chaud devant lui et m'installer avec la mienne. Je n'ai pas pu m'empêcher de remarquer qu'il prenait trois gros morceaux de sucre quand je lui passai le bol. Il aimait son thé sucré. Alors j'ai sucré le mien.

Et je l'ai regardé boire. Je n'étais plus contrariée, mais toujours curieuse de la nature de son message.

— Peut-être que vous pourriez parler au fils de Monseigneur. Il est avocat comme son père et travaille dans le même bureau. Il rentrera sans doute d'une minute à l'autre. Il passe quasiment tous les jours apporter le courrier et discuter avec sa mère et ses sœurs.

Austin ne viendrait peut-être pas, je le savais. Depuis que Monseigneur avait été élu, Austin passait son temps à lambiner au tribunal de Northampton ou à bourlinguer dans son nouveau cabriolet clinquant. La rumeur courait qu'il aimait aller par la campagne accompagné. D'un homme ou d'une femme, sans distinction. Cela dit, il aurait été surprenant, même pour Austin, de vadrouiller sous ce déluge.

Patrick a fait non de la tête.

— C'est Mr Edward Dickinson qui a inspecté le tunnel du Hoosac pour la Chambre des représentants. Donc c'est lui que j'ai besoin de voir.

Ça, je me rappelais le soir où Monseigneur était revenu de sa visite du tunnel, deux mois plus tôt, fatigué et soucieux. Il était accompagné de deux amis, qu'il avait fallu nourrir et loger. Pendant qu'ils discutaient dans le salon avant, j'avais dû m'activer à préparer les chambres d'amis ainsi qu'un repas froid.

Un instant, mes méninges ont bourdonné comme les abeilles du jardin d'Emily.

— Donc vous avez fait le déplacement depuis North Adams ? ai-je demandé. Ça fait une sacrée trotte.

— J'ai pris le train, voyons, a-t-il dit en pouffant.

Évidemment qu'il avait pris le train ! Je me suis sentie gourde, mais j'ai posé ma question suivante.

— Alors comme ça, vous travaillez sur le chantier du tunnel ?

Il m'a adressé un long regard sérieux, digne du pape en personne.

— Oui, a-t-il confirmé au bout d'une minute. C'est l'enfer là-bas. J'ai vu de mes propres yeux plus d'un Irlandais costaud se faire déchiqueter.

Je ne savais pas quoi dire. J'avais entendu parler des terribles accidents qu'avait causés la construction du tunnel. Sous cette montagne, il n'y avait que de la rocaille, disaient les gens. À peine trois mois plus tôt, j'avais parcouru un article dans le journal au sujet d'une explosion qui avait tué un homme, faisant plusieurs orphelins. Lire ce qui était arrivé à ces petits m'avait fait l'effet d'un caillou dans la panse. Ils étaient huit en tout, et la plus jeune encore au berceau. Ce n'était certainement pas le genre de conversation que je voulais avoir, encore moins avec un inconnu. J'ai regretté d'avoir posé la question.

Alors j'ai changé de sujet : combien de temps durait le trajet de North Adams à Amherst ? Comment avait-il atterri dans le Massachusetts ? Avait-il toujours de la famille en Irlande ?

Il n'a pas tardé à se lancer dans un long récit. Il n'en fallait pas beaucoup pour délier la langue de Patrick Quinn. Il m'a raconté son émigration d'Irlande et son installation à New York. C'était une ville dégoûtante, mais il avait aimé son côté animé. Il s'était enrôlé dans l'armée de l'Union quand la guerre avait éclaté et avait parcouru le pays en long et en large pour se battre contre les rebelles. Il était retourné à New York après la guerre, mais n'avait pas trouvé de travail digne de ce nom. Alors il avait remonté le Connecticut, le Massachusetts, puis le Vermont, et avait fini par se faire embaucher sur le chantier du tunnel. Il en avait appris beaucoup plus que ce pour quoi il avait signé, mais a refusé d'entrer dans les détails. La conversation est restée bon enfant jusqu'à ce qu'il mentionne le train rempli de briseurs de grève qu'il avait vu arriver en gare à North Adams.

— Il y a quatre ans de ça. Une belle foule, qu'il a attirée, ce train-là. C'est que les patrons envoyaient des briseurs de grève pour remplacer les ouvriers syndiqués de la fabrique de chaussures, voyez-vous. Tellement de gens leur hurlaient dessus et les charriaient que la police a dû les escorter jusqu'à l'usine.

J'avais lu des choses dans les journaux sur les grèves des syndicats, et ça ne me disait rien qui vaille. Dans mon entourage, personne ne les voyait d'un bon œil. Monseigneur s'emportait contre elles au moins une fois par semaine. Tom et Mary ne voulaient pas entendre parler des syndicats ; d'après eux, ce n'était qu'une bande de braillards qui n'en avaient qu'après l'argent. Un corps qui s'échine gagnera le salaire qu'il mérite, disait Tom. Mordre la main qui vous nourrit, ça n'avait pas de sens.

— Vous n'allez pas me dire que vous soutenez les syndicats ?

— Eh bien si, m'a répondu Patrick sans ciller. M'est avis que c'est malhonnête d'interdire aux hommes le droit de s'organiser pour obtenir des conditions de travail et une paie décentes. Ce train avait fait le voyage depuis la Californie les wagons bondés de jeunes Chinois. Traités comme du bétail.

— De Californie, dites-vous ? l'ai-je interrompu en sentant mon cœur battre sous l'effet de ce vieux désir que je pensais depuis longtemps derrière moi.

— Oui, de Californie. Une sacrée distance. Tout ça pour casser la grève !

— Mes frères sont en Californie. Depuis des années, à faire fortune en travaillant dans les mines d'or et d'argent.

— Ah oui ?

J'aimais sa façon de me regarder comme s'il voulait que je lui en dise plus.

— J'avais l'intention de les rejoindre. Mais j'ai attrapé la typhoïde.

Il a froncé les sourcils.

— C'est un endroit mal famé, la Californie, à ce qu'on dit. Pas fait pour les femmes comme vous. Tant mieux que vous n'y soyez pas allée, a-t-il déclaré en me regardant droit dans les yeux.

J'ai senti le rose me monter aux joues. Patrick Quinn savait y faire.

— J'ai toujours eu le goût de l'aventure. Et Michael et Tommy me décrivent tout ce que la région a pour elle dans leurs lettres. Des routes, des hôtels, et même des églises.

— M'est avis que vos frères se fichent de vous, a dit Patrick en secouant la tête.

Je n'aimais pas ce ton.

— Ils n'ont jamais mentionné de Chinois. Peut-être que c'est vous qui vous fichez de moi ?

— Non, l'Ouest en est envahi. Ils travaillent pour quelques pennies et économisent presque tout leur argent pour l'envoyer dans leur pays.

Ça m'a rappelé le temps où j'épargnais après mon arrivée en Amérique, mettant mes gages de côté jusqu'à pouvoir financer la traversée de mes parents.

— Il n'y a pas de quoi les blâmer, ai-je commenté. Envoyer de l'argent à sa famille est la bonne chose à faire, pour sûr.

— Ce n'est pas eux que je blâme, a-t-il dit, outré. Ce sont les patrons. Qui les utilisent pour casser la grève alors que la plupart ne parlent pas un mot d'anglais. Ça a porté préjudice aux grévistes et aux briseurs de grève. J'étais là, j'ai regardé la police les escorter de la gare à l'usine, et ils n'en sont pas ressortis jusqu'à la fin de la grève. C'était pas beau à voir.

Il a secoué la tête et fini son thé.

J'ai essayé d'imaginer une triste parade de jeunes Chinois en file indienne. Dans le journal j'avais vu un dessin représentant des Chinois, mais vêtus de longues robes et de chapeaux plats plus larges que des poêles à frire, ils ressemblaient plus à des poupées qu'à des personnes. Pour tout dire, j'ignorais de quoi ils avaient vraiment l'air.

— Vous voulez de la tarte ?

Je n'ai pas attendu sa réponse ; je me suis levée pour aller chercher ce qui restait de la tarte aux pêches et je nous en ai servi une part à chacun. Il m'a remerciée et a commencé à manger. Mais lui et moi en avions à peine pris deux bouchées que nous avons entendu la porte s'ouvrir et vu Sue Dickinson entrer dans la cuisine.

J'en ai sursauté. Elle utilisait rarement la porte de service car elle n'aimait pas se mêler au personnel de maison. J'imagine que c'est la pluie qui l'avait fait passer par là. J'ai bondi de ma chaise.

— Mrs Dickinson, madame. Vous cherchez miss Emily ?

— Est-elle dans le jardin d'hiver ?

Sue toisait Patrick d'un œil noir, les lèvres pincées, le regard dur comme la pierre. C'était le genre de gaillard dont elle préférait ignorer l'existence. Artisans, hommes à tout faire, ouvriers… elle ne désirait ni les voir ni les entendre, à moins qu'ils ne soient là pour la servir.

— C'est fort probable. Je peux aller la chercher si vous voulez.

— Ce ne sera pas nécessaire. Je connais le chemin.

Elle a jeté un dernier regard à Patrick et filé par l'office, dans un frou-frou pareil à celui des feuilles mortes à l'approche de l'hiver.

À peine avait-elle quitté la pièce que je me suis tournée vers Patrick.

— Vous feriez mieux d'y aller. Je dirai à Monseigneur que vous êtes passé.

Je me suis affairée, impatiente de le voir partir. Emily n'aimait pas croiser des étrangers. Elle comptait sur moi pour ne pas ouvrir la porte aux inconnus. Je ne savais pas ce que Sue irait lui raconter, mais je ne détestais rien tant que contrarier Emily. C'est le genre d'effet qu'elle produisait sur les gens.

Ç'a été au tour de Patrick de froncer les sourcils tandis qu'il se levait lentement.

— On dirait que vous avez vu la banshee. La peur est une mauvaise habitude et un obstacle pour qui veut vivre librement.

Je n'aimais pas recevoir de leçons, surtout de la part d'une personne qui ne me connaissait pas.

— Je n'ai pas peur. Je ne fais que mon travail.

J'ai tendu la main pour prendre sa tasse, mais il l'a attrapée avant moi et a saisi la mienne au passage pour les déposer près de l'évier. Un vrai galant.

Je me suis sentie honteuse de lui avoir indiqué Amherst House et Northampton. La première option bien trop onéreuse et la seconde à des kilomètres de marche.

— Si vous cherchez toujours un endroit où passer la nuit, suivez la rue jusqu'à la voie ferrée. Il y a deux jolies maisons juste après la gare. Celle à pignons prend parfois des pensionnaires. Vous pourriez essayer là-bas. Demandez Ellen Kelley et dites-lui que c'est Margaret Maher qui vous envoie.

Patrick a attrapé son manteau et l'a enfilé d'un mouvement d'épaules.

— Merci, m'a-t-il dit en souriant, et c'était comme si le soleil était apparu de derrière les nuages ; la pièce s'est illuminée un instant.

J'ai ouvert la porte, soulagée de voir que la pluie s'était un peu calmée.

— Eh bien, bonne chance à vous.

— De même, a-t-il répondu en mettant son chapeau. Peut-être nous reverrons-nous un jour, Margaret.

En sortant sur le perron, le sacripant m'a jeté un clin d'œil par-dessus son épaule.

Rien à faire, je n'ai pas pu m'empêcher de sourire.

10

La porte refermée, j'ai rassemblé mes esprits et je me suis houspillée. J'avais été sotte de le laisser entrer. Que se serait-il passé si Emily m'avait trouvée assise à bavasser avec un étranger ? Elle n'aurait pas apprécié d'être prise au dépourvu dans sa propre cuisine par un visage inconnu. Et je ne voulais pas lui causer de tracas. Elle était déjà assez tourmentée, entre ses problèmes aux yeux et ses accès de mélancolie.

Comme j'essuyais la table dos à l'office, je ne me suis pas aperçue de sa présence.

— Maggie ?

Je n'ai pas sursauté comme autrefois, mais les poils de ma nuque se sont hérissés. Emily me prenait souvent par surprise. Elle ne furetait pas sournoisement, non. C'était sa manière à elle de se déplacer dans la maison : aussi naturellement et silencieusement qu'un courant d'air.

— Miss.

— Sue raconte que vous avez invité un vagabond dans notre cuisine.

Je n'aurais su dire si elle retenait un froncement de sourcils ou un sourire.

— Il est parti. Et Patrick Quinn n'est pas un vagabond. Juste un ouvrier qui avait un message pour votre père.

Je me suis rendu compte que je parlais de lui comme s'il s'agissait d'un ami, alors que nous n'avions pas bavardé plus d'une heure. Le rouge m'est monté aux joues. Je n'avais pas prévu de prononcer le nom de Patrick, mais j'étais fâchée qu'Emily le dénigre sans avoir posé les yeux sur lui. Je n'aimais pas la façon dont les protestants parlaient des Irlandais. Surtout quand la plupart d'entre nous faisions de notre mieux pour être américains.

— Et puis, ai-je poursuivi, il pleut des cordes et le pauvre bougre était trempé, donc je l'ai laissé s'asseoir près du poêle pour se sécher. Ça ne portera pas à conséquence.

J'ai repris mon nettoyage.

— J'espère que non. Vous savez que je n'apprécie pas les intrusions.

J'ai opiné du chef. Je mettais un point d'honneur à me montrer vigilante, soucieuse de préserver l'intimité d'Emily. Personne ne la protégeait mieux que moi – elle me l'avait affirmé elle-même.

— Eh bien, dites-lui d'apporter son message au bureau de Père, a continué Emily. Il y sera sans doute samedi matin.

— Lui dire ? Et comment suis-je censée faire ? ai-je lancé en arrêtant de frotter la table. Je lui ai déjà donné congé.

— Ma foi, c'est bien dommage, a-t-elle dit en imitant ma façon de parler. Pour sûr, s'il ne pleuvait pas, je vous aurais envoyée après lui.

Ça me chagrinait toujours qu'elle se moque ainsi de moi. Elle trouvait ça drôle, mais ça me faisait l'effet d'une gifle. Bien sûr, une bonne doit s'attendre à ce que sa patronne la malmène un peu ; c'est dans la nature des choses. Et Emily ne me réprimandait pas et ne criait jamais ; c'était déjà bien, je suppose.

— J'aurais l'air d'une *gombeen* à lui courir après dans tout Amherst, non ?

C'est à ce moment-là que j'ai vu ses yeux pétiller.

— Vous vous payez ma tête, ai-je dit d'un ton bourru.

— *Gombeen*, a répété Emily en savourant la texture du terme. Un mot qui a de l'allure. Mais que signifie-t-il ?

— C'est juste quelqu'un qui se comporte comme un idiot.

Elle a haussé les sourcils et ce sourire bien à elle est apparu.

— Gageons que nous sommes tous des *gombeens* de temps à autre, a-t-elle commenté. C'est bon pour la digestion.

J'ignorais ce qu'elle entendait par là ; sa dernière remarque n'avait ni queue ni tête. Mais c'était souvent comme ça avec Emily. Sa manière d'exprimer les choses me donnait parfois envie de prendre des notes, pour conserver ses mots comme des pièces d'or. À d'autres moments, elle se montrait tout bonnement cruelle. Elle aimait en particulier imiter mon accent, l'essayant comme un nouvel habit. Je ne savais jamais comment réagir. Si je faisais de mon mieux pour paraître américaine, ma langue en avait décidé autrement. Une fois, elle m'a dit que je lui rappelais les chats de Vinnie.

— Vous avez l'air toute satisfaite. Comme Drummydoodles quand il a fini son repas de souris à la crème ou défait une pelote de laine.

Drummy-doodles était le nouveau préféré de Vinnie, qui le gâtait à l'excès. Ça m'a vexée : qui aimerait être comparé à un chat ? Je n'ai pas trouvé quoi lui répondre, alors je suis restée plantée là comme une andouille. Elle me charriait, je le savais. Mais charrier peut être une forme de cruauté déguisée.

À présent, Emily essayait de cacher son sourire, mais je le voyais quand même, et elle se délectait de la situation comme d'un bonbon caché au fond de la bouche. Elle a baissé la tête et croisé les mains.

— Je ne voulais pas vous tourmenter. Je suis venue vous dire que Sue et moi aimerions prendre un café dans le salon.

— Le jeudi est mon après-midi de repos, miss.

— Suis-je bête ! Ce n'est pas grave, Maggie. Je vais m'en occuper moi-même.

Elle a souri – un vrai sourire cette fois –, et mon ressentiment s'est envolé.

— Non, laissez, lui ai-je dit ; c'était Emily qui demandait, après tout. Vous prendrez bien de la tarte aux pêches ?

— Merci. Vous portez toujours sur vous l'essence de la gentillesse.

— Je vous apporte ça tout de suite, miss, ai-je dit avant d'écouter s'éloigner son pas léger.

Il s'était arrêté de pleuvoir et le soleil perçait à travers de fins nuages quand j'ai ôté mon tablier pour aller bavarder avec ma sœur à Kelley Square. Mary n'était pas dans sa cuisine, mais Tom était en train de boire une tasse de thé. Il m'a saluée joyeusement.

— Quel bon vent t'amène, jeune fille ? C'est si calme chez les Dickinson que tu es venue chercher à chahuter par ici ?

— Ne m'en parle pas. Homestead prend de grands airs aujourd'hui.

— Sue doit être dans les parages, a-t-il deviné en riant.

— Exactement. Mary est par là ? Je suis remontée comme une pendule et j'ai besoin de me délester auprès de ma sœur.

— Elle est allée voir Maureen O'Donnell à Irish Hill. La pauvre femme doit accoucher d'un jour à l'autre ; elle est grosse comme un baquet et n'en peut plus de courir après ses quatre galopins.

Ma sœur était la meilleure sage-femme d'Amherst. Elle aimait déclarer avoir mis au monde plus de bébés que les médecins de la ville, et c'était sans doute vrai. Quand je venais faire un tour je ne savais jamais si elle serait là, car on l'appelait à toute heure du jour et de la nuit.

Je me suis servi une tasse de thé avant de m'asseoir face à Tom.

— Je suis bien triste de l'avoir manquée.

— Qu'est-ce que Sue a fait pour te mettre dans un tel état ?

— Rien de méchant. Elle est entrée dans la cuisine à la recherche d'Emily alors que je causais avec un gars. Elle a vu ça d'un mauvais œil, c'était clair comme le jour.

— Un gars, dis-tu ?

— Personne que je connaisse. Un ouvrier sur un chantier de tunnel qui voulait parler à Monseigneur. Je l'ai laissé se mettre au sec avant de repartir.

Je regrettais de ne pas avoir tenu ma langue. Tom semblait y trouver matière à cancaner. J'ai avalé une gorgée de thé pour me détendre.

— Il avait besoin d'un endroit où dormir et je lui ai dit de s'adresser à Ellen. Donc il viendra peut-être faire un tour par ici.

— Je n'ai pas vu âme qui vive.

— Eh bien, ai-je conclu en finissant mon thé, si tu le vois, dis-lui qu'il peut aller trouver Monseigneur samedi matin à son bureau. Il s'appelle Patrick Quinn.

— Je n'y manquerai pas, a répondu Tom avec un sourire entendu qui m'a décontenancée.

— Il paraît que les étudiants du Collège brûlent encore les livres des cours qu'ils trouvent trop difficiles, lui ai-je dit pour changer de sujet.

Tom a grogné puis secoué la tête, et nous avons parlé de ces petits messieurs gâtés jusqu'à ce que je me rappelle ma promesse de rejoindre Molly Ryan et sa cousine pour un pique-nique de fin de journée.

— Je ferais mieux d'y aller. Envoie-moi un de vos petiots dans la matinée pour récupérer ce qui reste de la tarte d'hier.

J'ai ignoré l'image de Patrick mangeant sa part qui m'est revenue à l'esprit.

— Monseigneur rentre demain, ce qui veut dire qu'Emily et moi allons nous activer aux fourneaux.

— Je dirai à Mary que tu es passée. Et je guetterai ton Patrick Quinn.

Le sacripant m'a jeté un clin d'œil qui m'a fait monter le rose aux joues.

Le soleil se levait à peine, mais Emily était déjà dans la cuisine quand je suis descendue le lendemain.

— Bonjour, miss, ai-je dit en allant allumer le feu sous la bouilloire.

Je ne savais jamais à quoi m'attendre avec Emily. Parfois, elle s'adressait tout de suite à moi, gaie comme un rouge-gorge au printemps. D'autres fois, elle gardait le silence, perdue dans ses pensées. J'avais appris à reconnaître les expressions qui annonçaient son humeur, et j'ai su qu'elle avait envie de parler ce jour-là. Elle avait enfilé son tablier et préparait ses ustensiles en fredonnant : le saladier jaune, le verre doseur, la grosse cuillère en argent. Elle avait à l'office sa propre étagère pour les entreposer. Contrairement à moi, elle n'utilisait jamais rien qui soit fait de bois ou de fer-blanc. Vinnie m'avait dit que c'était ce qui rendait son pain si bon qu'il avait remporté des prix lors de la foire agricole. Je n'étais pas convaincue, mais à quoi bon aller fourrer le nez dans les secrets culinaires des autres ? Nous avons toutes nos manières à nous de nous démarquer. Je n'ai jamais révélé à personne la recette de mon beurre. Un savoir-faire que j'avais ramené du Tipperary.

J'ai allumé le feu et rempli la bouilloire. Quand je suis revenue dans la cuisine, Emily mesurait de la farine à l'autre bout de la table. J'ai mis du petit bois dans le foyer du fourneau ; les braises étaient encore assez chaudes pour faire prendre le papier journal et les copeaux.

— Qu'est-ce que vous nous préparez ce matin, miss ?

— Un pain au seigle et au maïs, le préféré de Père, a-t-elle répondu sans lever les yeux. Pendant que la pâte lève, je ferai peut-être un gâteau à la noix de coco si la chaleur n'est pas insupportable.

Pas de quoi me surprendre. Elle adorait Monseigneur presque autant que lui l'adorait.

— Ça va lui faire plaisir.

J'ai pris mon tablier sur sa patère derrière la porte de l'office et je l'ai enfilé. La fille aînée de Monseigneur était sa préférée, ça ne faisait aucun doute. Certes, il était fier d'Austin et admirait la beauté et le zèle de Vinnie, mais c'est Emily qu'il chérissait le plus. Emily était la seule Dickinson à oser lui tenir tête – je l'avais vu de mes propres yeux. Dès qu'il édictait une nouvelle règle pour la famille, elle le taquinait. « Depuis quand avez-vous été élu roi ? » disait-elle en riant et en lui tapotant le bras. Il s'en agaçait un peu, mais ça ne durait pas. Il ne tardait jamais à retrouver le sourire et à lui planter un baiser sur la tête. Les manières douces qu'il avait avec elle me rappelaient parfois mon père et m'ont fait plus d'une fois monter les larmes aux yeux.

Pourtant, certains jours, ces deux-là me mettaient à cran. Lorsqu'il y avait de l'orage entre eux et qu'ils échangeaient des regards féroces. La force indomptable qui émanait d'eux me donnait envie de quitter la pièce.

J'ai rempli une casserole de restes et je suis allée nourrir les poules et chercher les œufs du déjeuner. La pluie de la veille n'avait pas du tout rafraîchi l'air. Même la brise était tiède sur ma peau. Mais les rosiers qui bordaient l'allée étaient en fleurs et embaumaient le jardin de leurs arômes. Je les sentais du poulailler.

Les cocottes étaient contentes de me voir, bondissant de leur perchoir pour venir se frotter à ma jupe. Je les ai fait sortir et leur ai jeté les restes pour détourner leur attention pendant que je ramassais les œufs. Quand je suis revenue à la cuisine, Emily griffonnait sur un bout de papier. Elle a semblé ne pas s'apercevoir de ma présence. Elle avait fini de pétrir sa pâte ; son saladier était posé sur le rebord de la fenêtre, recouvert d'un torchon. Je me suis dépêchée de trancher du jambon et des pommes de terre et d'émincer des oignons pour que le déjeuner soit prêt lorsque Vinnie et la mère Dickinson descendraient.

Je n'ai pas tardé à entendre arriver Austin, qui traversait l'arrière-cuisine de son pas lourd pour nous rejoindre. Il souriait et se frottait les mains.

— Quelle bonne odeur ! a-t-il lancé.

Emily a levé les yeux.

— Tu es en avance.

Elle avait la voix rauque. Sa voix pouvait changer d'une heure sur l'autre, aussi inconstante que la musique ; par moments douce comme une berceuse, puis grave comme une marche funèbre.

— Bonjour, Em, a-t-il dit en se laissant tomber sur une chaise à côté d'elle.

— Prendrez-vous votre déjeuner ici ? me suis-je enquise, et il a répondu que oui.

Ces derniers temps, il était si souvent à Homestead que je ne savais pas s'il voyait sa propre famille. Emily a sorti des assiettes de l'office et est allée mettre la table.

— Est-ce que Ned se sent mieux ? ai-je demandé à Austin, le petit ayant eu un accès de fièvre la veille. Et Mattie, tout va bien ?

— Elle est pleine forme. Et je suis sûr que Ned se remettra après quelques jours au lit.

Austin n'avait pas l'air inquiet.

— Un homme est venu demander après votre père hier. Il a fait tout le chemin depuis le tunnel du Hoosac.

— Le tunnel ? s'est étonné Austin. Qu'est-ce qu'il voulait ?

Les poils se sont dressés sur ma nuque. Je n'ai pas eu besoin de me retourner pour savoir qu'Emily m'observait.

— Il a refusé de me le dire, ai-je répondu en remuant les oignons dans la poêle et en les regardant frire dans le beurre fondu.

— Sans doute quelque chose à voir avec la Chambre des représentants, a dit Austin en prenant un bout de papier sur lequel Emily avait écrit, avant de le laisser retomber. Père doit prononcer un discours la semaine prochaine. J'espère que cet homme n'est pas venu pour causer des ennuis. Était-il irlandais ?

— Il était aussi américain que moi, ai-je rétorqué.

Emily a ri mais, quand je me suis retournée, elle n'était plus là.

11

Monseigneur est rentré à Amherst par le train de l'après-midi. Il s'est installé dans la bibliothèque en compagnie de la mère Dickinson et je leur ai apporté de la limonade et du gâteau à la noix de coco d'Emily. Quand je suis entrée, il se plaignait vigoureusement des autres législateurs, mais il avait l'air éreinté par la chaleur. Il avait eu la santé fragile tout l'hiver, enchaînant les maladies. Il s'était remis au travail au printemps, mais il n'était pas encore très costaud et toutes ces misères le rendaient irritable.

— Bon retour parmi nous, monsieur, ai-je dit en faisant le service. Comment a été le voyage ?

— À peine tolérable.

Il m'a regardée sans sourire. Mais j'avais l'habitude. Je voulais lui parler de Patrick Quinn, mais avec la mère Dickinson dans la pièce ce n'était clairement pas le moment.

— Ce sera tout, Maggie, m'a dit cette dernière. Fermez la porte derrière vous.

Je n'avais d'autre choix que de m'éclipser.

J'ai été mal à l'aise tout le reste de la journée et de la nuit. Je sentais de sombres nuages s'amonceler et modifier la qualité de la lumière comme avant un terrible orage.

Tout le week-end, j'ai attendu l'occasion de demander à Monseigneur si Patrick était venu lui parler. Mais je n'ai pu être seule avec lui que le samedi soir, quand il m'a payé mes gages et réprimandée pour avoir mis trop de sel dans le jus de viande. Il n'aurait pas vu d'un bon œil que je me mêle de ce qui ne me regardait pas, je le savais.

Alors que je m'apprêtais à partir pour la messe le lendemain, Sue Dickinson a fait irruption dans la cuisine avec Mattie. Emily est descendue au pas de course. Elle devait faire le guet à sa fenêtre et les avoir vues prendre le sentier entre les deux maisons. Apparemment, la petite voulait passer la matinée avec sa tante plutôt que d'aller à l'église. Et voilà qu'Emily souriait comme si on venait de lui faire le plus beau des cadeaux. Elle a filé dans sa chambre avec la petiote aussitôt que Sue a été repartie. Je soupçonnais cette dernière d'avoir voulu faire plaisir à Emily autant qu'à Mattie.

Mais ça m'a tout de même étonnée, car les Dickinson mettaient un point d'honneur à revêtir leurs plus beaux habits pour se rendre tous ensemble à l'église congrégationaliste. Tous, sauf Emily. Je me suis toujours demandé pourquoi elle n'était pas allée une seule fois à l'église durant toutes ces années où je l'ai connue. Je lui ai posé la question à plusieurs reprises, mais elle ne m'a jamais répondu franchement. À la place, elle riait en me racontant une sottise – qu'elle préférait trouver Dieu dans son jardin, ou que n'importe quel oiseau pouvait prononcer de ces fameux sermons. Moi, tout ce qui me venait à l'esprit, c'était la sensation de sacré qui me faisait frissonner quand l'hostie fondait sur ma langue pendant la communion. Je rendais grâce à Dieu d'être née catholique.

Le dimanche, tous les Kelley déjeunaient ensemble dans l'une ou l'autre des maisons. Que la table soit bien garnie ou non, nous passions toujours un excellent moment à nous raconter des histoires et à plaisanter. Ce jour-là, nous devions nous retrouver chez James et Ellen. Mary m'a mise au courant des dernières nouvelles tandis que nous traversions la pelouse. Apparemment, Maureen O'Donnell avait donné naissance à des jumelles. Un accouchement long et difficile, mais les bébés étaient aussi vifs que des gorets quoiqu'ils aient partagé le même ventre. Maureen était si heureuse d'avoir enfin enfanté des filles que les larmes lui roulaient sur les joues, m'a dit Mary. Mais son pauvre mari, Martin, était paniqué à l'idée de devoir nourrir tant de monde avec son seul salaire d'aide-maçon.

Mary et moi nous tenions par le bras et je penchais la tête pour l'entendre par-dessus le raffut des petits, si bien que je n'ai pas levé les yeux avant d'être entrée dans la grande cuisine d'Ellen. Et là, assis à la table, le coude posé sur le dos de sa chaise, se trouvait Patrick Quinn en personne. Il causait avec James et l'on aurait dit deux frères qui venaient de se retrouver après s'être perdus de vue tant leur discussion était animée. Un couinement m'a échappé : je le croyais reparti à North Adams depuis belle lurette. J'ai lâché le bras de ma sœur et lissé ma jupe. Mais, avant que j'aie eu le temps d'ouvrir la bouche, Ellen m'a mis un plat de pommes de terre entre les mains.

— Est-ce que tu pourrais être un amour et porter ça à la salle à manger ?

Ellen était une besogneuse au visage doux, mais il n'était pas question de lambiner en sa présence. Elle n'était pas beaucoup plus grande que moi, mais chaque centimètre de son petit corps s'affairait constamment. Alors je suis allée dans la pièce à côté, où deux longues tables avaient été rapprochées. La porcelaine du dimanche s'y trouvait déjà et la fille d'Ellen disposait les couverts.

— Je vois que vous avez un nouveau pensionnaire en pleine discussion avec ton père, lui ai-je dit. Tu sais combien de temps il va rester ?

Avant qu'elle ait pu me répondre, Mary arrivait avec la poitrine de bœuf, suivie de tous les autres, jusqu'à ce que la pièce soit remplie de Kelley et de pensionnaires. Et voilà que ça tapait du pied et que ça faisait crisser les chaises. Une fois tout le monde installé, James a récité le bénédicité, nous avons fait le signe de croix et le repas a commencé. Patrick était assis en bout de table à côté de James, mon neveu Michael serré entre Ellen et lui. J'ai essayé de ne pas trop le dévisager, mais j'ai jeté un œil dans sa direction plus d'une fois. Il ne m'a pas rendu mes regards et il y avait trop de brouhaha pour que je puisse attirer son attention. À dire vrai, la pièce résonnait de rires à en réveiller un mort. Les petiots ne tenaient pas en place ; ils ont glissé de leur banc dès qu'ils ont eu l'estomac rempli, et les plus grands bavassaient si fort que j'entendais à peine ce que disaient mes voisins de tablée.

Le repas terminé, j'ai aidé à débarrasser, en me disant que je pourrais parler à Patrick là où il était assis. Or je n'ai pas eu le temps d'arriver jusqu'à lui que les hommes se sont levés pour sortir, laissant la vaisselle aux femmes et aux filles. Mais avant de passer la porte Patrick m'a adressé un signe de tête. Un frisson m'a parcourue à l'idée qu'il m'ait reconnue. J'aurais grandement aimé pouvoir lui emboîter le pas, mais on m'aurait charriée sans fin si je l'avais fait. Alors j'ai suivi les autres femmes dans la cuisine et je me suis chargée de vider les assiettes et de mettre l'eau à chauffer pour la vaisselle. J'étais devant l'évier, de la mousse jusqu'aux coudes, quand j'ai enfin eu l'occasion de m'entretenir avec Ellen à son sujet.

— Combien de temps va-t-il rester ?

— Il n'a payé que pour quelques jours, m'a-t-elle répondu. Il devait juste parler à Monseigneur. Il repart demain.

Elle a pris l'assiette que je venais de mettre dans la bassine de rinçage et l'a essuyée.

— Comment as-tu fait sa connaissance ?

— Je ne le connais pas du tout. Il est passé à Homestead mercredi et il cherchait un endroit où loger. Il a mentionné mon nom ?

J'ai rincé la dernière assiette et plongé le plat à pommes de terre dans l'eau.

— J'avoue que je ne m'en souviens plus, m'a dit Ellen en empilant les assiettes avant de les ranger sur l'étagère ; elle avait le visage fatigué. Il m'a l'air d'un brave homme. James l'aime bien.

— J'ai vu ça.

L'un des enfants s'est mis à hurler et Ellen est partie calmer les esprits. Mary a pris le relais avec le torchon en me parlant d'une maison que Tom songeait à acheter à Turners Falls. D'après elle, c'était un investissement qui les rendrait bientôt riches.

— Ça paraît prometteur.

J'espérais qu'elle me dirait ce qu'elle pensait de Patrick. Mais elle a continué à jacasser sur les projets de Tom et, au bout d'un moment, je lui ai posé directement la question.

— Je ne le connaissais pas jusqu'à avant-hier, m'a-t-elle répondu en essuyant le plat. Qu'est-ce que je devrais penser de lui ?

Elle m'a jeté un regard en coin.

— Ne me dis pas que tu en pinces pour lui, Margaret.

— Ne sois pas bête. Comment pourrais-je en pincer pour lui alors que je ne l'ai vu qu'une fois ? ai-je contré sans lever les yeux.

— Ça arrive tout le temps, m'a dit Mary. J'ai eu le coup de foudre pour Tom à l'instant où je l'ai vu, alors qu'il a fallu des semaines pour qu'on s'adresse la parole. Patrick est bel homme, je te l'accorde.

Elle a fini d'essuyer et fait claquer le torchon deux ou trois fois avant de le remettre sur l'étendoir au-dessus du poêle.

— Je n'ai le coup de foudre pour personne, ai-je rétorqué en essorant la lavette plus fort que d'habitude. Je suis bien résolue à rester célibataire.

Ce que je voulais dire par là, c'était célibataire et libre, mais ça nous aurait conduites à un débat que nous avions déjà eu à maintes reprises. Depuis que j'avais fait une croix sur George Garrett, j'avais décidé de ne pas me laisser coincer. Mary avait enchaîné les grossesses, puis elle avait été privée de sommeil et vidée de son énergie. Elle n'avait pas d'argent à elle, seulement ce que Tom mettait à sa disposition. Alors quand les gens commençaient à me dire que je devrais me dégoter un homme à épouser, que toute jeune Irlandaise se devait de se marier et d'avoir des enfants, je laissais courir. Je pouvais très bien trouver un gars charmant sans vouloir que ça mène quelque part. « Je suis américaine, pas irlandaise », déclarais-je, ce qui les faisait rire. D'ailleurs, Patrick Quinn s'en irait le lendemain et je ne le reverrais probablement jamais.

J'ai traversé la cuisine avec la bassine pour la vider derrière la maison. Je suis restée là une minute, à écouter l'eau goutter dans les buissons. J'entendais les cris des enfants et les voix graves des hommes sous le porche. Kelley Square n'était jamais un endroit calme, mais j'y trouvais du réconfort. Quoi qu'il se passe ailleurs, je me sentais toujours apaisée et en sécurité quand je venais ici.

La vaisselle terminée, Mary, Ellen et moi avons rejoint les hommes. Patrick, assis sur la balustrade, écoutait Tom et James en sirotant une pinte. Je me suis installée sur les marches avec Mary et Ellen, mais Mary m'a demandé ce qui n'allait pas tant j'avais la bougeotte.

— Tout va bien, ai-je répondu. J'ai juste besoin de me dégourdir les pattes pour digérer cette poitrine de bœuf.

Et je suis allée faire un tour, passant devant la gare puis suivant la voie ferrée jusqu'à Crossing, où vivaient la plupart des Irlandais d'Amherst. Les maisons étaient petites, mais bien entretenues. Rien qu'on aurait pu appeler des taudis. J'ai pris mon temps pour effectuer le chemin inverse, mais quand je suis revenue Patrick était là où je l'avais laissé.

J'ai monté les marches du porche.

— Je vois que vous êtes toujours à Amherst, Patrick Quinn, ai-je lancé.

Il s'est retourné. Un sourire est apparu sur son visage.

— Pour sûr, miss Margaret. Pour sûr.

Et j'ai senti mes joues s'empourprer de nouveau. J'étais sacrément contente qu'il se souvienne de mon nom.

Nous avons discuté une minute. Il m'a remerciée de lui avoir indiqué Kelley Square et fait savoir que Monseigneur serait à son bureau le samedi.

— Je présume que vous avez pu régler les affaires qui vous ont amené ici, ai-je dit en espérant qu'il me fournisse plus de détails, mais il s'est contenté de hocher la tête et j'étais consciente que tout le monde nous regardait.

— Ellen dit que vous vous apprêtez à repartir, ai-je continué. Que vous vous en retournez au tunnel ?

— Oui, même si j'aurais aimé rester plus longtemps. C'est tellement agréable de passer du temps en compagnie de compatriotes du Tipperary.

Il a fini sa pinte. J'étais en train de lui tourner le dos quand il a ajouté :

— Mais ne vous inquiétez pas, ma belle. Je n'oublierai pas cet endroit.

Il m'a adressé un clin d'œil.

Et, Seigneur Dieu, mon cœur s'est mis à battre comme celui d'une oie blanche.

Il faisait presque nuit quand je suis rentrée à Homestead ce dimanche-là. L'air était vaporeux et humide comme à l'approche d'un orage estival, à vous en coller les manches à la peau. Mais le temps ne me dérangeait pas. Je pensais à Patrick, me demandant s'il reviendrait bientôt à Amherst. J'ai fait claquer derrière moi le portail de Homestead. Monseigneur tenait à ce qu'il soit toujours fermé. J'avais d'abord cru que c'était parce qu'il était hautain et peu sociable, mais j'ai appris plus tard que c'était pour Emily.

En remontant l'allée, j'ai vu sur ma gauche Monseigneur en personne ; il rentrait des Evergreens par le sentier qui passait entre les deux maisons. Il avait la tête baissée et paraissait l'homme le plus vieux de la terre tant il était lent et voûté. J'allais le héler pour lui proposer de s'appuyer sur mon bras quand une légère brise s'est levée, faisant voleter les feuilles et soulevant son chapeau. Il a posé dessus une main ferme et le vent s'est tu à l'instant.

Dieu m'est témoin, je savais reconnaître une bourrasque des fées quand j'en voyais une. J'avais toujours su identifier ces coups de vent créés pour prévenir ceux qui n'en avaient plus pour longtemps. Ça m'a remuée, évidemment, mais je n'ai rien dit parce que les Dickinson auraient pensé que ce n'était là qu'une superstition ridicule. Je n'en ai pas dormi de la nuit, craignant que Monseigneur ne soit malade le matin venu, ou mort dans son sommeil.

Mais le lundi il était égal à lui-même, avalant un petit déjeuner copieux avant de se rendre au bureau. J'avais trop de pain sur la planche entre laver le linge de lit et concocter les repas pour me soucier du sens de cette bourrasque des fées ou de ce dont Patrick était venu parler. Il avait plu pendant la nuit et les nuages s'étaient dissipés, si bien que c'était une journée idéale pour faire sécher les draps. Emily a préparé une tarte à la crème et Vinnie m'a aidée à étendre la lessive.

Après le déjeuner, la mère Dickinson est partie rendre visite à Mrs Jenkins, et Vinnie est allée faire un somme dans sa chambre. Monseigneur lisait dans le salon. J'ai lavé la vaisselle puis rentré le linge. À mon retour, Emily jouait du piano, ce qu'elle n'avait pas l'habitude de faire l'après-midi. En passant devant le salon pour balayer le perron, j'ai vu Monseigneur assis dans son fauteuil ; il écoutait les yeux fermés. Ça a dû lui faire du bien, parce qu'il s'est montré étonnamment agréable au cours du souper et ne m'a pas sermonnée au sujet des sandwichs au bœuf et au fromage.

Monseigneur est sorti tout de suite après le petit déjeuner le lendemain matin, prenant la direction de la gare pour attraper le train laitier jusqu'à Boston. Pour être honnête, j'étais contente de le voir quitter la maison car je travaillais mieux quand je n'avais pas à m'inquiéter de lui déplaire. Or j'avais beaucoup à faire : on était mardi, le jour où j'amidonnais le linge.

La mère Dickinson, Emily et Vinnie ont traîné à table ce soir-là. L'air qui entrait par les fenêtres était doux et sentait la rose. La mère Dickinson était plus enjouée que de coutume, parlant de participer aux opérations de nettoyage après la crue de la rivière Mill. Vinnie a dit qu'elle emporterait de vieux vêtements pour les familles de Northampton. Il était 18 heures passées et j'attendais dans la cuisine qu'elles se décident à quitter la table pour pouvoir débarrasser quand Austin est apparu. Il est entré en trombe par la porte de service, échevelé, le regard noir comme le diable. Il tenait un bout de papier qu'il secouait tel un drapeau de parade.

— Où est Mère ? a-t-il crié.

J'ai désigné la salle à manger, avant de lui emboîter le pas.

— Que se passe-t-il ? a demandé Vinnie.

La mère Dickinson a porté la main à son cou.

— Un télégramme, a dit Austin, la voix en mille morceaux. Père est malade. Très malade.

Il a tendu le télégramme à Vinnie.

— Il faut nous rendre à Boston, a-t-il poursuivi en regardant sa mère, puis Emily. Tout de suite. Nous devons partir immédiatement.

— Partir ? a répété la mère Dickinson en se levant puis retombant sur sa chaise ; j'ai cru qu'elle s'évanouissait tant elle était pâle.

— Père, ai-je entendu murmurer Emily. Père est en train de mourir.

Austin a posé la main sur l'épaule de sa mère. Sans doute pour la calmer, mais son geste a paru gauche et formel.

— Vous et Emily resterez ici. Vinnie et moi ferons le déplacement.

Vinnie s'est levée. Ses mains tremblaient.

— Mais le train n'est-il pas déjà parti ?

Il a froncé les sourcils et s'est tourné vers moi.

— Maggie, allez dire à Tim de préparer l'attelage. Tout de suite.

Son regard m'intimait de me hâter et c'est ce que j'ai fait, quittant la pièce au quart de tour et manquant la suite de la conversation familiale.

Tim n'était pas dans la grange, mais j'ai eu tôt fait de le trouver au bout de la pelouse, à fumer sa pipe près du potager. Il a bondi dès que je lui ai expliqué ce qui se passait, et s'est mis à courir comme s'il y avait le feu ; son expression aurait terrassé un démon. À mon retour à la maison, il m'attendait à la porte pour m'annoncer que la nouvelle de la mort de Monseigneur venait de tomber.

La salle à manger était vide ; les assiettes, auxquelles collaient quelques restes de nourriture, gisaient encore sur la table. Sue est arrivée pendant que je débarrassais, et la famille s'est réunie dans le salon arrière. Quand je suis allée leur proposer du thé, la mère Dickinson avait la tête enfouie au creux de l'épaule d'Austin, tandis que Sue lui caressait la main. La pauvre Vinnie s'essuyait les yeux et ça ne servait à rien, les larmes lui inondaient le visage.

Emily n'était pas avec eux. Vinnie m'a dit qu'en apprenant la nouvelle elle était montée se cloîtrer dans sa chambre.

Elle n'en est pas ressortie pendant deux semaines.

12

Si la mort est une terrible peine pour toutes les familles, celle de Monseigneur a été calamiteuse pour les Dickinson. Elle les a plongés dans une tristesse et une confusion si profondes qu'ils n'étaient plus capables de penser. Vinnie a été la seule à garder toute sa tête. Elle a pris sur elle d'organiser les obsèques, de rédiger les lettres et de recevoir les gens qui se présentaient à leur porte. Et il y en avait des dizaines ; tous les protestants du Massachusetts semblaient déplorer la disparition de Monseigneur. J'ignorais à quel point il était célèbre avant de lire sa nécrologie dans les journaux.

Les Américains ne pleurent pas leurs défunts comme les Irlandais. En Irlande, on raconte à propos du disparu des souvenirs heureux qui font rire et suscitent la nostalgie. En Amérique, les gens traitent la mort comme une voleuse et non en amie. À mes yeux, ce n'était pas le décès de Monseigneur qui était triste en soi, mais sa manière de partir : seul, sans une âme pour lui tenir la main et tamponner un linge humide sur son front, ni même prononcer une prière.

Austin s'est rendu à Boston pour revenir avec la dépouille de son père par le train. À la gare, les hommes de Kelley Square, aidés par des ouvriers de la fabrique de chapeaux, ont chargé le cercueil sur un chariot et remonté lentement Main Street pour le ramener à Homestead. Ils ont gravi les marches du perron et déposé dans le hall le cercueil poli et brillant. Puis Austin leur a dit d'ouvrir le couvercle. Le moment était solennel, pour sûr, car regarder la mort en face n'est pas chose aisée. Mais le corps de Monseigneur était fidèle à lui-même : rigide et impressionnant.

Austin s'est baissé pour embrasser le front de son père. Ça m'a sidérée : jusque-là je n'avais jamais vu un Dickinson en embrasser un autre. Quand il s'est redressé, son expression était la plus curieuse qui soit. Tendre, triste et furieuse à la fois.

Personnellement, le spectacle de la dépouille de Monseigneur m'a rappelé sa façon de traiter les gens avec dureté et intransigeance, son côté sans cœur. Rappelé qu'il ne souriait presque jamais, si ce n'est en présence d'Emily. Qu'il m'avait forcée à travailler pour lui alors que je voulais partir. Que j'étais restée pour l'empêcher de nuire à ma famille. Que depuis lors j'avais senti sa botte sur ma nuque.

À présent que Monseigneur était mort, la botte avait disparu.

L'enterrement a eu lieu un vendredi après-midi. Tous les magasins et les bureaux d'Amherst ont fermé en signe de respect, et il faisait si chaud que je me sentais molle et épuisée. Austin est apparu avant le petit déjeuner pour soutenir sa mère et est resté auprès d'elle toute la journée. Ses traits déformés trahissaient à quel point il était bouleversé.

Emily n'avait pas quitté sa chambre depuis l'annonce de cette triste nouvelle, ni pour tenir compagnie à sa famille ni pour offrir le réconfort d'une fille à sa mère, non plus que pour se rendre aux toilettes. Je trouvais ça cruel, mais personne ne s'en est plaint et Vinnie a déclaré que c'était mieux ainsi, les nerfs d'Emily étant fragiles. C'était donc moi qui devais monter à l'étage et en redescendre avec le seau d'aisance après avoir vidé son pot de chambre. Moi qui devais lui apporter ses repas et déposer le plateau devant sa porte, puisqu'elle ne venait jamais m'ouvrir quand je frappais. Au début, j'ai eu de la peine pour elle. Après tout, je savais ce que c'était de perdre un père. Mais pour être franche je n'avais pas la patience de Vinnie, et au bout d'un moment ça a fini par m'agacer. N'importe quel idiot vous dirait qu'il ne faut pas rester seul après le décès d'un proche. C'est un coup à appeler la banshee à votre chevet.

— Le peu qu'elle ingurgite ne suffirait même pas à garder un oiseau en vie, ai-je dit à Vinnie. Elle va s'affaiblir et mourir dans son lit.

Mais quand j'ai vu le regard inquiet de Vinnie, je me suis dit qu'il valait mieux tenir ma langue. Au moins jusqu'à l'enterrement.

Tim a fabriqué un vrai brancard mortuaire et six gaillards de Kelley Square l'ont apporté dans la maison. Je l'ai recouvert d'un drap noir et ils ont déposé le cercueil dessus. Les hommes ont installé toutes les chaises du rez-de-chaussée dans le vestibule et sont allés emprunter des bancs au Collège pour les aligner sur la pelouse. Des voisins sont venus apporter des fleurs pour les grands vases du hall et des salons.

Vinnie a passé la matinée de l'enterrement à courir à droite et à gauche en donnant des ordres aux ouvriers. Dès qu'ils avaient terminé une tâche, elle leur en confiait une autre. Sue est arrivée à midi avec Ned et Mattie, tous trois vêtus de noir. Mattie semblait savoir que son grand-père était mort et n'est pas allée saluer Emily. Mais elle la cherchait partout. Elle s'est même glissée dans la cuisine et est restée dans un coin à m'observer, l'âme en peine. J'ai fini par lui dire de monter frapper à la porte de sa tante. Peut-être pourrait-elle alléger le chagrin d'Emily, voire l'inciter à quitter sa chambre. Mattie occupait une place particulière dans son cœur, ce n'était un secret pour personne.

La gamine partie à l'étage, les invités n'ont pas tardé à remplir la maison de leur sombre peine : tante Elizabeth, formelle et cérémonieuse dans sa robe de deuil, Louisa et Frances Norcross, Fanny Boltwood et le directeur du Collège, Mr Stearns.

Tous parlaient à voix basse, juchés sur leurs chaises. Vinnie accueillait chacun des invités et leur proposait des pâtisseries et du café. Mattie est redescendue, sans Emily. Vinnie lui a demandé de décorer le salon avant de fleurs et son petit visage arborait une expression si pleine de douleur qu'elle semblait la plus bouleversée de l'assistance.

Quand j'ai ouvert la porte au juge Lord, Vinnie m'a écartée pour le saluer. J'avais souvent préparé la chambre d'amis lorsqu'il venait à Homestead avec son épouse. C'était un bonhomme à l'épaisse chevelure blanche et de haute stature dans les deux sens du terme, mais il y avait dans son regard quelque chose de féroce et d'avide.

Mr Bowles est arrivé avec sa femme chétive accrochée à son bras. C'était le rédacteur en chef du journal de Springfield et un ami proche de Sue et d'Austin. Un bel homme, pour sûr, avec son énorme barbe et ses yeux pleins de vivacité. Du genre à faire pâmer les filles. Quand je lui ai ouvert la porte, il m'a prise de court en se penchant pour me demander à l'oreille :

— Où est Emily ? Il faut que je la voie.

— Mais elle ne veut recevoir personne. Elle s'est enfermée dans sa chambre dès qu'elle a appris la nouvelle et n'en est pas ressortie depuis.

Il a froncé les sourcils.

— Raison de plus. Faites-lui savoir que je suis ici, s'il vous plaît.

Il savait y faire, Mr Bowles, il était difficile de lui refuser quoi que ce soit. J'ai donc essayé.

— Ça ne servira à rien, monsieur. Elle ne veut pas même ouvrir à sa sœur.

Il m'a regardée de ses yeux brillants comme des diamants.

— Un instant, m'a-t-il dit en sortant un bout de papier et un crayon de sa poche pour rédiger un billet qu'il m'a mis entre les mains. Ayez l'amabilité de lui apporter ceci. Glissez-le sous sa porte s'il le faut.

Je suis montée, légèrement agacée, mais lui aussi me faisait de la peine. Ce n'était pas la première fois que je percevais le côté cruel de la nature solitaire d'Emily. J'ai frappé en l'informant que j'avais un message de la part de Mr Bowles. Je me penchais pour le glisser sous la porte lorsqu'elle s'est ouverte : Emily était là, les cheveux défaits, la robe froissée, le visage décomposé. Quand je lui ai tendu le bout de papier, j'ai discerné une minuscule lueur dans ses yeux.

— Dites-lui de monter, Maggie. Et merci.

Ça m'a drôlement contrariée. C'était fort injuste de sa part de tourner le dos à toute sa famille mais de recevoir Mr Bowles. Néanmoins, je suis redescendue trouver ce dernier et lui ai fait prendre l'escalier de service. Emily l'attendait dans l'embrasure de sa porte. Il l'a saluée et suivie à l'intérieur. Ils n'ont laissé la porte que très légèrement entrebâillée. Ce n'était pas du tout convenable, mais je ne pouvais pas m'empêcher de penser à la lueur qu'elle avait eue dans les yeux au moment de lire le message. Convenable ou non, j'étais contente que quelqu'un tienne compagnie à Emily le jour des obsèques de son père.

Pour être franche, je n'ai jamais pu m'habituer à la manière dont les protestants célèbrent les enterrements. Quand le révérend Jenkins est arrivé de l'église congrégationaliste dans sa chasuble noire avec sa bible entre les mains, les hommes ont ouvert le cercueil et la dépouille était là, au milieu de tout ce beau monde. Il n'y a eu ni musique, ni encens, ni communion, et les prières et les lectures n'avaient pas de quoi faire monter les larmes qu'on aurait dû verser. Il n'y avait pas même une croix auprès du cercueil, seulement une couronne de marguerites.

Le silence était si lourd et pesant que je me suis glissée discrètement dans ma cuisine pour respirer un coup. Au bout d'un moment, Mr Bowles est redescendu. Il a jeté un œil dans la pièce, mais ne m'a pas parlé, se contentant de rejoindre le hall. Les chaises ont raclé le sol et, peu après, Mattie et Ned sont venus me dire que c'était terminé. Je les ai raccompagnés jusqu'au salon. Tout le monde était sorti pour se rendre au cimetière. La famille n'avait pas loué de corbillard, mais avait sollicité les hommes importants d'Amherst pour porter le cercueil à travers la ville. J'ai observé la scène par la fenêtre du salon avec Mattie et Ned, en me demandant si Emily faisait de même depuis sa chambre.

J'espérais que Mr Bowles soit parvenu à la consoler, mais je savais qu'elle peinait sans doute encore à se défaire de son chagrin. Passer tout ce temps seule ne lui faisait aucun bien. Parfois, les gens qui s'isolent se tuent par pur désespoir.

Après la mise en terre, les invités sont revenus pour la collation et la maison s'est remplie de nouveau. Mes nièces étaient venues aider et Sue avait dépêché sa deuxième bonne. Nous avions dressé un buffet de viande froide, de flan, de pain d'épices et de gâteau au rhum dans la salle à manger, et nous avons servi du café et du thé. J'ai fait des allers-retours incalculables entre les pièces du rez-de-chaussée. Vinnie s'affairait autant que moi, jouant le rôle d'hôtesse et répondant à tous ceux qui l'interrogeaient qu'Emily prenait la chose avec courage, même si elle était pâle comme un fantôme. La mère Dickinson était dans le salon, à recevoir des condoléances comme une reine abandonnée.

En fin d'après-midi, il ne restait plus qu'une poignée de convives. J'étais assise à l'office pour reposer un peu mes os quand j'ai entendu des voix féminines dans le passage du Nord-Ouest. Il m'a fallu une minute pour prendre conscience que la conversation portait sur moi.

— Que suggérez-vous donc ?

C'était la mère Dickinson, dont la voix semblait épuisée par le chagrin.

— Que vous la gardiez à l'œil.

Je me suis redressée d'un coup : l'autre voix, je la connaissais aussi bien que la mienne, c'était celle de Fanny Boltwood.

— Elle fait du très bon travail, a poursuivi cette dernière. Et elle peut paraître compétente, voire fiable, pendant des mois ou des années. Mais elle est déloyale. Elle ne pense qu'à elle. Elle serait tout à fait capable de vous quitter du jour au lendemain, comme elle l'a fait avec Clarinda.

Ses paroles m'ont rappelé le jour où elle m'avait ignorée. Continuant sa route comme si je n'avais pas été là. L'humiliation et la peine que j'avais ressenties alors.

Il y a eu une pause avant que la mère Dickinson ne se remette à parler.

— Ma chère Fanny, j'apprécie votre sollicitude. Mais je ne peux tout simplement pas penser à ce genre de chose en ce moment.

Les sanglots étranglaient sa voix.

— Tante Margaret ?

C'était la jeune Nell, venue me trouver à l'office. Je me suis levée en espérant ne pas paraître aussi dévastée que je l'étais. Mais, à sa manière de me prendre par la main et de froncer les sourcils, il était évident que je ne parvenais pas à cacher quoi que ce soit.

— Tu as l'air lessivée, m'a dit ma nièce. Va t'allonger un peu. On s'occupera du reste. Il n'y a plus grand-chose à faire.

Nell a dû être aussi étonnée que moi quand je suis montée. J'ai observé une pause devant ma chambre et quelque chose m'a poussée à me retourner. Ce sont mes jambes, et pas ma tête, qui m'ont guidée vers le bout du couloir pour frapper à la porte d'Emily.

Franchement, je pensais qu'elle ne me répondrait pas, mais une étrange sensation de panique s'est emparée de moi, alors j'ai vérifié si la porte était fermée à clé. La poignée a tourné et la porte s'est ouverte. J'ai eu l'impression de pénétrer dans le monde des fées. Cette pensée a fusé dans mon esprit comme un éclair, aussi minuscule qu'un colibri. Je suis vite entrée. Sans me demander ce que rompre l'enchantement pourrait me coûter.

Toutes les fenêtres de la chambre étaient grandes ouvertes, les rideaux flottaient et oscillaient dans la brise. La lumière de la fin d'après-midi se reflétait sur les murs, faisant danser les roses sur le papier peint. Et Emily était là, assise dans son fauteuil au beau milieu de la pièce, à se tourner dans la direction du moindre courant d'air, comme si elle dirigeait un orchestre aérien. Je suis restée bouche bée, toutes les paroles que j'avais eu l'intention de prononcer envolées.

— Maggie, a dit Emily sans quitter les rideaux du regard.

— Miss Emily ?

J'avais l'affreuse sensation qu'elle n'observait pas du tout les rideaux, mais une créature invisible. J'ai de nouveau pensé aux fées, et bien failli partir. C'est dire à quel point je craignais de poser les yeux sur ce qu'aucun humain n'est censé voir.

— Ce que je ne comprends pas, a-t-elle dit d'une voix triste et lointaine, c'est que le monde puisse continuer à tourner sans lui.

Ces paroles entendues, j'ai arrêté de m'en faire à propos des fées. Car ce ne sont pas mes oreilles mais mon cœur qui les a perçues, et y répondre par les mots aurait été impossible. N'avais-je pas ressenti la même chose quand mon propre père était mort ? Ne m'étais-je pas demandé comment poursuivre sans lui ? Je me suis rappelé avoir tenu sa pauvre tête dans mes bras lorsqu'il avait poussé son dernier soupir. À l'époque j'avais cru que c'était pour le réconforter. Mais je savais désormais que ç'avait surtout été pour me réconforter moi.

J'ai posé une main aussi légère que des larmes sur l'épaule d'Emily. Elle a continué à fixer les rideaux, alors je l'ai imitée. Et au bout d'un moment j'ai vu ce qu'elle voyait – l'air qui soulevait et gonflait les tentures comme une respiration, avant, arrière, dedans, dehors. On aurait dit une prière.

Le temps s'est arrêté, ou a paru le faire, tandis que je restais là, sans bouger. Puis sa main est venue se poser sur la mienne.

J'ignore combien de temps il m'a fallu pour reprendre mes esprits et quitter discrètement la pièce. Quelques minutes peut-être, ou quelques heures. Mais en cet instant hors du temps nous avons été liées par ce mystérieux enchantement, et j'ai su que rien ne serait plus comme avant. Pendant des années j'ai essayé de me l'expliquer. Je n'ai trouvé quelque chose d'approchant que dans les vieux contes traditionnels sur les envoûtements des fées.

Deux semaines supplémentaires ont passé avant qu'Emily ne quitte enfin sa chambre. Mais après ce jour-là sa porte fermée ne m'a plus jamais barré la route. J'entrais et je sortais aussi librement qu'un courant d'air.

Être au service d'âmes endeuillées n'est pas de tout repos, car elles n'ont plus toute leur tête. Et puis les morts laissent toujours aux vivants des problèmes à résoudre. On aurait pu croire que Monseigneur Dickinson était homme à garder ses affaires en ordre, étant avocat. Il s'est avéré qu'il n'avait jamais rédigé de testament. Toutes ses possessions – Homestead, les Evergreens, ses beaux chevaux, ses terres, ses biens immobiliers en location et son argent – constituaient désormais un fameux casse-tête. Austin a pris les rênes. Il a succédé à son père, devenant propriétaire et trésorier du Collège, tandis que la mère Dickinson sombrait dans une profonde mélancolie. Vinnie s'est mise à chanter des chansons à ses chats et Emily à faire les cent pas dans le passage du Nord-Ouest, en proie à la torpeur du deuil.

La première fois que je l'ai surprise, j'ai sursauté. On aurait dit un fantôme dans sa robe blanche, avec ses longs cheveux détachés.

— Où est-il ? a-t-elle demandé sur un ton lugubre. Je ne le trouve pas.

— Qui est-ce que vous cherchez ?

Elle faisait peut-être une crise de somnambulisme – ça arrive sous le coup de l'émotion –, donc je l'ai prise par le bras aussi délicatement que possible.

Elle m'a regardée, les yeux immenses et noirs dans l'obscurité du couloir.

— Père, a-t-elle murmuré. Je ne sais pas où il est parti.

Doux Jésus, ça m'a glacé le sang.

— Oh, miss, ai-je dit d'une voix aussi fluette que le miaulement d'un chaton. Suivez-moi, je vais vous préparer du thé.

Mais elle a secoué la tête et remonté l'escalier de service en courant. Tel un lapin terrifié fuyant vers son terrier.

Je suis retournée à la cuisine décontenancée. Quelque chose m'échappait dans sa manière de faire son deuil. Cette chose sombre et triste qui concernait toute la famille. Comme si ces gens n'avaient pas vécu en Amérique mais en Irlande, au cœur de la Grande Famine. Avides tous autant qu'ils étaient de la moindre miette de soulagement.

13

Le changement est la seule chose sur laquelle on puisse compter dans la vie, qu'on soit riche ou pauvre. Le chagrin passe parfois au premier plan, mais la roue tourne et autre chose vient s'emparer de votre esprit. Les Dickinson ne faisaient pas exception à la règle. Au printemps 1875, leur peine s'est adoucie. Sue attendait un nouvel enfant.

La nouvelle a pris tout le monde de court : Sue avait 44 ans et il était de notoriété publique que son mariage avec Austin était conflictuel. C'est le mot que Vinnie utilisait pour le décrire, « conflictuel », même s'il était clair qu'elle pensait par là à leurs disputes fracassantes à toute heure du jour et de la nuit. Sue avait embauché ma nièce pour assister sa bonne. Très tôt, les Dickinson se sont mis à l'appeler « mini-Maggie ». J'ignorais pourquoi ils ne l'appelaient pas Meg comme nous autres. Mais la voir arriver à Homestead pour bavarder un peu et se reposer cinq minutes me mettait toujours en joie.

Grâce à Meg, je savais tout de suite quand Sue et Austin s'étaient pris le bec. Je me gardais bien de le répéter à Emily, elle en en aurait été attristée. Mais en vérité je pense qu'elle était au courant avant moi. Elle était d'humeur plus sombre que par le passé, donc Sue lui racontait sans doute tout lors de ses visites.

Une chaude matinée de juin, je hachais de la graisse de rognons de porc pour faire une tourte en secouant la tête de dépit. Meg venait de passer et m'avait rapporté que Sue avait renvoyé leur blanchisseuse pour avoir légèrement roussi la chemise de nuit de Mattie en la repassant. La mère Dickinson est apparue dans la cuisine pour me sermonner : j'avais oublié de refermer le portail en revenant de chez le boucher. Même si Monseigneur n'était plus là, elle voulait que tout soit comme de son vivant. Je lui ai dit que j'étais désolée et que ça ne se reproduirait plus, mais elle fronçait encore tellement les sourcils que je me suis demandé si elle n'avait pas mal à la tête.

— Faites plus attention, Maggie. Je ne sais pas ce qui est passé par la tête de Notre Seigneur quand il a créé les Irlandais, a-t-elle déclaré en quittant la pièce.

J'en ai presque laissé échapper mon couteau tant ça m'a blessée. Heureusement elle est partie avant que je lui dise ce que j'avais sur le cœur. Il m'a fallu quelques minutes pour me calmer. J'ai dû me rappeler que la mère Dickinson était la seule à me traiter de la sorte. Emily et Vinnie me taquinaient parfois, mais ne me faisaient jamais de remontrances. Toujours est-il qu'elles aimaient se moquer et que je les avais entendues une ou deux fois parler de la paresse et du caractère rustaud des Irlandais. J'en suis venue à me demander si les seules personnes sur Terre à ne pas prendre les Irlandais de haut n'étaient pas les Irlandais eux-mêmes.

Patrick m'a tout de suite sauté à l'esprit. Comment un homme, qui n'avait fait qu'entrer dans ma cuisine et me jeter un clin d'œil par un après-midi pluvieux, pouvait-il m'obnubiler à ce point, moi qui en avais pourtant dans la caboche ? Il n'avait passé que deux ou trois jours à Amherst, j'aurais donc dû à peine me souvenir de lui. Or il semblait attendre la première occasion pour s'inviter dans mes pensées. La moindre chose pouvait me faire songer à lui, l'évocation d'une grève de mineurs en Pennsylvanie comme un article sur un nouvel accident au tunnel du Hoosac. Un contremaître cette fois, mort écrasé sous un bloc de roche. Et j'ai même reconnu le nom : James Gallagher, l'homme qui avait demandé à Patrick de délivrer un message à Monseigneur. Je n'ai jamais su de quoi il avait été question, d'ailleurs, ce qui n'avait du reste plus aucune importance. Mais je me suis rappelé ce que Patrick m'avait raconté sur ces Irlandais courageux qu'il avait connus dans l'armée de l'Union, sur le fait que c'était aux Irlandais que l'on confiait les tâches à risques sur le chantier du tunnel. Sur sa fierté d'être lui-même irlandais.

J'étais donc là à méditer, de la viande de porc et de la pâte jusqu'aux coudes, quand j'ai entendu à l'étage un bref fracas suivi d'un bruit sourd. Je me suis vite essuyé les mains pour grimper l'escalier au pas de course. La mère Dickinson gisait sur le sol de sa chambre en gémissant, articulant des paroles incompréhensibles. À mon avis, elle ne m'a même pas reconnue. Elle venait de faire une attaque, c'était évident.

Vinnie était sortie, donc je suis tout de suite allée chercher Emily, que j'ai trouvée dans le jardin, les doigts dans la terre, à arracher les mauvaises herbes entre les capucines. Dès que je lui ai dit ce qui se passait, elle a bondi et traversé la pelouse en courant. Plus tard, je me suis étonnée d'avoir été celle qui tremblait cet après-midi-là à la place d'Emily.

Nous avons aidé la mère Dickinson à se mettre au lit et je suis allée chercher le Dr Bigelow, qui nous a annoncé qu'elle avait fait une crise d'apoplexie et qu'il lui faudrait un moment pour s'en remettre. Elle serait alitée pendant des mois. Il l'a saignée et Emily est restée à son chevet jusqu'à ce qu'elle s'endorme. Vinnie et Austin sont venus la voir, puis se sont installés à la table de la cuisine pendant que je préparais le thé. Emily est descendue peu après.

— Saviez-vous qu'il y a un an jour pour jour que Père est mort ? nous a-t-elle demandé, si pâle que son visage m'a évoqué la lune une nuit d'hiver.

Nous nous sommes tous regardés. Ses mots nous ont fait l'effet d'un cercueil au milieu de la pièce, et aucun d'entre nous n'a trouvé quoi que ce soit à répliquer.

Il faisait chaud le dernier dimanche de juin, et Ellen et Mary avaient prévu un grand pique-nique en famille à Kelley Square après la messe. Nous sommes tous sortis derrière la maison, où les hommes avaient posé des planches sur des tréteaux pour constituer des tables. Les enfants les plus âgés ont apporté les plats – jambon cuit, tourte au pigeon, compote de fruits, œufs durs et pain. La conversation était animée, nous discutions de tout et de rien, du temps magnifique à la possibilité qu'Amherst soit bientôt reliée au gaz de ville pour éclairer les lampadaires. James était allé à Boston et se vantait d'avoir assisté à la grand-messe dans la cathédrale catholique et vu les

Boston Red Stockings jouer au base-ball. Je ne l'écoutais que d'une oreille, mais il a attiré mon attention quand il a raconté que, apparemment, la police recherchait encore des fenians ayant participé aux raids canadiens de 1870. J'avais entendu plus d'une conversation à bâtons rompus sur ces raids à l'époque où ils avaient eu lieu.

— C'est quoi des fenians ? a demandé ma nièce Katie.

Elle avait 8 ans et ne cessait de poser des questions. Vous ne pouviez pas bouger d'un pouce sans qu'elle veuille savoir pourquoi.

Tom a souri à sa fille, assise en face de lui.

— C'est un groupe d'Irlandais qui ont fait le serment de se battre contre l'Angleterre après la guerre de Sécession, a-t-il expliqué. Ils souhaitent une Irlande libre, même s'ils vivent en Amérique.

— Une bande de vauriens, à mon avis, a dit Mary. C'était il y a cinq ans. Je suis bien contente qu'on en ait fini avec ça.

— Je ne suis pas si sûr que ce soit le cas, est intervenu James. Il paraît qu'ils comploteraient de nouveau.

— Oui, c'est ce que j'ai entendu dire moi aussi, a acquiescé Tom. Et j'imagine qu'on ne penserait pas que ce sont des vauriens si on vivait au Canada.

Ellen a secoué la tête.

— Peut-être pas, mais ce sont les fenians qui ont été tués en fin de compte, non ?

— Ils ont fait des Irlandais la risée du pays, c'est sûr, ai-je renchéri en me rappelant Monseigneur lisant au déjeuner des articles de journaux sur les raids, d'une voix moqueuse qui avait fait rire Emily et Vinnie. Une fois, Emily m'avait demandé si je connaissais des fenians.

J'étais restée là, ma compote de poires entre les mains, muette comme une carpe, les joues brûlantes de honte. Je savais qu'elle m'avait posé la question parce que j'étais irlandaise, alors que je n'avais jamais rencontré un fenian de ma vie.

— J'espère que la police les arrêtera jusqu'au dernier, ai-je continué en prenant une tranche de jambon et en passant le plateau à Mary. Ça relève du péché, ce qu'ils font. Le prêtre n'a-t-il pas dit qu'ils seraient tous excommuniés ?

— Si, a répondu Mary. Le pape lui-même a condamné leurs actes.

— Pourtant, leurs intentions ne sont pas mauvaises au départ, a objecté James. C'est leur amour pour l'Irlande et leur combat pour les droits des métayers qui les poussent à faire ça, après tout.

J'ai pensé à mon père et je me suis demandé quelle aurait été son opinion s'il avait été encore en vie. Pendant des années, la vente de la ferme qui avait été son gagne-pain lui avait causé de l'amertume, et qui aurait pu lui en vouloir ? Mais je ne l'avais jamais entendu parler des fenians ni des droits des métayers.

— M'est avis qu'on n'est pas près de les voir prendre le chemin de la prison sans broncher, a commenté Tom. Ils sont sacrément méfiants. On ne leur tirera pas facilement les vers du nez. Il y a peu de chances qu'ils se laissent attraper, même si les détectives de l'agence Pinkerton essaient de les pincer.

— Mais Margaret a raison, a ajouté Mary. Ça va à l'encontre des enseignements de l'Église. En prêtant serment ils mettent en péril l'immortalité de leur âme, tout comme les francs-maçons.

Ellen a fait remarquer que c'était triste à dire, mais que de nos jours beaucoup se fichaient des enseignements de l'Église.

— C'est bien vrai, a acquiescé Mary.

Puis elle s'est mise à parler d'une journalière de Pelham qui attendait un enfant.

— Elle n'a pas 15 ans. Et refuse de dire qui est le père, mais la plupart des gens pensent que c'est un homme marié.

— Je mettrais ma main au feu que c'est son patron, ce qui est encore plus navrant, a renchéri Ellen.

J'ai secoué la tête de dépit, mais j'étais contente qu'on ait changé de sujet. À dire vrai, je ne voulais plus entendre parler de fenians.

L'accouchement se profilait et Sue Dickinson a arrêté de sortir. En juillet, elle s'est mise à envoyer des billets à Emily au lieu de venir la voir. Vinnie était excitée comme tout. Mais, de toute évidence, Emily ne partageait pas la bonne humeur de sa sœur. À l'approche de la date fatidique, elle était de plus en plus agitée. Une fois, je l'ai trouvée à faire les cent pas dans le passage du Nord-Ouest en se tordant les mains.

— Qu'est-ce qui vous arrive, miss ? lui ai-je demandé en glissant mon chiffon dans la poche de mon tablier. Une lettre porteuse de mauvaises nouvelles ?

Comme presque chaque jour, elle avait reçu une pile de courrier. J'avais perdu le compte de tous les gens avec lesquels elle correspondait.

Elle a secoué la tête d'un air distrait, tel un cheval essayant de chasser les mouches. Mais elle était bouleversée. La pauvrette avait l'air perdue dans sa propre maison.

— Venez vous asseoir, que je vous serve un verre de limonade, lui ai-je dit. Ça vous fera le plus grand bien.

À ma surprise, elle m'a suivie jusqu'à la cuisine. Ça ne lui ressemblait pas. Je ne me rappelais plus quand nous avions bu de la limonade ensemble pour la dernière fois en plein après-midi. Mais aussitôt installée elle m'a dit la vérité : elle se faisait un sang d'encre pour Sue.

— Accoucher la terrifie, m'a confié Emily.

Elle a regardé par la fenêtre, le sentier qui menait aux Evergreens était bordé de roses trémières de toutes les couleurs.

— Ah, ai-je dit. Ça ne m'étonne pas. Accoucher est douloureux, et Sue sait déjà ce qui l'attend. Mais il y a aussi un grand bonheur à la clé.

Elle a secoué la tête.

— Sa sœur aînée, Mary, est morte en couches. Cette expérience l'a horrifiée. Elle n'a jamais voulu avoir d'enfants.

J'ai froncé les sourcils en pensant à ma propre sœur et à tous les petits qu'elle avait mis au monde. Les bébés faisaient partie intégrante de la vie d'épouse, tout le monde le savait. C'était risqué, pour sûr, mais dans la nature des choses. Mary ne m'avait jamais confié avoir eu peur – elle était forte et costaude, et puis elle était sage-femme. Mais j'étais consciente que même elle redoutait chaque accouchement.

— Je me sens si coupée d'elle, a poursuivi Emily à voix basse.

Elle regardait toujours par la fenêtre.

Je ne l'avais jamais entendue dire une chose pareille. Et ce n'était pas la vérité stricte : Sue lui avait fait parvenir des billets toute la semaine.

— Eh bien, il serait facile d'y remédier, non ? Rien ne vous empêche d'aller la voir. Elle n'est qu'à quelques pas d'ici.

Elle m'a regardée d'un air curieux et a paru se replier sur elle-même.

— La distance peut prendre de multiples formes, a-t-elle dit, et, sans que je sache pourquoi, elle m'a raconté comment elle avait rencontré Sue. Père et Mère l'ont ramenée de l'église un dimanche. C'était peu après la mort de sa sœur, et elle ne s'en était pas encore remise. Nous avions toutes les deux 20 ans, Sue et moi. Cela me paraît si loin désormais.

Elle a bu une gorgée de limonade et un doux sourire s'est formé sur son visage.

— Père parlait d'elle depuis des semaines, a-t-elle continué. Il était sans cesse à l'affût de jeunes personnalités remarquables. Et il disait qu'elle était extraordinaire, qu'elle avait un talent rare pour les mots. Bien sûr, ma curiosité a été piquée et je lui ai demandé de l'inviter à dîner.

J'essayais de m'imaginer Monseigneur s'intéressant à la jeunesse. Je l'avais toujours connu plutôt concerné par sa seule personne.

— Père avait raison – c'était l'être le plus extraordinaire au monde. Dès que je l'ai vue, j'ai été ensorcelée.

Une manière surprenante d'exprimer la chose. Ça me faisait penser à la façon dont les dames parlaient de leurs amants dans les romans d'amour.

— Même si elle était encore en proie au chagrin, elle était d'une beauté étonnante, a dit Emily en finissant sa limonade. J'ai toujours été attirée par la beauté, vous savez.

Ça, je le savais. N'importe qui aurait pu le deviner en la voyant étudier les fleurs, les papillons et le dos des feuilles.

— Elle était merveilleuse – oh, si merveilleuse ! Une unique étoile, a-t-elle murmuré.

Elle avait le regard perdu dans le lointain, comme si les murs de la cuisine avaient disparu et qu'il ne restait plus rien entre elle et le ciel.

Je nous ai resservi de la limonade à toutes les deux. Je n'ai rien dit, ne voulant pas l'interrompre. Mais des milliers de questions me chatouillaient la langue.

— Nous étions inséparables au début. Les deux faces d'une même pièce. Comme des sœurs. Comme des jumelles.

Elle a détourné les yeux de la fenêtre pour les poser sur moi. J'ai eu l'impression qu'elle retrouvait son corps après s'en être absentée.

— Saviez-vous que nous n'avons que neuf jours d'écart ?

— Ma foi, je l'ignorais, ai-je répondu.

La peau me démangeait comme si j'avais des puces. Je n'étais pas sûre de pouvoir rester assise sans bouger plus longtemps.

— Je ne supporterais pas de la perdre, a conclu Emily.

— Tout va bien se passer.

Je me suis levée. Je ne comprenais pas ce qui venait d'arriver, mais ç'a été un pur soulagement de me tenir à nouveau sur mes pieds et de m'affairer.

— Mrs Dickinson est une des personnes les plus robustes que je connaisse.

— Plaise à Dieu ! a dit Emily en hochant la tête.

On aurait dit ma mère ; ces mots paraissaient tout droit sortis de sa bouche. Je l'ai regardée attentivement, en me demandant si elle imitait encore ma façon de parler. Mais son visage était sérieux et ses yeux brillants de larmes.

Une semaine plus tard, Sue a perdu les eaux. Emily était folle d'inquiétude. Mais quand j'ai essayé de la rassurer elle m'a ordonné d'aller aux Evergreens pour me rendre aussi utile que possible. Elle m'avait promise à Sue, m'a-t-elle dit, comme si je lui appartenais. Comme un meuble ou un cheval qu'on envoie à une autre maîtresse, sans se soucier de lui demander son avis. J'étais furieuse. J'y suis allée, mais sans me fendre d'un sourire.

Ce n'était pas la première fois que j'assistais à une naissance, donc je ne m'en faisais pas, même si Sue gémissait et se tortillait dans tous les sens. Quelle femme ne le ferait pas en mettant un bébé au monde ? Rapide ou non, un accouchement semble toujours durer des heures. Le Dr Bigelow était là, ainsi que Meg et Eileen, la nouvelle bonne ; je n'avais pas grand-chose à faire, hormis regarder et attendre.

Quand le nouveau-né est sorti, le Dr Bigelow a annoncé à Sue que c'était un garçon. Il l'a retourné, lui a collé une fessée et me l'a mis entre les bras. Je l'ai nettoyé puis enveloppé dans une serviette. Avant même que j'aie eu le temps de le passer à sa mère, il cherchait déjà à téter. Le poids de son petit corps gigotant contre ma poitrine m'a donné une drôle de sensation au creux du ventre.

— Ce loupiot veut qu'on le nourrisse, ai-je lancé.

Dieu m'est témoin, je n'arrivais pas à le quitter du regard.

— Je vais m'en occuper, a dit Eileen en me l'ôtant des mains.

Et, tout à coup, je me suis sentie spoliée. J'en ai été moi-même si étonnée que je suis restée là à cligner des yeux. Prise d'une envie irrépressible d'avoir mon propre enfant.

Mattie a pointé le bout de son nez à Homestead quelques jours après la naissance, pour délivrer un billet à Emily et annoncer qu'ils avaient baptisé le bébé Thomas Gilbert.

— Mais il est trop petit pour porter un grand nom, a-t-elle dit. Alors nous l'appelons Gib.

Elle avait 8 ans et la mauvaise habitude de froncer les sourcils, ce qui gâchait ses jolis traits. Mais elle était tout sourire ce jour-là et, quand je lui ai eu servi une part de gâteau et un verre de lait, Emily l'a embarquée dans sa chambre.

— Pour que nous puissions conspirer tout notre soûl, a dit Emily avec une étincelle malicieuse dans le regard.

Elle aimait Mattie comme sa propre fille. Dommage qu'elle n'ait jamais eu de bambins à elle, ai-je pensé.

Partie III
Fenêtres

14

1916

Après avoir été éconduite des Evergreens par Mattie D., je ne décolère pas de l'après-midi. Cela m'aide à venir à bout des tâches ménagères plus rapidement et, quand mes pensionnaires rentrent, la table est dressée et l'odeur de saucisse cuite embaume la maison. Les six ouvriers reviennent ensemble de la scierie, à l'autre bout de la ville. Je les attends sur le seuil et m'assure qu'ils essuient leurs chaussures, tous autant qu'ils sont, avant d'entrer. Dan Casey râle, comme d'habitude – cette fois à propos du temps –, et je ne peux pas lui en vouloir, car il bruine et il semble avoir passé la journée dans la boue jusqu'aux genoux. Je lui fais retirer ses godillots sous le porche. Ce qui le pousse à maronner encore plus.

Tandis qu'ils montent à l'étage pour se laver, il me vient à l'esprit que je pourrais acheter Homestead moi-même. Je ne sais pas pourquoi je n'y ai pas pensé plus tôt. La demeure ferait une bien belle pension, spacieuse comme elle est. Vrai, l'idée de ces gaillards irlandais traînassant dans la maison d'Emily, buvant leur thé dans le double salon et s'asseyant sur la véranda par un chaud dimanche après-midi me tire un sourire. Ça aurait bien fait rire Emily, c'est sûr.

J'irai en parler à Tom quand j'aurai fini la vaisselle. Il saura me dire comment m'y prendre. Il a acheté tout un tas de propriétés depuis qu'il est arrivé en Amérique.

Au cours du repas, les hommes discutent à bâtons rompus de la guerre en Europe. Jimmy Brennan raconte que son frère se bat au sein du 6e bataillon irlandais.

— Les Boches se sont mis à utiliser un gaz toxique, nous dit-il. Il est couleur moutarde et sent comme le soufre de l'enfer. C'est l'œuvre du diable.

Je lui fais les gros yeux car ils savent que je ne tolère pas les grossièretés à ma table.

Il avale une autre cuillerée de colcannon et de saucisse. En fait, j'ignore comment il peut garder l'appétit en pensant à son pauvre frère.

— Désolé, m'dame, dit-il. Mais vous seriez d'accord avec moi si vous lisiez sa lettre. Ce gaz-là tue tout ce qui respire.

J'imagine qu'il a raison : les Allemands sont aussi brutaux que les Anglais, ça ne fait aucun doute. Je n'aime pas la guerre, et toutes les histoires de batailles que j'entends raconter sont terribles. Pourtant, on dirait que certains hommes naissent avec la soif de se battre. C'est la même chose partout dans le monde.

— Pourquoi des Irlandais se battent pour les Anglais ? Voilà ce que je voudrais bien savoir, commente Dan. Qu'ils laissent les Anglais régler leurs chicanes.

— Quand ils rentreront victorieux, on leur donnera l'indépendance et tu changeras de refrain, a dit Jimmy.

Plusieurs hommes hochent la tête. Puis Martin O'Day ajoute son grain de sel. Il tend plutôt à garder le silence, Martin. Tourne sa langue sept fois dans sa bouche avant de parler. Si bien que quand il a quelque chose à exprimer on l'écoute avec attention.

— Il n'y aura pas d'indépendance sans combat. Il nous faut un soulèvement.

Sa voix est basse et rauque, mais nous entendons chaque mot. Les autres regardent Martin puis se dévisagent, mais personne ne dit rien.

Je pose ma fourchette.

— Ça fait des années et des années qu'il est question d'un soulèvement. Les gens en causaient déjà quand j'étais petite. C'est soulèvements par-ci et soulèvements par-là. Mais le résultat est toujours le même : des Irlandais en prison ou six pieds sous terre, et c'est franc dommage.

— Obtenir la liberté prend du temps, c'est vrai, intervient Dan. Mais on est au début d'un nouveau siècle.

— Certes, dis-je. Et j'espère que vous avez raison. Personne ne rêve autant que moi d'une Irlande libre.

— Amen, lance Jimmy, et tout le monde hoche la tête.

Je reprends ma fourchette.

— Maintenant, finissez vos assiettes. Il y a de la tarte aux pommes en dessert.

Je fais la vaisselle en vitesse, puis je fonce chez Tom de l'autre côté de Kelley Square. Il est seul, à fumer sa pipe au chaud devant la cheminée de son salon. Je ressens le même pincement au cœur que d'habitude à le trouver assis dans le vieux rocking-chair de Mary. Elle est morte depuis six ans, et sans elle les journées de Tom sont longues et solitaires. Ses rhumatismes l'embêtent et ses mauvaises jambes le confinent à l'intérieur, lui qui a passé sa vie à vadrouiller. Il a l'air rudement content d'avoir de la compagnie, surtout que ce soir Nell est sortie voir les images animées. C'est elle qui s'occupe de lui et m'aide à la pension quand j'ai besoin d'une paire de mains supplémentaire.

Nous discutons un moment et je lui raconte de quelle manière Mattie D. m'a congédiée, puis je lui dis que j'aimerais savoir comment m'y prendre pour acheter Homestead. Je lui rappelle qu'il me reste des économies depuis que j'ai vendu les terres du Nouveau-Mexique que mon frère Tommy m'avait léguées. Il n'a pas l'air convaincu et me dit que la maison coûtera sans doute bien plus que je ne le pense. Il m'explique que je vais devoir demander un emprunt à la banque et déroule la marche à suivre dans les moindres détails, jusqu'à m'en faire tourner la tête et que l'horloge sonne 21 heures.

En sortant, je suis plus guillerette qu'en arrivant. Je n'ai jamais songé à acheter une maison sur Main Street, sans parler de Homestead. Mais Tom m'a donné l'impression que la chose était possible. Pour sûr, ce n'est pas la première fois que causer avec lui me remonte le moral.

Je n'en suis pas moins nerveuse en me rendant à la caisse d'épargne le lendemain matin. J'y suis allée je ne sais combien de fois, mais jamais pour quémander de l'argent qui n'était pas à moi. Si une chose m'est insupportable, c'est de recevoir la charité plutôt que de la donner. L'idée de demander de l'argent aux nantis me mortifie, quand bien même je le rembourserai. Mais j'ai mis mon nouveau chapeau et je sens qu'il pourrait me porter chance.

Une automobile noire est garée devant la banque, les flancs si étincelants que j'y vois mon reflet. Ça me fait mal au cœur, la vue de cette machine-là à un endroit où auraient dû se trouver un attelage et des chevaux. Nell me rappelle sans cesse que les temps changent et qu'il faut m'y habituer. J'essaie, mais je ne peux pas m'empêcher de constater que le monde vivait à un rythme moins effréné il y a quelques années. Depuis la guerre de Sécession, tout devient plus bruyant et épuisant.

Je me fais sérieuse chaque fois que je pénètre dans une banque. Un peu comme dans une église, en moins sacré. Les murs sont toujours peints de frais quelle que soit la saison, mais la moitié du bâtiment est derrière des barreaux. Je n'aimerais pas travailler dans un endroit pareil, en ce qui me concerne, à passer toute la sainte journée dans une cage. J'explique à l'employé que je suis venue négocier un emprunt et il m'indique un siège, où j'attends qu'on m'appelle. Vingt bonnes minutes s'écoulent avant qu'une femme ne sorte d'un bureau et ne me demande de la suivre. Vingt minutes à me ronger les sangs sur une chaise rigide en réfléchissant à ce que je vais dire.

La femme ressemble à la fille de Kate Grady : mêmes grandes paluches, même sourcil gauche relevé, mêmes cheveux noirs qui s'échappent d'un chignon en frisottant. Elle me conduit à travers une porte et un couloir jusqu'à une pièce minuscule, où un homme au visage rond est installé à un bureau. Il a les yeux sombres derrière ses lunettes, mais c'est sa moustache qui me frappe le plus. Épaisse, brune, chatoyante comme une peau de vison. Je n'arrive pas à la quitter du regard. C'est Alexander Bianchi tout craché.

Il m'invite à m'asseoir et, quand il me demande en quoi il peut m'être utile, je n'y vais pas par quatre chemins :

— Je veux acheter l'ancienne maison des Dickinson sur Main Street.

Mais, avant que j'aie eu la chance de lui dire combien j'avais économisé, il secoue la tête et m'explique que j'ai frappé à la mauvaise porte.

— C'est à la Realty Company, sur Main Street, qu'il faut vous adresser. Ce sont eux qui s'occupent de la vente de la demeure Dickinson, par l'entremise d'un avoué new-yorkais.

— New-yorkais ?

Ça me paraît peu probable. Qu'est-ce qu'un avoué new-yorkais aurait à voir avec Homestead ?

— En effet.

Il m'adresse un sourire poli, se lève rapidement. Et je reconnais ce regard qu'on a posé sur moi toute ma vie depuis que je suis en Amérique : l'idée que je ne suis rien qu'une idiote d'Irlandaise et qu'il n'a pas une minute de plus à perdre en ma compagnie. La honte que j'en ressens est aussi ancienne que ma carcasse et m'enveloppe comme un linceul. J'avais cru pouvoir laisser ça derrière moi en en finissant avec le travail domestique. Mes genoux craquent quand je me lève et en sortant je me sens raide et vieille, priant pour que mon chapeau cache mes joues empourprées.

J'espère avoir plus de chance à la Realty Company.

15

1877

Trois ans après la mort de Monseigneur, j'avais presque oublié Patrick Quinn. Il arrive bien assez de choses en ville pour vous occuper l'esprit quand vous êtes domestique. Les Dickinson menaient une existence plus tranquille que la plupart, mais ils recevaient quand même des visiteurs, et Amherst avait ses scandales. La fille Lothrop s'était enfuie de chez elle et avait trouvé refuge chez le révérend Jenkins, sur Main Street, en face des Evergreens. La cruauté de son père était sur toutes les lèvres. Puis Austin avait été terrassé par un accès de fièvre et était resté alité des semaines. Le président du Collège était mort et avait été inhumé non loin de Monseigneur. Mary Scannell, la femme du nouveau valet d'écurie des Dickinson, avait succombé à la typhoïde, laissant le pauvre Dennis élever seul leurs six petits. L'automne venu, Sue avait emmené Ned, Mattie et Gib rendre visite à de la famille à Geneva, dans l'État de New York, et Austin avait emménagé à Homestead pour un mois. Emily, Vinnie et leur mère étaient aux petits soins avec lui, mais c'est à moi qu'il revenait de vider son pot de chambre et de frotter ses draps.

Emily ne s'était toujours pas remise de la mort de son père ; elle parlait constamment du triste endroit qu'était devenu le monde sans lui et posait tout haut d'étranges questions. « Comment se débrouille-t-il sans corps ? » ou « Ne fait-il pas trop froid en sa dernière demeure, avec cette neige ? » nous interrogeait-elle. Elle appelait son tombeau sa « maison de marne » et j'ai dû lui demander ce qu'elle voulait dire, car à ces mots je m'imaginais un palace dans les cieux. Il s'avère que « marne » était le mot ampoulé qu'elle utilisait pour parler de la terre gelée.

Le juge Lord et sa femme venaient à Homestead au moins deux fois par an. Ils remontaient l'allée dans leur grande calèche, et les familles des deux maisons réunies étaient là pour les accueillir. Ils étaient comme des parents proches, tenaient compagnie à la mère Dickinson et relataient les dernières nouvelles de Boston et de Salem au cours du dîner. Le juge aimait particulièrement débattre de politique et de littérature. Austin et lui se lançaient dans des joutes animées, tandis que les autres les écoutaient en souriant. Le soir, Emily et lui lisaient de la poésie au salon. Apparemment, ils partageaient une passion pour Shakespeare, dont ils lisaient parfois les pièces à voix haute dans la bibliothèque. J'ai commencé à ressentir de la peine pour Mrs Lord, me demandant ce qu'elle pensait de leurs simagrées. J'en avais un pincement au cœur, même si elle ne s'en est jamais plainte. Si j'avais été la mère d'Emily, je l'aurais sermonnée pour les aises qu'elle prenait avec le juge, mais ce n'était pas ma place et, si Emily a deviné mon opinion sur la question, elle n'en a jamais rien laissé paraître.

Ce printemps-là, Tom se faisait du mauvais sang pour sa fille Meg parce qu'un jeune gars de Palmer lui faisait la cour.

— À ce qu'on raconte, il s'arrête aux Evergreens tous les jours, m'a-t-il dit.

Il était perché sur un tabouret dans mon arrière-cuisine, une tasse de thé sur les genoux, tandis que je terminais le repassage. C'était un bel après-midi de mai et j'aurais aimé être dehors à prendre l'air, ça sentait bon la fleur de pommier.

— Elle va finir par se faire renvoyer si elle s'obstine à lui ouvrir la porte.

Je l'ai laissé continuer un moment. C'est tout naturel pour un père de tenir sa fille à l'œil. Mais à dire vrai j'avais rencontré le jeune gars en question et je ne lui trouvais rien à redire.

— Meg est une brave fille, lui ai-je rappelé. Et elle n'est pas bête. Elle n'ira pas vous faire honte. D'ailleurs, c'est une adulte, maintenant, et elle sait ce qu'elle veut.

J'ai lissé une taie d'oreiller sur la planche et pris mon fer à repasser.

— Quoi de neuf à Kelley Square ? ai-je demandé pour changer de sujet.

Tom a bu une gorgée de son thé.

— C'est calme cette semaine. La seule nouvelle est la réapparition de Patrick Quinn. Il est arrivé par le train d'avant-hier soir.

— Patrick Quinn…, ai-je répété en feignant d'essayer de me rappeler qui c'était.

— Oui, ce gars du Tipperary qui travaillait sur le chantier du tunnel du Hoosac. Il était venu par ici peu avant la mort de Monseigneur.

Tom a fini sa tasse et est allé se resservir dans la cuisine. Une fois revenu, il a continué :

— Il n'était resté que deux ou trois jours. Pas étonnant que ça ne te dise rien.

— Je crois que je m'en souviens. Qu'est-ce qu'il vient faire ici cette fois ?

— Il cherche du travail. Le tunnel est terminé. Ellen lui loue sa mansarde en attendant qu'il trouve quelque chose.

— Alors il est là pour un bout de temps ? ai-je demandé en faisant mine de m'en soucier comme d'une guigne.

— Je suppose que ça dépendra d'où il se fera embaucher. C'est un vadrouilleur. Le genre de gars qui passe d'un endroit à l'autre sans s'attarder bien longtemps.

— Peut-être que je le verrai dimanche.

— Peut-être. Je ferais mieux d'y aller. Mary me tanne pour que je répare la porte de la remise.

— Embrasse-la de ma part, ai-je lancé tandis qu'il sortait.

Tom avait du nez concernant les gens. Et sans doute raison quand il disait que Patrick avait la bougeotte. Comme je ne tenais pas en place moi non plus, je ne me serais pas permis de reprocher à un homme ce qui est dans sa nature. Mais je ne pouvais pas m'empêcher d'espérer qu'il serait à Kelley Square le dimanche après-midi suivant.

— Bougre d'idiote ! me suis-je écriée.

Trop distraite, j'avais brûlé l'ourlet que je repassais. C'était de mauvais augure, et j'ai été dans tous mes états pour le reste de la journée : irritée et excitée.

Personne n'a rien remarqué à part Emily, qui a tourné la chose en dérision : je passais soi-disant trop de temps à materner la poule Cochin qu'Austin avait achetée. Je devais arrêter de lui donner du babeurre, ou elle deviendrait aussi grasse que le cochon, m'a dit Emily. La poule en question était belle comme tout, même si elle ne pondait pas beaucoup d'œufs. Ses plumes avaient la douceur du velours et il n'y avait pas volatile au tempérament plus amène. À observer les manières d'une poule Cochin, on pouvait en prendre de la graine.

Je n'ai pas vu Patrick ce dimanche-là ni le suivant. Mais je suis tombée sur lui en ville le mardi. Je sortais de chez Cutler et le voilà qui marchait dans ma direction, en chair et en os. Je l'ai abordé, panier au bras.

— Si ce n'est pas Patrick Quinn en personne ! ai-je dit, les joues sans doute aussi pourpres que les roses d'Emily.

Il m'a adressé le genre de sourire qui signifiait que mon visage lui était familier, mais qu'il ne se rappelait plus mon nom.

— Je suis la bonne des Dickinson, Margaret Maher, ai-je dit en lui tendant la main, qu'il a serrée.

— Bien sûr, comment oublier un si joli visage et le si joli nom qui l'accompagne ?

Puis le bougre s'est penché pour me baiser la main. Un frisson a parcouru tout mon bras.

Nous sommes restés là à discuter de tout et de rien. Je lui ai raconté la mort de Monseigneur et ses obsèques, les plus grandioses qu'Amherst ait vues depuis des années. Puis je lui ai demandé s'il était bien installé à Kelley Square.

— Ma foi, j'ai une belle vue sur le chemin de fer.

Il m'a fait un clin d'œil en riant et j'ai ri aussi. Dans mon champ de vision, j'ai repéré Fiona McGhee qui nous regardait en passant. Être aperçue en compagnie d'un beau gars n'était pas pour me déplaire.

Patrick m'a dit avoir dégoté du travail au sein d'une équipe de charpentiers qui construisait une grande demeure à Northampton. À l'évidence, ça le retiendrait à Amherst pour un temps. Je lui racontais que Henry Paige avait dû trouver à installer son étal de poissons ailleurs qu'au Gunn's Hotel à cause de la puanteur quand le sifflet de la fabrique de chapeaux a retenti, signalant l'heure du déjeuner.

— Je ferais mieux d'y aller, ai-je dit. Je vous verrai dimanche prochain après la messe, donc ?

— C'est bien possible, a dit Patrick en m'adressant un autre clin d'œil.

Je me suis sentie flotter comme un ange sur le chemin du retour.

J'ai vite compris que Patrick se rendait rarement à la messe, ce qui était bien dommage. Et généralement il partait en vadrouille le dimanche après-midi, si bien que je ne le croisais pas non plus à Kelley Square. En fait, je ne savais jamais d'une semaine sur l'autre quand nous nous reverrions.

Mais, lorsque c'était le cas, nous passions de fort bons moments ensemble. Parfois, je m'asseyais à côté de lui lors du repas du dimanche et nous badinions un peu. Quand il riait d'une de mes plaisanteries, un frisson de plaisir me parcourait des pieds à la tête. Le voir me mettait en joie, ça me portait bonheur pour le reste de la semaine. Mais nous n'étions jamais seuls assez longtemps pour avoir le genre de conversation intéressante que nous avions eue l'après-midi pluvieux de notre rencontre. Je me rappelais encore ce qu'il m'avait dit, ce que j'avais répondu, et la façon dont ses taquineries avaient fait crépiter l'air de la cuisine.

Je n'étais certainement pas la seule à avoir des vues sur lui. Betsey Doyle et Katie Murray, qui travaillaient pour Mr Hills, ainsi que Peggy Lynch, d'Irish Hill, ne cachaient pas leur béguin. C'était un séducteur, voilà tout. Sympathique avec tout le monde en plus d'être bel homme. Ellen disait que c'était à se demander pourquoi il n'avait pas une jolie compagne et une maison remplie de bambins. Il était toujours à minauder avec une telle ou une autre, mais n'avait personne de sérieux. C'était clair comme deux et deux font quatre : il n'avait aucune intention d'épouser qui que ce soit.

Comme toute bonne catholique, je savais que se marier et avoir des enfants était un don du ciel. J'avais entendu les rires de ma mère et de mes tantes lorsqu'elles faisaient sauter des petiots sur leurs genoux. J'avais vu Mary bercer ses bébés et je m'étais sentie apaisée à le faire moi-même. J'avais aimé dorloter les enfants de Clarinda Boltwood et distribuer des friandises à Mattie, à Ned et au petit Gib. Le côté agréable de la chose ne faisait aucun doute. Mais c'est le mariage qui était source d'ennuis. Certains hommes devenaient méchants quand ils avaient trop bu. Et certains l'étaient même sans boire. J'avais vu des femmes fuir avec leurs enfants afin de ne pas finir défigurées ou poignardées. Les secrets, les messes basses et la honte affligeaient plus de familles que je ne pouvais en compter. Et c'étaient principalement les hommes qui portaient les coups et les femmes qui les recevaient.

Certains jours, être célibataire me démoralisait, mais la plupart du temps ça me convenait très bien. Se plaindre de ce qu'on n'a pas est une malheureuse perte de temps.

Cette année-là, les premières grosses chutes de neige ont eu lieu une semaine après Thanksgiving, les flocons flottant dans l'air comme des fées descendant des aubépines. Quand je suis allée traire la vache dans la grange et nourrir les poules, les chats de Vinnie m'ont suivie et nous avons laissé de jolies empreintes sur le sol. Mais les traces de nos pas avaient déjà toutes disparu lorsque je suis rentrée. Il a neigé une journée et une nuit, mais le lendemain matin le ciel était aussi clair et bleu que Puffers Pond un jour d'été. Le soleil était aveuglant sur ce blanc, et la couche neigeuse si épaisse qu'elle m'arrivait aux genoux. Des travailleurs ont sorti les gros rouleaux de la ville, qu'ils ont fait tirer par les chevaux pour aplatir la neige et permettre aux attelages et aux traîneaux de circuler. L'après-midi venu, la rue s'est animée tandis que les badauds, enveloppés dans des manteaux de laine et de fourrure, se retrouvaient pour bavarder.

J'ai fait bouillir du bœuf et des pommes de terre pour le déjeuner, et pour le dessert j'ai servi des pêches qu'Emily avait mises en bocaux. Emily est allée nourrir la mère Dickinson, Vinnie a pris le traîneau pour rendre visite à une amie à Sunderland et j'ai lavé la vaisselle. Après ça, je me suis accordé quelques minutes pour observer les gens qui s'attardaient sur le trottoir par la fenêtre du salon de devant. Tout le monde semblait passer un fort bon moment.

Emily est entrée dans la pièce et m'a rejointe.

— On dirait de la laine d'albâtre, non ? Douce comme une toison.

— La neige ? lui ai-je demandé, mais je voyais ce qu'elle voulait dire – la neige recouvrait les bosses et les angles de toute chose comme un édredon de plumes. C'est vrai que ça a un côté réconfortant.

— Splendide, mais impitoyable. Comme l'ange de la mort, a-t-elle soufflé.

Ses mots m'ont fait froid dans le dos. Prononcer ce genre de chose à voix haute n'était pas malin ; un coup à s'attirer des ennuis.

— Chut ! Vous allez provoquer les fées, ai-je dit sur le ton de la plaisanterie même si j'étais tout à fait sérieuse.

Emily a souri et posé la main sur mon épaule.

— Il n'y a rien à craindre aujourd'hui. C'est fête là-dehors. Prenez votre après-midi, Maggie. Allez retrouver vos amis et profiter de cette belle journée. Nous n'aurons pas besoin de vous jusqu'à l'heure du souper. Et Vinnie sera sans doute en retard.

Dieu m'est témoin, je n'ai pas attendu qu'elle change d'avis.

C'était fête en effet : tout le monde était d'humeur joviale. Les gens riaient et bavardaient, les enfants faisaient la course, les chiens aboyaient et il y avait dans l'air une bonne odeur de feu de bois. Je papotais dans la rue avec Molly Ryan quand un groupe est arrivé de Kelley Square, Nell et Kate en tête, enveloppées dans des écharpes et des bonnets rouges, jetant de la neige dans les airs et se pourchassant joyeusement.

— À l'affût de jeunes gars avec qui minauder, sans doute, ai-je dit à Molly.

Elle a ri et repris son récit sur le coq des Lowell qui s'était échappé du poulailler et avait gelé sur le toit pendant la nuit. J'ai aperçu James et Ellen par-dessus son épaule. Et qui d'autre pour les accompagner que Patrick Quinn ? Il tractait une luge sur laquelle mes neveux Jamie et Willie étaient assis bien au chaud sous une épaisse couverture de laine.

Patrick nous a rejointes, Molly et moi.

— Nous allons faire de la luge à Irish Hill et Willie insiste pour que sa tatie Margaret vienne avec nous. Et vous aussi, a-t-il dit en hochant la tête en direction de Molly.

— Ah, j'aurais bien aimé, a-t-elle répondu. Mais j'ai une pile de linge haute comme moi à repasser.

Puis elle a pris congé.

— On va s'amuser comme des fous ! a crié Jamie tandis que Willie faisait basculer la luge d'un côté à l'autre en gigotant. Allez, viens, tante Margaret !

— Voilà, a dit Patrick. Vous n'avez pas le choix.

Et, avec ce sourire qu'il m'adressait, comment aurais-je pu dire non ? Pour sûr, je n'ai pas hésité une seconde, même si je n'étais jamais montée sur une luge. Nous avons donc pris la direction de la colline, où toute la ville semblait être réunie. Ses flancs formaient une longue pente, qui aboutissait sur la rue entre deux rangées de bicoques. Patrick tirait la luge tandis que je marchais à côté de lui, toute guillerette.

Ç'a été le plus grisant des après-midi. Chacun notre tour, nous avons monté et descendu la colline, d'abord Patrick, puis moi, avec les petits sur la luge. Du sommet, je voyais tout Amherst. En milieu d'après-midi, Mary et Tom sont arrivés avec une seconde luge. Seule la présence de mes frères aurait pu ajouter à ma joie. Nous autres adultes nous sommes relayés sur le traîneau de Tom, dévalant la pente en criant et en nous tordant de rire, Patrick et Tom, Mary et moi, Ellen et James. Mais j'ai été franc surprise quand, en fin d'après-midi, Patrick m'a fait asseoir devant lui sans me demander mon avis.

La descente a été rapide et enivrante, Patrick si près de moi que la chaleur de son corps passait à travers ma cape. Ses deux bras autour de ma taille et ses longues jambes accolées aux miennes. J'avais le soleil dans les yeux et le vent me fouettait le visage quand une ornière nous a fait dévier de la piste. Patrick a crié :

— Tenez-vous bien !

Et j'ai saisi ses genoux parce qu'il n'y avait rien d'autre à agripper. Nous sommes partis en zigzag tandis que Patrick tentait de corriger notre trajectoire. Mais il n'y avait rien à faire : nous dévalions la colline en traçant notre propre piste. Nous avons fait une embardée pour éviter une remise et manqué atterrir dans un mur. Puis nous avons heurté une motte de terre et notre luge s'est renversée sur le côté, nous éjectant pour aller se planter dans une congère alors que j'étais encore enveloppée dans les bras de Patrick.

Ma cape était entortillée autour de ma taille et la jambe de Patrick prise dans ma jupe, mais nous n'avons pas bougé tout de suite, tous deux allongés, à rire comme des perdus dans la neige. J'essayais encore de retrouver mon souffle quand Patrick a libéré sa jambe et s'est levé.

Il est resté planté les poings sur les hanches, tout sourire.

— Vous avez les joues les plus roses de tout Amherst, *girleen*. Vous êtes belle à croquer.

Il s'est léché les babines comme s'il venait de descendre une pinte.

Mon cœur battait à se rompre.

— En retard, voilà ce que je suis, ai-je dit en me rasseyant rapidement et en tirant sur ma jupe pour couvrir mes jambes.

Patrick m'a saisie par les mains pour m'aider à me relever. Puis, à mon grand étonnement, il m'a embrassée sur la joue.

J'ai éclaté de rire.

— Êtes-vous en train de me faire du charme, Patrick Quinn ?

— Tout juste. Et ce ne sera pas la dernière fois. Vous voilà prévenue.

Puis il est allé libérer la luge en riant.

— Vous croyez que je n'ai pas mieux à faire que de vous écouter fanfaronner ? lui ai-je lancé puisque je ne pouvais pas lui dire ce que je ressentais vraiment.

En vérité, ses marques d'attention me déboussolaient. J'avais le béguin pour lui depuis des mois, mais je craignais de laisser mon cœur s'emballer de peur que ce ne soit pas réciproque.

Pourtant, le voilà qui m'appelait *girleen* et m'embrassait. Ça m'a donné du grain à moudre.

Dieu m'est témoin, j'étais de fort bonne humeur ce soir-là. J'ai préparé un repas tardif pour Emily et Vinnie, puis j'ai nourri la mère Dickinson moi-même avant de l'aider à enfiler sa chemise de nuit et de la mettre au lit. J'ai ravivé le feu dans la salle à manger pour qu'Emily puisse tricoter en écoutant Vinnie lire un roman à voix haute, confortablement installée sur le divan et avec Tabby sur les genoux. C'était un bien joli tableau et j'étais aussi à l'aise que le chat qui ronronnait.

Je leur ai apporté du chocolat chaud et quelques tranches de pain d'épices, et m'en suis servi à moi aussi. Assise à la table, je pensais à Patrick sans entendre un mot de ce que Vinnie était en train de lire. Mes paupières se sont alourdies sous l'effet du bon feu de cheminée et du chocolat chaud, et je me suis assoupie. Emily m'a tapoté l'épaule pour me dire d'aller me coucher. Je me suis traînée pour finir la vaisselle et charger les feux.

Mais avant de monter je me suis arrêtée une minute à la porte de service afin de regarder le jardin aux éclats bleus et lilas sous la demi-lune. Les angles tranchants du monde semblaient avoir été polis, ne laissant place qu'à la beauté et à la paix.

16

Patrick n'était pas à la messe le dimanche suivant et Tom m'a appris qu'il était reparti à Northampton. J'étais déçue, c'est peu de le dire. À Kelley Square, j'ai joué aux dames avec Jamie et Katie. Nell avait une paire de patins à glace et me suppliait de m'en acheter une aussi, parce que la glace serait bientôt assez épaisse sur Factory Hollow Pond. Quand je lui ai répondu que je ne savais pas patiner, elle m'a promis de m'apprendre. Je me suis alors imaginé à quel point il serait amusant de faire du patin avec Patrick et me suis demandé quand je le reverrais.

Mary était fatiguée ; elle avait passé la nuit à accoucher une femme. Je lui ai dit de s'asseoir pendant que je préparais le thé et découpais du chou et des oignons pour le souper. Et, parce que je ne cessais d'y penser, je me suis mise à parler du bon temps qu'on avait tous pris sur Irish Hill.

— Tu ne fais qu'en parler depuis la fin de la messe, a dit Mary. Et ce n'est pas le temps radieux qui t'a causé pareille joie. C'est Patrick Quinn, voilà la vérité.

Quand je me suis tournée, je l'ai vue pouffer, le regard amusé.

— C'est un peu un joli-cœur, je n'irais pas le nier. Mais il n'y a pas de mal à ça, si ?

— Je me demande juste si tu ne voudrais pas une famille à toi, après tout, a dit Mary, et j'ai senti un pincement au cœur que j'ai ignoré. Je me dis que tu as peut-être changé d'avis sur le célibat. Tu as 36 ans et l'horloge tourne pour chacune d'entre nous, ce n'est un secret pour personne.

— Si j'étais après un mariage, crois-tu vraiment que je jetterais mon dévolu sur un gaillard comme lui ?

Je me suis remise à découper les légumes. Les paroles de Mary m'ont chiffonnée, malgré ma réponse bien sentie. Je n'aimais pas qu'on me prenne en pitié parce que je n'étais pas mariée.

Willie est arrivé en courant, se plaignant que Jamie l'embêtait, et Mary est allée s'en occuper. Quand elle est revenue, le repas était presque prêt.

Mary s'est installée dans le rocking-chair avec un soupir.

— J'ai encore mal à la tête, et Jamie ne me facilite pas les choses, a-t-elle dit. Ce gamin est d'une fougue, ma parole !

J'ai acquiescé, pensant qu'elle allait me raconter ce que Jamie avait fait. Mais elle est repartie sur le sujet de Patrick.

— Tu pourrais trouver pire comme mari. Il est bel homme et a bon caractère, on dirait.

— Peuh ! ai-je lancé.

Je ne voulais plus parler de lui.

Toujours est-il que ça m'a mis du baume au cœur après sa vilaine remarque. Comme lorsqu'on étale du miel sur une piqûre d'abeille.

Ce soir-là, en rentrant à Homestead, je me suis promis de passer moins de temps à penser à Patrick. En espérant arriver à m'y tenir.

Décider de ne pas penser à un homme est la meilleure façon de le garder en tête toute la sainte journée. Patrick me venait à l'esprit quand je m'y attendais le moins. Et Mary n'avait pas aidé en affirmant que je voulais fonder une famille.

Elle avait raison à propos de mon âge. Une femme qui tardait trop à avoir des enfants courait le risque de ne pas en avoir du tout. Mais j'appréciais les avantages d'une vie de célibataire depuis fort longtemps et je n'étais pas pressée de me marier. Pour moi, une femme devait être une personne en tant que telle avant de devenir celle d'un autre. À 20 ans, combien d'épouses avais-je déjà vues de mes yeux faire le même travail de bonne que moi, sans autre récompense que des genoux abîmés, un dos endolori et une maisonnée remplie de bambins à nourrir ? Ni gages ni jours de congé. Ma sœur avait beau avoir un mari et des enfants adorables, à 40 ans elle était sur les rotules. Si bien que je ne lui jalousais pas son bonheur. Je n'avais aucune envie de m'enquiquiner avec un amoureux, et encore moins s'il me houspillait pour qu'on se marie.

Mais la vie de bonne est une vie solitaire, même avec une sœur qui vit tout près. J'avais conscience de ce que je manquais : le frisson des baisers d'un homme, le plaisir de ses yeux rieurs, le réconfort de dormir dans des bras costauds. J'avais beau me rappeler que je ne voulais pas tirer une croix sur ma liberté, je n'y croyais pas toujours. À vrai dire, une domestique n'avait pas tant de liberté que ça. Je subissais les caprices des autres.

Ce genre de pensée me turlupinait d'un bout à l'autre de la nuit. Mais, à retourner ces questions dans ma tête, je voyais leur stupidité. Car en fait personne ne me demandait ma main. Et Patrick Quinn encore moins que les autres.

Décembre nous est tombé dessus comme un coup de massue, avec un vent cinglant qui venait durcir le linge sur l'étendoir et me geler les doigts quand j'allais en retirer les pinces. Emily aimait à dire que le vieux vent du Nord était venu nous coller une gifle. Parfois, je me demandais si elle n'avait pas du sang irlandais tant elle prenait plaisir à jouer avec les mots.

En milieu de mois, nous avons appris que l'épouse du juge Lord, Elizabeth, était morte. La pauvre femme avait tant souffert de rhumatismes et de fièvre hivernale que ça n'avait rien de surprenant. Mais les Dickinson en ont pris un coup. L'amitié du juge leur était chère et Emily en a été particulièrement bouleversée. Elle était convaincue que Mr Lord était accablé de chagrin. Pour le consoler, elle lui écrivait des lettres si longues que l'enveloppe en était toute rebondie.

Noël n'a pas tardé à arriver. Austin et Ned ont abattu un sapin qu'ils ont installé dans un coin du salon de Homestead, puis Vinnie et Emily l'ont orné de rubans, de guirlandes de perles et de boules colorées. Elles ont perché à sa cime un ange de cire qui faisait penser à saint Gabriel. Le tout était fort joli quand j'ouvrais les lourds rideaux pour laisser entrer la lumière du soleil.

J'aidais Emily à décorer de ruban rouge des branches de sapin pour le manteau des cheminées quand elle m'a demandé qui était mon amoureux. Sa question sortait de nulle part, même si ça n'aurait pas dû m'étonner tant elle était observatrice. Il m'a fallu une minute pour répondre.

— Je n'ai pas d'amoureux, voyons, miss Emily.

— Oh, mais j'ai des raisons de croire que si, a-t-elle dit en penchant la tête. Car vous semblez aussi heureuse que si vous veniez de recevoir le sacrement.

Ce blasphème m'a décontenancée, et j'ai dû rougir parce qu'elle a ri.

— Allons, vous n'avez pas à en avoir honte, a-t-elle poursuivi.

Elle a coincé le bout du ruban derrière une branche et reculé pour avoir une vue d'ensemble. Dans sa robe blanche, elle ressemblait un peu à l'ange du sapin. La position gracieuse et légère que son corps a adoptée la rendait presque belle.

— Avez-vous déjà été amoureuse, miss ?

La question est sortie toute seule, à la fois parce qu'elle se posait à moi et que j'étais troublée par son apparence angélique.

— Amoureuse ?

Emily a tapoté sa lèvre inférieure du bout des doigts. Son sourire est né tout doucement avant de s'épanouir comme une fleur.

— La réponse aurait été plus aisée si vous m'aviez demandé quand je n'ai *pas* été amoureuse. Car je l'ai toujours été, aussi loin que remontent mes souvenirs, a-t-elle dit en reportant son attention sur le manteau de la cheminée. En vérité, je ne sais pas comment ne pas être amoureuse de quelqu'un.

J'ai tenté de démêler ses propos.

— Alors y a-t-il une personne dont vous soyez amoureuse en ce moment ?

Elle s'est retournée vers moi. L'étincelle de son regard avait disparu et la tristesse a gagné ses yeux ronds.

— Oh, ma chère Maggie… Il y a tant de ces « quelqu'un » que je ne saurais pas par lequel commencer.

Quelle curieuse déclaration ! Comme j'ignorais quoi répondre, je me suis contentée de hocher la tête et de regagner ma cuisine pour me consoler en pelant des pommes de terre. Mais j'ai longuement réfléchi à ce qu'elle avait pu vouloir dire, ne comprenant pas du tout le fond de sa pensée. Ou peut-être préférais-je ne pas le comprendre ; peut-être craignais-je ce que je pourrais y découvrir à trop réfléchir. Parfois, il était plus facile de me dire qu'Emily était une énigme que d'aller fouiner dans les recoins les plus sombres de la vérité.

Au tournant de l'année, le froid s'est installé et la neige est venue s'entasser contre la porte. Ç'a été un rude hiver, une succession d'afflictions. Vinnie a attrapé une fièvre tenace qui l'a obligée à garder le lit des semaines durant. La mère Dickinson s'affaiblissait de jour en jour. Elle n'avait pas quitté le sien depuis son attaque. Au début, elle ne pouvait plus parler et ne sentait plus le côté droit de son corps. Je lui préparais des bouillons, du thé, des toasts au lait et de la soupe d'huîtres, et Emily et moi la nourrissions à la cuillère comme un bébé. Nous l'avons installée dans la chambre adjacente à celle d'Emily. Les deux pièces communiquaient, si bien que sa fille l'entendait si besoin et s'occupait d'elle la nuit. Quand elle a fini par recouvrer la parole, l'esprit de la mère Dickinson vagabondait à des lieues de la réalité. Elle ne cessait de demander si Monseigneur était arrivé.

— Pourquoi n'est-il pas encore rentré ? nous interrogeait-elle en s'agitant contre ses oreillers. Je ne comprends pas ce qui le retient.

Elle suppliait Emily d'attendre son père.

— Quelqu'un doit être là pour l'accueillir.

Le visage d'Emily se vidait de ses couleurs, comme si elle-même faisait une attaque. Ça me fendait le cœur de la voir comme ça.

— Chut, disais-je en prenant la main de la mère Dickinson et en adressant un signe de tête à Emily. Inutile que miss Emily en perde le sommeil. Je resterai debout pour l'accueillir.

Ça semblait apaiser la pauvre femme.

Aux Evergreens, Ned souffrait de malaises. Puis la nouvelle de la mort de Samuel Bowles nous est parvenue. Emily était aussi sonnée que si elle avait reçu un coup sur le crâne. Elle errait dans la maison en titubant et passait des heures dans son jardin d'hiver alors qu'il y faisait un froid glacial. Pour être franche, ça m'a étonnée qu'elle en soit si affectée. Certes, c'était un ami et la seule personne qui lui ait tenu compagnie pendant l'enterrement de Monseigneur. Mais depuis elle ne l'avait pas revu. Molly Ryan pensait qu'ils avaient été amants des années plus tôt. Je lui ai dit que c'étaient des âneries, mais j'avais mes doutes.

J'ai revu Patrick à la fin du mois de février seulement, en allant faire des courses en ville un mercredi après-midi ensoleillé. La neige formait en fondant des flaques de gadoue qui mouillaient l'ourlet de ma robe et me gelaient les orteils à travers mes bottines. Mais le ciel était bleu, le soleil brillait et ma morosité a disparu quand je l'ai vu émerger d'Amherst House.

J'avais mon panier au bras, alourdi par un rôti de porc, un paquet de riz de trois livres et divers autres aliments. Mais il est devenu léger comme un nuage quand toute mon attention s'est reportée sur Patrick.

— Je ne vous ai pas vu à la messe, lui ai-je lancé. Où est-ce que vous vous cachiez ?

— Ah, Margaret, a-t-il répondu de son ton jovial. J'étais occupé à l'ouvrage que m'a donné le Seigneur.

Il a ri comme si personne ne pouvait égaler son sens de l'humour.

— Et voilà que vous blasphémez ! l'ai-je tancé en feignant l'indignation. Si c'est comme ça, fichez-moi le camp !

Et j'ai commencé à partir. C'était de la comédie parce que je riais moi aussi. J'étais, semble-t-il, incapable de garder une mine sérieuse en sa présence.

Il s'est penché plus près et j'ai senti une légère odeur de whisky.

— Ça fait drôlement plaisir de vous voir. Je dois admettre que ce n'est pas la messe qui m'a manqué mais votre joli visage, aussi rayonnant que le lever du jour.

— Allons donc ! ai-je dit en riant.

J'avais beau être flattée par ses avances, savoir qu'elles venaient en partie de la boisson m'attristait. Les Irlandais aiment autant boire un coup que badiner, à n'en point douter. Mais j'étais contente de le voir, je l'avoue.

— Est-ce que vous rentrez à Kelley Square ? Je m'en retourne chez les Dickinson et je ne refuserais pas un peu de compagnie.

— Avec plaisir, *a chara*[1], a-t-il dit en me prenant le panier des mains comme un véritable galant.

Arrivé à la porte de service de Homestead, il l'a posé et s'est rapproché de moi.

— Vous êtes une belle femme, Margaret, a-t-il dit d'une voix douce, le regard brillant. M'est avis qu'il est temps de vous donner un vrai baiser.

Les rides aux coins de ses yeux ont fait chavirer mon cœur. J'ai ramassé le panier et bataillé avec le loquet de la porte.

— Est-ce que vous viendriez au bal de Northampton samedi soir ? m'a-t-il demandé.

Meg m'avait parlé de ce bal populaire car James McKenna comptait l'y emmener.

— Vous m'invitez ?

— Tout à fait, a-t-il dit avec un sourire aussi doux que les rayons du soleil.

— Alors oui, Patrick Quinn, ai-je répondu avant de filer dans la maison.

J'étais comme un oisillon qui, au bord du nid, essaie de trouver le courage de s'envoler.

---

1. « Mon amie » en gaélique irlandais.

17

Le samedi matin, je préparais le petit déjeuner quand Emily est revenue du jardin ; elle sentait l'air frais et la neige fondue. Ça m'a surprise parce que la veille j'avais vu la lueur de sa lampe sous sa porte, donc elle était restée debout jusqu'aux aurores.

— C'est une belle et vivifiante journée, a-t-elle déclaré. Et si je ne m'abuse il y a comme un ruban de printemps dans le vent.

Elle a retiré ses gants et s'est frotté les mains avant de poursuivre :

— Mars approche.

— Un ruban ? ai-je demandé en coupant des tranches de jambon à poêler.

— N'avez-vous jamais remarqué de quelle façon certaines odeurs flottent autour de nous, Maggie ? Tels des rubans dans la brise.

— C'est peut-être votre imagination, miss, ai-je répondu en laissant tomber une tranche dans la poêle, où elle s'est mise à grésiller joyeusement.

— Pas du tout. Venez. Il vous faut le sentir vous-même.

Elle m'a retiré le couteau des mains comme si le petit déjeuner n'avait aucune importance et m'a traînée sur la terrasse. Je suis restée plantée là dans le froid humide, à grelotter tandis qu'elle attendait que je détecte l'odeur dont elle parlait.

Mais c'était peine perdue. Je n'avais ni son nez délicat ni la patience de faire un effort à ce moment-là. J'ai secoué la tête.

— Désolée, miss. Je ne sens pas de ruban dans l'air ce matin.

Elle a ri à gorge déployée, la tête rejetée vers le ciel. Ce n'était pas la première fois qu'elle se gaussait d'une chose que j'avais dite. Mais ce matin-là ça m'a froissée, peut-être parce que je songeais surtout à Patrick. Tout en me dépêchant de retrouver la chaleur de la cuisine, j'ai réfléchi à ce que je lui aurais répondu si je n'avais pas été sa bonne. Si j'avais été libre d'exprimer le fond de ma pensée.

Quand Patrick est venu frapper peu après 19 heures, j'étais prête, dans ma robe en calicot bleu et mon châle bordeaux, et mon cœur battait la chamade. Dès que j'ai ouvert la porte, il m'a examinée des pieds à la tête, puis a esquissé une révérence.

— Pour sûr, vous êtes la plus jolie fille du Hampshire.

Il a franchi le seuil et pris ma cape pour me la passer autour des épaules, avant de m'entraîner dehors. À le voir me dorloter ainsi j'ai eu l'impression d'être sa petite amie. Et Dieu sait que ça m'a plu.

Ses acolytes et lui avaient loué un attelage pour nous rendre à Northampton. La charrette était si pleine que le cheval a dû batailler. Nous étions serrés les uns contre les autres, mais ça nous tenait chaud. Je n'ai pas tardé à rire et à bavarder sans plus penser à l'air qui me glaçait le visage.

Le bal avait lieu au sous-sol de l'hôtel de ville. Après être entrés par une porte latérale, nous avons descendu quelques marches et atterri dans une vaste salle éclairée par des lampes à gaz. Trois violonistes jouaient un quadrille au bout de la pièce. Des chaises en bois avaient été disposées contre les murs et il y avait un buffet : de grands récipients de limonade et de punch rosé accompagnés d'assiettes de biscuits et de gâteaux. À peine avais-je passé la porte au bras de Patrick que le sucre me titillait déjà les narines et les pieds me démangeaient tant j'avais envie de danser.

Je me suis amusée comme une folle. Patrick et moi avons dansé et discuté toute la soirée. Entre deux gigues et deux quadrilles, il m'apportait des gobelets de punch et des parts de gâteau. Et chaque fois que venait une nouvelle valse, il me serrait de plus près. Au cours de la dernière, sa poitrine était collée à la mienne. Être dans ses bras me faisait un sacré effet.

Plus tard dans la soirée, les danses ont laissé place aux chansons, ces tristes et sublimes ballades qui font vibrer le cœur des Irlandais. *Green Bushes*, *Eileen Aroon* et *Mo Ghile Mear*. Vers la fin, un gaillard s'est levé et a chanté un air que je n'avais jamais entendu, l'histoire d'un homme qui se languit de rejoindre la vallée du Slievenamon. Ça m'a évoqué le Tipperary ; je connaissais si bien cette montagne qu'elle était gravée dans mon cœur. Je me suis souvenue combien de fois Michael et moi avions gambadé sur ses flancs, à cueillir des fleurs pour notre mère. Mon frère avait deux ans de moins que moi et nous étions toujours fourrés ensemble. Aussi proches que des jumeaux. Repenser à cette époque m'a donné le mal du pays et les larmes me sont montées aux yeux. Patrick a passé le bras autour de mes épaules et, quand j'ai relevé la tête, j'ai vu que des larmes lui roulaient aussi sur les joues. Nous sommes restés plantés là à pleurer comme des bébés. Et je crois pouvoir dire que je n'ai jamais été aussi heureuse.

Le trajet du retour vers Amherst a été calme car nous étions tous fatigués. À Homestead, Patrick m'a aidée à descendre et raccompagnée jusqu'à la porte. Avant que j'aie pu l'ouvrir, il a pris mes deux mains et m'a attirée contre lui.

— M'est avis qu'il est temps de vous donner un vrai baiser, a-t-il murmuré cette fois encore.

J'aurais dû faire un pas en arrière, je le savais, mais je n'ai pas bougé d'un pouce quand ses lèvres se sont posées sur les miennes. J'en avais le corps si ramolli que j'ai eu le plus grand mal à grimper l'escalier menant à ma chambre.

J'ignore ce qui m'a poussée à m'arrêter avant d'y entrer. Peut-être les pas d'Emily, même s'il était fort rare de les entendre. Je me disais parfois qu'elle était plus spectre que femme. En tout cas, quelque chose m'a fait lever les yeux et elle était là, à quelques pas, dans sa chemise de nuit et son châle, les cheveux détachés.

— Miss Emily ? Quelque chose ne va pas ?

Elle a secoué la tête en s'approchant.

— Vous êtes-vous bien amusée au bal ?

— Ce n'était pas un bal au sens où vous l'entendez, miss. Juste un bal populaire à l'irlandaise.

La main sur le bouton de porte, je vacillais d'épuisement.

— La coquetterie ne connaît pas de différence de classes, a-t-elle souligné. On peut marivauder aussi bien lors d'une soirée dans une grange que lors d'un grand bal.

— Ma foi, j'essaie de me tenir, miss, ai-je menti.

Avec Patrick, je passais mon temps à minauder.

— Oh non, n'en faites rien ! C'est l'un des plus grands plaisirs de la vie. Et avec qui mieux marivauder qu'une fripouille d'Irlandais ?

Malgré l'obscurité, je voyais l'espièglerie briller dans son regard.

— Patrick n'a rien d'une fripouille. Je m'en vais me coucher si vous n'avez point besoin de mes services. J'ai messe demain matin.

— Tous les hommes sont des fripouilles si on leur en donne l'occasion, a-t-elle dit en souriant, puis elle est partie avant que je puisse lui répondre.

— J'aime sa compagnie, ai-je dit à Mary. Un point c'est tout. Alors ne viens pas m'expliquer pourquoi ni en quoi c'est une canaille.

J'étais trop fâchée pour regarder ma sœur dans les yeux, même si je me trouvais dans sa cuisine à laver sa vaisselle dans son évier.

— Je n'ai que faire des cancans d'Amherst, ai-je conclu.

Deux semaines avaient passé depuis le bal et j'étais sortie trois fois de plus avec Patrick. Nous avions assisté à un concours de violon, écouté une présentation sur la grève des chemins de fer en Virginie-Occidentale, et nous nous étions promenés jusqu'au Collège d'agriculture, rien que tous les deux. Chaque fois qu'il me raccompagnait à Homestead, nous nous embrassions sur le pas de porte. Ses baisers se faisaient de plus en plus longs et agréables, et j'en avais envie quand il n'était plus là.

— Ce ne sont pas des cancans, a contré ma sœur sur un ton posé. Je l'ai vu de mes propres yeux de la fenêtre du salon. En train d'embrasser Anna Breen sur la joue en plein jour. Si elle avait tant soit peu d'amour-propre, elle lui aurait collé une gifle.

J'ai astiqué la dernière assiette et je l'ai laissée tomber dans le bac de rinçage.

— C'est un charmeur, c'est vrai, ai-je dit. Mais il ne pense pas à mal. C'est juste sa manière d'être.

Je ne l'ai pas dit à Mary, mais évidemment ça me dérangeait qu'il ait embrassé Anna. C'était la cousine d'Ellen, tout juste débarquée de Galway, à peine 20 ans, cheveux noirs, yeux bleus, peau veloutée. Elle cherchait du travail en tant que bonne. J'espérais qu'elle trouverait bientôt une place – et loin d'Amherst.

Mary a changé de sujet en se mettant à balayer.

— Tu as entendu dire que John O'Hara cognait son épouse ?

— Meg m'en a parlé, ai-je répondu en essorant la lavette. Il paraît que la pauvre femme s'est fait battre comme plâtre plus de fois qu'on n'en peut compter.

J'ai ouvert la porte de derrière pour aller vider la bassine sur les graviers près des rails. La neige avait quasiment disparu et le sol commençait à dégeler, si bien que la boue s'est accumulée sous mes semelles rien qu'en traversant le jardin. Comme j'avais une belle vue sur la pension, j'ai pris mon temps pour les décrotter. Mais aucun signe de Patrick.

Quand je suis rentrée, Mary avait fini de balayer et dépoussiérait la longue étagère. Elle ne plaisantait pas avec le ménage, ma sœur. Elle ne supportait ni désordre ni grain de poussière. Mais une mèche de cheveux s'était échappée de son chignon et cette mèche m'a surprise. Pour la première fois je me rendais compte que Mary avait des cheveux gris, alors qu'ils avaient toujours été aussi bruns que les miens. J'avais presque oublié notre différence d'âge, que je voyais désormais clairement. Jeune, ma sœur me semblait vraiment plus âgée que moi, mais cette différence s'était estompée au fil des ans, alors que là elle se creusait de nouveau. J'ai repoussé l'image de Mary devenant frêle et malade, mais trop tard pour l'empêcher de me rester en travers de la gorge. J'ai remis la bassine dans l'évier.

— Va te détendre dans le salon, maintenant, lui ai-je dit en lui retirant le chiffon des mains. Je me charge de finir. J'en aurai pour une seconde.

Saint Valentin devait m'observer ; il a décidé de me récompenser pour cette bonne action. Car moins de deux minutes plus tard la porte de derrière s'est ouverte. Et qui d'autre que Patrick se tenait dans la cuisine, un immense sourire plaqué sur le visage ?

— Margaret, *ma chree*[1], a-t-il dit, les poings sur les hanches. Vous êtes un régal pour les yeux, ma parole ! Venez me donner un baiser.

La chaleur m'est montée aux joues. J'ai fait claquer le chiffon humide avant de le fiche de nouveau sur l'étagère.

— Je n'ai pas d'ordre à recevoir de vous, ai-je lancé, les guiboles molles tant j'étais tentée d'aller vers lui. Je ferai ce qu'il me plaît.

— Ah, ma douce Margaret, vous savez à quel point j'apprécie la fougue irlandaise chez une femme, non ? a-t-il dit en riant.

Et il s'est approché de moi. De même qu'une mère ne peut se retenir d'étreindre son bébé en pleurs, je n'ai pas pu davantage m'empêcher de me glisser dans ses bras. Il m'a serrée fort contre lui et m'a donné un long baiser langoureux. Si long que j'en ai presque manqué d'air. Quand il a fini par lâcher prise, j'étais aussi essoufflée que si j'avais grimpé Irish Hill au pas de course.

Personne ne m'avait jamais embrassée comme ça. Le genre de baiser qu'un homme ne peut prodiguer qu'en étant amoureux.

— Patrick, si c'est une femme facile que vous cherchez, ce n'est pas chez moi que vous la trouverez.

Une sortie idiote de ma part après avoir tant apprécié son baiser, mais mon esprit était si embrumé que j'avais du coton dans la tête.

---

1. *Ma chree*, *agra* et *acushla* sont des termes affectueux dérivés du gaélique signifiant « ma chérie ».

— Ça, ça fait des mois que je le sais, a-t-il dit, et j'ai cru le voir rougir. C'est ce qui vous rend si attirante, ma belle.

Et il m'a tapoté sous le menton comme un bébé.

Mes émotions partaient dans tous les sens ; une portée de chatons tout juste sevrés. Je voulais lui coller une gifle. Et qu'il m'embrasse encore. Mais je l'ai fait asseoir à table et j'ai préparé le thé, puis nous nous sommes mis à causer. Nous papotions de tout et de rien et il m'a raconté la triste histoire de sa mère, morte en Irlande quelques jours avant qu'il émigre. Ensuite, il m'a demandé de quelle ville je venais.

— Je sais par votre accent que c'est dans le Tipperary et je crois deviner que c'est quelque part dans le sud, a-t-il dit. Clonmel, peut-être ?

— Certainement pas Clonmel, non. Et je ne veux pas en parler, ai-je répondu en pensant aux malheurs dont j'avais été le témoin dans ma jeunesse. C'est loin et ça n'a plus d'importance.

Patrick a haussé les sourcils.

— Plus d'importance ? C'est le lieu qui a fait de vous ce que vous êtes, Margaret. Vous l'avez en vous jusqu'à la moelle, tout comme Ballingarry est la moelle de mes propres os.

— Ballingarry ? J'en entendais parler quand je n'étais pas plus grande qu'un moineau. Mon père nous y a emmenés une fois pour la foire du lundi de Pentecôte.

— Ah oui ? Si je vous y avais repérée, je vous aurais fait danser jusqu'à ce que vous ne teniez plus debout.

J'ai ri.

— Je ne crois pas, non. J'étais une fillette à l'époque.

— C'est un endroit célèbre, Ballingarry. Le lieu d'une bataille de la Grande Famine. En plein milieu des choux de la veuve McCormack, qu'elle a eu lieu. C'était une belle journée pour se rebeller, a-t-il dit, les yeux brillants. J'ai assisté aux combats depuis la fenêtre du grenier ; j'étais petit. Mais tout jeune que j'étais je sentais déjà dans l'air une Irlande libre.

— Pourtant elle n'est toujours pas libre, ai-je commenté d'une voix sceptique. Elle est sous la botte des Anglais et ils ne céderont jamais. Rêver que ça puisse changer ne rime à rien.

— Margaret, a-t-il dit en prenant ma main, et un frisson m'a parcouru le bras. Bien sûr que ça rime à quelque chose. C'est la seule chose en laquelle j'ai toujours cru. Des milliers de vaillants Irlandais et Irlandaises se battent en ce moment même pour que ce rêve devienne réalité.

Il m'a regardée droit dans les yeux.

— Allez, ma belle.

Il caressait du pouce la paume de ma main. Il prenait bien trop de libertés. Il n'aurait pas dû me toucher de la sorte et je n'aurais pas dû l'y autoriser. Mais je n'ai pas retiré ma main.

— Ne me faites pas croire que le lieu d'où vous venez n'est pas celui qui vous est le plus cher…

Je ne pouvais pas le nier : n'avais-je pas pleuré avec lui le soir du bal en écoutant les vieilles ballades ? Soudain, j'ai ressenti de la nostalgie et à dire vrai la vue du Slievenamon depuis la ferme de mon père n'avait jamais cessé de me manquer – ces jolis champs vert et jaune qui se fondaient dans les flancs mauves de la montagne.

— Nous vivions près du château de Kiltinan, dans les environs de Fethard, ai-je dit. Mon père était métayer. Nous avions une grande ferme, presque 20 hectares, nous n'avons jamais souffert de la faim. Ça rapportait assez pour nous envoyer mes frères et moi à l'école.

Patrick a sifflé doucement entre ses lèvres.

— Presque 20 hectares ! Tout le monde n'avait pas cette chance.

— Je le sais bien, ai-je dit en lui retirant ma main et en me resservant une tasse de thé.

— Pourquoi êtes-vous venus en Amérique si vous aviez une si grande ferme à travailler ?

Il semblait connaître la réponse.

— Les terres étaient hypothéquées. Monseigneur Cooke les a vendues et nous avons dû partir.

Patrick a hoché la tête. À l'évidence, il n'était pas surpris.

— C'est toujours la même histoire. Une énième fois, on a ôté le pain de la bouche à un homme. Une énième injustice. Ça ne vous met pas en colère, Margaret ? N'espérez-vous pas voir l'Irlande entière libérée de son joug ?

J'ai détourné le regard. Je ne voulais pas l'admettre. J'avais passé des années à me dire que ce qui avait lieu en Irlande n'avait plus d'importance ; j'étais américaine désormais. Mais bien sûr que j'étais en colère. En vérité, rien n'est plus précieux en ce monde que la liberté.

18

Quand Emily a commencé à parler du juge Lord, je me suis dit qu'elle tuait le temps. Puis il est venu de plus en plus souvent à Homestead. Toutes les deux ou trois semaines, il apparaissait sur le perron et je devais préparer la chambre d'amis. Il ne m'avait pas vraiment l'air d'un veuf éploré. Et j'aurais été sotte de ne pas voir qu'il passait la plupart de son temps avec Emily. Tous deux se promenaient constamment dans le jardin, ils se faisaient la lecture dans la bibliothèque ou riaient dans le salon de tel ou tel mot d'esprit.

À dire vrai, je n'appréciais pas tellement le juge. Malgré ses titres et son importance, ce n'était pas le genre d'homme que vous vous seriez attendu à voir au tribunal. Il tenait plus de la fripouille que du magistrat ; il aimait trop plaisanter et son humour était plus grivois qu'élégant ; sa langue était un fouet.

Quand Emily m'a dit se sentir en sécurité avec le juge – plus qu'elle ne l'avait été depuis la mort de son père –, j'ai trouvé ça bizarre. S'il était plus âgé qu'elle, il n'y avait rien de paternel dans son attitude. Il m'a fallu un moment pour comprendre qu'Emily était amoureuse.

Et alors c'est devenu une évidence. Elle ne cessait de parler de son intelligence, de sa capacité à la faire rire. Et ils s'échangeaient un blizzard de lettres. Tant et si bien que Vinnie a commencé à l'asticoter. Emily rendait généralement la pareille lorsqu'on la taquinait, mais quand Vinnie évoquait le juge elle rougissait au lieu de répliquer. Je n'en ai pas moins été surprise qu'elle me demande de poster ses missives à l'insu de sa sœur et de lui passer les plis du juge quand il n'y avait personne dans les parages.

Être dans la confidence est toujours émoustillant, et c'est ce que j'ai ressenti d'abord en cachant dans ma poche les lettres de Mr Lord pour les apporter discrètement à Emily. Mais au bout d'un moment ça m'a turlupinée. Ça ne me disait rien qui vaille. Les secrets sont du petit bois pour la luxure. Il y a de bonnes raisons de s'en tenir aux commandements de Dieu. Faute d'être contenues, les flammes de la passion peuvent tout faire partir en fumée.

Puis Emily s'est mise à appeler le juge par son deuxième prénom, Phil, et à glousser comme une écolière quand on parlait de lui. J'en ai touché deux mots à Patrick au cours d'une promenade, un jour ensoleillé de mars.

— J'ai l'impression d'être un personnage de roman, à faire passer des lettres en secret.

Je portais mon nouveau châle en laine rouge à motif cachemire, que j'avais acheté pour me tenir chaud et me sentir jolie. Nous avons traversé un champ et emprunté un sentier à travers les bois. Les arbres bourgeonnaient mais n'avaient pas encore de feuilles, si bien que la chaleur du soleil me réchauffait le dos.

— Les secrets ont un côté excitant, pour sûr, a dit Patrick.

Le chemin s'est fait plus étroit au détour d'un rocher. Je suis passée devant, mais il me suivait de si près que j'aurais pu me retourner et le toucher si l'envie m'en était venue.

— Et d'abord, qu'y connaissez-vous en romans, jeune travailleuse ?

Il n'avait pas l'intention de m'insulter, je le savais, mais j'en ai quand même pris ombrage.

— Miss Emily me prête des livres, lui ai-je dit avec une pointe d'irritation dans la voix. Elle aime qu'on en discute une fois que je les ai lus.

— Quoi ? Vous êtes amies maintenant, le Mythe et vous ? a-t-il répondu en se retenant de rire. Elle vous offre des fleurs à vous aussi et vous adresse des billets qui contiennent des poèmes charmants ?

Je lui avais parlé du soin qu'Emily prenait à écrire ses lettres à ses amis. Mais sa plaisanterie m'a piquée au vif.

— Ne soyez pas bête, ai-je dit d'un ton sec. Je connais ma place.

Et j'ai accéléré le pas pour lui montrer que je n'aimais pas être prise à la légère, mais ses paroles m'ont trotté dans l'esprit. Je me suis demandé si elles ne contenaient pas une part de vérité que je ne voulais pas admettre. Ça arrive souvent.

Le sentier s'est élargi et Patrick a retrouvé sa place à côté de moi. La neige fondait au soleil, créant de grandes flaques aux reflets sombres. Une colombe a roucoulé tout près. Un son mélancolique comme il y en a peu.

— Si j'avais su que vous aimiez autant les secrets, je vous en aurais confié quelques-uns.

Patrick a pris ma main. Sa voix était grave et douce, mais amusée. Plaisantait-il encore ? S'agissait-il d'un sous-entendu ?

Ses doigts ont frôlé la peau nue à l'intérieur de mon poignet. Une étrange sensation m'est montée à la gorge, peut-être un signe de danger, mais je n'ai pas retiré ma main.

— Les seuls secrets que je garderai sont les miens, Patrick Quinn, ai-je dit sur un ton plus résolu que je ne l'étais en réalité.

— Ah, mais inutile de me cacher quoi que ce soit, *girleen*.

Ses doigts se sont glissés sous ma manche aussi vite qu'un serpent. J'en ai eu des frissons partout et un désir sourd est né au creux de mon ventre. J'ai pensé aux nombreux secrets qu'il y avait dans *Jane Eyre* et à toutes les fois où j'avais imaginé Mr Rochester sous les traits de Patrick.

— *Girleen*, c'est comme ça que vous m'appelez maintenant ? Vous n'avez pas les yeux en face des trous, mon gars. Je ne suis pas plus une *girleen* que vous, au cas où vous ne l'auriez pas remarqué.

— Je l'ai bien remarqué, Margaret, a-t-il dit en riant.

Il s'est arrêté. Je courais le risque de commettre un péché, je le savais. Ses doigts étaient toujours dans ma manche, à caresser ma peau nue. Le désir s'est intensifié dans mon ventre et a gagné mes jambes, qui se sont changées en guimauve. J'ai respiré un bon coup et je me suis penchée vers lui ; il a souri, lâché ma main, puis m'a attirée entre ses bras. Je n'ai plus pensé à rien tandis qu'il m'embrassait encore et encore. Et pour chaque baiser qu'il me donnait je lui en ai rendu le double.

Patrick apportait du soleil au jour le plus sombre rien qu'en entrant dans la pièce. C'est ce qu'il a fait un jeudi matin de juin alors que je finissais de délaiter le beurre tout juste baratté. Mes mains glissaient encore quand il a passé le seuil, satisfait comme un matou de Vinnie.

— Retirez votre tablier et enfilez votre châle, m'a-t-il dit. Je veux vous emmener quelque part.

— Ne soyez pas idiot, lui ai-je répondu en prélevant le beurre pour le mettre dans la cruche.

— Allez, ma jolie, a-t-il insisté en se postant derrière moi et en passant les bras autour de ma taille.

J'en ai eu des frissons de la nuque au creux des reins.

— C'est votre après-midi de repos et vous pouvez sûrement vous permettre une heure de plus. Vous n'êtes pas prisonnière, ma belle. Je vous promets de vous raccompagner avant la nuit.

Sa voix était pleine de malice.

— Me raccompagner d'où ?

— De l'aventure qui nous attend. Rien que vous et moi, a-t-il affirmé en embrassant ma nuque.

— Arrêtez vos bêtises, ai-je dit sans conviction.

Même s'il avait été le diable en personne, je n'aurais pas pu lui résister. Et il m'arrivait de penser que tel était le cas.

Ce jour-là, le ciel avait une couleur d'eau de vaisselle, et une pluie fine tombait. Mais il aurait pu pleuvoir des rayons de soleil tant mon humeur était radieuse. Patrick m'a embarquée à Northampton, où nous avons longé une rangée de boutiques avant de remonter une allée. Après avoir passé une porte et grimpé deux volées de marches, nous nous sommes retrouvés dans une immense pièce avec une estrade à laquelle faisaient face des gens installés sur des bancs.

— Où sommes-nous ? ai-je demandé.

Patrick a porté un doigt à ses lèvres et chuchoté :

— C'est l'aventure que je vous avais promise, ma jolie.

Il m'a fait asseoir à côté de lui sur un banc de libre.

Autour de moi, une foule bigarrée. Plus de femmes que d'hommes, mais personne n'avait de grands airs. Ça m'a soulagée parce que je portais une simple robe de calicot vert et un chapeau de paille. Un gars costaud assis deux rangées devant nous s'est retourné et a adressé un hochement de tête à Patrick, qui le lui a rendu. Puis une femme en robe bleue est montée sur l'estrade. Elle était grande, avec des hanches généreuses et un joli visage bienveillant. J'ai admiré son chapeau, rouge, pointé vers le bas et orné de quelques plumes aux couleurs vives.

Elle a fait signe à la foule de se taire. Dès qu'elle a ouvert la bouche, mes bras se sont couverts de chair de poule. Elle avait un timbre mélodieux et nous a dit s'appeler Maria Doughtery, venir de Worcester et être une fervente admiratrice de Fanny et Anna Parnell. Si nous n'avions pas encore entendu parler des sœurs

Parnell, nous a-t-elle dit, ça n'allait pas tarder. Elles seraient bientôt aussi célèbres que leur frère[1] pour leur bravoure et leur courage tout irlandais. Peu de femmes en ce monde leur arrivaient à la cheville.

J'avais déjà entendu le nom de Parnell, mais sans savoir qu'il pouvait me concerner de près ou de loin. Le discours de miss Doughtery a remédié à ça. Elle nous a expliqué qu'une nouvelle famine faisait rage en Irlande, sans lien avec le mildiou : la faute en revenait aux propriétaires terriens. Elle nous a rappelé que les Irlandais vivaient dans la misère et la pauvreté depuis des siècles. Que leurs droits et leurs libertés avaient été foulés aux pieds par l'aristocratie anglaise, qui s'était approprié le sol de leurs ancêtres et avait dépouillé l'Irlande de ses richesses. Condamnés à l'exil par-delà l'océan, ceux qui travaillaient la terre se voyaient expulser pour laisser place aux moutons et au bétail.

Évidemment, ses propos m'ont fait penser à mon père, comment aurait-il pu en être autrement ? Elle semblait raconter sa vie à lui et cela a ravivé le souvenir du jour où il était rentré au cottage pour nous annoncer la terrible nouvelle : la ferme allait être saisie, chaque hectare clôturé pour devenir du pâturage. Pas d'avenir en Irlande pour la famille Maher, nous avait-il dit. J'en avais eu le cœur brisé, frappée par la honte et la peur. Je n'imaginais pas ce que le sort nous réservait.

---

1. Surnommé « le roi sans couronne », Charles Stewart Parnell (1846-1891) était une figure de proue du mouvement nationaliste irlandais.

Écouter miss Doughtery a fait remonter ces émotions à la surface. Mais d'après elle cette fois le résultat serait différent.

— Les Irlandais et Irlandaises n'accepteront plus d'être chassés de leurs terres. C'est une cause pour laquelle se battre et mourir valent la peine. Et les choses en arriveront là, car l'Angleterre ne sait concéder que par la force. Charles Parnell et ses alliés soulèveront l'Irlande jusqu'à la rendre libre ! a-t-elle ajouté en venant au bord de l'estrade, les bras en l'air.

Tout le monde a applaudi et moi aussi. Elle a continué pendant presque une heure, et chaque minute de son discours m'a touchée au cœur. L'enthousiasme me gagnait et, à en juger par son expression, il en allait de même pour Patrick.

Vers la fin, sa voix s'est enrouée.

— Aucun Américain de sang irlandais ne peut négliger son devoir ! Le feu sacré a été allumé sur l'autel de la liberté, et nous ne pouvons pas laisser nos frères irlandais seuls dans leur combat !

Nous avons tous bondi, à applaudir et pousser des hourras. J'en avais des palpitations dans la gorge. Les gens ont déferlé vers l'estrade, et le sourire que Patrick m'a adressé était vaste comme le monde.

— Peut-être que nous devrions rentrer maintenant ?

J'ai été surprise que la lumière filtre encore par les fenêtres. Des heures entières semblaient s'être écoulées.

Patrick m'a prise par la main d'un geste de propriétaire.

— On ne partira pas avant que vous ayez rencontré Maria, m'a-t-il dit en m'attirant dans la foule.

— Miss Doughtery ? Alors vous la connaissez ?

Je pense qu'il ne m'a pas entendue tant il y avait de vacarme, mais je l'ai suivi, drôlement fière que miss Doughtery nous ait tous qualifiés d'étoiles irlandaises de la bannière américaine. Ces mots m'avaient débarrassée de la honte de mes origines.

L'homme qui avait adressé un signe de tête à Patrick s'est approché et lui a flanqué une tape dans le dos.

— Content que tu aies fait le déplacement, a-t-il dit avant de poursuivre à voix basse : Tu as appris la nouvelle ?

Patrick a fait non de la tête.

— Ils l'ont arrêté. Sont venus toquer à sa porte en pleine nuit et l'ont jeté en prison. Il doit être jugé d'ici septembre et il paraît que les autorités harcèlent ses amis à la recherche du pauvre bougre qui acceptera de témoigner contre lui.

— C'est révoltant ! s'est indigné Patrick. Leurs persécutions ne cesseront jamais.

Mon regard passait de l'un à l'autre : j'ignorais de qui ils parlaient. Je n'avais eu vent d'aucune arrestation. Et il était curieux que Patrick ne m'ait pas présentée. Les pensées se bousculaient dans ma tête.

— Eh bien, si ce n'est pas Patrick Quinn !

Maria Doughtery en personne s'avançait vers nous, tout sourire.

— Je me demandais si vous viendriez.

Et elle lui a planté un baiser sur la joue, sans la moindre gêne.

Patrick est parti de son grand rire chaleureux. Si sa paume n'avait pas reposé si naturellement au creux de mes reins, j'aurais été jalouse.

— Maria, voici mon amie, Margaret Maher.

— Ravie de faire votre connaissance, ai-je dit en lui tendant la main. C'était un puissant discours. J'en suis toute remuée.

On aurait dit que je lui donnais la bénédiction du pape.

— C'est un grand plaisir de l'apprendre. Bienvenue, vous qui rejoignez notre cause. J'espère que vous êtes une guerrière aussi acharnée que Patrick.

— Oh, je n'ai rien d'une guerrière, ai-je répliqué en me demandant si elle plaisantait.

— Chut, Maria ! Je suis encore en train de la recruter, a dit Patrick en riant. N'allez pas me mettre des bâtons dans les roues !

Des gens criaient autour de nous. Une femme est venue nous enlever Maria, et nous sommes ressortis. Dehors, Patrick était d'excellente humeur, et il me donnait le bras.

— M'est avis qu'il nous faut fêter ça, a-t-il dit en m'entraînant d'un pas rapide. Allons boire un thé.

Il a fait halte devant une porte rouge et l'a ouverte d'un geste cérémonieux. Des clochettes suspendues à une ficelle ont carillonné.

Le salon de thé était absolument ravissant. Il y avait sept tables recouvertes de nappes blanches, toutes ornées d'un bouquet de fleurs. Trois femmes portant des chapeaux et des châles élégants étaient installées à l'une d'entre elles. Un serveur est apparu et nous a guidés vers une place libre. Patrick a commandé du thé et du gâteau aux graines de carvi. Dès qu'on nous a eu servis, je l'ai bombardé de questions.

— Comment avez-vous rencontré miss Doughtery ? Que voulait-elle dire quand elle m'a demandé si j'étais une guerrière ? Je n'en suis pas une et ne le serai jamais.

— Mais vous avez été emballée par le discours de Maria, non ?

Je l'ai regardé plonger un morceau de sucre dans son thé. Ça m'a rappelé notre première conversation à Homestead.

— Oui, ai-je répondu.

Le gâteau me mettait l'eau à la bouche. Patrick m'a souri avant de le couper.

— Et vous avez l'âme d'une guerrière, ça ne fait aucun doute.

Les vieilles histoires de guerriers et de héros de mon père me sont revenues à l'esprit ; il m'avait dit un jour que j'avais le cœur brave comme Cúchulainn[1]. Mais je ne voyais pas de quelle façon me battre pour une Irlande libre en Amérique. Je me faisais encore à peine à l'idée d'être une étoile irlandaise de la bannière américaine.

Le gâteau au carvi avait un bon goût de sucre et de beurre. Chaque bouchée fondait sur la langue. J'ai demandé à Patrick qui était l'homme qui s'était adressé à lui après le discours.

— Un vieil ami du tunnel du Hoosac.

Son expression m'a retenue de le presser davantage. Il a fait glisser une part de gâteau sur sa fourchette.

— Mais ne gâchons pas cette journée en parlant du passé, a-t-il dit. Profitons du moment présent.

Et son sourire m'a réchauffée de la tête aux pieds.

---

1. Héros majeur de la mythologie irlandaise, Cúchulainn est un guerrier doté d'une grande force physique et de pouvoirs magiques.

19

Patrick et moi avons continué nos promenades et, lorsque j'étais avec lui, je me sentais jeune et jolie. Il m'avait ensorcelée, et les femmes qui fréquentaient l'église St Bridget nous regardaient quand elles nous voyaient flâner dans le parc de la ville. Il m'a emmenée à la foire aux bestiaux et à d'autres bals à Northampton. Une fois, il a loué un attelage et nous a même conduits à Pelham. Je me suis sentie importante assise à son côté.

Il parlait beaucoup de l'Irlande et des souffrances qu'endurait le pays. Il m'a confié qu'il rêvait d'y retourner : mieux valait vivre parmi les siens. Il m'a raconté les difficultés qu'il avait traversées, les premières années en Amérique. New York était à l'époque un endroit affreux, un coupe-gorge rempli d'hommes cruels qui vous détroussaient en moins de temps qu'il n'en faut pour le dire. Il avait eu du mal à trouver du travail, enchaînant les tâches éphémères, de chasseur de rats à balayeur. Quand la guerre avait éclaté, il s'était enrôlé dans l'armée de l'Union dans le seul but de quitter la ville.

Il parlait peu de la guerre. Les informations que je lui tirais arrivaient au compte-goutte. Dans l'ensemble, le quotidien avait été ennuyeux. Les soldats passaient leur temps à attendre ou à marcher jusqu'au champ de bataille suivant. Parfois, Patrick pinçait les lèvres au souvenir de quelque chose et son regard s'assombrissait. J'ai appris à ne pas insister : si je le faisais, il devenait silencieux et morose. Une fois, alors qu'un unijambiste remontait Pleasant Street à l'aide de ses béquilles, Patrick m'a raconté avoir vu un ami se faire arracher le bras.

— Un obus le lui a détaché net à l'épaule. Le pauvre homme est mort sur place.

— Seigneur Dieu, ai-je dit.

Mais, avant que j'aie pu lui poser plus de questions, il s'est muré dans ce qu'Emily appelait une « obscure réflexion », paupières baissées, lèvres étirées, et j'ai su que de sombres pensées le tourmentaient. Il me cachait quelque chose de terrible, j'en étais certaine, et ce n'était pas la première fois. Mais il aurait fallu être idiote pour ne pas voir que ce n'était pas le moment de l'interroger.

Patrick avait ses secrets, à n'en point douter, et préférait les garder pour lui. Il y a des jours où je me demandais si ce n'était pas ce qui faisait tout son charme.

Le juge Lord est revenu, ce qui a étourdi de bonheur Emily. Tous deux se sont éclipsés dans le salon des heures durant et derrière la porte je les ai entendus rire. Quand je les ai appelés pour le déjeuner, ils sont sortis en rougissant.

En entrant dans la salle à manger, le juge s'est baissé pour défroisser la jupe d'Emily.

— Pourquoi portez-vous ces fanfreluches ?

— Elles ont éveillé votre attention, n'est-ce pas, Phil ? Vous avez votre réponse, a-t-elle dit en gloussant.

— Ma chère, si c'est mon attention que vous désirez, retirez plutôt votre toilette. Et soyez sûre qu'il n'y a pas que mon attention que vous éveilleriez.

Puis il a passé un bras autour de sa taille pour la serrer contre lui.

Je suis devenue toute rouge et Emily aurait dû faire de même, mais au lieu de cela, elle lui a dit :

— Mon bon juge, ignorez-vous que l'on discerne mieux ce qu'on ne voit pas ?

Et elle a ri de plus belle.

Pourtant, quand la couturière est venue à Homestead, Emily lui a enjoint d'oublier dentelles et rubans. Deux fois par an, Mrs Noyes et ses tissus envahissaient la salle à manger pour une semaine. Emily et Vinnie se faisaient toujours un immense plaisir de sélectionner motifs et étoffes. Le lilas était la couleur préférée de Vinnie, et elle farfouillait des heures dans les échantillons de soie, de batiste et de velours, les plaçant côte à côte avant de les tenir près de son visage pour demander s'ils lui allaient au teint.

À l'automne 1878, Vinnie a décidé qu'il me fallait une nouvelle robe de calicot. J'ignore ce qui n'allait pas avec les miennes, mais je ne comptais pas refuser.

— Qu'en pensez-vous, Maggie ? s'est-elle enquise en agitant un tissu bleu sombre orné de fleurs jaunes et argent.

— Il lui en faut plus d'une, maintenant qu'elle a un soupirant, a dit Emily en arborant son sourire espiègle.

— Un soupirant ? a répété Vinnie en laissant retomber l'échantillon sur la pile. Oh, Maggie, vous devez tout nous raconter !

— Il n'y a rien à raconter, voyons. Patrick est un ami, c'est tout.

Et j'ai prétexté avoir une casserole à surveiller sur le feu. Mais en quittant la pièce à la hâte je les ai entendues rire.

Plus tard, Emily m'a rejointe dans la cuisine, peinée.

— Je suis désolée si j'ai dévoilé un secret. Je ne pensais pas à mal. Vous êtes notre Maggie bien-aimée, alors pour me faire pardonner vous aurez droit à quatre nouvelles robes.

Elle m'a pris la main et entraînée vers la salle à manger, où Mrs Noyes m'a montré des motifs qu'elle estimait appropriés. Avoir de nouvelles robes de calicot me faisait plaisir, mais je les aurais toutes échangées contre une seule en soie, juste pour en laisser glisser le tissu entre mes doigts. Le jour de Noël, j'ai revêtu la plus belle – d'un rouge sombre avec des fleurs entremêlées lilas et roses –, ainsi que mon meilleur châle en laine, couleur crème. Vinnie m'a applaudie, et Emily a déclaré que c'était une splendeur. Mais c'est le sourire de Mary quand je suis entrée dans sa cuisine qui m'a fait le plus chaud au cœur ce matin-là.

Nous avons déjeuné à Kelley Square, petits et grands installés autour de la longue table. Mary a refusé de me laisser servir et demandé à Nell et Meg de le faire, déclarant que, pour une fois, c'est moi qui resterais assise. Nous avons ri, raconté des histoires et nous sommes régalés – que demander de plus ?

Ce jour-là, Patrick m'a offert un cadeau. Un chapelet enveloppé dans un carré de lin blanc. Les grains et la croix étaient couleur miel.

— Béni en Irlande, m'a-t-il annoncé. Et en corne de vache.

Sa voix était drôlement fière.

Je n'ai pas eu le cœur de lui dire que le seul chapelet que j'utiliserais jamais était celui que ma mère m'avait donné. Alors je l'ai enroulé autour de ma main et j'ai embrassé le crucifix avant de le glisser dans ma poche. Puis j'ai déposé un baiser sur sa joue devant tout le monde.

Quand il m'a raccompagnée à Homestead ce soir-là, il y avait un ruban de glace sur le bord de la route et un ruban d'étoiles au-dessus de nos têtes. J'ai frissonné en ouvrant le portail.

— Vous avez froid ! m'a dit Patrick.

Et il m'a si bien enveloppée dans ses bras que je me suis sentie emmaillotée tel un bébé. Je n'ai pas résisté et ne l'ai pas repoussé quand ses lèvres ont trouvé les miennes. Je me réjouissais de ses baisers même si c'était mal. Un incendie s'emparait de mon corps comme si une lampe venait d'embraser des rideaux. Si ç'avaient été les flammes de l'enfer, je ne l'aurais pas remarqué. J'étais à ce point dévoyée.

Il ne m'a pas lâchée, mais m'a entraînée au-delà du portail puis le long de l'allée. Il m'a prise par les épaules et embrassée de nouveau. Mon corps tremblait tant j'avais envie de lui.

— Ne partez pas, ai-je murmuré, et mes paroles m'ont paru scandaleuses mais je ne les ai pas retirées.

— Ah, ma douce Margaret. Je ne souhaite pas vous quitter, mais que voulez-vous que je fasse ?

Je n'avais pas de réponse à lui donner, mais je ne supportais pas l'idée de me séparer de lui. Alors mon corps a exprimé ce que ma langue ne pouvait se permettre. Je l'ai pris par la main et, au lieu de me diriger vers la maison, je l'ai conduit à la grange.

La jument a levé la tête et henni doucement pour attirer notre attention au moment où nous sommes entrés. Puis Patrick a refermé la lourde porte et l'odeur chaude de la paille et des animaux nous a enveloppés. La vache a remué dans son box et quelques poules ont émis des caquètements endormis sur leur perchoir. Nous avons recommencé à nous embrasser, lentement et langoureusement, puis nous nous sommes dirigés vers le fond de la grange, où la paille était empilée haut contre le mur. Patrick a glissé les mains autour de ma taille en un geste naturel. Puis il m'a allongée sur la paille. Peu importe ce qui allait arriver, je m'en réjouissais déjà.

« C'est ça, l'amour », me disais-je tandis que Patrick m'embrassait et que sa main pétrissait mon sein puis se glissait sous ma jupe et mes jupons. Il a touché la peau de ma cuisse et j'ai frissonné et gémi ; ma chair était près de fondre sous la chaleur de ses doigts.

C'est à cet instant qu'une pensée intempestive m'a traversé l'esprit : celle d'Emily et du juge Lord la dernière fois qu'il était venu, quand il lui caressait la nuque et glissait les doigts sous son col sans savoir que je les voyais. Il avait défait le bouton du haut ; elle avait ri et s'était pressée contre lui un long instant avant de le repousser délicatement. C'était comme s'ils avaient été dans la grange avec nous, à quelques mètres. Et tous deux se moquaient de moi. La honte m'a submergée. Je me suis arrachée à l'étreinte de Patrick pour me lever.

— Que se passe-t-il, mon aimée ?

Il a tenté de m'attirer de nouveau à lui, mais je lui ai retiré ma main et me suis dirigée vers la porte.

— Seigneur, je ne sais plus ce que je fais. Rentrez chez vous, Patrick. Partez.

Il était juste derrière moi.

— Ne soyez pas fâchée. Je vous aime, c'est tout.

Sa voix était douce et triste à mon oreille, son souffle chaud dans mon cou, puis il a tourné mon visage vers le sien et s'est remis à m'embrasser. J'ai failli céder mais je me suis forcée à le repousser et à ouvrir la porte. Il m'a suivie tout du long. Même quand je suis sortie dans le froid il me touchait encore, me cajolant pour que je revienne dans la grange, à m'appeler *ma chérie*, *ma chree*, et tous les doux sobriquets qui lui venaient à l'esprit. La vérité, c'est que mon corps voulait passer la nuit entière avec lui, et s'abandonner à ses caresses. Au risque de ternir mon âme immortelle.

Il m'a suivie à travers le jardin, jusqu'à la porte de service, et m'a volé un autre baiser. Je lui ai soufflé de s'en aller, cette fois avec colère, et l'ai poussé si fort qu'il a titubé en arrière. Je lui ai dit que, s'il était un homme digne de ce nom, il me respecterait plutôt que de me voler des baisers. Et j'ai ajouté que je ne voulais plus le voir.

Dieu m'est témoin, c'est le plus gros mensonge que j'aie jamais proféré de ma vie.

C'est Dennis, le valet d'écurie, qui a trouvé mon châle le lendemain là où je l'avais laissé, dans la paille. J'aurais dû m'estimer heureuse que ce ne soit pas Austin ou Ned, mais j'ai été tellement remuée de le voir arriver de la grange avec la jolie laine crème jetée sur l'épaule comme un vieux drap que je l'ai enguirlandé pour ne pas en avoir pris soin.

— Bougre d'âne ! me suis-je écriée en le lui arrachant des mains. C'est mon plus beau châle et regardez ce que vous avez fait ! On dirait un vieux chiffon tellement il est sale !

— Il était déjà sale avant que je le ramasse, a-t-il rétorqué, et c'était vrai, mais j'ai perçu dans son regard effronté des sous-entendus auxquels je préférais ne pas penser.

Des « insinuations », c'est ainsi qu'Emily les aurait appelés. Je venais de lui tourner le dos quand il m'a lancé :

— C'est pas la seule chose que vous ayez perdue.

Je me suis retournée d'un coup, folle de rage, convaincue qu'il parlait de ma vertu. Mais le chapelet que Patrick m'avait offert pendait entre ses doigts.

— M'est avis que vous devriez plutôt me remercier. Vous allez sans doute devoir réciter quelques prières en plus, après ce que vous avez fait hier soir, m'a-t-il dit en souriant.

J'ai peiné à me retenir de lui cracher au visage. Il ne manquait plus que ça, que le bruit coure dans tout Amherst que la bonne des Dickinson était une fille facile. Je ne supportais pas l'idée que Mary entende ce genre de cancan. Elle dirait que j'étais trop vieille pour ces bêtises, et elle aurait raison. Trop vieille et trop peu soucieuse de ma réputation. Laquelle, je le savais parfaitement en tant que femme, était le seul trésor qui vaille d'être préservé.

Alors je me suis contentée de prendre le chapelet et de marmonner un « merci » avant d'inviter Dennis à manger une part de gâteau dans la cuisine.

J'ai lavé le châle et suspendu le chapelet que Patrick m'avait offert à un clou au-dessus de mon lit. Je n'ai pas été dans mon assiette tout le reste de la semaine. Un coup, c'est le four qui me paraissait trop froid, l'autre les gâteaux qui ne levaient pas comme il fallait. Je me plaignais du temps nuageux et de l'humidité des murs. Et je ne faisais que penser à Patrick. Je ne voulais plus rien avoir à faire avec lui et je voulais être avec lui. J'imaginais ce que je lui dirais lorsque je le verrais et je me demandais ce qu'il répondrait. Devais-je le laisser m'embrasser ? Me promener avec lui de nouveau ? J'aurais aimé pouvoir en parler à quelqu'un. Mais ce qui s'était passé dans la grange était trop perturbant pour que je le partage avec qui que ce soit. Tôt ou tard je devrais le confesser au prêtre, et cette idée m'était insupportable.

Alors j'ai prié. J'ai récité dix dizaines du rosaire au lieu de cinq. J'ai prié la Sainte Vierge de m'accorder fortitude et pardon. J'ai prié saint Patrick de m'accorder miséricorde et sagesse. Et j'ai fait tout mon possible pour éviter Patrick Quinn.

Certes, ça n'a pas été une mince affaire. Garder mes distances a même été la chose la plus difficile que j'aie jamais faite. Car la vérité c'est que cette nuit dans la grange m'avait laissée sur ma faim. L'état que ses baisers entraînaient chez moi me manquait, la chaleur qui avait baigné mon bas-ventre quand sa main avait remonté le long de ma jambe me revenait sans cesse à l'esprit. Je mourais d'envie de les ressentir de nouveau. Mais je craignais ce dont j'aurais été capable.

Trois semaines ont passé avant que j'aille me confesser. Une confession pénible, car mes pauvres genoux me lançaient ce jour-là et j'avais mal à la tête. Prononcer les mots à voix haute m'a presque écorché la gorge. Mais j'en ai ressenti un profond soulagement. Le père Barry m'a rappelé que le péché était contagieux et m'a dit de prier pour rester forte. Je ne devais pas céder aux stratagèmes de Patrick. Une femme ne peut partager la couche d'un homme que si elle est son épouse. Et il m'a imposé une pénitence sévère pour que je ne l'oublie pas.

Après ce jour, j'ai eu un peu moins honte. Mais l'idée d'être de nouveau dans les bras de Patrick avait encore un certain éclat, comme un joli rêve.

20

La vie a repris son cours et j'ai essayé de me réjouir d'avoir tourné le dos à Patrick. Il y avait constamment à Amherst de quoi me changer les idées. Malheurs en tout genre, maladies, accidents et disputes étaient légion. Des bagarres affligeantes éclataient à la salle de billard et des Irlandais se voyaient arrêter pour avoir pris part aux rixes. Sans parler des terribles incendies. Différents quartiers de la ville semblaient s'embraser les uns après les autres. Comme si la fougue américaine avait causé des étincelles. Le quartier de Phoenix est parti en fumée une année, granges et maisons réduites en cendres. Et tant de ces incendies étaient causés par des feux de cheminée que j'aurais pu les marquer chaque semaine dans le calendrier. Beaucoup tenaient pour responsables les Irlandais de Crossing et d'Irish Hill. Il semble qu'on blâme toujours les pauvres d'une ville, même quand il s'agit de pure malchance.

L'hiver a laissé place au printemps ; la neige a fondu et la boue a envahi les rues. Puis Patrick est venu assister à la messe du dimanche de Pâques. J'ai essayé de ne pas regarder dans sa direction, mais je l'ai vu m'observer longuement et j'en ai ressenti un tel pincement au cœur que j'ai failli partir. Sitôt la messe terminée, j'ai déguerpi. Mary m'a suivie, me demandant ce qui s'était passé entre nous, mais je lui ai répondu que je ne souhaitais pas en parler et elle n'a pas insisté. Patrick n'est pas venu à Kelley Square cet après-midi-là et j'en ai été soulagée. En grande partie.

Deux semaines plus tard, Tom s'est arrêté en allant en ville pour me dire que Patrick voulait me voir.

— Il souffre, le pauvre bougre. Il a eu tout le temps de se repentir. Cesse de le punir.

J'ai pris à cœur les paroles de Tom. Je n'aimais pas l'idée de faire souffrir Patrick. Et pour être honnête je souffrais aussi. J'avais beau être déterminée à ne pas pécher de nouveau, je me languissais de lui.

Le lendemain, Mary est venue papoter. Pendant que je préparais le thé, elle m'a raconté qu'Anna Breen avait quitté son poste et était revenue vivre avec James et Ellen.

— Et Patrick Quinn fait de l'œil à Katie Murray.

— Ils se fréquentent ? ai-je demandé en sentant le rouge me monter aux joues.

— Je n'en sais rien. Ce sont juste des ragots. Il y a des chances que ce soit Katie qui les répande.

— Ou qu'il sache que ça me rendrait jalouse.

— Oui, a dit Mary. Je me suis posé la question. Qu'est-ce qui s'est passé entre vous ? Tu l'as giflé ?

— Peut-être que j'aurais dû.

J'avais de sombres pensées ce jour-là, et j'ai laissé le thé infuser trop longtemps. Il était aussi amer que mes paroles quand j'ai fini par raconter la vérité à Mary. Elle s'est montrée plus compréhensive que je ne m'y attendais et m'a dit que j'avais pris la bonne décision. Il n'y a pas d'amour sans respect, après tout.

— Pour être franche, certaines choses que j'ai entendues de la bouche de Patrick me tracassent, m'a dit Mary. Des bouts de conversations par-ci par-là. Des fadaises à propos d'un soulèvement en Irlande. Ça n'a jamais rien apporté de bon et ce ne sera jamais le cas, voilà mon avis.

— Patrick a peut-être tort sur certains sujets, mais il a raison sur ce point, ai-je contré. Je l'ai entendu moi-même lors d'une présentation. Et il n'y a pas que les hommes qui en parlent.

J'ai enchaîné en racontant à ma sœur le discours de Maria Doughtery. La manière dont ses paroles m'avaient remuée et fait réfléchir à ce que signifiait être irlandaise.

— Et c'est une femme respectable, ai-je insisté. Qui a le sens de la mode, à en juger par son chapeau.

— C'est bien là la meilleure façon de juger quelqu'un, a commenté Mary en riant.

La semaine suivante, je suis allée faire des emplettes à Northampton avec Molly Ryan. Elle voulait s'acheter un chapeau pour son voyage de noces. Elle s'apprêtait à épouser un gars de Worcester, William O'Shea. Pour être honnête, j'étais heureuse pour elle mais triste pour ma pomme, car ç'avait été une amie précieuse et une fois qu'elle aurait déménagé je ne la reverrais guère.

Nous avons fait halte devant un grand magasin dont la vitrine était remplie de jolis chapeaux de printemps. Nous les avons admirés un instant, puis Molly a dit vouloir acheter celui aux plumes rouges et est entrée dans la boutique. À peine avais-je passé la porte que j'ai aperçu près du comptoir Maria Doughtery en personne, un chapeau vert entre les mains.

Son visage s'est éclairé quand elle m'a vue.

— Vous êtes l'amie de Patrick Quinn.

Ça m'a fait plaisir qu'elle s'en souvienne, même si je n'étais plus certaine que tel soit encore le cas. Je lui ai présenté Molly et nous avons papoté un peu toutes les trois. Je lui ai redit à quel point j'avais aimé son discours.

— Ne vivez-vous pas à Worcester ? lui ai-je demandé.

— Si. Mais j'ai de la famille à Northampton et, chaque fois que je viens ici, je fais un tour chez les modistes de la ville.

— Il doit bien y avoir des chapeliers à Worcester, me suis-je étonnée.

— Je suis moi-même chapelière, a-t-elle précisé, le regard pétillant. J'ai ma propre boutique sur Main Street. Donc j'aime bien voir ce que les autres vendent. Vous êtes à l'affût d'un nouveau chapeau ?

— Je suis toujours à l'affût, ai-je répondu en riant. Ce chapeau bleu me fait de l'œil. Il est splendide, non ?

— En effet. Et il vous irait bien. Sa couleur fera ressortir vos yeux.

Le couvre-chef en question était à la dernière mode avec son bord rigide garni de ruches, sa rose en soie fuchsia et son ruban de satin. J'ai dû détourner le regard pour ne pas l'acheter sur-le-champ.

— Je dois y aller, a dit Maria en reposant le chapeau vert sur son présentoir. J'espère que vous viendrez visiter ma boutique un jour.

J'ai hoché la tête en guise d'adieu et je l'ai regardée partir en admirant sa prestance et son allure. Comme une guerrière, ai-je pensé. Plus tard, Molly m'a confié que Maria lui avait fait aussi forte impression qu'à moi tant elle était avenante. Elle m'a dit qu'il me faudrait lui rendre visite quand elle serait installée à Worcester et que nous irions faire un tour ensemble dans la boutique de Maria. C'était certes une idée fantastique, mais je suis repartie sans le chapeau.

Une semaine plus tard, Patrick a débarqué dans la cuisine de Homestead sans même avoir pris la peine de frapper. J'ajoutais des bûches dans le fourneau quand il a prononcé mon nom. Je me suis redressée d'un coup, toute raide.

— Que faites-vous ici ?

Il souriait, les mains dans le dos. Ses yeux sombres étaient si beaux que je n'ai pas pu m'empêcher de lui rendre son sourire. J'ai dû sacrément batailler pour ne pas me précipiter vers lui.

— Que voulez-vous ?

J'aurais aimé lui dire qu'il n'était pas le bienvenu, mais ma langue refusait de formuler ces mots.

Il a retiré les bras de derrière son dos.

— Qu'est-ce que c'est ? lui ai-je demandé même si on voyait comme le nez au milieu de la figure qu'il tenait un carton à chapeau.

— C'est pour vous.

— J'ai du travail. Et vous, vous ne devriez pas vaquer à vos propres occupations ?

Il n'a pas répondu, se contentant de faire un pas en avant.

— Ouvrez-le, m'a-t-il dit.

— Vous êtes impossible, lui ai-je lancé, mais en un tournemain j'avais retiré le couvercle de la boîte. Au milieu d'une couche de papier de soie se trouvait le chapeau bleu que j'avais admiré dans le magasin de Northampton.

Mes yeux sont passés de son visage au chapeau. J'ai secoué la tête.

— Essayez-le, m'a-t-il dit d'une voix si douce que j'ai dû reprendre mon souffle. Pour voir s'il vous va.

— Arrêtez vos bêtises. Je n'ai pas le temps de satisfaire vos caprices.

Ça n'était pas du tout ce que j'avais envie de lui dire.

— Ce ne sont pas des caprices, a-t-il protesté en posant le carton sur la table et en extirpant le chapeau d'un geste. Si vous ne le mettez pas vous-même, je vais le faire pour vous.

Et il a placé le couvre-chef sur ma caboche puis noué le ruban sous mon menton comme s'il avait fait ça des milliers de fois.

Je devais avoir l'air niais dans ma vieille robe de calicot et mon tablier sale, avec ce chapeau délicat de grande dame juché sur la tête tel un oiseau. J'aurais dû le retirer. Mais mes mains tremblaient et les larmes me montaient aux yeux.

— Comment l'avez-vous su ?

— Ce serait trop en révéler, a-t-il répondu avec un large sourire. Un homme doit garder certains secrets pour lui. Même quand c'est la plus jolie fille du Hampshire qui demande à les connaître.

Il m'a caressé la joue et je ne l'ai pas arrêté.

— Ah, Margaret, a-t-il murmuré. Ça me brise le cœur de ne plus vous voir.

Il ne m'en a pas fallu davantage. Sa voix implorante m'a brisé le cœur à moi aussi, et j'ai fondu en larmes. Je l'ai laissé m'envelopper de ses bras et m'embrasser au beau milieu de la cuisine. Quand il m'a libérée et qu'il a fait un pas en arrière, je me suis sentie si démunie que j'ai essayé de l'attirer de nouveau à moi. Puis j'ai pris conscience qu'il fixait un point par-dessus mon épaule en direction de l'office.

— Bonjour, miss Dickinson, a-t-il dit d'une voix grêle.

Quand je me suis retournée, Emily nous regardait. Elle souriait de cet air entendu qui semblait signifier qu'elle comprenait tout : le visible et l'invisible.

J'ai retiré le chapeau comme s'il m'avait brûlée. Mais à la seconde où j'avais vu son sourire je savais qu'elle me charrierait pendant des jours. Et ça n'a pas manqué : Emily n'aimait rien moins que taquiner les gens. J'aurais dû prendre ses moqueries pour un signe d'affection, et d'ailleurs je crois que c'était le cas. Mais ce jour-là l'idée qu'elle ait été témoin de cette scène m'a mise dans tous mes états.

— Ce n'est pas ce que vous imaginez, ai-je dit en posant le chapeau sur la table et en faisant signe à Patrick de partir.

Une fois qu'il est sorti, j'ai rajouté une bûche dans le fourneau et refermé la lourde porte d'un coup sec. J'avais les joues toutes rouges et ce n'était pas à cause du feu.

Chaque fois que le juge Lord venait à Amherst, il passait ses journées et ses soirées en compagnie d'Emily. C'était le genre de frivolités que Monseigneur n'aurait jamais toléré, et il était clair que la mère Dickinson, alitée dans sa chambre, ignorait tout. Vinnie, en revanche, était gaie comme un pinson. Rien ne semblait la scandaliser tant que sa sœur était heureuse.

Un après-midi qu'Emily et le juge se trouvaient au salon, Vinnie a annoncé qu'il nous fallait polir l'argenterie. Je l'ai aidée à étaler du papier journal sur la table de la cuisine, et nous avons déposé les couverts dessus. Puis nous avons passé des heures à frotter le métal terni. Elle bavassait sur les dernières tenues à la mode et les derniers potins. Elle m'a parlé d'une ancienne habitante du nord d'Amherst qu'on venait d'arrêter pour avoir empoisonné son mari.

— Et elle n'en est pas à son coup d'essai, m'a expliqué Vinnie en posant son chiffon et en se penchant pour la confidence. Son premier mari est mort de terribles convulsions au beau milieu de la nuit. Elle n'a pas traîné pour l'enterrer.

Par ailleurs, le célèbre Mr Emerson, de Concord, allait peut-être venir à Amherst.

— Autrefois, Emily aurait tout donné pour le rencontrer. Maintenant, ce n'est que « Phil par-ci » et « Phil par-là ».

Une lueur dansante pétillait dans son regard et, sans crier gare, elle s'est mise à me parler d'un homme qui lui avait fait la cour des années plus tôt. Il s'appelait Joseph et ils avaient prévu de se marier. Il était bel homme, avait les cheveux bouclés et des yeux si bleus qu'ils en étaient éblouissants.

— Hélas, il est mort, m'a-t-elle dit tristement avant de reprendre un ton plus enjoué. Mais je n'oublierai jamais ses baisers.

J'ai souri en pensant à ceux de Patrick. Il avait recommencé à me rendre visite ; chaque jour ou presque, il se présentait à la porte de service, nous prenions le thé ensemble et il m'en volait quelques-uns.

Une bûche a bougé dans le poêle et le feu a crépité. Je me suis levée pour y jeter un œil et faire descendre le chat de l'étagère. Puis je suis montée à l'étage pour m'assurer que la mère Dickinson allait bien. Quand je suis revenue dans la cuisine, Vinnie gémissait, une main sur son œil droit. J'ai tout de suite compris ce qui s'était passé : elle s'était mis de l'encaustique dans l'œil. Je l'ai amenée à l'évier pour l'aider à le rincer, mais elle avait encore mal.

— Je vais chercher miss Emily, ai-je dit, car personne ne peut calmer une femme comme sa propre sœur.

J'ai filé sans autre chose à l'esprit que de voir Vinnie soulagée. Au lieu de m'arrêter pour frapper à la porte fermée du salon, je suis entrée en trombe et j'ai porté les deux mains à ma bouche face au spectacle qui s'offrait à moi. Sur le divan, le corsage ouvert et la jupe remontée jusqu'aux cuisses, Emily était à califourchon sur le juge.

J'ai murmuré un « pardon » avant de repartir en courant, mais j'ai eu le temps d'entendre le rire chantant d'Emily. J'aurais pu continuer jusqu'à Kelley Square sans m'arrêter. Je n'avais pas seulement honte pour Emily, j'avais aussi honte de moi. N'avais-je pas failli me trouver dans une position similaire avec Patrick quelques mois plus tôt ?

Je n'ai pas pu regarder Emily en face jusqu'au lendemain matin. À l'évidence, elle ne ressentait aucune honte. À dire vrai, je lui enviais son insouciance, car l'idée d'avoir frôlé le péché avec Patrick me turlupinait encore. Parce que j'étais catholique ? Clairement, malgré leurs discours sur la rectitude, les protestants faisaient ce que bon leur semblait sans en éprouver la moindre culpabilité.

Le lendemain, le juge est rentré chez lui à Salem. Il paraissait content de lui. Quant à Emily, elle s'est montrée heureuse comme une alouette un beau matin d'été tout le reste de la journée. À croire qu'elle avait été bénie par les fées.

Vers midi, Tom s'est arrêté dans ma cuisine avant de s'en retourner à Kelley Square. Il m'a dit que j'avais l'air franc écœurée et a voulu savoir ce qui me tracassait. Il m'a fait asseoir pour qu'on en discute. Que pouvais-je faire sinon lui rapporter ce que j'avais vu ?

Il m'a écoutée attentivement et s'est gratté l'oreille.

— Ah, Margaret, personne n'ira te juger pour les péchés de ta patronne. Ainsi va le monde et tu n'y changeras rien, quoi que tu fasses. Miss Emily a toujours été friponne. Elle n'en fera qu'à sa guise, ne t'y trompe pas. Elle menait Monseigneur par le bout du nez. Et maintenant c'est le tour du juge, on dirait.

— Je ne vois vraiment pas ce qu'elle lui trouve. Il n'est pas du tout bel homme et il se permet des gestes honteusement déplacés. C'est indigne de sa part d'être enamourée d'un tel goujat.

Il a éclaté de rire et a posé la main sur mon épaule.

— L'amour a ses mystères, ma petite. Et il est impossible de les démêler – tu y perdrais ton temps.

Partie IV

Portes

21

1916

L'escalier qui mène aux bureaux de la Realty Company est si mal éclairé que je trébuche et me cogne le tibia contre une marche. Je suis donc en boitant l'assistant jusqu'à un bureau, où un petit homme aux cheveux gris clairsemés est assis derrière deux piles de documents. Il lève les yeux en souriant, puis son sourire s'évanouit d'un coup. Je ne sais pas qui il attendait, mais ce n'était pas moi. Un sot comprendrait que ça commence mal.

Dès que j'explique qui je suis et pourquoi je suis venue, il m'arrête d'un geste et se racle la gorge.

— Permettez-moi de vous interrompre avant que vous n'alliez plus loin. Il y a certaines stipulations concernant la vente de cette maison. Mme Bianchi ne vendra pas à n'importe quel quidam sorti de nulle part.

— Je ne sors pas de nulle part ! je proteste en bondissant de ma chaise tant je suis outrée. Je tiens ma propre pension, monsieur.

Il me regarde comme s'il en doutait.

— Je vais être franc avec vous, miss Maher, dit-il en redressant les épaules pour paraître plus imposant.

Mme Bianchi recherche un acheteur approprié pour ce voisinage, si vous voyez ce que je veux dire.

Dieu tout-puissant, je suis folle de rage ! Je vois exactement ce qu'il veut dire.

— Mon argent vaut autant que celui des autres, je lance, consciente que mon accent se fait plus irlandais quand je me fâche, mais je ne peux pas m'en empêcher. Et peut-être qu'elle ferait moins la difficile si les gens apprenaient que la maison héberge des fantômes.

— Des fantômes ? s'étonne-t-il.

Je me penche par-dessus le bureau.

— Les gens n'aiment pas acheter des maisons hantées. Et je ne me priverai pas de leur dévoiler le pot aux roses.

— Et pourquoi voudriez-vous l'acheter si elle est hantée ? demande-t-il, les yeux plissés.

Sa question me prend de court. Je me renfonce dans mon siège et touche mon chapeau pour me calmer un peu. Puis je m'entends dire ce que j'ignorais moi-même jusqu'à cet instant :

— C'est justement parce qu'elle est hantée que je veux l'acheter.

Il cligne des yeux.

— Vous êtes une femme intéressante, miss Maher. Hélas, votre requête est vaine. Mme Bianchi négocie déjà avec un acquéreur.

Et il se lève, pour me signifier qu'il est temps que je m'en aille.

La nouvelle me bouleverse. Pourquoi ne pas me l'avoir dit dès le départ plutôt que de me cracher à la figure ces méchancetés comme quoi je ne serais pas convenable ? Il me faut une minute pour reprendre mes esprits. Je me lève lentement.

— Qui s'apprête à acheter la maison, alors ?

Je me souviens que Rosaleen a évoqué le Dr Bowen. Mais l'homme refuse de me donner un nom, se contentant de me tenir la porte ouverte pour que je sorte.

Dehors, les nuages ont une couleur d'argenterie ternie ; il va bientôt pleuvoir. Je me dépêche de rentrer à Kelley Square et garde les yeux baissés en passant devant Homestead, aussi vite que possible. Mon tibia me lance encore. J'aurai un gros bleu sur la jambe demain matin et je n'ai pas été aussi démoralisée depuis des mois.

La fumée qui s'échappe de la cheminée de Tom est comme un doigt qui m'invite à approcher. Je grimpe les marches du porche tandis qu'il se met à pleuvoir à verse et je trouve Tom en train de faire du thé dans la cuisine. Son visage s'illumine quand il me voit entrer.

— Comment ça s'est passé à la banque ? me demande-t-il.

Je lui raconte ce qu'il en est ressorti et lui apprends qu'il y a déjà un acheteur. Tom est quelqu'un d'attentif. Il me fait asseoir à table et me sert une tasse de thé avant de s'installer en face de moi avec la sienne. Je me sens bien au chaud dans la cuisine, à écouter le bruit de la pluie qui tambourine contre les fenêtres. Ça fait remonter de bons souvenirs et m'aide à passer outre ma déception.

— Je suis navré que tu n'aies pas eu de chance aujourd'hui, me dit Tom. L'idée que quelqu'un d'autre puisse posséder la maison de miss Emily est difficile à avaler.

J'opine du chef en sirotant mon thé. L'entendre dire tout haut ce que je pense tout bas m'apaise.

— Mais je ne suis pas surpris qu'il y ait déjà un acquéreur, poursuit-il. C'est une belle résidence, bien bâtie. Avec un bon bout de terrain.

— Plus le jardin, j'ajoute pour retenir les sanglots qui m'étranglent. Toutes les fois où miss Emily m'y a envoyée chercher une rose ou un lys à glisser dans une enveloppe… Elle avait tant d'amis qu'il est étonnant que le jardin n'ait pas été complètement dépouillé.

Tom rit.

— Pour en avoir, elle en avait, des amis. Tous ceux qui la connaissaient l'adoraient. Une véritable enchanteresse.

— Oui, il y avait cette force chez elle, pour sûr. Une sorte d'éclat. Comme celui du givre qui brille sur les branches au lever du soleil. Quand j'ai commencé à travailler à Homestead, elle me faisait l'effet d'un fantôme à vivre dans cette grande demeure sans donner l'impression d'y être.

— Ah ça, elle savait y faire pour disparaître, dit Tom en pouffant.

— Mais j'avais tort de la croire presque absente, je continue, prise des frissons d'autrefois en en parlant. Cette maison était remplie à craquer de sa présence. Comme s'il y avait un peu d'elle jusque dans les murs et la lumière qui traversait les fenêtres.

Je me ressers du thé et j'en propose à Tom, mais il secoue la tête.

— Par moments, j'avais l'impression qu'elle m'avait ensorcelée. Où qu'elle se trouvait – dans la maison, le jardin, ou même dans la grange –, c'était comme si cet endroit faisait partie d'elle. Je ne sais pas comment elle se débrouillait, elle ne vivait pas seulement dans son corps, mais aussi dans les briques de la maison. La terre du jardin.

Nous demeurons assis en silence une minute. Nous parlons souvent du passé, Tom et moi. Qui d'autre me reste-t-il pour revivre cette époque ? Tous les gens que nous connaissions ont disparu. Mais nous discutons comme on raconte les vieux contes irlandais : comme si nous avions tout le temps du monde.

— Ça fait du bien de se souvenir, pour sûr, dit Tom au bout d'un moment. À y repenser, c'était une belle vie la plupart du temps. Même si je ne me rappelle pas l'avoir vue comme ça à l'époque.

— C'est vrai, j'acquiesce en riant. Mais c'est toujours fort agréable de causer avec toi.

— Ne t'inquiète pas pour Homestead. Quand le ciel nous tombera sur la tête, nous attraperons des alouettes.

Et ça m'évoque mon père, qui disait exactement la même chose quand je n'avais pas le moral.

Nous continuons à bavarder jusqu'à perdre la notion du temps. Si bien que nous sommes tous les deux surpris quand la porte de derrière s'ouvre pour révéler Nell, qui entre avec un sac de courses. Toute dégoulinante de pluie qu'elle est, elle garde le sourire. Belle comme si elle avait encore 30 ans, notre Nell, alors qu'elle a la cinquantaine bien tassée.

— Devinez qui s'est acheté une automobile.

Elle pose le paquet sur le plan de travail et commence à en sortir ses emplettes. Elle nous parle d'un professeur du Collège qui a vendu ses deux chevaux pour acquérir un véhicule Knox : il peut voyager à soixante kilomètres-heure.

— Impossible, dis-je en essayant d'imaginer une automobile qui irait aussi vite qu'un cheval au galop.

De satanées machines, voilà ce que c'est, ces engins qui font un boucan d'enfer et crachent une horrible fumée.

— C'est ce qu'il affirme, continue Nell. Il raconte avoir emmené sa femme faire un tour et que ça lui en a bouché un coin.

Elle finit de vider le sac et prend une serviette sur l'étendoir au-dessus du fourneau pour s'essuyer la figure et les cheveux.

— Ça te plairait, tante Margaret.

— Certainement pas !

Mais Tom rit et je me surprends à m'imaginer dans une automobile, fonçant par les routes à une vitesse de tous les diables. Une aventure qui en vaudrait peut-être la peine.

— Quoi de neuf en ville ? demande Tom.

Nell s'affaire dans la cuisine à débarrasser la théière et ranger les courses.

— L'épidémie de grippe est sur toutes les langues. Personne ne sait comment elle se propage, mais certains prétendent que les écuries de la ville en sont la cause.

Tom souffle d'agacement et sort sa pipe.

— Bientôt, les gens vont dire que les chevaux sont dangereux pour la santé.

Nell hausse les épaules, puis nous demande :

— Quoi de neuf de votre côté ?

— On papote, dit Tom en s'adossant à sa chaise avant de me regarder. Il paraîtrait qu'il y ait un acheteur pour Homestead.

— Une honte de vendre la maison, j'interviens. Mattie D. n'a aucun respect pour la mémoire d'Emily. Elle se fiche de ce que nous autres pouvons bien penser.

— Ne te monte pas le bourrichon, Margaret, dit Tom. Comme je l'ai déjà dit, elle a sans doute une bonne raison de le faire.

— Oh que oui, dit Nell en se servant un thé avant de s'asseoir à côté de moi. Elle s'est fait dépouiller.

— Dépouiller ? je répète, choquée. Par qui ?

— Son mari, le capitaine, répond Nell sur un ton détaché comme si tout le monde le savait. Apparemment, il lui aurait volé toute sa fortune. Vous vous rappelez cette femme qui lui avait intenté un procès à New York il y a des années ?

Je hoche la tête, même si je n'en ai qu'un vague souvenir. Tom a l'air aussi étonné que moi.

— Eh bien, il s'avère que le capitaine Bianchi racontait des tissus de mensonges depuis des lustres, continue Nell. Il utilisait ses liens avec les Dickinson pour convaincre les gens de lui prêter des milliers de dollars. En guise de paiement, il renvoyait des chèques sans provision. Il a fini par fuir en Europe. Ç'a été un sacré coup pour Mattie D. Mais les scandales se multipliaient, il n'arrêtait pas de la supplier de lui envoyer de l'argent et elle lui a fait parvenir ce qu'elle pouvait jusqu'à ne plus rien avoir. Quand sa mère est morte, la plus grande partie de sa fortune avait disparu.

J'ai ressenti une pointe de pitié.

— Pourquoi je n'en ai rien su ?

Elle m'a lancé un regard surpris.

— Je pensais que tu étais au courant. C'est de notoriété publique. On en a parlé dans les journaux.

Tom abat une main sur la table.

— Je l'avais bien dit : elle n'avait pas le choix de vendre Homestead. Elle n'a pas eu la vie facile, pour sûr.

Nell opine.

— Elle a fait cette crise de nerfs après la mort de miss Vinnie, et c'est pour ça qu'elle est partie à l'étranger ; le médecin le lui a recommandé. C'est à cette époque qu'elle a rencontré Alexander, et il l'a séduite au premier regard. Il a dû lui rappeler les ducs et les comtes dont elle peuplait ses romans. Quand elle a fini par découvrir qui il était vraiment, elle avait déjà la bague au doigt.

Il est rare que les mots me manquent, mais j'en reste pantoise. Un océan d'affection me submerge. Mattie D. ne m'avait donc pas congédiée parce qu'elle avait un cœur de pierre. Elle s'était laissé embobiner et détrousser par son gredin de mari et ne faisait que protéger sa fierté. J'en sais un bout sur le sujet.

— Elle a toujours défendu le travail de miss Emily, souligne Nell. Vous vous souvenez de ce recueil de poèmes qu'elle a publié il y a quelques années ?

— Je n'ai jamais compris pourquoi elle avait choisi pour titre *The Single Hound*[1], dit Tom. Mais c'est un noble ouvrage qui fait honneur à sa mère et à miss Emily.

---

1. « Le chien solitaire. »

J'acquiesce. Je possède le livre ; il se trouve sur ma table de nuit, où je peux l'ouvrir chaque fois que me prend l'envie de lire les vers d'Emily. Je me rappelle le moment où j'ai découvert que je figurais dans la préface. *Une servante irlandaise archaïque* étaient les termes que Mattie D. avait choisis. J'avais dû chercher « archaïque » dans le dictionnaire. « Désuet », que ça veut dire. « Vieux jeu. » Ça m'a blessée à l'époque. Mais au fond ça doit être la vérité. Et je n'aurai jamais honte des principes dans lesquels j'ai été élevée.

Une chose est sûre : la cruauté de Mattie D. n'excuse pas la mienne.

— Je crois que j'ai fait une terrible erreur, dis-je au bout d'une minute. Et c'est à moi de la réparer.

22

1879

Parfois, j'avais l'impression de passer mon temps à pousser des portes qui ne m'appartenaient pas. Sauf à l'église St Bridget, où j'avais tout à fait ma place. J'avais fait don d'une partie de mes gages pour contribuer à sa construction, dix ans plus tôt. Chaque fois que j'en passais le seuil, il naissait dans ma poitrine une sensation agréable et légère – quelque chose en relation avec le sacré. J'ai toujours pensé que la messe était une question de dévotion plus que d'obligation. Pour Patrick, c'était le contraire.

Mais mon cœur faisait un petit bond les rares fois où il venait à l'office. Un dimanche de la fin du mois de juin, j'étais agenouillée devant mon banc quand il m'a surprise en se serrant à côté de moi, sans aucune gêne. J'ai fait deux signes de croix pour demander force et protection alors qu'il se rapprochait encore. Arrivés au sanctus, son bras touchait le mien et sa jambe plissait ma jupe. Je sentais son odeur musquée. À l'évidence, mon corps avait une volonté propre, qui se fichait comme d'une guigne de mon âme.

Il m'a prise par le bras sitôt la messe terminée et entraînée dehors. Nous avons été les premiers à sortir.

Partir tout de suite après la communion me paraissait irrespectueux, mais je n'ai pas pipé mot. La sensation de mon bras sous le sien était tellement agréable ! La matinée était splendide ; le soleil brillait dans un parfait ciel bleu et les arbustes croulaient sous les fleurs. C'était aussi plaisant à voir qu'à sentir. L'air était délicieux.

— Nous devons nous dépêcher, a dit Patrick en me forçant à presser le pas.

S'il y a bien une chose que je n'aime pas, c'est qu'on me dise quoi faire quand je ne travaille pas.

— Mais qu'est-ce qui vous arrive ? lui ai-je demandé.

— Je ne veux pas être en retard, a-t-il répondu en libérant son bras pour le passer autour de mon épaule. Je nous ai prévu quelque chose pour aujourd'hui, ma douce.

— Prévu quoi ? ai-je insisté, méfiante, mais j'en avais des frissons dans le dos.

— Si je vous le disais, ce ne serait plus une surprise, n'est-ce pas ?

Il se mordait les lèvres pour ne pas rire.

— Vos surprises ne sont pas toujours à mon goût. Vous êtes un fripon, Patrick Quinn.

Mais en fait ça me plaisait. Ce côté filou était l'une des raisons qui me le rendaient irrésistible, et ce qui me faisait me languir de lui quand il n'était pas là.

— Dites-moi où vous m'emmenez ou je ne viens pas.

Et je me suis arrêtée en plein milieu de la rue.

— Ah, ma douce, vous gâchez tout l'aspect amusant de la chose. Ça va être une véritable *spraoi*.

Spraoi. Une bamboche. Un mot que je n'avais pas entendu depuis des années. Me rappeler les virées dans lesquelles mon père embarquait toute la famille m'a fait un pincement au cœur. Ça arrivait au moins une fois par an – on grimpait le Slievenamon ou on dansait à la foire de Fethard. On marchait jusqu'à Ballingarry et pique-niquait au bord de la rivière Clashawley.

Mais malgré mes frissons dans le dos et les larmes qui me montaient aux yeux je n'ai pas cédé, et Patrick a dû cracher le morceau. Il avait acheté deux billets de train pour Worcester, où se tenait une foire irlandaise. Comment aurais-je pu refuser ?

La foire avait lieu au pied d'une grande église en brique, non loin de la gare. St John, d'après Patrick.

— C'est là que j'allais à la messe quand je travaillais ici, m'a-t-il dit avant de me lancer un clin d'œil. Même si je ne peux pas vous garantir de l'avoir fait souvent.

— Vous avez travaillé à Worcester ?

Une chose de plus que j'ignorais sur son compte.

— Pendant quelques mois, après la guerre. Les usines n'embauchaient que des Yankees, donc j'ai posé des rails, comme tous les Irlandais. C'est une besogne infernale, mais elle a rempli plus d'un estomac irlandais, donc je m'estimais heureux de l'avoir trouvée. Et puis j'ai entendu dire que la paie était bonne sur le chantier du tunnel, alors je suis parti.

Ce n'était pas la première fois que sa tendance à vadrouiller me frappait. Le bougre ne tenait pas en place. J'en suis venue à me demander combien de temps il nous restait avant qu'il ne me quitte moi aussi, et la tristesse m'a envahie. Mais ça n'a pas duré, car la foire était sensationnelle avec son odeur de viande rôtie qui chatouillait les narines et ces violons et joueurs de tambour qui enchantaient mes oreilles. Le soleil brillait, les robes des femmes étaient de toutes les couleurs et je n'aurais pas pu nourrir de sombres pensées quand bien même je l'aurais voulu.

Patrick a acheté des œufs durs, des scones et des friands au porc à une femme qui ressemblait à ma tante Johanna. Nous avons dégusté notre repas sur un coin d'herbe en regardant un numéro de jonglage et une course en sac. Plus tard, nous avons rejoint une foule qui entonnait les belles chansons tristes de Thomas Moore. Ça m'a donné le mal du pays, et je n'étais pas seule à avoir les joues baignées de larmes avant la fin.

Après les chansons, un prêtre est monté sur l'estrade pour parler de la nouvelle famine en Irlande et nous inciter à participer à une collecte destinée à nos frères et sœurs catholiques par-delà l'océan. Il avait une voix d'or aux accents chantants. Les discussions de la foule se sont tues, puis tout le monde l'a écouté.

— Je sais que certains d'entre vous ont honte d'aller quémander pour notre patrie assiégée, a-t-il lancé. Mais nous autres amoureux de l'Irlande sommes bien décidés à la libérer. Le système foncier est corrompu depuis des générations, et il étrangle de plus en plus les petits métayers. Nous sommes déterminés à réformer l'Irlande. Elle doit gérer ses affaires de manière autonome !

Patrick et moi nous sommes levés et avons applaudi avec le reste de l'assemblée. Mon cœur battait la chamade, et je n'ai pas pu m'empêcher de penser à mon père, qui aurait admiré ce discours.

D'autres ont pris la parole et, quand une corbeille est passée de main en main, j'y ai déposé la moitié de mes gages de la semaine précédente. J'étais si excitée que je n'ai pas été surprise de tomber sur Maria Doughtery, qui tenait un stand. Patrick nous a acheté des gobelets de limonade et nous avons causé tous les trois jusqu'à ce que le soleil se fasse bas dans le ciel.

J'avais aussi peu envie de partir que Patrick quand nous sommes retournés à la gare dans la douce lumière bleue du crépuscule.

J'ai passé presque toute la journée suivante dans l'arrière-cuisine, à frotter draps et robes dans un bac. Je m'attendais à voir débarquer Patrick d'une minute à l'autre. Je l'imaginais me soulevant dans ses bras et m'embrassant à m'en couper la respiration. Mais au lieu de Patrick c'est Emily qui est entrée dans la pièce. Je m'échinais sur une tache à l'ourlet de sa robe depuis une bonne vingtaine de minutes, mais j'avais beau faire elle ne voulait pas partir. Emily était jolie comme une pâquerette dans sa tenue blanche, et moi je plongeais sa robe dans une bassine d'azurant pour la troisième fois. J'ai essuyé la sueur sur mon front et tenté de tenir ma langue, mais, fâchée contre elle et déçue par Patrick, je n'ai eu ni la présence d'esprit ni l'envie de garder le silence.

— Vous pourriez m'expliquer une chose ? Pourquoi diantre vos robes sont-elles toutes blanches ? Vous n'êtes pas une nonne à ce que je sache.

Emily a écarquillé les yeux et reculé d'un pas. À son visage fermé, j'ai vu qu'elle préférait ne rien dire ; elle n'avait peut-être même pas la réponse, et j'ai regretté d'avoir ouvert la bouche. Mais j'étais bien placée pour savoir qu'on ne peut pas retirer ses paroles.

— Excusez-moi, miss, ai-je dit en me remettant à frotter encore plus fort.

Je n'arrivais pas à la regarder. J'ai essayé d'adopter un ton plus doux.

— C'est juste que, d'où je viens, le blanc est la couleur de la mort. Certes, c'est différent ici, en Amérique, mais ça me turlupine.

— De la mort ? a-t-elle répété d'une voix étouffée.

L'étonnement se lisait encore sur son visage, mais mêlé à une chose qui m'a glacé le sang.

— Je suppose qu'on pourrait appeler cela une question de goût. Je me sens moi-même en blanc.

Elle a murmuré autre chose que je n'ai pas entendu avant de quitter la pièce.

J'ai étendu le linge et épluché les pommes de terre et les carottes pour le déjeuner. Quand midi a sonné, j'ai compris que Patrick n'apparaîtrait pas.

Dans l'après-midi, Meg est venue cancaner à propos d'Austin et de Sue : ils s'étaient de nouveau disputés la veille. À cause de l'argent que Sue jetait par les fenêtres.

— Les fêtes qu'elle organise sont indécentes, m'a dit Meg. Elle invite toutes les grandes dames d'Amherst, elles fument des cigarettes et se racontent des histoires salaces toute la nuit. Je dois rester debout jusqu'au petit matin pour les servir. Ensuite, il me faut encore laver la vaisselle une fois qu'elles sont parties.

— Je suis bien peinée de l'entendre.

Je brûlais d'envie de lui relater ma journée à la foire avec Patrick, mais ma nièce n'avait que les Evergreens en tête et elle n'a pas voulu reprendre un thé.

Plus tard, en rangeant la vaisselle à l'office, j'ai remarqué que sur le rebord de la fenêtre la boîte à épices avait été déplacée. C'était celle dans laquelle je gardais les bouts de papier que je trouvais dans les poches d'Emily quand je faisais la lessive. Je ne les avais jamais vraiment lus, mais là je n'étais pas dans mon assiette. Je n'ai ressenti qu'une très légère culpabilité en ouvrant le couvercle. L'écriture d'Emily était minuscule et hachée ; les lettres étaient espacées et non reliées par des traits et des boucles comme les miennes. Il m'a fallu un moment pour la déchiffrer et, même après avoir deviné la plupart des mots, je ne voyais pas de quoi il retournait. Il était question de « racine carrée de l'arc-en-ciel », de « courbe de la conjecture amoureuse » et du terme étrange « éluder ». On aurait dit qu'elle prenait plusieurs idées et les assemblait un peu au hasard pour en faire un bouquet de mots. C'était charmant à entendre, mais je n'y comprenais rien.

Puis j'ai pensé aux jolies gouttelettes et aux petits cubes de cristal qui pendaient à des fils dans la chambre d'Emily. Parfois, la lumière de l'après-midi rebondissait dessus pour se refléter sur le mur, au-dessus du lit. La première fois que j'avais vu ces arcs-en-ciel miniatures sur les roses du papier peint, j'avais piaillé de surprise. Elle m'avait montré de quelle façon ces décorations de verre absorbaient les rayons du soleil et créaient un éventail de couleurs.

— Une petite boîte à arcs-en-ciel ! m'étais-je écriée. C'est drôlement malin !

Le sourire que m'avait adressé Emily m'avait donné la sensation de briller moi aussi.

J'ai remis le bout de papier dans la boîte et refermé le couvercle bien fort. Par la fenêtre de l'office, j'ai vu que des nuages bas s'amoncelaient au nord, portés par le vent. Comme des rideaux, ils s'ouvraient puis se fermaient sur le soleil. La pluie n'allait pas tarder. J'ai attrapé le panier à linge et je me suis dépêchée de sortir. J'ai décroché les draps aussi vite que possible pour les rentrer et les plier en vue du repassage du mardi.

Je préparais un jus de viande lorsque Emily est arrivée par l'escalier de service. J'en étais encore à essayer de comprendre le poème. Je bloquais sur le vers qui traitait de conjecture amoureuse – ça me faisait songer à Patrick et aux sentiments contradictoires qui se disputaient mon cœur. Quand elle est entrée dans la cuisine, j'ai déblatéré tout ce à quoi j'étais en train de penser : un méli-mélo de courbes, de conjectures et d'arcs-en-ciel.

— De quoi parlez-vous ? Avez-vous lu mes poèmes ?

— Juste un, miss, ai-je répondu comme un oiseau aurait déguerpi d'une branche. Il m'a attiré l'œil. Celui sur la racine toute carrée de l'arc-en-ciel.

Je croyais qu'elle serait fâchée. Mais elle s'est contentée d'opiner du chef.

— J'avais oublié. L'avais-je laissé dans ma poche ?

— Oui. Je l'avais mis dans la boîte à épices avec les autres. Je viens de le retrouver à l'instant en rangeant la porcelaine.

Je bavassais pour combler le silence. Faire en sorte que ma voix soulève le rideau qui nous séparait. Quand elle a penché la tête, je me suis arrêtée.

— Et vous pensiez que je l'avais écrit pour vous ?

— Pas pour moi, non, ai-je dit en reposant ma cuillère. Mais vous vous souvenez que nous avons parlé des décorations en verre qui pendouillent dans votre chambre ? Celles qui sont en forme de petites boîtes carrées, vous savez ? Donc je me suis demandé si ce que je vous avais dit ne vous avait pas donné l'idée. Mais je ne comprends pas cette histoire de conjec…

Je me suis interrompue car je ne trouvais pas les mots pour exprimer ma pensée.

— Les décorations qui pendouillent ? a-t-elle répété avant d'éclater de rire. Oh, vous voulez dire les prismes ! Oui, je m'en souviens. En réalité, il s'agit d'un poème à base de mathématiques. Je ne faisais que m'amuser un peu.

J'ai été quelque peu déçue. J'aurais aimé l'avoir inspirée.

Elle a lu sur mon visage comme dans un livre ouvert.

— Peut-être que c'est bien vous que je dois remercier pour la genèse de ce poème. Je m'inspire de si nombreuses choses – c'est comme inhaler de l'air.

— Qu'est-ce qu'il veut dire alors ? Le poème ? La partie sur l'amour ?

— Ah, la conjecture amoureuse. Bien sûr – vous pensez à votre galant.

Elle est allée chercher le récipient à épices à l'office.

— Je suppose que je pensais effectivement à lui, d'une certaine manière. Il pourrait tout aussi bien s'agir de Patrick que de quelqu'un d'autre. Il y a toujours une part de mystère lorsqu'il est question d'amour, n'est-ce pas ?

Elle a ouvert la boîte et l'a retournée pour en faire tomber les bouts de papier sur la table. Ils formaient une petite montagne de formes et de couleurs pastel variées. J'avais bien fait de fermer la fenêtre, sinon un coup de vent les aurait envoyés voleter à travers la cuisine.

— Les poèmes peuvent parler de n'importe qui, a dit Emily. Ou de tout le monde à la fois. Du moins les bons.

Donc celui-ci parlait de tout le monde. Une pointe de fierté m'a traversée à l'idée d'y avoir deviné ma propre histoire. Je l'ai regardée prendre un autre bout de papier et le lire en silence.

— La muse s'empare de moi à des moments étranges, Maggie. Je dois donc m'y préparer. C'est pourquoi j'ai toujours un crayon sur moi.

Elle a balayé les morceaux de papier dans le creux de sa main et les a enfouis dans sa poche. Il y avait des chances pour que je les retrouve au moment de la lessive, la semaine suivante. Elle a refermé le couvercle de la boîte et m'a souri.

— Je vous suis reconnaissante de les conserver. Je crois que je vais vous sacrer « gardienne des poèmes ».

Elle a posé la main sur ma tête comme quand le prêtre bénit quelqu'un, et essayé de prendre un air sérieux, mais les coins de sa bouche ne tenaient pas en place.

— Maintenant, Maggie, il est de votre devoir de les préserver et de les défendre. Ils sont tout ce que j'aurai à léguer.

Elle plaisantait, mais quelque chose dans ses paroles m'a émue. Il y avait là un brin de vérité vif comme le vert de l'herbe. C'était toujours comme ça avec Emily.

Quand je suis arrivée à Kelley Square le jeudi après-midi, Mary était sous le porche à trier un sac de vieux vêtements.

— Jamie est déjà trop grand pour tous les habits que j'ai gardés de ses frères et sœurs, m'a-t-elle dit en inspectant un pantalon en loques. Et j'ai raccommodé celui-ci jusqu'à la corde.

— Il est temps d'en faire un nouveau, ai-je dit, sachant qu'elle prenait plaisir à coudre.

— Oui, s'il tenait en place assez longtemps pour que je le mesure, a-t-elle soupiré en remettant le pantalon dans le sac. Tu meurs d'envie de me dire quelque chose. Ça se voit sur ton visage. Raconte-moi tout, sœurette.

Alors je lui ai décrit tout de ce que j'avais vu et entendu à la foire. Plus je discourais, plus je m'enthousiasmais pour la cause d'une Irlande libre. À bout de souffle, j'ai fini par remarquer que Mary plissait le front.

— M'est avis que Patrick te mène en bateau.

— Qu'est-ce que tu veux dire ? C'est de nous battre pour libérer nos frères et sœurs du joug anglais que je te parle.

— Écoute-toi ! On dirait une feniane. Ne me dis pas que tu crois à ces bêtises.

— Et pourquoi pas ? Hein ? Peut-être que c'est toi qui devrais y croire aussi.

Elle a secoué la tête et sa réaction m'a donné l'impression de rapetisser à l'état de fillette. C'était le problème d'avoir une sœur plus âgée. Je l'aimais, mais elle mettait ma patience à rude épreuve.

J'aurais continué si le sifflet du train n'avait pas déchiré le calme de l'après-midi. J'ai presque sursauté, ce qui ne me ressemblait pas : n'entendais-je pas ce bruit infernal depuis des années ? À dire vrai, mes entrailles m'ont paru se briser comme une assiette échappée des mains vole en éclats. Et j'ai été transportée du porche de Mary vers ce jour où Emily avait envoyé se fracasser sur les pavés une assiette ébréchée dont Monseigneur s'était plaint. C'était curieux de songer à quel point mes pensées avaient souvent à voir avec elle. Nous étions le jour et la nuit. Mais parfois il me semblait vivre sa vie autant que la mienne.

23

Le juge Lord est revenu en août, accompagné de ses nièces. Ils ont séjourné à Amherst House et, tandis que le juge rendait visite à Emily, les filles louaient des cabriolets pour aller se promener dans les collines ou faire les magasins à Northampton. J'ai été surprise que le juge les autorise à gambader à leur guise étant donné que, au tribunal, ses verdicts étaient sévères, voire très durs. Mais j'étais contente de ne pas avoir les filles dans les pattes toute la journée. Où qu'elles aillent, elles laissaient toujours tout en pagaille et c'était moi qui devais nettoyer.

J'ai passé le dernier jour de la visite du juge à récurer le fourneau, à astiquer les tuyaux du poêle et les aérations, à balayer les cendres, à passer au noir et lustrer le foyer et le four, puis à frotter les cuivres jusqu'à ce qu'ils brillent. Ça m'a pris presque tout l'après-midi, et mon tablier et ma robe étaient dans un tel état que je devais aller me changer à l'étage. J'avais le pied sur la première marche de l'escalier quand Patrick est apparu, une gerbe de fleurs à la main. Il me les a tendues.

— Vous me manquez à tel point que je dépéris, *agra*. Ça me tue. Donnez-moi un baiser.

Il s'est penché de manière comique, sa t
dépasser du bouquet.

J'ai ri, mais mon cœur tambourinait.

— Vous n'avez pas beaucoup de jugeo
gombeen sait qu'il vaut mieux laisser une jeune femme
tranquille quand elle vient de récurer un poêle.

Il a dû entendre ce que je pensais tout bas, car il a laissé tomber les fleurs sur le sol pour me prendre dans ses bras. Et il m'a embrassée longuement, alors que j'étais noire de suie.

— Regardez ce que vous avez fait, ai-je dit en le repoussant. Vous êtes dans un bel état maintenant ! On dirait un ramoneur après le nettoyage de printemps !

— Oui, et si vous n'aviez pas les joues rouges comme des baies nous ferions la paire.

Il s'est penché pour m'embrasser de nouveau.

C'est à cet instant qu'Emily est entrée dans la cuisine, suivie par le juge. Les fleurs étaient encore par terre. Je les ai ramassées et me suis dépêchée de les porter à l'évier.

— Je viens de récurer le fourneau, miss, ai-je lancé par-dessus mon épaule. Je n'ai pas fini de tout nettoyer, donc faites attention où vous mettez les pieds.

Emily a fait un pas en arrière et bousculé le juge, qui a poussé un grognement. Et n'a-t-elle pas éclaté de rire ? Elle a plaqué la main sur sa bouche sans pouvoir s'arrêter. Son rire s'échappait entre ses doigts. En un rien de temps, le juge pouffait lui aussi et ils se gaussaient tous les deux comme des écolières.

— Ma foi, Maggie, a dit Emily. Pour sûr, c'est vot' cuisine à vous et à personne d'autre.

Tout ça en imitant mon accent, ce qui a fait redoubler le rire du juge.

Ses railleries m'ont frappée comme un caillou en pleine poitrine. J'en ai eu un mouvement de recul. Patrick a plissé les yeux et une terrible honte m'a envahie. Plus d'une fois je m'étais vantée de ma situation devant lui. Lui expliquant que les Dickinson étaient de bonnes gens malgré leur train de vie excentrique. J'avais omis de dire à quel point Emily aimait se moquer.

Patrick s'est approché et m'a touché l'épaule.

— Ils ont beau ne pas être anglais, ils se comportent exactement de la même manière, m'a-t-il chuchoté à l'oreille.

Je l'ai poussé vers la porte et il est parti. Dieu sait que j'aurais aimé le suivre.

J'ai pompé de l'eau avec une telle rage que mes manches n'ont pas tardé à être trempées. Dès qu'Emily et le juge ont quitté la pièce, j'ai couru à l'étage pour enfiler une robe et un tablier propres et me calmer. Mais impossible d'oublier cette humiliation.

Patrick n'était pas à la messe ce dimanche-là, mais il m'attendait au coin de la rue à la sortie. Il m'a prise par le bras et accompagnée jusqu'à Kelley Square. Il m'a paru plus affectueux et plus tendre que d'habitude, et je me suis demandé si c'était parce qu'il avait vu Emily me ridiculiser. Quand elle imitait mon accent, elle n'insultait pas que moi mais tous les Irlandais.

Il m'a posé la question que je ne cessais de retourner dans ma tête : qu'est-ce qu'Emily pouvait trouver au juge ?

— Il m'a tout l'air d'un *shoneen*[1], a-t-il fait remarquer. Trop imbu de sa personne pour reconnaître ses propres errements.

— C'est de famille, lui ai-je dit avant de lui parler des nièces prétentieuses de cet homme, qui semblaient avoir pris en grippe Emily. Elles se comportent comme si elle ne valait guère mieux qu'une domestique. Ouvertement malpolies avec elle. Quant au juge, il ne semble pas même s'en rendre compte.

— Peut-être qu'elle le mérite. Ça lui montre un peu ce que ça fait.

— Peut-être. Mais à mon avis personne ne mérite d'être raillé.

— Bref, dites-m'en plus sur lui. Comment a-t-il pu en venir à péter à ce point plus haut que son cul ?

— Patrick ! Ce ne sont pas des manières de parler ainsi des gens distingués !

Mais j'étais bien de son avis.

— Il n'est pas plus distingué qu'un ivrogne dans le caniveau. Il est de ceux qui ont envoyé en prison le Dr McDonough pour avoir refusé d'embrasser la bible protestante en raison de sa foi catholique.

Cette histoire ne me disait rien, même si ça ne me surprenait pas du tout. D'après ce que j'avais vu, le juge était comme tous les aristocrates : il utilisait volontiers le pouvoir de l'argent et de la loi pour se protéger lui et son cercle.

— Arrêtons de parler de lui. Il est reparti à Salem avec ses nièces. Bon débarras !

1. Terme péjoratif qu'utilisent les Irlandais pour désigner une personne qui se donne des airs d'aristocrate anglais.

— Bien dit, ma jolie, a répliqué Patrick en passant un bras autour de mes épaules pour me serrer contre lui. J'ai une surprise pour vous dans ma chambre.

Je l'ai regardé sans ciller.

— Je refuse de mettre un pied dans votre chambre, Patrick Quinn.

— Je n'en attendais pas moins de vous, a-t-il dit en riant. Donc je vous l'apporterai après le dîner.

— Qu'est-ce que c'est ?

— Ce ne serait plus une surprise, a-t-il dit en riant de plus belle.

Nous sommes passés devant Homestead mais je n'ai pas accordé un regard à la maison. Nous avons tourné au coin de la rue, longé la gare et monté les marches de chez Mary bras dessus, bras dessous, comme des amoureux. J'en ai même oublié de gronder Patrick pour avoir manqué la messe.

Après le repas, je me suis assise sur les marches du porche pendant que Patrick se rendait dans sa chambre. Il est revenu en tenant un paquet dans son dos, un immense sourire sur le visage.

— Allez-vous me l'offrir ou non ? ai-je lancé.

— Je le ferai contre un baiser.

Aussi impossible que ça puisse paraître, son sourire s'est encore élargi.

— Je dois donc vous payer ? ai-je protesté.

Mais j'avais des frissons sur tout le corps et je me suis levée.

— Exactement, m'a dit Patrick avant de m'embrasser, les mains toujours dans le dos.

— Et voilà, ai-je dit en le repoussant doucement. Maintenant, qu'avez-vous pour moi ?

Il m'a présenté un paquet emballé dans du papier kraft et entouré d'une ficelle. Ça m'avait tout l'air d'un livre. Or un livre ne faisait pas partie des présents que j'imaginais venant de Patrick.

— Ouvrez-le, m'a-t-il dit.

C'était bien un livre. Un volume épais à la couverture vert foncé sur laquelle était embossée une harpe dorée qui m'a fait penser au géant Dagda. Il paraissait tout neuf. Le titre était *Knocknagow*.

— C'est un bel objet. Je n'en ai jamais entendu parler, mais je l'aime déjà.

— Il est tout neuf, m'a confirmé Patrick. Expédié de Dublin. Regardez à l'intérieur.

Sur la page de titre, on pouvait lire : « *Knocknagow; or The Homes of Tipperary*, de Charles J. Kickham ». Dessous, Patrick avait écrit : *À ma chère Margaret*. Les larmes me sont montées aux yeux. Patrick m'a tendu son mouchoir, mais j'ai préféré presser mon visage contre sa poitrine, prenant plaisir à sentir ses bras m'envelopper.

Il m'a expliqué qu'en Irlande tout le monde lisait *Knocknagow* ces derniers temps, et qu'il avait hâte de savoir ce que j'en pensais. Charles Kickham était un vrai patriote irlandais, il se battait au nom de la liberté et de la justice. Le livre racontait l'histoire des épreuves subies par l'Irlandais moyen.

— Comme vous, a-t-il conclu.

J'ai commencé à lui dire que j'étais américaine, pas irlandaise, mais ça sonnait comme un vieux refrain usé. Et en vérité je n'étais plus très sûre d'y croire.

Patrick m'a raccompagnée à Homestead ce soir-là et, quand nous sommes arrivés sur le perron, je me suis glissée dans ses bras aussi naturellement que si j'y étais tombée. Il m'a serrée d'une manière si affectueuse que mes genoux menaçaient de céder.

— Vous êtes vraiment la plus jolie femme que je connaisse, tout âge confondu, a-t-il murmuré. Et vous êtes assez maligne pour ne pas vous laisser faire par les Dickinson. Ni par quiconque commettrait l'erreur de croire qu'il vous est supérieur.

Il a fait un pas en arrière et a pris mon visage dans ses mains.

— Y compris vous ? lui ai-je demandé, pleine de malice.

— Ah, Margaret, a-t-il dit en riant, que va-t-on faire de vous ?

— Ne vous inquiétez pas pour moi. Après tout, j'ai écouté Maria Doughtery et lu les sœurs Parnell. Pour tout vous dire, Mary craint que vous ne me farcissiez l'esprit d'idées fenianes.

— Ah oui ? a rétorqué Patrick avec ironie en me caressant la nuque du bout des doigts, ce qui m'a grandement déconcentrée.

— Oui, et m'est avis qu'elle n'a pas tort.

J'ai levé le menton vers lui quand il s'est penché pour m'embrasser.

Mais nos lèvres n'ont pas eu le temps de se rencontrer que Vinnie ouvrait la porte, une lampe à la main. Je me suis vite éloignée de Patrick.

— Dieu merci, vous êtes rentrée, Maggie ! s'est-elle exclamée, les traits si tirés que son joli visage évoquait ses chats. Emily ne se sent pas bien.

— Emily ?

Mon cœur a fait un bond dans ma poitrine ; il a dû intégrer les paroles de Vinnie avant mon cerveau.

Patrick s'est approché de la lumière.

— Est-ce que je peux me rendre utile ?

Vinnie a levé la lampe et l'a observé en plissant les yeux. Mais c'est à moi qu'elle s'est adressée, la voix tremblante :

— Quand je suis rentrée de la messe, je l'ai trouvée dans le cellier. Avachie dans le vieux rocking-chair. J'ai cru qu'elle était morte.

Je me suis sentie trembler moi aussi.

— Le Dr Bigelow dit qu'elle a fait une sorte d'attaque.

Elle a reculé pour me laisser entrer. J'ai jeté un regard à Patrick, mais il partait déjà.

— Elle s'endort puis se réveille par à-coups, a poursuivi Vinnie.

Je n'ai pas pris le temps d'enlever mon châle avant de m'élancer dans l'escalier de service. Qu'Emily se soit trouvée au sous-sol ne me surprenait pas. Elle s'y rendait parfois quand elle se sentait agitée ou épuisée. Il y faisait aussi frais que dans une grotte et elle m'avait confié un jour que cela lui reposait les yeux et l'esprit. C'est drôle cette préférence qu'elle avait pour les opposés que constituaient la coupole et le cellier. Je n'ai pas hésité sur le seuil, entrant directement pour la trouver dans son lit, la couverture rabattue sous le menton.

— Maggie, m'a-t-elle dit, je suis contente que vous soyez là.

— Miss Emily, ai-je répondu en lissant ses draps. Vous nous avez tous fait une peur bleue.

J'ai tapoté sa main posée sur la courtepointe.

— Je vais aller vous chercher une tasse de thé.

Mais elle a agrippé mon poignet quand j'ai voulu m'éloigner.

— Restez. J'ai besoin d'entendre un de vos contes irlandais. S'il vous plaît.

J'ai obéi. Que faire d'autre ? Je me suis assise près de son lit et lui ai tenu la main en lui racontant des histoires traditionnelles jusqu'à ce qu'elle s'endorme. En quittant sa chambre, je me suis rendu compte que je n'avais pas pensé une seule fois à Patrick depuis que Vinnie avait ouvert la porte. Mon obsession pour lui s'était évanouie comme un rêve.

Emily est restée alitée une semaine, et, lorsqu'elle a fini par se lever, elle marchait comme une vieille femme attentive à ne pas se briser les os. Je ne l'avais jamais vue aussi affaiblie, et cela m'inquiétait. D'ailleurs, je n'étais pas la seule. Vinnie la tenait à l'œil quand elle était à proximité et se faisait du mouron quand elle s'éloignait. Elle me demandait de lui préparer des soupes fortifiantes et du flan aux œufs, comme pour la mère Dickinson. Si Emily n'appréciait pas qu'on en fasse tout un foin, elle ne s'en est jamais plainte.

Nous sommes passés d'une saison à l'autre et la neige s'est mise à tomber. J'ai lu *Knocknagow* de la première à la dernière page. Le livre traitait de la tête haute que gardaient les Irlandais et de la générosité dont ils faisaient preuve malgré les souffrances et le chagrin. Chaque ligne ravivait mes souvenirs du Tipperary. Je le lisais dans ma chambre tous les soirs avant de faire mes prières. Je le lisais dans la cuisine après avoir fini la vaisselle. Je le lisais en attendant que l'eau se mette à bouillir. Arrivée au bout, j'étais si triste de l'avoir terminé que j'ai eu envie de le relire aussitôt. Pour la première fois depuis que j'avais posé le pied en Amérique, j'étais fière de venir d'Irlande et heureuse d'avoir gardé mon accent.

Patrick et moi en parlions souvent. Il m'a expliqué que l'auteur du livre avait pris part au soulèvement de Ballingarry, puis qu'il avait participé à la rédaction d'un journal avant d'être jeté en prison.

— C'était une triste affaire, a-t-il poursuivi. Il est resté enfermé quatorze ans et la santé du pauvre homme en a pris un coup. Mais malgré cette épreuve la flamme du patriotisme a continué à embraser son cœur.

— Alors c'était un fenian ? ai-je demandé, curieuse.

— Oui. Et il en était fier.

Je ne savais plus que penser des fenians. La plupart des gens que je connaissais les considéraient comme de la mauvaise graine. Mais j'avais été remuée par les discours de Worcester et de Northampton, et je défendais ce point de vue devant Mary et Tom. *Knocknagow* avait poussé mon cœur à s'ouvrir, et j'éprouvais de la sympathie pour la cause. C'est somme toute incroyable combien un livre peut changer votre manière de voir le monde.

Les semaines ont passé comme à l'accoutumée. Des enfants naissaient et des anciens mouraient. Scandales et bons moments se sont succédé. Le fils du président du Collège s'est tué d'un coup de pistolet. Une ménagerie itinérante a fait un passage en ville et il y a eu une grande parade. Ça m'a rappelé quand Emily et moi avions regardé filer le cirque au beau milieu de la nuit. Austin a attrapé une méchante fièvre et est resté alité des semaines durant. C'est à Meg qu'il est revenu de lui administrer de la quinine et des bouillons.

En avril, la fabrique de chapeaux est partie en fumée, les flammes si proches de Kelley Square qu'elles ont fait exploser trois carreaux. Les frères Hills ont bâti une nouvelle usine. La construction a été rapide – l'édifice imposant courait tout le long de la rue et était surmonté de cheminées si hautes que je les voyais de l'autre bout de la ville. Mary s'est plainte que les murs en brique l'oppressaient et lui faisaient l'effet d'une prison. Elle s'est mise à causer du Tipperary, de ses champs et de ses tourbières à s'en donner le mal du pays. Ça m'a surprise : elle m'avait toujours dit qu'elle n'y retournerait pour rien au monde. Je lui ai parlé de *Knocknagow*, du réconfort que le livre m'avait apporté et de l'envie qu'il m'avait inspirée de grimper de nouveau le Slievenamon avec Michael. Elle a soupiré et m'a confié qu'elle aurait aimé savoir lire. Alors je lui ai promis de le lui lire moi-même, quelques pages chaque dimanche après la messe.

Emily s'est remise de son attaque et je ne l'avais jamais vue aussi heureuse. Ce printemps et cet été-là, le juge est venu si souvent que Tom disait pour plaisanter qu'il finirait par quitter Salem pour emménager à Amherst.

Le jour de la fête nationale, Patrick et moi nous sommes rendus sur le champ de foire, puis nous nous sommes promenés le long de l'hippodrome.

— Deux nobles chevaux de course, a commenté Patrick.

J'ai ri, savourant la sensation de mon bras niché sous le sien.

— Plutôt deux chevaux de trait, oui. À besogner en traînant la patte.

— Allons bon, ma belle, en ce qui me concerne, je ne suis pas du genre à traîner la patte. Et m'est avis que vous non plus.

Il a lâché mon bras et s'est mis à faire le pitre en se dandinant devant moi. Je ne me suis pas arrêtée, si bien qu'il a été obligé de marcher à reculons. Mais il riait et m'a adressé un clin d'œil. Un vrai charmeur, ce Patrick.

— Une nouvelle aventure, voilà ce qu'il vous faut, ma douce. Et je suis l'homme de la situation.

J'ai fait une halte.

— Une aventure, ai-je répété.

J'ignore pourquoi, mais la Californie m'est revenue à l'esprit après toutes ces années. J'ai mis les poings sur les hanches.

— Et quelle aventure suggérez-vous ?

Il a glissé les mains autour de ma taille.

— Venez avec moi à Brooklyn.

Ça m'en a bouché un coin.

— Brooklyn ? À New York ? Pourquoi irais-je là-bas ?

— C'est une grande ville, pleine de magasins, de parcs, de maisons et de braves Irlandais. Et je suppose que vous êtes au courant pour le pont qu'ils sont en train d'y construire. C'est une merveille.

Son sourire fendait son visage et la chaleur de ses doigts écartés traversait mon chemisier ; ça me donnait le tournis.

— J'en ai entendu parler, ai-je répondu.

Je ne voulais pas paraître trop enthousiaste. Mais à dire vrai l'idée de passer une journée là-bas avait quelque chose d'excitant.

— Il y a de bonnes perspectives à Brooklyn. Pour un ouvrier comme moi.

Mes poumons se sont vidés d'un coup, comme un ballon de baudruche qu'on perce. Les pensées se sont bousculées dans ma tête tels des lapins se dispersant dans une prairie pour échapper aux chasseurs.

— Quelles perspectives ? ai-je demandé.

Une ombre est passée sur son visage et s'est attardée autour de ses yeux. Je lui avais déjà vu cette expression quand il s'était absenté quelques jours et ne voulait pas me dire où il était allé.

— Dites-moi la vérité, l'ai-je sommé en le repoussant.

Il allait me mentir, je le sentais.

Il m'a regardée droit dans les yeux et a changé d'avis.

— Il y a une usine qui recrute des gars dans mon genre. La paie est trop bonne pour passer à côté.

— Une usine ? Pourquoi voudriez-vous travailler dans une usine ?

J'ai essayé de l'imaginer besognant chaque jour à une table d'atelier couverte de poussière. Ça ne m'avait pas l'air d'une situation dont il s'accommoderait longtemps.

— Dans la fabrication. Écoutez, j'ai été recruté. On m'a dit que j'avais les compétences qu'ils recherchaient.

— Vos compétences de charpentier ?

Il ne m'a pas répondu, mais m'a reprise par la taille, posant ses mains au creux de mes reins. Je n'arrivais plus à penser.

— Dites-moi que vous viendrez avec moi, *acushla*.

Il me servait des mots doux, mais je doutais encore d'être réellement sa chérie.

— Êtes-vous en train de me demander en mariage ? l'ai-je interrogé, les syllabes trébuchant sur ma langue sèche et me privant de ma voix habituelle.

— Que serais-je en train de demander d'autre ?

Il s'est penché pour m'embrasser.

Je n'arrivais pas à savoir s'il plaisantait ou pas.

— M'est avis que vous cherchez à faire de moi votre bonne. À préparer vos repas et faire votre lessive pour que vous n'ayez pas à vous en occuper.

— Bigre, Margaret ! a-t-il dit en riant. Vous êtes plus têtue que le diable en personne. Je vous aime, voilà la vérité. Dites oui et embrassez-moi donc.

Il a pris mes mains et m'a souri. Et à cet instant, j'ai su qu'il le pensait vraiment. Un tourbillon de sensations s'est emparé de moi, comme l'eau s'écoule dans un tuyau. J'étais excitée, furieuse et triste à la fois. Je devais réfléchir pour y voir plus clair avant de promettre quoi que ce soit.

— Que puis-je faire pour vous convaincre ?

Sa voix était douce comme le miel. Il m'a attirée à lui pour m'embrasser et je n'ai pas résisté. Pour être tout à fait honnête, je lui ai rendu son baiser.

— Vous m'avez embrouillé l'esprit, Patrick Quinn. J'ai besoin de temps pour vous donner une réponse.

— J'attendrai, ma belle. Avec du temps et de la patience, on vient à bout de tout.

C'était un vieux proverbe, mais sa manière d'exprimer la chose m'a donné l'impression d'être un lapin destiné au collet. Si bien que j'ai été franche.

— Je ne monterai dans aucun train avec vous tant que je n'aurai pas une bague au doigt.

— Donc ça veut dire oui, si je ne m'abuse, a-t-il lancé d'une voix rieuse.

— Vous devez être dur de la feuille, ai-je répondu sur un ton sec. Ce n'est pas ce que j'ai dit. Ne mettez pas la charrue avant les bœufs.

Sur ce, je me suis hâtée de rentrer à Kelley Square, et il m'a suivie comme un chiot enthousiaste.

24

Le problème, c'était que quand Patrick faisait son numéro de charme, je ne lui résistais pas longtemps. À la tombée du jour, nous étions assis sur les marches de la pension, à soupirer et à nous embrasser, alors que j'aurais dû être en train de réfléchir et de prier pour savoir si je devais lui offrir le oui qu'il espérait. Lorsque Ellen est sortie sous le porche, nous nous sommes levés d'un coup, et nous avions sans doute l'air aussi coupables que nous l'étions.

— James aimerait boire une pinte avec vous avant d'aller se coucher, a-t-elle dit à Patrick.

— Dites-lui que je le rejoindrai après avoir raccompagné mon amoureuse, lui a-t-il répondu en pressant ma main.

— Pas la peine. Je rentrerai seule ce soir. Allez donc boire votre pinte.

Il a adopté un air chagriné, mais la boisson aurait tôt fait de le requinquer. Et ça m'éviterait de succomber au péché ce soir-là. Car s'il m'avait raccompagnée il m'aurait de nouveau incitée à m'allonger dans la paille, et je n'aurais pas eu le cœur de lui résister.

J'ai déposé un rapide baiser sur sa joue et repris le chemin de Homestead, le laissant profiter de sa bière. Mais Mary était assise dans son rocking-chair sous son porche, donc je me suis arrêtée pour discuter deux minutes.

— Seigneur, Margaret, tu es aussi rouge que si tu venais de passer des heures aux fourneaux.

— Ah bon ?

J'ai monté les marches et je me suis installée sur une chaise à côté d'elle. Le soleil s'était couché, l'air était agréable et frais.

— Pour sûr. Je te connais depuis que tu es née. Tu n'as jamais su cacher tes émotions. C'est Patrick, hein ?

Je n'ai ni acquiescé ni démenti, mais j'ai évité son regard, ce qui voulait tout dire.

— Ça ne m'étonne pas le moins du monde. Vous êtes comme deux étoiles au firmament, a-t-elle poursuivi en m'adressant un sourire chaleureux. Et ça ne m'étonnerait pas non plus qu'il te demande en mariage un de ces jours.

— C'est déjà fait.

Je n'avais pas l'intention de le lui annoncer, mais ça m'a échappé, et j'avoue avoir trouvé sa stupéfaction gratifiante.

— Mais je ne lui ai pas encore répondu, me suis-je empressée d'ajouter.

Sa surprise a laissé place au rire, puis elle s'est mise à fanfaronner.

— Qu'est-ce que je t'avais dit ? a-t-elle lancé en se levant et en me serrant dans ses bras. Je priais pour que ça arrive. C'est ce que nous voulions tous.

— Ce que vous vouliez ? Je me rappelle comme si c'était hier t'avoir entendue déclarer que Patrick était une canaille. Pas du genre à convoler en justes noces.

— Il a un côté fripon, c'est sûr. Mais il s'assagira quand il aura une femme et des petiots. Je serai contente de te savoir mariée et vivant tout près.

Je n'arrivais pas à la regarder en face, me demandant si je devais lui parler des projets de Patrick. Elle ne se serait pas tant réjouie si elle avait su qu'il comptait m'embarquer à Brooklyn.

— Je n'ai pas encore pris ma décision.

Je ne voulais pas qu'elle m'interroge davantage. Elle avait le chic pour découvrir mes plus vilaines pensées.

— Je dois rentrer chez les Dickinson. C'est jour de lessive demain si le temps ne tourne pas, ai-je dit en me levant.

— Ne le fais pas trop attendre. La chance a tendance à nous glisser facilement entre les doigts.

— Ma foi, c'est bien vrai.

Je l'ai embrassée avant de redescendre les marches.

Sur le chemin de Homestead, j'ai pensé au nombre de fois où j'avais eu envie de quitter les Dickinson. Et je me suis demandé pourquoi l'occasion se présentait seulement à présent.

Après sa demande en mariage, Patrick s'est arrêté à Homestead tous les jours.

— Êtes-vous prête à me donner un oui ? m'interrogeait-il en m'approchant par-derrière et en passant les bras autour de ma taille.

Je sentais son souffle sur ma nuque et son odeur fraîche de savon et de grand air. Et ma colonne vertébrale ramollissait comme du flan.

Je lui répondais que j'y réfléchissais encore. Qu'il devait me laisser le temps.

— Combien de temps, *agra* ? murmurait-il. Vous ne pouvez pas faire attendre un homme éternellement.

— Vous, vous avez parlé à ma sœur, riais-je en le repoussant.

Ce que je ne lui disais pas – et j'ignorais comment le lui dire –, c'est à quel point l'idée de déménager à Brooklyn me tourmentait. Sans savoir vraiment pourquoi. N'avais-je pas rêvé d'aventure ? Voulu découvrir d'autres endroits, contempler de nouveaux paysages ? Brooklyn serait sans doute tout cela à la fois.

Mais lorsque je m'étais imaginé épouser Patrick, je nous avais vus vivre à Amherst. Sur Irish Hill, peut-être, ou à Crossing. Voire Kelley Square. Une maisonnette avec un potager et un jardin pour les petits. J'ai essayé de me représenter dans un appartement en ville qui donnerait sur une voie encombrée et bruyante. L'air épaissi par la poussière et la fumée. Il n'y serait pas question de jardinage. Ni – pire – de sœur au coin de la rue.

C'est Tom qui a dû dire à Emily que Patrick m'avait demandée en mariage. Elle a abordé le sujet à sa manière, un matin en pétrissant le pain, les mains couvertes de farine et son tablier fleurant bon la levure.

— Un petit oiseau m'a rapporté une curieuse nouvelle, m'a-t-elle dit sans me regarder mais en travaillant la pâte, tête baissée, des mèches de cheveux flottant autour de son visage.

— Un petit oiseau ?

Je fourrais du quatre-épices et du romarin dans une selle de mouton et ne faisais qu'à moitié attention à ce que me disait Emily. Ce n'était pas la première fois qu'elle racontait avoir parlé avec des oiseaux.

— Il est venu à ma fenêtre et m'a fait part d'une histoire troublante, a-t-elle poursuivi en formant une boule.

— Ah oui ?

J'ai pris la pièce de viande pour la déposer dans le plat.

Elle a couvert la pâte d'un torchon et s'est essuyé les mains sur son tablier.

— Il m'a dit qu'on essayait de vous convaincre de vous marier.

J'en ai presque laissé échapper le plat. Ouvrir le four pour l'y glisser m'a demandé un effort prodigieux. Je ne savais pas quoi dire, mais Emily était là à m'adresser son sourire nerveux et à attendre que j'avoue tout.

— Je comprends l'amour, Maggie. Et je n'ignore pas à quel point le mariage peut être tentant, mais…

— Si vous voulez parler de Patrick, l'ai-je interrompue, je ne lui ai pas encore donné ma réponse.

J'ai refermé la porte du four avec fracas.

— Bravo, Maggie. Soyez forte, m'a-t-elle dit, et son sourire s'est élargi, tandis que dans son regard une lueur me réconfortait et m'attristait à la fois. Je ne voudrais pas vous voir prise dans ses filets.

— Ses filets ?

Je me suis dirigée vers l'évier pour nettoyer mes mains grasses, pompant l'eau vigoureusement pour me calmer.

— C'est ce que je soupçonne, a-t-elle expliqué. Les hommes aiment prendre leur proie au piège. Et quelle meilleure prise que le cœur d'une femme ?

J'ai arrêté de pomper. Penser à Patrick de cette façon me déplaisait. Ça lui donnait des airs calculateurs et cruels. Mais il avait conquis mon cœur, c'était indéniable. Je me suis essuyé les mains avant de revenir à la cuisine.

— Est-ce que c'est dans la Bible ? ai-je demandé.

Emily connaissait sa Bible sur le bout des doigts et aimait en réciter des passages.

Elle a ri.

— Pas celle que vous avez en tête. Une bible de la vie, peut-être.

— Alors ça sort d'un de vos poèmes.

— Vous me connaissez trop bien. Mais, en l'occurrence, non. Pas tout à fait. Même si l'envie pourrait me prendre.

Nous avions déjà parlé d'amour : de ses plaisirs, de ses désordres. Et, parce que je les avais à l'esprit, les mots me sont sortis de la bouche sans crier gare.

— Le juge Lord ne s'est-il pas emparé de votre cœur à vous tandis que je succombais aux charmes de Patrick ?

Elle m'a regardée comme elle ne l'avait jamais fait, avec admiration et respect. Puis elle a penché la tête.

— Comme vous êtes perspicace, Maggie. C'est possible, en effet.

Août est arrivé et je n'avais toujours pas donné de réponse à Patrick. Mais, tout à coup, Mary a arrêté de me pousser à me marier. Elle s'est comportée comme s'il n'y avait jamais rien eu entre Patrick et moi. À parler de lui comme s'il ne s'agissait que du énième pensionnaire d'Ellen et de James. C'était déroutant puisqu'elle ne s'était pas privée de me rappeler qu'il était ma dernière chance d'avoir des enfants.

— Et je sais mieux que quiconque à quel point tu aimes les petits, me disait-elle en hochant la tête d'un air entendu.

Un jeudi après-midi, je lui racontais que Patrick avait travaillé à Worcester quand Tom m'a interrompue.

— C'est sûr qu'il a eu une sacrée vie, celui-là. Et qu'il sait la raconter. Il y a deux semaines, il a bu un coup de trop et jacassé pendant une heure sur sa participation à l'un des raids fenians de 1870. Ils étaient partis du Vermont et avaient passé la frontière canadienne. Armés jusqu'aux dents, d'après lui. Mais ça s'est terminé en bain de sang pour les fenians. Certains ont été abattus et leur meneur s'est fait arrêter sous leurs yeux.

— Des couards, tous autant qu'ils sont, ces fenians, a commenté Mary en jetant un œil dans ma direction. Des scélérats, des sauvageons et des renégats. Des voyous. Qui cherchent à perturber le calme de la campagne et à renverser l'ordre des choses.

— Il a un côté canaille, Patrick, ai-je dit en me resservant du thé. Mais il ne faut pas croire tout ce qu'il raconte. Il y a des chances qu'il ait lu quelque chose dans le journal et qu'il joue l'imbécile.

Si je m'exprimais avec conviction, les paroles de Tom me tourmentaient. C'était une chose de vouloir une Irlande libre. Et une autre de tuer des gens. Entendre que Patrick ait pu être mêlé à ça ne me plaisait pas du tout. Pire, ça me dérangeait qu'il aille confier à d'autres ce qu'il ne m'avait jamais dit.

Tom m'a regardée.

— Il était bien informé pour quelqu'un qui n'y était pas, Margaret. Je te l'assure, le gaillard a des antécédents.

— Et pas de ceux dont on peut être fier, apparemment, a ajouté Mary.

— Tout le monde a des antécédents, ai-je rétorqué. Pas forcément de ceux dont il faut avoir honte.

En réalité, j'ignorais qu'en penser. Si ce que disait Tom était vrai, j'étais peinée et en colère que Patrick ne m'en ait jamais parlé. J'avais toujours été inspirée par les actes courageux. Et savoir que Patrick avait peut-être eu ce cran-là me faisait quelque chose.

Je me suis promis de le questionner à propos du raid la prochaine fois que je le verrais. Mais, quand il est apparu dans ma cuisine le samedi après-midi, ça m'est sorti de l'esprit : il était venu me dire qu'il quittait Amherst.

— Je serai de retour dans quelques semaines. Un mois, peut-être.

Il m'a attirée contre lui, sans se soucier des éclaboussures de graisse sur mon tablier. Il avait une légère odeur de transpiration.

— Je vous donne une chance de vous décider une bonne fois pour toutes – de choisir de m'épouser ou non. La vérité, c'est que je suis aussi las de vous casser les pieds avec ça que vous l'êtes de m'écouter. Donc je n'insisterai plus. Mais j'ai beau vous aimer je ne peux pas vous attendre éternellement. Alors quand je reviendrai je veux votre réponse, positive ou négative.

J'ai scruté son visage. Il me regardait avec une telle tendresse que j'ai failli dire oui sur-le-champ. Mais je me suis contentée de lui demander :

— Et où allez-vous ?

— Rendre visite à un ami.

Je me suis libérée de son étreinte.

— Votre ami vivrait-il à Brooklyn, par hasard ?

Il a détourné les yeux un instant avant de me refaire face. Et il n'a pas eu besoin d'ouvrir la bouche pour me le confirmer.

— Je vous donnerai l'adresse. Vous pourrez m'écrire si vous voulez.

Je n'aimais l'idée ni de le voir partir ni de fixer une date limite pour ma réponse, mais j'hésitais depuis si longtemps que j'étais seule responsable de cette situation. Et il se tenait là devant moi, les bras le long du corps, navré.

Je ne pouvais pas rester en colère contre lui plus d'une minute.

— D'accord, ai-je dit, vous aurez votre réponse dans un mois.

Et je lui ai tendu la main. J'ai été soulagée qu'il la prenne et qu'il m'attire de nouveau contre lui.

Son baiser d'adieu a été si long et délicieux que mon corps entier a souffert de le voir partir.

Une lettre de mes frères m'est parvenue la semaine suivante. Elle s'étirait sur quatre pages et racontait leur périple de mine en mine, tandis qu'ils s'enfonçaient dans le territoire du Nouveau-Mexique. Ils étaient restés ensemble et avaient eu de la chance jusqu'à présent. Ça n'en demeurait pas moins risqué : de terribles accidents avaient lieu dans les mines et des épidémies sévissaient dans les camps. Michael avait attrapé le typhus, ce qui l'avait incapacité des semaines durant, mais il s'en était remis et ils avaient tous les deux la santé.

Il y avait, pliés dans la lettre, quelques billets pour Mary et les enfants. Mary m'a enjoint de leur répondre en leur disant qu'elle ne manquait de rien – son Tom subvenait largement aux besoins de sa famille – et donc qu'elle en ferait don à l'église. J'ai ajouté un paragraphe entier au sujet de Patrick, leur expliquant à quel point il était charmant, dans combien d'endroits il avait vécu et tout ce qu'il avait fait. Leur racontant qu'il m'avait demandée en mariage, mais que je ne m'étais pas encore décidée. J'ai terminé ma lettre comme d'habitude, en les suppliant de tourner le dos à la vie de mineur pour revenir à l'Est et s'installer à Amherst. *Vous nous manquez à tous*, leur ai-je écrit. *Rentrez vite.*

Puis un beau matin frais et ensoleillé, tandis qu'une brise légère agitait les champs de seigle, la morsure de l'automne s'est fait sentir dans l'air. Avant le petit déjeuner, mes poules se sont échappées et j'ai dû les pourchasser jusqu'au fond du jardin. C'était mauvais signe pour le reste de la journée ; il me faudrait prendre mes précautions avec les couteaux et le feu. À 11 heures, Emily faisait de la crème renversée dans la cuisine et je lavais des casseroles dans l'évier quand nous avons entendu quelqu'un cogner à la porte d'entrée.

— Je ne reçois personne aujourd'hui. Sauf si c'est Phil, a dit la voix chantante d'Emily dans mon dos tandis que j'allais ouvrir.

Je ne connaissais pas le jeune gars qui se tenait sur le perron. Je m'apprêtais à l'envoyer à l'arrière de la maison lorsqu'il a sorti une enveloppe jaune de sa poche. Elle était tachée et froissée, mais je savais de quoi il s'agissait : un télégramme. Et c'était rarement porteur de bonnes nouvelles. Je pensais que c'était pour Vinnie ; elle avait une amie à Boston qui souffrait de la tuberculose. Mais le garçon a prononcé mon nom sur un ton interrogateur et, quand j'ai hoché la tête, il m'a tendu le télégramme. Ma main tremblait en le prenant. Comme si je savais déjà ce qu'il contenait.

Je ne voulais pas le lire. Je l'ai glissé dans ma poche et suis retournée dans la cuisine, où Emily faisait couler la crème renversée dans des moules. Je marchais lentement, ce qui ne me ressemblait pas. Elle a levé la tête et froncé les sourcils.

— Qui était-ce, Maggie ?

— C'est un télégramme, miss. Pour moi, ai-je précisé avant de retirer le pli de ma poche et de le regarder fixement.

Elle n'a rien dit, ne m'a pas demandé pourquoi je ne le lisais pas, n'a pas détourné le regard, ni quitté la pièce. Elle s'est contentée d'attendre. Comme si elle avait su que j'aurais besoin d'une épaule pour pleurer.

J'ai fini par m'asseoir pour décacheter l'enveloppe et en sortir la feuille. *Western Union*, disait l'en-tête, d'une écriture élaborée. Et, dessous, les mots que je redoutais :

MICHAEL MORT HIER MATIN À 10 H DANS MINE.

EXPLOSION. TUNNEL EFFONDRÉ. CORPS PAS RETROUVÉ.

VIENS VOUS REJOINDRE DÈS QUE POSSIBLE. PRÉVIENS MARY ET TOM.

TON FRÈRE ENDEUILLÉ TOMMY.

J'ai perdu tous mes moyens cet après-midi-là, dans la cuisine vert pomme. Je ne me rappelle plus du tout ce qui s'est passé ensuite. Comme si une immense crevasse s'était ouverte sous mes pieds. Je garde en tête quelques détails, même s'ils ressemblent davantage à des loupiotes dans le noir qu'à des souvenirs. Le télégramme tombant au sol. La main d'Emily sur mon bras, puis sur mon épaule. Le roulement d'une calèche devant la maison. Mais j'ignore si ces choses sont réellement arrivées ou si je les ai imaginées.

Je ne pourrais pas dire combien de temps je suis restée assise ou comment j'ai réussi à me lever. Je ne sais pas qui est allé chercher Tom à Kelley Square, ni ce qu'il m'a dit en m'étreignant. Je ne me rappelle pas avoir prié avec lui à l'aide de mon chapelet à même la table, bien qu'Emily me l'ait raconté par la suite.

Je me souviens avoir pensé que j'allais mourir.

Puis l'avoir souhaité.

Mary a encaissé la nouvelle aussi mal que moi. Elle avait été une seconde mère pour Michael, après tout, comme elle l'avait été pour Tommy et moi. À Kelley Square, nous avons organisé une veillée sans corps. Tous les Irlandais d'Amherst sont venus et nous avons bu, chanté, et nous nous sommes lamentés pendant des heures. Je n'arrêtais pas de penser à la pauvre dépouille de Michael piégée sous cette terre éboulée. J'ai sorti de son cadre le daguerréotype de lui, Tommy et moi et je l'ai glissé dans mon corset, tout près de mon cœur. La nuit, je faisais d'horribles cauchemars et je me réveillais en criant. Patrick me manquait et j'étais furieuse qu'il ne soit pas là alors que j'avais besoin du réconfort de ses bras. La journée, je m'acquittais de mes tâches comme une somnambule. J'oubliais la viande dans le four et je laissais la bouilloire sur le feu jusqu'à ce que toute l'eau s'évapore. Je cassais des assiettes et je brûlais le linge les jours de repassage. Je barattais le beurre trop longtemps et négligeais de nourrir les chats. Il me semblait que mon cœur s'était brisé et que mes organes baignaient dans le sang.

Une semaine plus tard, j'ai rédigé une courte lettre à l'intention de Patrick pour lui annoncer la nouvelle. J'en aurais sans doute écrit davantage si je ne m'étais pas sentie si vidée et si seule. C'était comme si j'avais été écrasée au fond de la mine en compagnie du pauvre Michael.

Vinnie ne m'a pas sermonnée et Emily me traitait avec douceur et bienveillance. Elle m'a apporté des fleurs du jardin et m'a dit de ne pas m'inquiéter pour le ménage, Vinnie et elle s'en acquitteraient jusqu'à nouvel ordre. Elle s'est efforcée de me distraire en me lisant tout haut des histoires et en épinglant de petits billets à ma porte. Même la mère Dickinson a paru comprendre ce qui s'était passé et m'a présenté ses condoléances.

Puis Tommy est rentré.

Je n'avais pas posé les yeux sur mon plus jeune frère depuis douze ans. Pourtant, quand il est apparu dans la cuisine de Homestead en compagnie de Tom, quelques secondes ont suffi pour que ces années disparaissent. Il pleuvait des cordes et ils étaient tous deux trempés jusqu'aux os, mais j'ai crié comme un bébé en prenant Tommy dans mes bras, avant d'éclater en sanglots. Je suis restée si longtemps à pleurer dans son cou qu'il a dû s'arracher à mon étreinte et me faire asseoir sur une chaise, et même alors je ne l'ai pas lâché. Je m'accrochais à sa manche comme à une promesse.

Ils ont tous les deux retiré leur veste et se sont passé une serviette tandis que j'en trouvais une sèche pour essuyer mes larmes. Et Tommy n'était-il pas bel homme ? Aussi beau qu'il l'avait toujours été : le même visage que sur mon daguerréotype, malgré sa barbe. Sa peau était tannée comme du cuir, brunie par le soleil de l'Ouest. Quand j'ai enfin réussi à me décoller la langue du palais, je n'ai plus pu arrêter de lui poser des questions.

Le chagrin m'a quittée en voyant Tommy bien vivant, en chair et en os. Me trouver dans la même pièce que lui m'a fait l'effet d'un miracle. Tom a mis la bouilloire sur le feu et préparé le thé, puis nous sommes restés assis à discuter. J'ai perdu toute notion du temps et j'aurais laissé le dîner se faire tout seul si Emily n'était pas apparue dans la cuisine.

— Miss Emily, venez donc vous joindre à nous, lui ai-je dit comme si j'étais chez moi.

Je me suis empressée de lui avancer une chaise, de lui présenter Tommy et de lui servir un thé. Je pensais que Tommy se sentirait peut-être gêné d'être assis en compagnie de la maîtresse de maison. Mais il a causé avec elle comme si elle faisait partie de la famille. Peut-être que vivre dans l'Ouest si longtemps l'avait convaincu que les gens des classes supérieures étaient ses égaux.

Emily ne s'en est pas offusquée. Elle lui a posé presque autant de questions que moi, riant à ses plaisanteries et en lançant quelques-unes de son cru. Je ne l'avais pas vue aussi guillerette depuis la dernière visite du juge. J'aurais pu écouter indéfiniment les histoires de Tommy, et j'ai eu un pincement au cœur quand Tom a déclaré qu'ils devaient rentrer à Kelley Square. Mary risquait d'être fâchée car elle n'avait pas passé plus de deux heures avec Tommy avant que Tom ne le lui enlève pour venir me voir.

Une boule s'est formée dans ma gorge à l'idée que je ne reverrais sans doute pas mon frère avant le dimanche. Mais Emily m'a suggéré de prendre le reste de ma semaine.

— Nous pouvons faire sans vous pendant quelques jours. Vinnie et moi sommes parfaitement capables de nous occuper de Mère et de préparer nos repas.

Elle a quitté son siège et porté sa tasse à l'évier.

Comme je ne bougeais pas puisque j'avais encore la tête qui tournait, elle est allée chercher ma cape. Elle me l'a passée autour des épaules, puis m'a aidée à me lever et guidée vers la porte.

— Allez-y, m'a-t-elle dit en serrant ma main comme une sœur.

Je me suis retournée pour la remercier.

— Ah, Maggie, a-t-elle répondu. Le ciel vient si rarement près de nous qu'il faut saisir la chance quand elle se présente.

25

Qui a fait son apparition au lendemain du retour de Tommy, sinon Patrick ? Je balayais les feuilles mortes sous le porche de Mary quand je l'ai vu traverser la pelouse dans ma direction. Ça m'a fait un choc. Ma première pensée a été de me dire qu'il voulait sa réponse. J'ai eu un mouvement de recul tandis qu'il montait les marches et je suis sûre d'avoir grimacé malgré moi.

— Vous n'êtes parti que depuis deux semaines, lui ai-je dit. Je ne me suis toujours pas décidée.

Mais il m'a retiré le balai des mains et m'a attirée contre lui, me serrant comme s'il comptait ne plus jamais me lâcher. Il a embrassé le sommet de ma tête et, la bouche encore dans mes cheveux, il m'a dit :

— J'ai reçu votre lettre. C'est seulement pour ça que je suis venu.

Pour sûr, ça m'a fait du bien de plaquer mon visage contre sa poitrine et d'entendre battre son cœur robuste. Je n'ai pas pu retenir le flot de mes larmes.

Nous avons fait une longue balade jusqu'au Collège d'agriculture en nous tenant par la main, et il m'a écoutée tout du long. Je lui ai raconté mes souvenirs de Michael jusqu'à en avoir le cœur pétri de chagrin.

Patrick est resté à mon côté les trois jours suivants. Ses manières tendres et ses douces caresses ont été un véritable réconfort. Il n'insistait pas pour que nous nous embrassions, même s'il était heureux de le faire quand je le lui demandais. Pas plus qu'il n'a parlé de mariage. Il m'a simplement dit qu'il me reposerait la question le moment venu, comme promis.

Il s'est bien entendu avec Tommy, m'a confié que mon frère lui rappelait les braves gaillards qu'il avait rencontrés au sein de la Brigade irlandaise. Ils n'avaient peur de rien, ceux-là. Les meilleurs combattants de l'armée de l'Union.

Quand il a été temps pour lui de rentrer à Brooklyn, je l'ai raccompagné à la gare et lui ai fait signe de la main jusqu'à ce que son train quitte le quai. Un vent froid s'est levé tout à coup, même si c'était une agréable journée ensoleillée. Je suis restée longtemps à regarder les rails au bout desquels le train avait disparu. En pensant donner à Patrick la réponse qu'il espérait à son retour.

Tommy a séjourné huit jours à Amherst, huit jours durant lesquels Mary et moi n'avons cessé de l'implorer de rester. Mais il avait des affaires à régler dans l'Ouest et ne pouvait pas s'éterniser. J'ai bien vu qu'il ne tenait pas en place. Cet aspect de sa personnalité me rappelait Patrick. Peut-être qu'à force de passer de ville en ville et de travailler à ciel ouvert il devenait plus difficile pour les hommes de s'installer quelque part. Patrick s'était plaint de se sentir agité et à l'étroit quand il restait trop longtemps au même endroit. Une fois, il m'avait dit que vivre à Amherst était comme être enfermé dans une boîte avec une nuée de moustiques. J'avais trouvé ça drôle à l'époque et j'avais ri, mais voir Tommy ressentir la même chose m'a aidée à le comprendre.

Tommy nous a parlé de Michael des heures durant, nous racontant encore et encore à quel point les gens l'avaient apprécié dans les camps de mineurs et les villes, à quel point il avait aimé la vie à l'Ouest. Il parlait constamment de faire fortune, Michael. Donc il repartait tout le temps, à la recherche du filon suivant dès que se tarissait celui qu'il explorait.

Tommy était à la boulangerie le jour de l'explosion. Quand la cloche de l'église s'était mise à sonner, en ville tout le monde avait interrompu ce qu'il était en train de faire pour se diriger vers la mine. Il avait couru tout du long pour rejoindre l'équipe de sauvetage. Mais à son arrivée il était trop tard pour secourir les mineurs : l'entrée s'était effondrée avec le tunnel. Il s'était quand même emparé d'une pelle pour creuser avec les autres. Ç'avait été la seule manière pour lui de tenir le chagrin et l'horreur à distance. Il avait creusé toute la journée, toute la nuit et encore au petit matin, jusqu'à ne plus pouvoir tenir debout. Ses camarades avaient dû le porter pour l'éloigner.

J'ai écouté la tête basse, des larmes sur les joues. Il ne nous restait plus qu'à prier, et c'est ce que nous avons fait. Un jour, le père Barry a fait le déplacement depuis Northampton pour bénir Tommy et donner un requiem pour Michael.

Nous étions assis sur les marches du porche de Kelley Square, dans le calme du dimanche après-midi, à papoter de tout et de rien, quand Tommy m'a parlé d'une fille qu'il avait rencontrée et qu'il voulait épouser, même s'il ne lui avait pas encore posé la question. Une vraie beauté, m'a-t-il dit, des yeux bleus lumineux et un large sourire, irlandaise jusqu'au bout des ongles. Je l'ai interrogé sur ce qu'il pensait de Patrick, lui ai confié qu'il m'avait demandée en mariage et que je ne m'étais toujours pas décidée. En ajoutant que je songeais à dire oui.

— C'est gentil de sa part d'être venu quand je lui ai écrit à propos de Michael, ai-je poursuivi. Mais je ne suis pas sûre d'avoir envie de vivre à Brooklyn, alors qu'il y tient absolument.

— Est-ce que tu veux vraiment l'épouser ? Quand tu travaillais chez les Boltwood tu me disais toujours que tu ne te marierais jamais. Tu comptais rester célibataire et libre, ce sont tes mots.

— C'était il y a plus de dix ans, ai-je rétorqué. Je ne l'avais pas encore rencontré.

Tommy a souri.

— L'amour nous rend tous zinzins, pas vrai ? Tu te rappelles que tu en pinçais follement pour George Garrett ? Je pensais que tu prendrais la poudre d'escampette avec lui.

— Dieu sait si ça m'a traversé l'esprit, ai-je dit en riant. Je n'avais pas beaucoup plus de 20 ans et la cervelle d'une oie blanche. Mais si je m'étais mise avec un protestant ça aurait brisé le cœur de papa. En plus de faire scandale.

— Pour sûr, Brooklyn n'est pas la Californie, a dit Tommy en hochant la tête. Mais ce sera tout de même une aventure, j'imagine.

— Oui, c'est ce que je me dis.

Mon frère voyait toujours le verre à moitié plein, et ça m'a fait rêver de nouveau. C'est aussi pour ça que j'aurais aimé qu'il ne reparte pas vers l'Ouest.

— La meilleure chose, si tu allais à Brooklyn, c'est que tu n'aurais plus besoin d'être au service des Dickinson et de leurs semblables. J'ai été surpris que tu restes auprès d'eux au lieu de me suivre en Californie.

Je me suis tue une minute.

— C'est ta lettre qui m'a convaincue de rester.

— Ma lettre ? a-t-il répété en fronçant les sourcils.

— La lettre que tu as envoyée à Monseigneur, qui disait que c'était trop dangereux pour moi de venir en Californie et que je ferais mieux de rester à Amherst. Quand il me l'a montrée, j'ai cessé de me battre. Bizarre que tu aies pu oublier une chose pareille.

Il a tapoté sa barbe au niveau du menton, doucement, puis fermé les yeux. Ses joues sont devenues écarlates. La peau pâle des Maher nous trahissait toujours.

— Je m'en souviens, a-t-il dit d'une voix faible. À dire vrai, je voyais où il voulait en venir. Les villes minières étaient des endroits dangereux à l'époque. Certains vous auraient tranché la gorge à la première occasion. Et puis il y avait le choléra.

J'ai réfléchi à ses paroles.

— Que veux-tu dire par voir « où *il* voulait en venir » ? C'était ta lettre à toi, ton écriture. Monseigneur me l'a montrée et je l'ai reconnue tout de suite. Ne suis-je pas celle qui t'a appris à écrire ?

— Si. Et c'était bien mon écriture. Mais pas mon idée.

Il a détourné les yeux.

— Je ne comprends pas.

Il a inspiré puis expiré longuement. Comme quand on fume une pipe.

— Monseigneur m'a envoyé un télégramme pour me demander de t'écrire. En m'indiquant quoi dire. Et en jurant que c'était pour ton bien.

J'ai regardé en direction de la gare, où un homme se tenait près de son cheval et de sa carriole. Monseigneur avait donc été derrière cette histoire. Depuis le début, il avait comploté pour me tromper, utilisant son argent pour obtenir ce qu'il voulait. Non seulement il avait menacé ma famille à Amherst, mais il avait aussi manipulé Tommy pour l'inciter à lui obéir.

— Pourquoi ? lui ai-je demandé. Je ne comprends pas pourquoi tu l'as fait. Il t'a payé ? Menacé ?

— C'était il y a longtemps, Margaret, a répondu Tommy en secouant la tête, si bien qu'une boucle lui est tombée sur le front. Il ne m'a pas payé, mais il a été diablement convaincant. Il valait sans doute mieux que tu restes. Avec Mary tout près, qui avait besoin de toi.

— Je préfère prendre mes propres décisions. Et je voulais à tout prix tenir ma pension.

— Oui, je m'en souviens. Pour être honnête, je me suis toujours demandé pourquoi tu ne l'avais pas fait ici, à Amherst. Tu y tenais tellement.

Je l'ai regardé bouche bée.

— Ça ne m'a jamais traversé l'esprit. Et que le diable m'emporte si je sais pourquoi.

Tommy a ri. Et j'ai ri avec lui, puis je l'ai serré dans mes bras. Ma colère envers Monseigneur a disparu d'un coup. J'ai songé à Emily, toujours à dire qu'il était facile de s'inventer une vie. Mais ce jour-là j'ai compris que la vie m'inventait moi.

Je pensais ne pas supporter la séparation d'avec Tommy. Passer ces journées d'automne avec lui m'avait calmée, avait apaisé la douleur de la mort de Michael et m'avait aidée à redevenir moi-même. Mais, trop vite, le jour de son départ est arrivé et nous nous sommes tous levés à l'aube pour nous rassembler sur le quai. Mary et moi nous accrochions à lui comme des bébés à leur maman. Et pour cause, puisque rien n'est plus fort que les liens familiaux. Quand j'ai entendu le sifflet du train qui entrait en gare, tout en épaisses volutes de fumée et en crissements, les larmes me sont montées aux yeux. On a ouvert les portes des voitures et sorti les marchepieds, alors j'ai serré Tommy fort dans mes bras pour lui dire au revoir. J'ai eu l'impression qu'un monstre soufflant de la vapeur l'avalait et que je ne le reverrais jamais.

Le train parti, je suis rentrée à Homestead, car m'asseoir en compagnie de Mary n'aurait fait qu'exacerber ma peine, je le savais. Un souvenir m'est revenu à l'esprit : celui d'un été où j'avais trouvé Emily en train de regarder par la fenêtre, une heure après le départ du juge. Elle m'avait adressé un sourire triste.

— C'est la nature transitoire de la vie qui la rend si agréable, ne trouvez-vous pas, Maggie ? m'avait-elle dit. Le fait de savoir que chaque instant ne se répétera jamais.

À l'époque, je n'avais pas compris ce qu'elle voulait dire. Mais la vérité de ses paroles m'apparaissait désormais si clairement que j'ai fait le signe de croix au beau milieu de la rue.

Le deuil est une saison qui s'écoule avec lenteur, et mon chagrin a duré longtemps après la mort de Michael. Vinnie et Emily se sont montrées indulgentes, conscientes de l'épreuve que je traversais. Emily était particulièrement bienveillante. Un jour où j'avais le moral au plus bas, elle m'a trouvée assise sur le banc près de la porte de la cuisine. Elle a pris place à côté de moi et nous avons regardé quelques feuilles tomber des pommiers. Au bout d'un moment, elle m'a demandé si je voulais en parler. Et mes pensées se sont déversées d'un seul coup. Je lui ai dit combien je regrettais de ne jamais être allée en Californie comme je l'avais prévu.

— J'étais fin prête. J'avais mon billet de train et tout. Michael avait tellement hâte que je vienne, ai-je expliqué, les larmes aux yeux. La dernière fois que je l'ai vu remonte à des années. Et maintenant je ne le reverrai jamais.

— Oh, Maggie, a-t-elle murmuré.

La compassion se lisait sur son visage.

Tout à coup, je me suis sentie furieuse. Ce n'était pas sa compassion que je voulais. C'était que les choses aient été différentes.

— C'est votre père que je tiens pour responsable, ai-je éructé, les joues brûlantes sous mes larmes. C'est lui qui m'en a empêchée. Il m'a dit qu'il s'en prendrait à ma famille si je partais. Qu'il devait m'avoir moi, qu'aucune autre bonne ne ferait l'affaire. Je ne le lui pardonnerai jamais, bien qu'il soit mort et enterré.

J'ai pressé mon visage dans mon mouchoir.

— Il l'a fait pour moi, a avoué Emily d'une voix curieuse.

— Pour vous ?

— C'est moi qui ai insisté pour que vous restiez, a-t-elle dit en baissant la tête. J'ai su dès la première semaine que vous étiez une pépite. Une perle inestimable.

Le souvenir de ma mère m'apprenant la signification de Margaret, « perle », m'est revenu à l'esprit. Puis je me suis remémoré Emily décrétant qu'elle m'appellerait autrement. Un instant, j'ai cessé de respirer.

— Ce n'est pas bien d'arriver à ses fins en faisant du mal à quelqu'un, lui ai-je dit. C'est un péché.

— C'en est un, a acquiescé Emily. Je pensais qu'il vous avait convaincue que rester serait plus avantageux pour vous. J'ignorais qu'il vous avait menacée. Je suis vraiment navrée.

Elle avait les larmes aux yeux et j'ai senti à quel point ses paroles étaient sincères. La colère m'a quittée d'un coup. Dieu m'est témoin, j'étais encore sous son enchantement.

Patrick est revenu à Amherst la semaine suivante. Il est apparu dans la cuisine de Homestead un samedi après-midi. J'avais la main dans le four pour vérifier la température. Quand il a prononcé mon nom, j'ai sursauté et refermé la porte avec fracas.

— *Agra*, a-t-il murmuré en me caressant la joue, vous êtes plus belle que jamais.

La peau me démangeait sous ses doigts. J'ai soupiré et je me suis penchée vers lui, pensant qu'il allait m'embrasser. Mais il s'est contenté de me dire :

— J'imagine que vous savez pourquoi je suis là. Je suis venu chercher la réponse que vous m'avez promise.

Un sourire s'est formé lentement sur son visage.

— Et même si ce n'est pas l'envie qui m'en manque, je ne vous embrasserai pas avant de l'avoir obtenue.

Ça m'a chiffonnée de le voir si confiant. J'ai senti la moutarde me monter au nez et je me suis dirigée vers la table, où j'avais laissé une poignée de pommes de terre. J'ai essayé de me calmer – je lui devais une réponse, et jusqu'à cette minute je pensais en avoir une.

— J'espérais que vous auriez tiré un trait sur Brooklyn à votre retour.

J'ai commencé à éplucher les patates.

Il a eu un petit rire, mais je l'avais déstabilisé.

— *Acushla*, a-t-il d'une voix douce et dorée comme le miel. Vous me l'avez promis.

Je ne pouvais le nier. Et je n'étais point femme à revenir sur ses promesses. J'ai extirpé un œil de la pomme de terre que j'avais en main. Puis je l'ai regardé et son inquiétude m'a fait fondre. Tout ce que j'avais à l'esprit, c'était qu'il avait fait la route depuis New York pour me réconforter après la mort de Michael. Qu'il avait attendu patiemment que j'accède à sa demande. Ce devait être ça, le véritable amour.

J'ai hoché la tête, posé mon couteau et je me suis rapprochée de lui pour plaquer mes deux mains sur sa poitrine.

— Oui, ai-je dit en souriant. Ma réponse est oui.

Dieu tout-puissant, que Patrick était heureux ! Son sourire s'étirait comme le firmament et il n'a pas arrêté de m'embrasser jusqu'à ce que Vinnie entre dans la cuisine, à la recherche de Drummy-doodles.

J'ai préparé un pichet de limonade et nous sommes sortis nous asseoir sur le banc de la terrasse, d'où nous avons contemplé les collines de Pelham, pourpre et écarlate sous l'effet des feuilles d'automne. C'était l'une des vues préférées d'Emily.

Patrick m'a raconté ce qu'il avait vu à New York, l'immense pont qu'on construisait à Brooklyn et la gare de Grand Central en ville. La cerise sur le gâteau, selon lui, avait été une grande parade et un pique-nique pour célébrer un jour férié dédié aux travailleurs. Son enthousiasme était contagieux. Mais quand il a dit avoir assisté à une conférence sur l'autonomie irlandaise j'ai repensé aux fenians et je me suis rappelé avoir eu l'intention de le questionner avant qu'il m'annonce son départ pour New York. Alors je l'ai fait sans détour : avait-il pris part aux raids fenians du Canada ?

— Tom m'a dit que oui, ai-je affirmé. Donc je veux que vous me disiez la vérité. Je refuse qu'on me mène en bateau.

Il s'est tu un instant, le regard plongé dans ce qui lui restait de limonade au lieu de me faire face.

— J'y ai bien participé, et je le regrette. C'était il y a plus de dix ans et je n'ai fait qu'essayer de ne plus y penser depuis. Ce n'est pas un sujet dont je souhaite parler.

Il a fermé les yeux pour montrer à quel point ce souvenir lui était pénible, mais je n'ai rien dit.

Il a poussé un long soupir.

— Après la guerre, j'ai vécu avec des camarades de la Brigade irlandaise. La plupart d'entre nous n'arrivions pas à trouver de travail, alors nous passions nos journées à nous raconter des histoires et à parler de l'Irlande. Mais, de bonnes nouvelles concernant le vieux pays, il n'était point question. Nous pouvions discourir sur l'indépendance et la justice tant que nous le voulions, il était clair que l'Angleterre ne libérerait jamais l'Irlande de son joug. Quand certains de mes camarades ont intégré la confrérie des fenians, je me suis joint à eux.

Il a fini sa limonade et s'en est servi une autre.

— Nous avons eu vent d'un projet visant à faire plier les Anglais en conquérant une partie de leurs territoires au Canada.

— Alors vous y avez pris part.

— Bon sang, non ! C'était en 1866 et j'étais las de la guerre. Je n'ai pris aucune part aux combats jusque quatre ans plus tard. À ce stade, je voulais tout bonnement quitter la ville, un horrible endroit plein de gangs et de voyous en ce temps-là. Et le seul travail que j'avais trouvé était celui de charretier chargé de vider les toilettes extérieures des immeubles. Alors j'ai pris la direction du nord avec le capitaine John O'Neill et son armée. Et au début c'était fantastique. Nous étions presque un millier et remontés comme des abeilles enragées.

Il avait les yeux rivés sur les collines.

— Nous avions traversé la frontière canadienne et approchions d'un pont quand notre porte-étendard a été abattu. Mort sur le coup, le pauvre, a-t-il commenté avant de se taire une minute, le regard plongé dans le fond de son verre. En un clin d'œil, les Canadiens ont pris le dessus, nous tirant dessus sans discontinuer. Nous avons tous couru nous mettre à l'abri. Je me suis allongé derrière un muret et j'ai prié.

Pour être honnête, son histoire m'a émue. L'admiration prenait le pas sur mon mécontentement.

— Nous avons repassé la frontière, même s'il n'a pas été facile d'éviter les balles tirées tout du long, ni de laisser les blessés et les morts derrière nous. Il n'y avait pas de quoi être fier, Margaret. O'Neill nous a traités de lâches. Il nous a ordonné de nous reprendre et d'aller nous racheter. J'ai eu le sentiment qu'il nous condamnait tous à une mort certaine. Avant que nous ayons pu lui obéir, il a été arrêté par un officier américain. Après ça, nous avons tous pris la fuite. Un de mes camarades a retourné sa veste pour montrer qu'il ne voulait plus rien avoir à faire avec les fenians.

— Donc vous avez quitté leurs rangs ?

— Il s'agissait plus de disparaître, a-t-il répondu avec un haussement d'épaules. J'ai trouvé du travail sur le chantier du tunnel du Hoosac. Je me suis terré comme un lapin.

Il a eu un petit rire.

— Disparaître, ai-je répété. À cause de la honte que ça vous inspirait ?

Il a bu ce qu'il restait dans son verre et l'a posé sur le banc entre nous.

— Parlons d'autre chose, ma belle. C'est assez de souvenirs ruminés pour une journée.

J'ai froncé les sourcils. Ça me turlupinait, cette manière de Patrick de toujours avoir des secrets pour moi. Je n'aimais pas ne pas pouvoir lui faire confiance.

Soudain, le jour de notre rencontre et son refus de me confier son message pour Monseigneur me sont revenus à l'esprit. Je me demandais encore ce qu'il m'avait caché à l'époque. Et ce qu'il m'avait caché depuis.

— De toute façon, je n'ai pas le temps de discuter davantage aujourd'hui, ai-je dit.

Je me suis levée pour rentrer les verres.

— Margaret… *agra*. Nous devrions célébrer ce jour au lieu de nous disputer.

Il avait sans doute raison, alors je l'ai laissé m'embrasser. Mais ensuite je lui ai dit que j'avais du travail et qu'il devait partir.

— Vous avez fait de moi l'homme le plus heureux de l'Amérique, a-t-il dit en essayant de m'embrasser encore.

— Filez, lui ai-je rétorqué en le repoussant. Nous parlerons après la messe.

La première chose que j'ai vue en entrant dans l'église St Bridget le lendemain, c'était Patrick. À genoux, la tête baissée et les mains jointes. J'ai fait une génuflexion devant l'autel puis je me suis glissée sur le banc à côté de lui. Quand il a relevé la tête, son expression était si pleine d'espoir que ça m'est allé droit au cœur. Je voulais plus que tout revoir son sourire insouciant et coquin.

Alors je me suis penchée vers lui, au beau milieu du sanctuaire, avant que la messe ne s'ouvre sur le Gloria. Je lui ai murmuré à l'oreille que je l'aimais et que j'étais aussi heureuse que lui à l'idée que nous soyons bientôt mariés. Le sourire qui est apparu sur son visage était si grand que j'ai eu l'impression d'y basculer.

26

Si Emily avait deviné ce qui s'était passé entre Patrick et moi, elle n'en a jamais rien dit. J'ai essayé de trouver le bon moment pour lui annoncer que nous nous étions fiancés, mais la semaine suivante elle est retombée malade et a dû rester alitée. Vinnie a envoyé chercher le Dr Bigelow et Emily n'a pas protesté, même si quand elle était indisposée elle n'aimait voir personne, pas même Sue. Ces épisodes de maladie m'inquiétaient ; ils étaient de plus en plus fréquents et longs.

Le médecin lui a prescrit de garder le lit pendant deux semaines et administré du laudanum et de la belladone. Je devais donc m'occuper d'Emily en plus de la mère Dickinson. Mes journées étaient interminables et mornes. J'ai arrêté de prendre mes jeudis après-midi et, à l'arrivée du grand froid, j'ai dû entretenir sans cesse les feux dans tous les poêles et réchauffer des couvertures pour les soulager toutes les deux. Emily, qui pouvait adopter un ton terriblement caustique, était aimable, reconnaissante et triste. Par ce temps glacial, il n'y avait que les lettres du juge Lord qui paraissaient la ragaillardir. Quand je lui en apportais une, elle me demandait de sortir et de refermer la porte derrière moi. Elle me disait ne pas vouloir être désobligeante : elle avait simplement besoin de rester un moment dans son coin. Je le comprenais tout à fait. Lorsqu'il est question d'amour, toutes les femmes ont besoin de leur jardin secret.

Écrire lui manquait, et certains jours elle ne cessait de parler de ses lettres et de ses poèmes. Les jours où elle se sentait suffisamment d'aplomb, elle me demandait de la caler en position assise à l'aide d'oreillers et de traversins, et de placer son écritoire sur ses genoux pour qu'elle puisse griffonner. Je craignais qu'elle s'épuise et la suppliais de se reposer. Je prenais grand soin de la border chaque soir avant d'aller me coucher à mon tour. Parfois, j'aurais voulu lui arracher ces pages des mains car il me semblait qu'écrire ne faisait que l'agiter et la préoccuper.

Un soir, je le lui ai dit tout net, en lui confisquant son écritoire et en lissant les couvertures.

— C'est de repos que vous avez besoin, miss. Sûr que vous vous rongez les sangs à gribouiller autant. Ça vous épuise.

Elle m'a jeté un regard que je n'oublierai jamais, comme si j'avais été un fantôme venu la hanter jusqu'à l'en rendre folle.

— Vous avez raison, Maggie, a-t-elle répondu de cette voix lente et chuchotante qu'elle prenait parfois. Écrire me vide l'âme. Et le pire c'est que cela ne sert à rien. Mon encre pourrait tout aussi bien être invisible, pour ce qu'il en ressort.

— Ah non, miss. Ce n'est pas ce que j'ai voulu dire. C'est juste que je n'aime pas vous voir si fatiguée.

Elle a porté les mains à son front, se couvrant les yeux.

— Je ne sais pas ce qui me pousse à le faire, mais il faut que je le fasse, a-t-elle dit d'une voix d'enfant abandonnée qui a résonné lourdement dans le silence de la chambre. Je n'ai pas le choix. Mes poèmes sont une obsession.

— Les poèmes naissent du manque, pour sûr, ai-je dit en pensant aux poèmes et aux contes que j'avais entendus en grandissant. Je connais bien la douleur et la faim qu'ils renferment. On dit souvent qu'il pousse dans le Tipperary autant de poètes que de pommes de terre.

Elle a laissé retomber ses mains et m'a regardée de nouveau.

— Oui. « La douleur et la faim. » C'est exactement cela, a-t-elle murmuré avant de remuer dans son lit pour se redresser contre les oreillers. Mais les miens n'ont abouti nulle part. Ils ne sont que poussière retournée à la poussière.

Je n'aimais pas l'entendre parler de la sorte.

— Je les ai lus, miss. Ils n'ont rien à voir avec la poussière.

— Vous les avez lus ? C'est impossible.

J'ai lissé sa couverture de nouveau, car elle l'avait froissée en gigotant.

— N'y a-t-il pas des années que je les récupère en faisant la lessive ? J'en ai lu des dizaines.

Toute malade qu'elle était, elle a ri.

— Oh, ceux-ci ne sont que des ébauches. Des réflexions et des idées. Il y a des centaines de vrais poèmes, Maggie. Plus que vous ne pouvez l'imaginer. Personne ne sait qu'il y en a tant.

Ça me paraissait peu probable.

— Des centaines ?

J'ai attendu qu'elle me dise qu'elle plaisantait, mais au contraire elle a hoché la tête.

— Peut-être plus, a-t-elle répondu en s'enfonçant dans son lit. Bien que j'ignore pourquoi je les conserve. Je commence à ne plus savoir où les cacher et je devrais sans doute les jeter.

— C'est la fièvre qui parle. Pourquoi les cacher ? Les gens voudraient les lire, pardi ! Ils sont tellement vifs d'esprit !

— Ah, a-t-elle dit en soupirant. Je crains que non. La singularité n'est pas vendeuse. Et mes poèmes sont singuliers par-dessus tout.

J'ignorais quoi dire. Je n'étais pas sûre de comprendre. Mais je savais qu'Emily était différente et, si c'était la même chose qu'être singulière, alors elle l'était. Mais ce dont elle avait besoin à présent c'était de dormir, et j'avais peur que la conversation ne fasse que l'agiter.

— Ne les jetez pas, ai-je conclu en éteignant la lampe. Pas avant que je les aie lus.

— Je vous les laisserai tous, a-t-elle dit dans le noir, la voix pleine d'amertume. Tous jusqu'au dernier. Je vous en ferai l'héritière et vous laisserai les lire jusqu'à plus soif si vous promettez de les mettre au feu quand vous aurez terminé.

Je n'ai pas répondu ; elle avait davantage besoin de sommeil que de mes commentaires. Mais en mon for intérieur je me suis dit que je ne promettrais rien de la sorte.

À dire vrai, je n'ai pas repensé aux poèmes d'Emily jusqu'à l'après-midi suivant, lorsqu'elle m'a confié la tâche de les réunir. Il y en avait partout – enfouis dans de vieilles boîtes à chapeaux, débordant de sacoches, entassés sur une étagère dans son placard. Elle était assise dans son lit à m'observer tandis que je les sortais de leurs cachettes et les empilais au milieu de la pièce. Quand j'ai eu fini, je me suis tenue là, incapable de prononcer un mot, cernée par ses poèmes. Franchement, j'étais sidérée.

— Vous comprenez mon dilemme, m'a dit Emily.

— Mais quand ? Comment avez-vous pu en écrire autant ?

J'ai pivoté pour lui faire face.

Elle me scrutait. Ça m'a rappelé le jour où elle m'avait montré comment observer le dos d'une feuille d'arbre à l'aide d'une loupe.

— J'écris la nuit. Depuis des années. Père m'y encourageait quand j'étais plus jeune.

J'ai essayé d'imaginer Monseigneur encourageant qui que ce soit. Il n'avait pas été du genre à motiver les gens. Pourtant, je savais – tout le monde savait – qu'il adorait Emily. Si quelqu'un avait pu le pousser à trahir sa nature, c'était bien elle.

Elle a ouvert grand les bras pour balayer la pièce.

— Voici mes enfants. Mais, hélas, ils ont tous connu une triste fin.

Sa voix s'est assombrie.

— Ma foi, je peux vous aider à les remettre dans l'ordre. Au lieu de les laisser n'importe comment.

— Ensemble, nous leur préparerons des funérailles dignes de ce nom. Devrais-je commander le cercueil ?

Je n'aimais pas son humour. La poésie était l'essence du langage et il y avait des tas de recueils de poèmes dans la bibliothèque des Dickinson. Une étagère entière.

— Si vous en faisiez des livres avec des pages imprimées et des couvertures sophistiquées, les gens paieraient pour les acheter. M'est avis que vous avez assez de poèmes pour en fabriquer des dizaines.

Elle a ri, mais d'un rire amer.

— Vous ne comprenez pas. Aucun éditeur ne veut de mes poèmes. Apparemment, ils ne conviennent pas.

— Ça ne peut pas être vrai.

J'ai sorti une page du carton à chapeau le plus proche. Son écriture était tout en pointes et difficile à déchiffrer. Je l'ai lue trois fois avant de la reposer.

— Celui-ci convient tout à fait, d'après moi.

Je ne lui ai pas précisé que le poème resterait une énigme même à la énième lecture.

Emily a souri.

— C'est très gentil à vous, Maggie. Mais vous ne connaissez rien au monde de l'édition.

Ça m'a piquée au vif et je me suis détournée pour laisser ma colère s'estomper. J'ai ouvert une autre boîte à chapeau pour y trouver tout un tas de livrets. Il devait y en avoir des dizaines. Des bouts de ficelle dépassaient des bords cousus. Je les ai sortis de la boîte pour les poser au bout du lit.

— Ils sont drôlement ingénieux, miss. C'est vous qui les avez fabriqués ? lui ai-je demandé en en brandissant un.

— Oui. Ils sont similaires aux livres manuscrits qu'on nous faisait confectionner à l'école.

Elle avait le regard fatigué, mais incisif.

— Loin de moi l'idée de dédaigner vos paroles généreuses, Maggie. Il fut un temps où j'ai essayé de partager mes poèmes avec le reste du monde. Mais ça m'a coûté trop cher.

Et elle a fermé les yeux comme pour couper court à la conversation.

Je ne voyais pas du tout ce qu'elle voulait dire. Je ne comprenais pas en quoi ça avait pu lui coûter, mais je comptais bien l'aider.

— Je pourrais y remettre de l'ordre pour vous. Trouver un endroit où les entreposer.

— Je n'ai plus nulle part où les ranger depuis longtemps. Ma malle est pleine à craquer, comme vous le savez.

— Pourquoi pas la bibliothèque ? Je pourrais libérer des étagères. Et il y a des tiroirs vides dans le bureau.

Je m'étais chargée de vider les placards et les tiroirs des affaires de Mr Dickinson, et j'en connaissais tous les recoins.

— Non, non. Je ne les veux pas là où n'importe qui pourrait les trouver.

Elle a posé une main sur son front. Elle devait avoir mal à la tête.

— Vous êtes la seule personne au monde à connaître leur existence, Maggie. Vous devez me faire la promesse solennelle qu'il en sera toujours ainsi.

Ça me paraissait difficile.

— Pourquoi les garder secrets ?

Elle a soupiré et regardé par la fenêtre.

— Une grande partie de ma vie s'est déroulée à l'abri des regards. Peut-être que c'est simplement devenu une habitude.

— Les habitudes peuvent se perdre, lui ai-je dit. Par la confession et la repentance.

Elle m'a scrutée à sa manière curieuse et, un instant, j'ai cru qu'elle allait se mettre à rire.

— Ce n'est pas chose aisée. Depuis longtemps, je soupçonne les habitudes d'être le prix de notre humanité. La petite plaisanterie de Dieu, si vous voulez. Ou peut-être la clé de la grâce, a-t-elle poursuivi avant de produire un étrange bruit de gorge, entre sanglot et gloussement. La vérité, c'est que je ne supporte pas l'idée qu'ils soient à découvert. Au vu et au su de tous, quelle horreur ! Je craindrais pour leur vertu. Mieux vaut les garder à l'état de poussière.

J'ai essayé d'imaginer ce que signifierait pour un poème d'avoir une vertu. De la bouche de quelqu'un d'autre, j'aurais cru que l'auteur de ces paroles était toqué. Mais c'est la manière qu'avait Emily de s'exprimer, comme si le monde entier et ce qu'il renfermait étaient doués de raison et de sentiment. C'était une notion étrange, mais si je m'efforçais de ne pas trop y penser elle présentait une certaine logique.

Soudain, j'ai eu une idée.

— Je peux les mettre dans ma malle. Elle est presque vide – elle reste là sous la fenêtre, à ne rien faire.

Je me suis rendu compte que je parlais comme elle, comme si ma malle avait eu une volonté propre.

— Personne n'irait les y chercher. Qui s'amuserait à fouiner dans la malle d'une bonne ?

Sa mine m'a fait rire et, une minute, j'ai cru qu'elle allait dire quelque chose de méchant. Puis elle a opiné du chef.

— Oui, a-t-elle dit. Je pense qu'ils s'y sentiront bien.

Ça m'a ragaillardie de la voir satisfaite et heureuse. Ça arrivait trop rarement.

Plus tard dans l'après-midi, j'ai déposé les poèmes d'Emily dans ma malle – quarante livrets cousus de ficelle, plus quinze qu'elle n'avait pas encore assemblés. Les laisser en l'état était dommage, mais je n'avais ni le temps ni les compétences pour les coudre moi-même.

Trois jours d'affilée, Emily m'a fait promettre de garder le secret. Pour sûr, ça allait contre mon instinct, car pour moi un poème n'était pas tout à fait réel avant d'être lu. Et autrefois elle avait voulu les publier. C'était certainement pour cette raison qu'elle avait adressé tant de lettres à l'éditeur, Mr Higginson, et qu'il lui avait rendu visite pendant des années. Emily m'avait confié avoir pris contact avec lui la première. Sa lettre avait été si faussement pudique et si aguicheuse qu'il était venu à Amherst uniquement pour découvrir qui en était l'auteur. Mais il n'avait jamais promis de publier ses poèmes.

Un profond chagrin s'emparait d'elle chaque fois qu'elle en parlait, de ses poèmes. Comme si elle s'exprimait du fond d'un puits, la voix perçant l'eau et l'obscurité.

Après avoir accepté sa demande en mariage, j'ai vu Patrick tous les jours. Je préparais le thé et nous discutions dans la cuisine. Lorsque j'étais de repos, nous faisions de longues promenades dans Amherst ou prenions le train pour Northampton. Une fois, nous sommes allés aussi loin que Holyoke. Ça m'a rappelé des souvenirs et je lui ai raconté que, à mon arrivée en Amérique, les autres catholiques et moi devions marcher jusque là-bas pour nous rendre à la messe, parce que c'était la seule église des environs. Quand je lui ai dit que Mary et Tom s'étaient mariés là, il a insisté pour que je fixe la date de nos noces à nous.

— Elles devront avoir lieu à St Bridget, ai-je dit tandis que nous longions le canal de Holyoke en admirant le reflet sur l'eau des bâtiments de l'usine. Et St Bridget est une église secondaire depuis que le père Brennan est parti. Il faudra donc nous rendre à Northampton pour parler au père Barry. Et attendre la lecture des bans. Ça prend du temps.

Patrick s'est arrêté et a ramassé une pierre sur le sentier. Il l'a retournée dans sa main.

— Ou nous pourrions le faire à Brooklyn, a-t-il suggéré en étudiant le caillou afin de ne pas me regarder dans les yeux.

— Pas si c'est moi la mariée, ai-je répliqué en me remettant à marcher.

Il aurait dû savoir qu'une telle proposition était idiote. Il était lui-même catholique et n'ignorait pas que nous devions nous marier dans notre paroisse. De plus, pourquoi serais-je allée convoler au milieu d'inconnus alors que mes amis et ma famille vivaient tous à Amherst ?

De ce jour-là, il m'a tannée pour que je parle au père Barry. Je lui ai rétorqué qu'il n'avait qu'à aller lui parler lui-même. Il m'a opposé que j'étais celle qui allait à la messe régulièrement, et qui le connaissait le mieux. Plus il me pressait, plus je rechignais à le faire.

— Je ne vois pas en quoi c'est urgent. Nous avons bien attendu jusque-là. Quelques semaines supplémentaires ne nous tueront pas.

Puis, alors que nous étions assis sous le porche de Kelley Square par un beau jeudi après-midi, Patrick m'a tancée de nouveau à propos de la date. Ses connaissances à Brooklyn s'impatientaient, m'a-t-il dit.

— Ils n'attendront pas beaucoup plus longtemps. Je dois leur confirmer la semaine prochaine si j'accepte le poste. Et je ne supporte pas l'idée de vous quitter, vraiment.

Il a passé un bras autour de ma taille et m'a embrassé l'oreille.

— Eh bien, répondez-leur non. Il y a bien assez de travail à Amherst et à Northampton.

Il a laissé retomber son bras.

— Alors vous avez décidé de ne plus m'épouser ?

— Ce que je dis, c'est que je ne vois pas pourquoi vous tenez tant à aller à Brooklyn. Qu'est-ce qu'il y a de si fabuleux dans un poste à l'usine pour que vous fassiez une croix sur la vie que vous pourriez avoir ici ? Est-ce une question d'argent ?

Il a haussé les épaules. Il évitait mon regard. Un doute s'est formé dans mon esprit, et aussitôt je me suis demandé pourquoi je n'y avais pas pensé plus tôt.

— Qu'est-ce qu'ils fabriquent dans cette usine de Brooklyn, d'abord ?

Je l'ai vu cligner des yeux puis regarder en direction de la gare. Nos corps ne se touchaient pas, mais j'ai senti ses épaules se contracter.

— Vous feriez mieux de me le dire. Je sais que vous me cachez quelque chose.

Il a tenté de me prendre la main, mais je lui ai fait retirer la sienne.

— Vous essayez de me charmer par un sourire, un baiser et des embrassades. Mais ça ne servira à rien. Vous devez me dire la vérité, Patrick. C'est maintenant ou jamais.

Il s'est tu un instant, le dos voûté. Puis il s'est redressé.

— D'accord. Je vous le dirai. Mais pas ici, où quelqu'un pourrait nous entendre.

Il paraissait agité et le frisson qui m'a parcourue était plus de peur que d'excitation.

— Allons faire un tour alors, lui ai-je dit. Tout de suite.

L'air sentait l'orage tandis que nous remontions Triangle Street. Nous avons franchi le portail du West Cemetery et longé les tombes. L'allée était en huit, dessinant une courbe avant de revenir sur elle-même. Emily m'avait expliqué un jour que c'était le symbole de l'infini, donc de circonstance dans un cimetière.

Nous sommes passés devant la tombe de Monseigneur, droite comme un *i*, à son image, avant de continuer vers la partie la plus ancienne, où les rangs de stèles en ardoise penchaient. Je me suis arrêtée.

— Il n'y a personne ici. Et il est grand temps que vous me racontiez tout.

Il a exhalé longuement.

— Avant que je le fasse, vous devez me promettre de n'en rien dire à personne, a-t-il insisté en me regardant droit dans les yeux. Ça doit rester secret, faute de quoi ma vie serait en danger.

— Votre vie ?

Je pensais qu'il plaisantait. Mais il n'y avait plus trace de cette étincelle qui animait ses yeux, et je ne lui avais jamais vu une mine si grave.

— Promettez-le-moi, Margaret.

Son ton était malheureux.

Je n'étais pas sûre de le croire, mais je le lui ai promis. Dieu sait que ça ne m'a pas plu. Garder des secrets est le meilleur moyen d'attirer la catastrophe.

Alors il m'a tout raconté. Un homme qu'il connaissait du temps où il avait vécu à New York l'avait recruté dans le cadre d'un projet clandestin.

— C'est une sorte d'école. Ils m'ont demandé d'y enseigner.

— Enseigner ? Je croyais qu'il s'agissait de travail à l'usine. Enseigner quoi ?

Il a baissé la tête et voulu me prendre la main, mais je l'ai mise dans mon dos.

— Dites-le-moi. Vous m'avez promis la vérité.

— Quand je travaillais sur le chantier du tunnel, j'étais l'un des hommes chargés de la dynamite. J'enseignerai à d'autres comment la fabriquer.

— De la dynamite ? ai-je répété ; j'avais lu des choses sur la dynamite et je savais qu'elle pouvait tuer et servir à des fins malfaisantes. Qui seront vos élèves ?

— Je ne peux pas vous le dire.

J'ai reculé.

— Et c'est ce pour quoi vous voulez aller à Brooklyn ? Pour fabriquer de la dynamite ? ai-je demandé, sentant une bouffée de colère se former en moi. Vous m'avez menti. Vous m'avez fait croire qu'il s'agissait d'une usine.

Il n'a rien dit, n'a pas bougé.

Soudain, j'ai compris. Ça m'a frappée comme les braises fusent d'un feu de cheminée.

— Ce sont des fenians, ces hommes, n'est-ce pas ? Ils ne fabriqueront pas de la dynamite pour creuser des tunnels. Ils s'en serviront pour faire exploser des bâtiments et faire du mal aux gens. Les assassiner.

Les mots jaillissaient de ma bouche, sans pause pour me laisser respirer.

— Avez-vous oublié que mon frère est mort dans une explosion ? Si la dynamite n'avait pas existé, il serait toujours en vie.

Je ne savais pas comment interpréter l'expression de Patrick. J'ai fait un pas de plus en arrière.

— Ce que je ne comprends pas, c'est pourquoi vous vouliez que je vienne avec vous. Qu'est-ce qui vous a fait croire que je voudrais avoir quoi ce soit à faire avec ce projet ?

Il a secoué la tête comme s'il venait de se réveiller.

— Vous avez l'esprit d'une combattante. Vous aimez l'Irlande, m'a-t-il répondu. Et aussi vous m'aimez moi, et vous allez m'épouser.

J'ai eu la nausée. Je l'ai dévisagé en me demandant s'il m'avait jamais dit la vérité.

— Non, lui ai-je dit, avec la conscience aiguë de me trouver entre deux tombes brisées. Je n'épouserai pas un homme qui fabrique de la dynamite pour tuer des gens. La machine infernale m'a déjà enlevé un homme que j'aimais, et je n'en perdrai pas un autre. Nos fiançailles sont rompues.

Il me regardait, raide comme une statue.

— Partez, ai-je lancé. Je ne veux plus vous voir. Plus jamais.

Il a fait un pas vers moi, mais en hésitant.

— Ne me touchez pas. Partez.

Et c'est ce qu'il a fait.

27

Je ne suis pas retournée à Kelley Square ce jour-là. Je suis rentrée directement à Homestead, où je me suis enfermée dans ma chambre. Mon cœur battait à se rompre et j'avais le visage en feu. Pas à cause de la marche, mais des sentiments contradictoires qui se déchaînaient en moi. Ils me saisissaient par vagues successives : la colère, le regret, le soulagement, le chagrin.

Je n'arrêtais pas de revoir l'expression de Patrick avant son départ. Une expression intense, qui m'avait coupé le souffle. Je l'avais regardé partir avant de me mettre en route. Désormais, j'oscillais entre l'envie de retirer mes paroles pour l'épouser la semaine suivante et celle de ne plus jamais le revoir tant j'enrageais. Un coup je me demandais si je devais révéler à un policier ou un juge ce à quoi il était mêlé à Brooklyn – c'était sûrement illégal –, un autre je voulais qu'il me serre dans ses bras et me dise que ça n'avait été qu'une plaisanterie. C'était comme si toutes les émotions possibles et imaginables se bousculaient en moi.

Mes larmes ne se sont pas fait attendre. Je me suis assise sur mon lit, j'ai replié les genoux et pleuré. Je n'avais jamais eu autant de regrets de ma vie. Pourtant, j'étais convaincue d'avoir pris la bonne décision en le congédiant. Je n'aurais jamais pu épouser un homme qui fabriquait des bombes. Peu importe à quel point je tenais à lui. Ni à quel point la cause était noble.

J'ai prié à genoux longtemps – pour moi-même, pour Patrick. Et pour tous les gens qui pourraient être blessés ou tués par sa dynamite. J'étais en train de me relever quand mon regard s'est attardé sur ma malle, et j'ai pensé aux poèmes d'Emily qu'elle renfermait. Je l'ai ouverte et je les ai regardés, calés sur un côté, contre le papier d'entoilage rouge et jaune délavé. J'ai saisi un des livrets et je me suis mise à lire.

J'ai pris mon temps. Je n'aurais pas pu être plus rapide quand bien même je l'aurais voulu, l'écriture d'Emily étant si difficile à déchiffrer. J'ai continué ma lecture et, le premier livret terminé, j'en ai attrapé un autre. Je n'ai pas essayé d'en déterminer le sens, j'ai simplement laissé la musique des poèmes se déverser sur moi comme la marée. Dieu m'est témoin, je suis restée debout la moitié de la nuit dans le faisceau de ma lampe ; ses mots imprégnaient les moindres recoins de mon esprit. Ils étaient comme des étincelles – de minuscules points lumineux. Je ne les comprenais qu'à moitié. Pourtant ils me touchaient en plein cœur.

— Il n'a rien voulu dire à personne, m'a révélé Tom.

Je rentrais avec Mary et lui de la messe le dimanche suivant. C'était une belle journée d'automne, les feuilles rouges et jaunes contrastaient avec le ciel bleu.

— On aurait dit un condamné qu'on menait au gibet. Voûté comme un vieillard sous un lourd fardeau. Il n'avait plus rien du Patrick que nous connaissions.

— Je ne veux rien savoir, ai-je dit. Il est parti, un point c'est tout.

Tom et Mary me tenaient pour responsable de son malheur. Je leur avais dit que nous nous étions disputés, que nous avions rompu nos fiançailles et qu'il était parti à Brooklyn. Mais je n'avais révélé à personne ce qu'il y ferait et je n'en avais pas l'intention. À présent, tout le monde me demandait pourquoi il avait déguerpi si vite et j'avais du mal à trouver une réponse convaincante.

Mary, qui avait nourri des doutes sur son compte, a essayé de me consoler.

— Tu es bien mieux sans lui, m'a-t-elle dit. J'ai su que c'était un vaurien et une canaille dès que j'ai posé les yeux sur lui.

En réalité, l'opinion qu'elle se faisait de lui avait changé à plusieurs reprises, mais j'ai hoché la tête en lui disant que j'aurais mieux fait de l'écouter dès le départ.

— J'ignore pourquoi je n'ai rien vu, ai-je continué.

— Ma foi, ce ne sera pas le dernier, a-t-elle conclu. Il y a des milliers de poissons dans la mer. Et tu es encore jeune.

Mais nous savions toutes les deux que c'était faux.

Que faire pour endiguer ma tristesse sinon me plonger dans la vie à Homestead ? J'avais fait mon travail tout du long, mais la moitié de mes pensées avaient tourné autour de Patrick, à me demander quand je le reverrais, où nous irions la fois suivante. Désormais, j'étais libérée de tout ça.

Cela dit, vous sortir un homme de l'esprit quand il y a eu sa place pendant des années n'est pas chose aisée. Il me hantait, Patrick. Je ne cessais de me remémorer son triste regard le jour où il m'avait avoué la vérité. Et mes rêves étaient troublés par ses baisers. Je me réveillais au milieu de la nuit, les lèvres encore chaudes d'avoir touché les siennes. Il m'a fallu une sacrée détermination pour tourner la page.

Je perdais mon énergie. C'est arrivé tout doucement, mais ma vivacité s'amenuisait à mesure que mes forces me quittaient. Toutes ces journées à porter des choses, à me baisser, à grimper des escaliers et à m'agenouiller m'engourdissaient les muscles et m'abîmaient les os, si bien que je me réveillais percluse de douleurs tous les matins. J'avais mal au ventre et perdu l'appétit. Je pouvais regarder une pâtisserie toute la matinée sans être tentée d'en avaler un bout.

Quand j'ai commencé à avoir de la fièvre, j'ai su que la typhoïde était revenue. C'est une terrible affliction qui vous laisse le squelette en compote. Je pouvais à peine traverser la cuisine sans avoir besoin de m'asseoir pour me reposer. On m'a donc envoyée à Kelley Square, où Mary pourrait s'occuper de moi. J'y suis restée tout le mois d'octobre.

Notre mère disait toujours qu'octobre était dangereux. Le voile entre les deux mondes est alors plus fin et les fées peuvent passer à travers pour venir tourmenter même un saint. Mieux vaut s'activer physiquement et s'occuper l'esprit, tout en restant vigilant face au risque d'accident et de possession. Mais j'étais allongée sur le dos et fiévreuse par-dessus le marché, sans rien pour me distraire des terreurs nocturnes. Tous les démons et les mauvais esprits dont j'avais entendu parler dans mon enfance me rendaient visite : les gobelins, les changelins, les kelpies[1] venus de la mer. Une fois la crise passée, j'étais aussi faible qu'un oisillon sorti de l'œuf. La guérison a été lente et longue, mais j'ai fini par me rétablir. Et à mesure que mon corps guérissait mon esprit en faisait autant. Penser à Patrick est devenu moins douloureux et a cessé de me transpercer le cœur.

En novembre, j'avais repris assez de forces pour retourner à Homestead. Emily est venue m'accueillir en personne à la porte et m'a prise dans ses bras comme si j'étais une sœur perdue de vue et non une bonne. J'en ai rougi de surprise. Ça m'a fait plaisir, c'est sûr.

Les saisons ont passé. L'automne pluvieux s'est mué en hiver particulièrement morne et froid ; la neige m'arrivait aux genoux et la glace se nichait sous les corniches. Le printemps a mis du temps à pointer le bout de son nez. Mais, avril venu, la neige avait fondu et l'été n'était plus très loin.

Une fois cette saison bien installée, elle a été splendide. Meg a donné sa démission aux Evergreens et épousé son amoureux, James. Emily était assez en forme pour passer de longues heures joyeuses dans le jardin, en compagnie de ses oiseaux, de ses fleurs et de la musique intérieure de ses poèmes. La mère Dickinson s'est sentie

---

1. Créatures aquatiques du folklore irlandais et écossais.

revigorée par la chaleur et paraissait moins fragile. Et la paroisse de St Bridget s'agrandissait, avec un tel nombre de confirmations et de baptêmes qu'il devenait difficile d'en tenir le compte.

Un nouveau couple est apparu dans le cercle de Sue Dickinson : le Pr David Todd et sa jolie épouse, Mabel. Ils étaient jeunes, beaux et fraîchement débarqués de Washington, D.C. Vinnie, en particulier, est tombée sous le charme de Mabel. Elle n'avait à la bouche que des « Mabel ceci » et des « Mabel cela » quand elle me décrivait ses talents musicaux et artistiques, m'annonçant qu'elle allait bientôt venir à Homestead. Apparemment, Mrs Todd désirait rencontrer le mythe d'Amherst et priait pour qu'on l'invite. Vinnie a supplié Emily de l'accompagner aux Evergreens afin de pouvoir la lui présenter, mais Emily a refusé.

Puis nous avons entendu dire que Sue avait raconté à Mabel quelque chose de scandaleux à propos d'Emily. Elle lui avait confié être entrée un jour dans le salon de Homestead pour y trouver Emily dans les bras du juge Lord. Vinnie était furieuse contre Sue pour avoir répandu de tels ragots, mais ça m'a glacé le sang car je n'avais pas oublié la fois où je les avais moi-même surpris.

Quand Emily a eu vent de ces rumeurs, la joie estivale l'a quittée comme l'eau fuit d'un seau percé. Elle a cessé d'adresser des petits mots à Sue et refusé de la voir. C'était terrible, parce que Emily lui avait fait davantage confiance qu'à quiconque. Elle avait toujours fait relire ses poèmes à Sue, ce qui n'était le cas de personne d'autre. Je priais pour que ce froid entre elles ne s'éternise pas. Mais elles n'ont plus communiqué pendant des mois.

Vinnie m'a dit que Sue avait inventé cette histoire parce qu'elle était jalouse.

— Mais de qui ? lui ai-je demandé.

Nous faisions le ménage dans le salon, qui en avait grand besoin. Les fenêtres ouvertes laissaient entrer la poussière de la rue, si bien que tout était recouvert d'une pellicule d'un gris brun.

— Du juge Lord, voyons ! s'est exclamée Vinnie en délaissant le pied de chaise qu'elle était en train d'épousseter. Emily est amoureuse de lui et Sue n'apprécie pas de se voir remplacée.

— Remplacée ?

Le mot était sorti tout seul. Quelle idée ridicule !

— Oh, ces deux-là, a dit Vinnie en s'attaquant au piano avec tant de vigueur que j'ai vu des plumes voler de son plumeau. Il n'y en a jamais eu que pour « Emily et Sue », « Sue et Emily » dès leur rencontre.

M'est avis que c'était Vinnie qui était jalouse. Ça m'a surprise, elle n'avait jamais rien montré d'autre que de la dévotion envers Emily. Mais apparemment elle dissimulait un certain dépit. Je compatissais franchement. Je savais ce que c'était d'être une sœur cadette, de se sentir sans cesse inférieure et d'attendre le moindre signe de respect, la moindre promesse de se voir traitée de manière plus juste.

En septembre, Mabel Todd a fini par venir à Homestead. C'est Austin qui l'a amenée et elle était aussi belle que Vinnie l'avait décrite avec sa tenue raffinée, ses grands yeux et cet air délicat que certains prennent pour de l'innocence. Mais j'ai vu dès le début qu'elle mijotait quelque chose. Je sais reconnaître une friponne quand j'en vois une et Mabel avait l'art et la manière de faire de l'œil aux gens, pour sûr. Betty, la nouvelle bonne des Evergreens, m'avait dit que Mabel se plaisait à minauder avec le jeune Ned. Le pauvre était déjà à demi amoureux d'elle, apparemment.

Vinnie était toute belle ce soir-là, vêtue de bleu. Elle voulait désespérément qu'Emily rencontre Mabel et m'a envoyée à l'étage par trois fois, mais Emily est restée cloîtrée dans sa chambre. Alors Austin, Mabel et Vinnie se sont installés dans le salon, où je leur ai servi le café et le pain d'épices. Puis Austin a demandé à Mabel de chanter pour que sa mère l'entende, et m'a dit d'aller m'asseoir avec cette dernière pendant qu'elle écoutait.

Pour être honnête, l'air était très joli. Mabel était une chanteuse pleine de talent et savait jouer de la voix et du piano comme des désirs d'un homme. Quand elle a eu fini et que je m'apprêtais à redescendre, Emily a entrouvert sa porte et m'a appelée en chuchotant. Elle a glissé un billet dans ma main et m'a dit de le remettre à la chanteuse. Je lui ai fait remarquer que ça ferait plaisir à Vinnie si elle le lui donnait elle-même, mais Emily a fermé les yeux et secoué la tête, et elle n'est jamais descendue voir Mabel.

Ni ce soir-là ni les autres.

Peu après, la mère Dickinson a attrapé une mauvaise toux et commencé à s'affaiblir. Elle paraissait parfois ne plus se rappeler où elle était, ni le nom de ses propres filles. Chaque jour, elle me demandait quand Monseigneur allait rentrer. Ça me fendait le cœur.

— Bientôt, je lui répondais, et ce n'était pas un mensonge éhonté, car j'avais l'impression qu'elle ne tarderait pas à le rejoindre.

Comme le disait Emily, le plus difficile quand on s'occupe d'un malade n'est pas la charge qui vient avec, mais le besoin de déformer la vérité.

Le matin, nous devions soulever la mère Dickinson de son lit et l'installer dans son fauteuil ; elle était désormais si menue que le faire à deux était devenu un jeu d'enfant. Généralement, Vinnie et moi nous en chargions tandis qu'Emily aérait le lit, lissait les draps et tapotait les oreillers. Une fois par semaine, elle enfouissait un nouveau sachet de lavande sous le matelas.

En novembre, le jour que nous redoutions toutes est arrivé. J'étais en train d'allumer le feu de la cuisine quand Vinnie m'a appelée à l'étage. Sa mère s'était réveillée tôt après une nuit agitée et se plaignait de ses douleurs. Sûr, ça m'a étonnée, car ça ne ressemblait pas à la mère Dickinson de geindre. Elle avait été en forme les derniers temps, allant jusqu'à recouvrer l'appétit : elle avait englouti toute la crème renversée que je lui avais préparée la veille et en avait redemandé. Mais même quand Vinnie et moi l'avons déposée dans son fauteuil elle a continué à gémir. Emily est venue, aussi épuisée que sa mère.

— Retournez vous coucher, miss Emily, lui ai-je dit en calant le coussin de la mère Dickinson derrière sa tête, comme elle l'aimait. Je m'occuperai d'elle ce matin.

La mère Dickinson m'a adressé un très faible sourire, puis a regardé Emily et enfin Vinnie, qui ouvrait les rideaux.

— Ne me laisse pas, Vinnie, a-t-elle prononcé d'une voix forte.

Puis ses yeux se sont fermés et un long râle s'est échappé de sa bouche.

Je me suis agenouillée et j'ai fait le signe de croix sur-le-champ ; je savais qu'elle nous avait quittées. Pour être franche, c'était un mal pour un bien. Il n'y a pas plus triste qu'une mort lente, et la pauvre femme souffrait depuis des années. Vinnie s'est écriée « Oh non ! » et Emily a paru suffoquer. Mais ni l'une ni l'autre n'a bougé. Elles étaient comme pétrifiées. C'était un froid et morne matin, certes, mais c'est le chagrin qui les a immobilisées, pas l'absence de feu dans la cheminée.

Je n'ai jamais reproché à personne d'avoir du mal à accuser le coup après un décès. Je n'ai pas à en juger, surtout si la personne n'est pas catholique et ne bénéficie pas du réconfort de la vraie foi. Mais la mort de la mère d'une femme reste la pire des calamités. Et, ce jour-là, il n'y avait de place dans mon cœur que pour l'amour.

Un décès à la maison a pour effet de décupler le travail à un moment où la famille n'a vraiment pas les idées claires. Donc c'est sur la bonne que tout retombe. C'est moi qui ai fait la toilette mortuaire après avoir annoncé la triste nouvelle à Austin. Emily et Vinnie ont essayé de m'aider, mais elles n'avaient pas la tête à ça, les pauvres. Elles n'ont pas été les seules à pleurer ce jour-là ; je me suis jointe à elles. Après des années de service, j'avais fini par considérer la mère Dickinson comme une parente. C'est curieux comme une famille s'agrandit au fil de la vie. On peut porter de nombreuses personnes dans son cœur, quels que soient les liens du sang.

Après avoir habillé la mère Dickinson de sa plus belle robe grise et brossé ses boucles blanches pour la dernière fois, je suis allée chercher l'homme des pompes funèbres. Le corps a été déposé dans un cercueil, porté au rez-de-chaussée et installé dans le hall, comme celui de Monseigneur. La maison était bondée lors des funérailles, car beaucoup l'avaient aimée et bien d'autres encore souhaitaient rendre hommage aux Dickinson. Emily n'est pas descendue, mais ça n'a étonné personne.

À ma grande surprise, Mabel Todd était assise dans la rangée dédiée à la famille, aux côtés d'Austin et de Sue. Ce n'était pas du tout convenable : elle aurait dû savoir où était sa place lors d'un enterrement. Pendant la collation qui a suivi, elle allait de pièce en pièce, se mêlant aux notables d'Amherst comme si elle avait été la maîtresse de maison. Ça m'a fait monter la moutarde au nez. En sortant de la bibliothèque avec un plateau vide, je n'étais pas d'humeur à tolérer ses sottises quand je l'ai trouvée au milieu de l'escalier principal.

— Qu'est-ce que vous faites ? lui ai-je demandé.

J'ai posé mon plateau sur la table du vestibule et grimpé les marches qui nous séparaient.

— La collation a lieu au rez-de-chaussée, madame, ai-je continué en la prenant par le coude. Je peux vous montrer le chemin si vous êtes perdue.

Seigneur, j'étais furieuse !

Elle m'a jeté un regard qui aurait terrassé le diable en personne.

— Ne me touchez pas ! m'a-t-elle dit en repoussant ma main comme si j'étais contagieuse. Je fais seulement un tour. Il n'y a aucun mal à cela.

Je me suis faufilée devant elle pour l'empêcher d'aller plus haut.

— Personne ne doit déranger miss Emily. C'est la règle ici. Ça l'a toujours été. Et ça le sera tant que je serai la bonne de cette maisonnée.

Elle m'a regardée bouche bée, les yeux durs comme des cailloux.

— Quelle insolence !

Elle m'a presque craché ça à la figure. Mais elle a rebroussé chemin, redescendant l'escalier à petits pas.

Je me suis demandé si Emily nous avait entendues derrière sa porte fermée. Peu importe. Je ne faisais que mon devoir.

Ce soir-là, il était plus de minuit quand j'ai pu regagner péniblement ma chambre, en sachant qu'il y aurait encore davantage de travail le lendemain matin. Les enterrements laissent toujours une maison en pagaille et les personnes en deuil ont besoin d'ordre et de propreté. Je venais de terminer mes prières lorsqu'on a toqué à ma porte.

Emily se tenait devant moi en chemise de nuit, les cheveux détachés et le visage aussi fatigué que le mien.

— Que puis-je faire pour vous, miss ?

Son sourire était une ombre.

— Je suis venue vous remercier pour ce que vous avez fait aujourd'hui.

J'ignorais de quoi elle parlait, ce qui a dû se lire sur ma trogne parce qu'elle s'est expliquée :

— En contrariant les plans de Mrs Todd. Votre protection acharnée n'a pas de prix, Maggie.

— Je vous en prie, miss. Mais vous devriez retourner vous coucher.

Au lieu de ça, elle est entrée dans ma chambre. Du regard, elle a fait le tour de la pièce comme si mes maigres possessions suscitaient son intérêt.

— Comme c'est joli ! a-t-elle dit.

Elle regardait le chapelet suspendu au mur, celui que j'appelais le chapelet de Patrick. Les grains reflétaient la lumière de la lampe et brillaient comme de minuscules étoiles ambrées.

Elle l'a touché d'un doigt, faisant trembler le crucifix.

— Je ne vous ai jamais vue l'utiliser, celui-ci, Maggie.

— Non, miss.

Ça m'a étonnée qu'elle le remarque, mais j'étais trop fatiguée pour lui expliquer la chose. À dire vrai, je me suis demandé pourquoi je l'avais laissé là.

— Vous devriez vraiment être en train de dormir. Ç'a été une rude journée.

— Je dormirai bien assez tôt.

Elle regardait toujours le chapelet de Patrick.

J'ai eu honte de mes paroles, sachant qu'Emily associait le sommeil à la mort. Et elle venait de perdre sa mère. Je me suis sentie terriblement coupable.

— Oh miss, je suis vraiment désolée. Je voulais juste dire qu'il faut vous reposer.

Elle a hoché la tête et laissé échapper un soupir.

— Ne vous inquiétez pas, Maggie. Je le sais, a-t-elle dit en souriant. Je connais votre bon cœur.

J'en ai été stupéfaite – les larmes me sont montées aux yeux. Je désirais tellement la consoler, faire disparaître sa douleur. J'ai vite décroché le chapelet de Patrick et je l'ai déposé dans sa main. J'ignorais quoi faire d'autre.

Elle l'a fixé du regard.

— Oh non, a-t-elle murmuré. Vous n'avez pas besoin…

— Je veux que vous le gardiez, l'ai-je interrompue. Je refuse de le reprendre. D'ailleurs, les grains ont la même couleur que vos yeux. Maintenant, allez vous recoucher.

De sa main libre, elle a serré la mienne.

— Vous êtes mon ange gardien, m'a-t-elle dit.

Puis elle est partie de son pas flottant. Et je me suis retrouvée seule.

Partie V
Chambres

28

1916

Ça peut paraître étrange, mais j'ai plus de facilité à faire quelque chose quand je suis révoltée. J'ai plus de cran et je m'inquiète moins de ce que les gens penseront. Mais l'idée de devoir me rabibocher avec Mattie D. me met dans tous mes états. Je passe quasiment une semaine à rassembler mon courage et à réfléchir à ce que je lui dirai pour qu'elle me laisse entrer.

C'est seulement le vendredi que je finis par me lasser de mes tergiversations et que je me décide à y aller. Au matin, je prépare un pain d'épices, l'enveloppe dans un de mes plus beaux torchons et le glisse dans mon panier. Peu après le coup de sifflet de midi, j'enfile mon manteau et mon chapeau, je prends une grande inspiration et je sors de chez moi, panier au bras. C'est une journée chaude et ensoleillée. Les crocus que Nell a plantés devant le porche de Tom sont en fleur et des jonquilles commencent à sortir de terre. J'aperçois en passant deux merles d'Amérique qui sautillent sur la pelouse de Mrs Hills. Arrivée au portail des Evergreens, je suis d'humeur optimiste.

Or, quand je frappe à l'imposante porte d'entrée, ce n'est pas Mattie D. qui m'ouvre, mais sa bonne. Je n'ai jamais vu cette femme. Elle est bien en chair, a les traits sévères et sa mine me dit que je viens de lui gâcher sa journée.

— Qu'est-ce que vous voulez ? lance-t-elle en me fusillant du regard.

À dire vrai, j'ai l'impression de me revoir quand je protégeais Homestead des intrus.

Je lui dis être venue voir Mme Bianchi. Elle ne me demande pas qui je suis ni si j'ai un message pour sa maîtresse. Elle se contente de secouer la tête et m'informe qu'elle est sortie.

— Je ne sais pas où elle est, donc inutile de me poser la question.

Et ni une ni deux elle me claque la porte au nez.

Je me sens bien bête, debout sur le perron avec mon pain d'épices et personne à qui le donner. Je redescends l'allée, attirée par Homestead dès que je passe près du sentier entre les deux maisons. On dirait un enchantement. Je dois rassembler tout mon sang-froid pour ne pas m'y précipiter comme je l'ai fait tant de fois par le passé.

Je finis par repasser le portail et prendre la direction du centre-ville. Puisque j'ai mon panier, autant faire quelques courses : un tour à la poste, et acheter quelques fruits à l'épicerie. Peut-être jeter un œil au nouveau magasin Hastings, dont tout le monde parle. Mais, quand je sors de chez l'épicier, devinez qui j'aperçois de l'autre côté de la rue ? Rosaleen Byrne, qui discute avec deux femmes devant Amherst House ; la dernière personne que j'ai envie de voir ce matin. Je tourne vite à droite pour remonter North Pleasant Street.

C'est une magnifique journée, on se croirait plus à la fin du mois d'avril qu'en mars, et je ralentis le pas pour savourer le soleil et l'air doux sur mon visage. Arrivée devant St Bridget, je me dis qu'il est temps de rentrer et je coupe par le West Cemetery, puisqu'il s'agit du chemin le plus court.

L'herbe commence à verdir entre les tombes. Une explosion de jonquilles borde la palissade. Emily m'avait raconté avoir vécu à côté de ce cimetière quand elle était petite et il est facile de l'imaginer se promenant parmi les stèles.

— J'aimais bien cet endroit, m'avait-elle dit. Il avait quelque chose de doux. Les oiseaux comme les rêves s'y invitaient.

Sa tombe se trouve au centre du cimetière, une petite stèle avec l'inscription *EED* à côté de celle de Monseigneur, plus imposante. Je m'arrête devant, pour la première fois depuis des années, bien que j'y sois souvent venue après sa mort. J'ai fait le détour le dimanche après la messe à maintes reprises, afin de m'y recueillir et de prier pour son âme.

Sur le sentier de paillis, derrière moi, j'entends des pas, discrets au point d'en être à peine audibles. En me retournant, je me retrouve nez à nez avec Mattie D.

— Miss Mattie !

Mon chapeau me paraît s'envoler de ma tête tant je suis surprise. Elle a une mine curieuse que je n'arrive pas à interpréter. J'essaie de me rappeler ce que j'avais prévu de lui dire sur le chemin des Evergreens, mais ça m'est complètement sorti de l'esprit. Alors je m'efforce de me montrer amicale.

— Une belle journée de printemps, dis-je.

Elle hoche la tête, la nuque raide.

— Maggie, dit-elle en se rapprochant de moi pour regarder la stèle d'Emily.

Elle a clairement l'air de penser que je n'ai rien à faire là. Son agacement est palpable comme la chaleur qui s'échappe d'un four. Elle aimerait que je parte, mais elle n'irait pas me le dire, n'oserait pas me le demander. J'imagine qu'elle se voit comme une grande dame au-dessus de ce genre de mesquinerie.

Je ne bouge pas. J'essaie encore de trouver comment exprimer ce que j'avais voulu lui dire en me rendant chez elle, mais ça me paraît déplacé devant la tombe d'Emily. Je jette un œil à son visage. Elle scrute toujours la stèle, mais n'a pas l'air de prier. Ses yeux sont grands ouverts, son expression sans la moindre trace de chagrin.

— Je me suis arrêtée aux Evergreens pour vous apporter un pain d'épices, dis-je au bout d'une minute. Votre bonne m'a dit que vous étiez sortie, mais je ne m'attendais pas à vous trouver ici.

— Je ne compte pas changer d'avis, me dit-elle en soupirant. Je vais vendre Homestead.

Elle évite mon regard.

Je décide d'y aller franc-jeu.

— Je suis au courant pour votre mari. Je sais qu'il vous a quittée et vous a volé toute votre fortune.

Je n'ai pas le cœur de lui dire qu'elle est bien mieux sans lui.

Elle relève le menton comme pour examiner le ciel. Je l'ai déjà vue faire ça quand elle essayait de retenir ses larmes. Même petite, elle regardait en l'air quand je la réprimandais pour avoir chapardé une friandise ou dérangé Emily lorsqu'elle écrivait. Elle prend une inspiration et j'ai l'impression qu'elle s'apprête à dire quelque chose, mais rien ne sort. Un faible coup de vent manque soulever mon chapeau et un frisson parcourt ma colonne vertébrale, comme si quelqu'un se tenait derrière moi, les mains sur mes épaules. Emily ?

Les épaules de Mattie D. s'affaissent et ses traits se radoucissent. Elle a des cernes de fatigue et paraît percluse de chagrin. Puis elle tourne les yeux vers moi et, Dieu m'est témoin, je jurerais qu'elle voit le fantôme d'Emily tant elle devient pâle.

Elle ferme les paupières.

— J'ignore où il est. Je n'ai rien reçu de sa part depuis des mois, bien que je l'aie supplié de m'écrire. Même ses amis n'arrivent pas à mettre la main sur lui. Il a comme disparu de la surface de la Terre.

— Voyons, ce n'est pas possible, dis-je.

En vérité, je sais que ça l'est : depuis toute petite j'entends des histoires sur des gens disparus sans laisser de traces. Certains enlevés par les fées, d'autres traversant une prairie pour s'évanouir dans la brume sans qu'on les revoie jamais.

La tendresse a toujours été plus forte que le ressentiment chez moi. Je touche délicatement son bras.

— Je ne veux pas vous tourmenter. Je suis là pour vous écouter si vous avez besoin de parler.

Elle ne dit rien. Elle respire le malheur, cette grande femme majestueuse.

— Allons nous asseoir un moment là-bas, dis-je en indiquant un banc en bois à quelques mètres.

Je passe mon bras libre sous le sien pour la faire pivoter. C'est une vieille habitude : prendre les devants quand une femme est trop têtue pour admettre qu'elle a besoin d'aide. J'y ai eu recours plus d'une fois avec Emily.

Je m'attends à ce qu'elle rechigne et me dise de la laisser tranquille. Mais, à ma grande surprise, elle accepte de se laisser guider vers le banc. Je m'installe à côté d'elle.

— Et si nous mangions un peu de ce pain d'épices ? C'est la recette d'Emily et ça nous fera du bien à toutes les deux.

Elle a l'air étonnée, mais ne m'arrête pas quand je pose le panier sur mes genoux pour déplier le torchon. Le pain est encore chaud, si bien que l'odeur de gingembre et de mélasse est forte quand j'en détache un bout. Je la regarde du coin de l'œil. Petite, elle adorait le pain d'épices. Tous les enfants du voisinage aussi, mais Mattie était la première à venir frapper à la porte de service lorsque Emily en faisait. Comme si elle le sentait cuire où qu'elle se trouve.

Je lui tends le morceau et j'en prends un pour moi. Et nous restons assises à nous remplir la bouche de gâteau sans prononcer un mot.

— Je me disais récemment, commence Mattie D. après quelques minutes, brisant délicatement le silence, que tante Emily devrait avoir une plus jolie stèle. Une stèle digne d'une poétesse.

Elle regarde en direction de la tombe.

— Je suis en train de parcourir les documents familiaux. Sa dernière lettre était adressée à Fanny et

Louisa Norcross. « Rappelée », voilà ce qu'elle leur a écrit. C'est tout. Du tante Emily tout craché. Qu'en pensez-vous ? Ne serait-ce pas approprié pour une sépulture ? Juste son nom, ses dates de naissance et de mort, et le mot « rappelée » ?

Je n'arrive pas à croire qu'elle me demande mon avis. Ça ne lui ressemble pas – ni à aucun Dickinson à part Emily. Je regarde la concession familiale sur son petit tertre.

— Oui, dis-je en opinant du chef. C'est bien du Emily tout craché. « Rappelée » serait adapté, pour sûr.

— Contente que vous le voyiez ainsi.

Je me demande un instant si elle ne se moquerait pas de moi. Si cette conversation n'est pas pour elle qu'une espèce de divertissement. Mais elle m'adresse un regard bienveillant.

— Je compte également lui consacrer un livre, une sorte de biographie basée sur les lettres que ma mère a gardées. La publication de *The Single Hound* a suscité l'intérêt de bon nombre de personnes.

C'est une excellente nouvelle ; j'en suis heureuse pour Mattie D., et pour Emily aussi. Je repense aux trois recueils de poèmes d'Emily que Mabel Todd a publiés, et aux nombreux voyages de cette femme, du temps où elle s'était lancée dans une série de conférences sur Emily. Au fait qu'une partie de ce qu'elle affirmait n'était que pures balivernes.

— C'est une brillante idée d'écrire un livre, lui dis-je. Il y a beaucoup de rumeurs et de bêtises qui circulent. Ce serait bien qu'une personne ayant connu Emily rétablisse la vérité.

Mattie D. hoche la tête.

— Vous la connaissiez, me dit-elle comme si cela venait de lui traverser l'esprit. Sans doute très bien.

— Oui, c'est vrai.

— J'ai quelques questions auxquelles vous seriez probablement à même de répondre, continue-t-elle. Peut-être pourriez-vous passer prendre le thé un après-midi pour que nous discutions ?

Ça m'en bouche un coin. Pas une seule fois je n'ai été invitée à prendre le thé par la bonne société d'Amherst. Et s'il y a bien une personne dont je n'attendais pas une invitation, c'est Mattie D.

— Bien sûr, avec plaisir. Je serais ravie de vous aider. Vous n'avez qu'à demander.

C'est sorti tout seul, comme si je papotais avec une amie.

— Je n'y manquerai pas, dit-elle comme s'il en allait de même de son côté. Et merci pour le pain d'épices. Ça me rappelle de bons souvenirs.

Je ne peux m'empêcher de sourire.

— C'est bien ce qui me semblait. Je me souviens quand miss Emily vous emmenait dans le cellier, où elle avait son placard à ingrédients, pour vous donner des friandises. À vous voir on aurait cru que c'était Noël.

Mattie D. hoche la tête en souriant à son tour.

— Tante Vinnie ne cessait de lui répéter que le pain d'épices était trop riche pour les enfants, mais elle aurait aussi bien pu s'adresser au ciel ; tante Emily n'avait cure de ce que sa sœur lui disait.

Son visage s'est radouci.

— Saviez-vous que Ned appelait son pain d'épices « un riche » ?

— Ça, si je le sais !

Nous sommes toutes deux replongées dans nos souvenirs et nous continuons un moment de la sorte. Notre conversation a ce côté réconfortant qui me rappelle mes causeries avec Emily. Cette pensée me prend de court parce que, bien sûr, ce n'est pas la même chose. Mais je suis encore plus surprise quand Mattie D. me demande si je peux lui rendre un service.

— Tante Emily m'a parlé plus d'une fois de votre jugement averti. « Maggie a un bon sens à toute épreuve », disait-elle. J'ai rencontré la semaine dernière un homme qui souhaite acheter Homestead et il m'a fait une offre avantageuse. Il m'a l'air d'un homme affable, mais je détesterais vendre la maison à quelqu'un qui la déshonorerait. J'apprécierais votre sentiment sur la question.

— Mon sentiment ?

Je suis sciée. Elle ne se ferait pas une si haute idée de mon opinion si elle savait ce que je pensais d'elle il y a une semaine à peine.

— Est-ce quelqu'un que je connais ?

— Je ne crois pas. Mais peut-être pourriez-vous en apprendre un peu plus à son sujet ? suggère-t-elle, le regard plein d'espoir. Il s'agit du nouveau pasteur de l'Église épiscopalienne, le révérend Hervey Parke. Je vous serais très reconnaissante de me donner votre avis.

Eh bien, je ne sais pas quoi dire. Je suis flattée de sa confiance, même si je ne vois pas en quoi ce que je pense de cet homme pourrait faire la différence. J'examine son visage. Elle se doute sûrement que je suis peu disposée à apprécier quiconque voudrait acheter Homestead. Mais elle a titillé ma curiosité. Et je ne laisserais jamais une amie dans le besoin. Il semblerait que Mattie D. en soit devenue une.

— Je suis contente de pouvoir vous aider, lui dis-je.

Et voilà que sans crier gare, elle serre ma main dans la sienne.

29
1883

Je n'ai pas revu le chapelet de Patrick après l'avoir donné à Emily. Je ne m'attendais pas à ce qu'elle l'utilise. Mais elle en avait admiré la beauté, donc je m'étais dit qu'elle le suspendrait peut-être au mur de sa chambre ou qu'elle le garderait sur la tablette de sa cheminée, où elle pourrait le contempler de temps en temps. J'étais grandement soulagée qu'il ait disparu de mon propre mur, en tout cas. Depuis que Patrick était parti, le voir accroché là m'attristait ; il me rappelait que ma vie avait basculé en un après-midi. Le donner à Emily m'a aidée à laisser ces émotions derrière moi.

Mais certains événements m'ont poussée à m'inquiéter d'avoir commis une erreur en offrant le chapelet à une protestante. Patrick a commencé à s'inviter dans mes rêves la nuit. Je me réveillais en me languissant de sa présence. Je me demandais où il était, espérant qu'il ait trouvé une pension bien tenue ou un appartement à louer avec une jolie vue. Plutôt qu'un de ceux avec vue sur les rails ou les usines.

J'ai reçu une lettre de sa part – brève, rédigée sur une feuille immaculée. Son écriture partait de travers, mais je n'ai eu aucun mal à le lire. Il m'écrivait qu'il était désolé de m'avoir causé de la peine, qu'il n'était pas trop tard si je voulais changer d'avis et le rejoindre à Brooklyn. Qu'il m'aimait toujours. Je lui ai préparé une réponse aussi courte que sa lettre et destinée à le blesser, mais j'ai fini par ne pas la poster. Il m'a écrit de nouveau, mais, après la troisième lettre sans réaction de ma part, il a cessé.

Quand je suis tombée sur un article dans le *Boston Post* sur la fabrication de la dynamite, j'ai senti la main de Patrick sur mon épaule. Je l'ai lu jusqu'au bout, même si je n'en comprenais pas la moitié. Le papier entrait trop dans les détails techniques. Je l'ai découpé pour le glisser dans ma commode avec ses lettres, mais chaque fois que je le voyais j'en frémissais de tristesse.

Plus tard, j'ai commencé à entendre parler d'attentats à la dynamite en Angleterre, d'attaques dirigées contre des postes de police et des bâtiments officiels, d'explosifs cachés dans des soutes de bateaux. Les journaux tenaient les fenians pour responsables. Et les fenians ne le démentaient pas. Savoir que Patrick était sans doute la personne qui apprenait à ces hommes à fabriquer leurs bombes m'écœurait.

Je n'ai jamais rien dit à personne sur cette école de dynamite. J'ai estimé préférable de garder pour moi cette triste affaire. Mais elle a fini par apparaître dans le journal de Springfield, alors Tom a fait le rapprochement et compris pourquoi Patrick était parti. Bien sûr, il en a touché deux mots à Mary et c'est elle qui m'a posé directement la question, un dimanche après-midi tandis que nous faisions la vaisselle.

— Cette école de dynamite, c'est là que Patrick est allé, n'est-ce pas ? m'a-t-elle demandé, inquiète. Je savais que c'était un vaurien, mais je ne pensais pas que c'était un assassin.

— Il n'a tué personne, ai-je rétorqué même si je n'en étais pas si sûre.

— Apprendre à d'autres hommes à tuer revient au même.

— Bien sûr que non, ai-je insisté.

Mais ce n'était pas la première fois que je me faisais la même réflexion. J'ai senti les larmes me monter aux yeux et Mary les a vues tout de suite. Elle m'a prise dans ses bras et m'a tapoté le dos comme si j'avais été un de ses loupiots. Seigneur, ce jour-là il m'a semblé être toute petite.

— Tu l'aimes encore, pas vrai, ma belle ?

J'ai secoué la tête, mais elle n'a rien voulu entendre. Elle m'a fait asseoir pendant qu'elle préparait une nouvelle théière, comme si le thé allait pouvoir soigner mon cœur en miettes.

Chaque fois que les journaux mentionnaient le juge Lord, Emily débordait d'enthousiasme. Elle me lisait les articles à voix haute, répétant chaque mot comme s'il s'agissait d'une énigme à résoudre. Quand le juge venait lui rendre visite, ils n'essayaient même plus de cacher leurs embrassades, et je m'efforçais de ne pas penser à quoi ils s'adonnaient une fois seuls. Emily était toute rose et gloussait à longueur de journée. Elle était comme transformée.

Et comme elle souriait et riait en recevant ses lettres ! Elle passait des heures à lui répondre, page après page. Je craignais que le sceau de ses enveloppes ne se brise tant elles étaient épaisses. J'ignore ce qu'ils se racontaient, mais j'imagine qu'elles regorgeaient de choses friponnes. C'était un homme plein d'esprit à l'humour aussi grivois que celui d'Emily.

Puis, en allant allumer sa cheminée lors d'une froide matinée, je l'ai trouvée appuyée contre ses oreillers, tout à fait réveillée.

— J'ai un secret à vous confier, m'a-t-elle dit, le regard brillant, souriant comme un chat devant une coupelle de crème. Mais vous devez me promettre de n'en rien dire à personne. Pas même à Vinnie.

J'avoue avoir un faible pour les petits secrets partagés entre bonnes par-dessus la clôture. Mais lorsque votre maîtresse vous dit de ne pas révéler quelque chose vous courez toujours le risque que cela vous échappe quand vous êtes fatiguée, fâchée, ou après avoir bu une pinte de trop à Noël. Je connaissais de nombreux secrets à propos de mes anciens employeurs – des bricoles –, et je n'en avais jamais parlé à personne. Mais il s'agissait de choses que j'avais entendues par accident ou devinées. Aucune maîtresse ne m'avait encore jamais confié quoi que ce soit. Ça m'avait l'air d'une forme de tentation, quelque chose dont il fallait se méfier. Ça ne me disait rien qui vaille.

Je me suis agenouillée et j'ai commencé à préparer le feu.

— Ma foi, à qui irais-je raconter vos secrets, miss ? Mais si vous pouvez me le dire à moi vous pouvez certainement le dire à votre sœur.

Je la trouvais trop vieille pour ce genre de bêtise, mais je me suis gardée de le lui dire.

— Ne gâchez pas mon plaisir, Maggie.

Je l'ai regardée par-dessus l'épaule. Elle faisait la moue.

— Alors de quoi s'agit-il ?

— Le juge Lord m'a demandée en mariage.

Elle avait les yeux qui brillaient.

J'en suis restée sans voix. Le juge avait 70 ans au bas mot.

— Vous plaisantez, j'espère.

— Non, m'a-t-elle dit en secouant la tête.

— Vous lui avez répondu ?

J'ai allumé le feu et je me suis relevée, mon genou droit douloureux me tirant une grimace.

— Pas encore.

Il y avait quelque chose de pensif dans son regard.

À ce moment-là, je n'avais qu'une seule chose à l'esprit : Patrick et la longue attente que je lui avais imposée après sa demande en mariage. Sa volonté de m'emmener vivre à Brooklyn.

— Alors il compte s'installer à Amherst ?

— Je suppose que nous vivrons à Salem.

J'ai essayé d'imaginer Emily déménageant à Salem. Je craignais que ça ne l'achève. À dire vrai, je n'arrivais pas à la voir vivre ailleurs que dans cette maison.

— M'est avis que ça ne vous plairait pas beaucoup. La vie à Salem. Loin de votre sœur.

Je n'ai fait aucun effort pour tenir ma langue, mais, ces paroles prononcées, je me suis rendu compte que je parlais de moi. Toutes ces sottises d'autrefois à propos de grandes aventures, alors que la belle vie s'était toujours trouvée là, sous mon nez.

— Père n'a jamais souhaité que je me marie, vous savez, a-t-elle dit d'un air songeur, comme si elle se parlait à elle-même. Mais je crois qu'il comprendrait. Le juge Lord me fait tellement penser à lui.

— Allons bon, miss.

Je n'arrivais pas à imaginer personne moins appropriée que le juge. J'étais bien placée pour savoir qu'il aurait fait rougir un homme respectable. Il semblait n'y avoir pour lui rien de plus satisfaisant que la gaudriole. Comment diable pouvait-il lui rappeler Monseigneur ? Malgré tout le mal qu'il m'avait causé, Mr Dickinson avait toujours été un homme digne et honorable.

— J'ai bien peur que si.

Elle a haussé les sourcils et m'a jeté un regard curieux.

— L'amour ne se jauge que par lui-même, a-t-elle conclu comme si cela réglait la chose.

C'est Betty qui m'a annoncé que Mabel Todd créait des problèmes entre les Dickinson. Apparemment, Ned, 21 ans désormais et l'impétuosité qui allait avec, était sous son charme et elle s'amusait de ses attentions. Elle dansait avec lui lors des grandes soirées de Sue, lui accordait de longues conversations, et ils allaient se promener rien que tous les deux. Le pauvre garçon était fou amoureux. Et ça n'avait rien d'étonnant, puisque Mabel utilisait toutes les ruses à la portée d'une femme pour le séduire. Or il a ensuite découvert que son père emmenait Mabel faire de longues balades en calèche dans la campagne, qu'il lui lisait de la poésie et qu'ils parcouraient ensemble des livres d'art et de paysagisme. Ned n'a pas tardé à en toucher deux mots à sa mère, et la rumeur s'est répandue en ville que Sue et Mabel s'étaient disputées.

À Kelley Square, nous n'avons plus parlé que de ça pendant des semaines. Nous avons bien ri en imaginant la surprise de la bande de Sue quand elle a banni Mabel de son cercle d'amis. Ces dames ont dû accuser le coup, car elles admiraient toutes Mabel pour sa vivacité et sa culture. Mais personne n'en a tenu rigueur à Sue, puisque tout le monde savait quel genre de femme était Mabel. Une ensorceleuse d'hommes, qui les faisait accourir d'un claquement de doigts. Elle semblait se fiche éperdument de l'âge des bougres.

Pas besoin d'être un génie pour se rendre compte qu'Austin et Mabel se rapprochaient de plus en plus. Mary disait que c'était choquant, toutes ces choses pas catholiques auxquelles les nantis se livraient derrière les portes closes de leurs grandes maisons. J'en avais vu assez pour me ranger à son avis.

Mabel a fini par aller trouver Sue et elles se sont rabibochées. J'ignore ce que Mabel a pu lui raconter ; sans doute que c'était un malentendu et que son amitié pour Austin était tout ce qu'il y a de plus innocent. Elle a de nouveau eu ses entrées aux Evergreens et s'est mise à porter une attention toute particulière à Mattie, lui donnant des leçons de piano et l'emmenant faire de la luge. Dans le même temps, elle faisait tout ce qui était en son pouvoir pour rester amie avec Vinnie, la complimentant sur ses chats, lui adressant des messages et venant prendre le thé avec elle l'après-midi. Vinnie, ça lui faisait du bien ; elle avait davantage le moral. J'imagine qu'elle se sentait parfois un peu seule à vivre avec Emily. Quoi d'étonnant quand cette dernière passait tant de temps dans son coin à écrire, lire et s'occuper de ses plantes ?

Mais Mabel n'a en rien corrigé son comportement. Austin et elle ont continué à se voir, souvent à Homestead. Au début, leur jeu paraissait inoffensif : Mabel causait dans le salon avec Vinnie et Austin passait à l'improviste. Il feignait d'être surpris de la trouver là et ils papotaient un peu. Mais ils se sont bientôt mis à se promener tous les deux dans le jardin et à s'asseoir côte à côte sur le canapé du salon. Elle lui adressait des sourires et lui la regardait comme si elle avait été une pâtisserie sur laquelle il avait hâte de se jeter. Il ne leur a pas fallu longtemps pour inclure Vinnie dans leur manège, et tous trois ont élaboré un stratagème pour faire circuler leurs billets doux à l'insu de Sue. Vinnie en était devenue toute guillerette. Elle semblait prendre grand plaisir à leurs combines et leurs finauderies.

Je ne voulais pas m'en mêler et je l'ai dit tout net à Vinnie. Je ne délivrerais pas leurs messages. Je lui ai fait remarquer que Mabel était assez jeune pour être la fille d'Austin et que ces deux-là se comportaient sans se soucier de leur honneur ni de leur vertu. Mais Vinnie s'est contentée de sourire et de me répondre que le véritable amour était la seule chose qui rendait la vie digne d'être vécue, et qu'elle refusait de se mettre en travers de son chemin.

Au bout d'un certain temps, Sue s'est rendu compte de ce qui se tramait. La plupart des épouses ne sont pas si bêtes, après tout. Betty m'a raconté qu'elle et Austin avaient eu une dispute de tous les diables, à vociférer et balancer des objets à travers la pièce. Sue s'était mise dans une rage telle qu'elle avait déchiré le papier peint du couloir à grands coups d'ongles. Ça avait dû faire une peur bleue aux enfants, surtout au petit Gib, qui allait sur ses 8 ans.

Emily en voulait à son frère, c'était évident. Chaque fois que Mabel et Austin se retrouvaient à Homestead, elle paraissait abattue. Elle s'est remise à écrire à Sue, et les missives ont bientôt fusé entre les deux maisons, comme au bon vieux temps. Ça m'a rassurée, parce que je n'avais jamais vu deux personnes trouver un tel réconfort dans les mots qu'elles s'échangeaient.

Un matin de printemps, Emily est entrée dans la cuisine comme si elle venait de croiser un fantôme dans l'escalier. Quand je lui ai demandé ce qui la tourmentait, elle a secoué la tête et est passée dans la salle à manger. Je lui ai emboîté le pas et je l'ai trouvée en train de triturer le vase de jonquilles sur le buffet.

— J'ai fait un rêve, m'a-t-elle dit d'une voix fort étrange. Ou eu une prémonition. Je n'en suis pas sûre.

Elle a regardé ses mains, puis s'est laissée tomber sur une chaise comme un bout de soie glisse entre les doigts d'une dame.

— J'étais en train d'écrire une lettre quand j'ai été prise d'effroi. Comme si le juge Lord était mort.

Elle a inspiré, agitée, puis repoussé cette idée d'un geste.

— Mais ce n'était rien, sans doute. Une peur spectrale, une angoisse évanescente, a-t-elle poursuivi avec un faible sourire. Cela n'a pas duré.

— C'était probablement la saucisse d'hier soir, lui ai-je dit, connaissant la tendance des Dickinson à mettre leurs malaises sur le compte d'une mauvaise digestion.

En ce qui me concerne, j'ai toujours pensé que les fées avaient quelque chose à voir avec ce genre de trouble. Emily a hoché la tête d'un air confus, puis elle s'est levée et est allée chercher de la farine et de la mélasse à l'office pour faire un pain d'épices.

Moins de vingt minutes plus tard, Vinnie est entrée en trombe.

— Emily, est-ce que tu as lu le journal de ce matin ?

Elle l'agitait devant elle comme un éventail.

Emily a posé son verre doseur et s'est essuyé les mains sur son tablier.

— Comment le pourrais-je quand c'est toi qui l'as en ta possession ? Dis-moi.

Sa voix tremblotait.

— Le juge Lord… il est très malade.

Cessant de secouer le journal, Vinnie l'a posé sur la table.

Emily est devenue blanche comme un linge et s'est mise à chanceler au moment où Tom apparaissait à la porte de service pour se faire offrir une tasse de thé. J'ai bien cru qu'elle allait s'évanouir. Elle a regardé Vinnie, puis m'a regardée moi, comme si elle avait perdu la tête.

— Miss Emily ? a dit Tom.

Elle s'est retournée d'un coup et s'est jetée dans ses bras, posant son visage contre sa poitrine comme s'il était le seul à pouvoir la consoler.

— C'est le juge Lord, lui ai-je expliqué. Il est tombé malade. C'est dans le journal.

Tom lui a tapoté le dos du bras qu'il lui restait.

— Il va s'en remettre, miss Emily. Ne pleurez pas. Je n'aime pas vous voir pleurer.

Pour sûr, il y a peu d'hommes aussi prévenants que Tom Kelley, et c'est franc dommage.

Le lendemain, Emily m'a demandé si je pouvais prier pour le juge Lord et je le lui ai promis. Mais ça m'a turlupinée. Devais-je réciter le rosaire ? Je savais que le juge était protestant et que les protestants n'avaient que faire de la Vierge Marie, même si Emily possédait une image d'elle que Sue lui avait offerte. J'avais prié pour des protestants par le passé – pour Emily et la mère Dickinson, et aussi pour Vinnie –, mais toujours en secret. C'était la première fois qu'on me le demandait.

Peut-être que je pouvais réciter le Notre Père. Les protestants le récitaient aussi, même s'ils ajoutaient une phrase ou deux à la fin. J'y ai réfléchi encore et encore, comme si ç'avait été une énigme à résoudre, jusqu'à décider de poser la question à Emily.

Elle était dans le jardin. Il avait plu la veille et le soleil n'était pas venu évaporer l'eau, si bien qu'il m'a suffi de traverser la pelouse pour tremper mes chaussures. Emily était à genoux en train de débarrasser les massifs de roses de brindilles et de feuilles.

Je me suis accroupie à côté d'elle.

— J'ai une question, miss. À propos de ma prière pour le juge Lord. Je ne sais pas à quoi ressemble une prière pour les protestants. Est-ce que j'ai le droit de réciter le rosaire ?

Elle a ri. Comme si j'avais dit quelque chose de comique. Mes joues sont devenues rouges et je me suis levée. Mais quand j'ai fait demi-tour pour repartir à la cuisine, elle a attrapé ma jupe.

— Excusez-moi, Maggie. Je ne voulais pas vous froisser.

Pourtant elle avait encore le rire aux lèvres et l'air ridicule de qui se retient.

— Votre question m'a simplement prise de court. Et maintenant j'imagine ce que dirait Phil s'il savait qu'on récite le rosaire pour lui.

Et elle s'est remise à glousser, se faisant mentir elle-même.

Grand Dieu, j'étais furieuse !

— Miss Emily, ai-je dit en lui retirant ma jupe des mains, c'est vous qui m'avez demandé de prier pour lui. Si c'était une plaisanterie, vous auriez dû me le signifier plus clairement.

Elle s'est assise sur ses talons et m'a regardée d'un air étonné. J'aurais dû me taire et retourner à mes tâches. Mais je bouillonnais et je ne pouvais pas plus me retenir qu'Emily n'avait pu s'empêcher de rire. Alors j'ai continué :

— Je sais que remettre les domestiques à leur place, voire les humilier, est chose courante. Nous y sommes préparés et nous savons nous en accommoder. Mais je n'accepterai pas qu'on se moque de ma religion. Ni de mon pays d'origine, ai-je ajouté.

Et j'ai fait le signe de croix devant elle avant de tourner les talons pour repartir d'un pas courroucé dans la cuisine.

30

— Je suis désolée.

Emily se tenait sur le seuil, la cape à moitié enfilée, les gants de jardinage pleins de boue et les cheveux dépassant de leur filet. On aurait dit un chien mouillé. Ça ne lui ressemblait pas d'être dépenaillée. Même en dormant, elle paraissait immaculée.

— Parfois, j'oublie que…, a-t-elle commencé. Sincèrement, je ne cherche pas à vous offenser.

Je n'ai rien dit au début, mais je me suis fait la réflexion que ses moqueries étaient plus que blessantes. Elles étaient méchantes, relevaient d'une cruauté sans nom. De cette cruauté avec laquelle certains traitent les animaux. Mais ce n'était pas la première fois qu'elle s'en rendait coupable. Pourquoi étais-je si outrée alors que je m'en étais si souvent accommodée jusque-là ?

— Je peux accepter que vous me soyez supérieure dans le monde, lui ai-je dit en m'exprimant lentement et en choisissant mes mots avec soin. Mais devant Dieu nous sommes égales. Je suis douée de raison et de sentiments. Être irlandaise ne fait pas de moi un animal que vous pouvez câliner ou malmener à votre guise.

Elle est devenue blême. Elle a retiré ses gants et les a laissés tomber sur la table.

— Je suis vraiment navrée, Maggie. J'ai honte de vous avoir traitée ainsi. Mais honnêtement je n'avais pas l'intention d'insulter votre religion. Votre question m'a juste surprise. Je ne vois pas les prières de la même manière que vous.

Ses excuses m'ont touchée, je ne peux pas le nier. J'ai posé mon bol.

— Et comment les voyez-vous ?

C'était ma manière de lui tendre la main, j'imagine, d'essayer de passer outre ma vexation.

Elle s'est débarrassée de sa cape et l'a drapée sur le dos d'une chaise.

— Ce ne sont pas des mots à réciter. Ni des paroles adressées à Dieu. Je ne crois pas que ce soient des mots tout court.

J'ai froncé les sourcils, me demandant si ce qu'elle disait relevait de l'hérésie. Ça m'en avait tout l'air. Mais je n'ai pas protesté, par habitude. C'était ce que mes gages exigeaient de moi.

— Parfois, je vais dans la coupole, a-t-elle continué. C'est un endroit paisible – les sons de la maison et de la rue semblent distants, étouffés. Monter cet escalier me donne l'impression de me délester de tous mes soucis. Et je reste assise. Sans qu'il soit question de mots, de pensées. Seulement de lumière.

Elle s'est laissée tomber sur une chaise.

— C'est ça, pour moi, la véritable prière.

J'ai senti un frisson me parcourir le dos.

— Ma foi, ce que vous dites là n'a aucun sens. Je sais ce que sont les vraies prières ; j'en récite matin et soir. C'est comme aller à la messe le dimanche. Une obligation. Un devoir.

— Je ne crois pas que la prière soit un devoir. C'est davantage…

Elle a fait une pause et ouvert les bras ; elle s'efforçait de trouver les mots qui lui échappaient. Je n'étais pas comme Emily et, à l'évidence, elle s'en inquiétait. Les mots étaient ce qui comptait le plus pour elle. Elle m'a jeté un regard suppliant et ce qui restait de ma contrariété s'est envolé d'un coup.

— Peut-être que vous voulez parler de rendre grâce, lui ai-je dit.

— Peut-être, a-t-elle acquiescé. Cela s'en rapproche. Oui.

— Mais il y a des paroles à réciter. La mélodie que souhaite entendre Dieu. L'Église nous en fait don. Pour nous aider à vivre en harmonie.

Emily me regardait d'une manière curieuse. J'ignorais ce qui lui traversait l'esprit. J'ai repris mon bol.

— J'ai beaucoup prié durant la guerre, a-t-elle dit au bout d'une minute. De vraies prières récitées à voix haute. Comme on me l'avait appris. Mais je ne vois pas ce qu'elles ont accompli. Ce fut une période si éprouvante ! Les gens n'en finissaient plus de mourir. Un véritable bain de sang.

Je me suis rappelé Patrick m'expliquant avoir vu son ami se vider de son sang. J'ai essayé de me sortir cette image de l'esprit. Chacun avait entendu des histoires terribles. La mort était sur toutes les lèvres à cette époque : des étudiants partaient au front et en revenaient dans un cercueil ; des fermiers abandonnaient leur charrue pour s'enrôler, uniquement pour se voir mitrailler lors d'effroyables assauts ; de braves Irlandais dont on jetait les os dans une fosse à même le champ de bataille. Et, plus triste encore, tous ces hommes revenus le corps brisé et mutilé, l'esprit battant la campagne.

— J'ai prié et prié face au malheur, a poursuivi Emily. Mais cela s'est révélé aussi utile qu'un oiseau qui aurait tapé du pied dans les airs. Peut-être que je m'y prenais mal. Ou que je m'adressais au mauvais dieu.

Ses propos n'auraient pas dû m'affecter comme ils le faisaient. Était-ce davantage d'hérésie ? Les larmes me sont montées aux yeux et l'une d'elles a même roulé sur ma joue.

— Alors j'ai arrêté. Ou du moins j'ai essayé.

Elle était encore assise à table. Sa voix était basse, à peine plus qu'un murmure.

— J'ai fini par appréhender – par ressentir – Dieu comme une forme de silence sacré. Et la seule réponse à cela était de m'émerveiller. De rendre grâce, comme vous dites.

Elle a levé les yeux pour me regarder. Ou regarder à travers moi – je ne savais pas trop.

— Voilà ce que sont mes poèmes, Maggie. Si les prières requièrent des mots, alors mes prières, ce sont eux.

Je lui ai rendu son regard. Elle attendait que je dise quelque chose, mais je n'ai rien pu faire qu'opiner du chef et regarder par la fenêtre.

— Je crois que la pluie revient, ai-je dit avant d'aller chercher du bois.

Emily a changé à partir de ce jour-là. Elle n'a plus jamais ri de moi. Ni d'aucun Irlandais, d'ailleurs. Et il m'a semblé qu'elle m'écoutait plus attentivement quand je parlais. Qu'elle me respectait davantage. Elle m'a même demandé de l'appeler Emily.

— « Miss » est un titre. Je n'ai pas l'impression que vous vous adressiez à moi. Pourriez-vous vous accommoder d'utiliser simplement mon prénom ?

J'y ai réfléchi deux minutes. Je l'appelais « miss » depuis des années, mais je n'avais jamais pensé à elle autrement qu'en tant qu'Emily.

— Je peux essayer. Surtout si vous pouviez vous accommoder de m'appeler Margaret au lieu de Maggie.

Elle a hésité avant de partir d'un grand rire joyeux et complice qui venait du plus profond d'elle.

— C'est peut-être trop en demander, m'a-t-elle dit une fois calmée. Certaines choses valent mieux à rester inchangées.

Peut-être avait-elle raison. Et elle ne m'a jamais appelée Margaret. Mais, curieusement, à partir de ce moment-là, instinctivement je l'ai parfois appelée Emily.

J'ai beaucoup réfléchi à ce qu'elle m'avait dit à propos des prières et de ses poèmes. Il y avait quelque chose du sacré dans ses écrits, tout durs qu'ils étaient à comprendre. L'aura du divin, assurément. Au lieu de la voir comme une enchanteresse, j'ai commencé à me demander si elle n'était pas une sorte de sainte. Certes, il était peu probable qu'une protestante puisse en être une. Mais si je savais une chose sur les saints, c'est que ce n'étaient pas forcément les personnes qu'on aurait imaginées choisies par Dieu.

La nuit, j'ai pris l'habitude d'ouvrir un de ses livrets et de lire ses poèmes lentement, un à un. Ils brillaient dans le noir comme des lucioles. Ils me donnaient du grain à moudre. Ils me faisaient frémir, observer, écouter. J'en avais le cœur ébloui. Je voyais ce qu'Emily voulait dire quand elle affirmait que c'étaient ses prières à elle. À vrai dire, ils commençaient à devenir les miennes.

Emily s'inquiétait pour le juge, ça se voyait. Et il y avait de quoi : il n'était plus tout jeune et la guérison n'est jamais garantie. Mais elle se traînait d'une journée à l'autre, si tendue que ça l'épuisait. Je faisais mon possible pour lui changer les idées, mais son esprit, aussi indomptable que le vent, refusait de se soumettre.

Dieu merci, il s'est avéré que Tom avait raison : le juge s'en est remis. La crise est passée et il a regagné des forces. À la fin de l'été, il a pu recommencer à sortir.

Dehors, les feuilles s'ornaient de couleurs vives et bruissaient dans les arbres. À l'intérieur, Emily est redevenue elle-même. Nous avons repris nos conversations matinales dans la cuisine, à parler de tout et de rien. Un jour, je lui ai demandé si elle avait jamais répondu à la demande en mariage du juge. Elle était d'humeur taquine, penchée au-dessus de la table à pétrir son pain, et quand elle a ouvert la bouche il y avait une sorte de vibration dans sa voix.

— Pas encore. Je crois que cela fait du bien aux hommes d'attendre, pas vous ? Cela leur enseigne la patience et les rend moins orgueilleux.

Elle m'a lancé un bref regard, les yeux pétillants.

— Du moins, espérons-le.

— Comme vous êtes ! On dirait que c'est un jeu pour vous, l'ai-je grondée.

— Et c'en est un. N'avez-vous pas fait attendre votre propre galant ?

J'étais estomaquée. Comment le savait-elle ? Cela faisait deux ans que Patrick était parti et elle n'avait fait aucun commentaire depuis tout ce temps.

— Oui, c'est vrai. Mais ce n'était pas pour lui enseigner la patience. C'est mon indécision qui m'a retenue de lui dire oui.

J'ai pris un couteau et commencé à hacher du persil pour le ragoût de mouton.

— Peut-être est-ce la même chose pour vous, ai-je ajouté.

Elle s'est essuyé les mains sur son tablier et je me suis demandé si j'avais été trop franche. J'ai essayé de me rattraper.

— Ou peut-être pas. En ce qui me concerne, c'est du passé. J'en ai fini avec l'amour.

— Je ne comprends pas comment on peut en avoir fini avec l'amour, m'a-t-elle dit au bout d'une minute. D'après mon expérience, ce n'est jamais une chose du passé. J'ai essayé de l'enfermer dans un tiroir, mais la clé ne quitte jamais ma poche.

Je me suis demandé de qui elle parlait. Quel amour avait-elle essayé d'enfermer ? J'ai réfléchi. Samuel Bowles, le journaliste qui avait passé avec elle l'enterrement de Monseigneur ? Certainement pas Mr Higginson, même si elle prenait plaisir à ses lettres, rien ne m'a jamais laissée penser qu'ils aient pu être amants. Pas plus que je n'ai entendu de rumeurs à ce sujet. Je ne sais pas pourquoi, mais Sue Dickinson m'est apparue à l'esprit. Peut-être était-elle plus que l'amie d'Emily. J'ignore où j'étais allée pêcher cette idée, car elle n'avait rien de plaisant.

— Ma foi, ça n'a jamais été comme ça entre Patrick et moi.

J'ai essuyé mon couteau et ajouté le persil haché dans la cocotte. Dommage, je n'avais pas de bière sous la main pour relever le tout.

— Pour être honnête, je ne sais pas si c'était véritablement de l'amour, ai-je continué. Mais ce n'est pas plus mal. J'ai toujours été réticente au mariage, qui peut être une prison pour une femme.

Elle n'a rien dit, et tant mieux. Je ne voulais plus parler d'amour. Je n'aimais pas les réflexions que m'inspirait ce sujet.

— M'est avis que ça n'est pas pour tout le monde. Il y a une certaine liberté à rester célibataire.

J'ai traversé la pièce avec la cocotte pour la mettre sur le feu.

Je tournais le dos à Emily quand elle m'a répondu.

— En ce qui me concerne, je suis contente que vous ne vous soyez pas laissé piéger, Maggie. Je ne peux m'imaginer heureuse sans vous.

Seigneur, ça m'a coupé le sifflet, et émue. J'ai senti la chaleur me monter aux joues.

— Vous êtes bien aimable, ai-je fini par dire.

— Je suis beaucoup – voire une multitude – de choses, Maggie. Mais je n'ai jamais masqué ma sincérité en me montrant aimable. J'ai besoin de vous pour être moi-même. Quand vous avez eu la typhoïde, j'ai été malheureuse – terrifiée à l'idée de vous perdre.

Sa voix s'est brisée.

Je me suis retournée pour la regarder.

— Ne vous inquiétez pas, Emily. Je ne compte aller nulle part.

Elle a laissé échapper un long soupir et s'est penchée vers moi. Alors j'ai ouvert les bras pour qu'elle vienne s'y blottir. J'ai senti le bonheur mêlé de chagrin qui émanait d'elle. Un arôme si étrange – doux-amer.

Austin passait de plus en plus de temps à Homestead. Quand il n'avait pas un rendez-vous galant avec Mabel Todd, il venait parler de Sue avec Vinnie et Emily. Elle était trop sociable, leur disait-il, toujours à organiser de grandes réceptions, des spectacles et des pique-niques raffinés. Ça le fatiguait et le démoralisait. Ce qu'il aimait, c'était vivre en paix, avec un livre à lire ou un arbre fruitier à greffer. C'était un solitaire, comme Emily, chose pour laquelle Sue n'avait aucun respect.

Je levais les yeux au ciel en entendant de telles idioties. Si un homme ne rechignait pas à signaler sa présence, c'était bien Austin Dickinson. Il avait une voix tonitruante et le pas lourd comme s'il avait porté des souliers de soldat.

Mais Emily soupirait et lui disait comprendre sa grande sensibilité, tandis que Vinnie lui tapotait la main en lui assurant que Sue finirait par prendre conscience de ses errements. D'après moi, il taisait ses propres responsabilités dans cette affaire. Il ne m'avait pas l'air solitaire pour un sou ; pas quand Mabel Todd était dans les parages en tout cas.

Un beau matin, Vinnie est apparue dans la cuisine et s'est assise à table, les épaules voûtées comme une écolière boudeuse.

— Qu'est-ce qui vous arrive ? lui ai-je demandé puisqu'elle voulait que je lui pose la question, c'était criant.

Je lui ai servi son petit déjeuner et me suis versé une nouvelle tasse de thé. M'était avis que j'allais passer un moment à l'écouter.

Elle m'a regardée.

— Vous saviez qu'Emily était fiancée ?

J'ignorais quoi répondre : n'avais-je pas promis à Emily de ne rien dire ? Pourtant, je n'avais jamais su si Emily avait parlé sérieusement. Mais la chance était de mon côté, puisque Vinnie ne m'a pas laissé le temps d'ouvrir la bouche.

— Le juge Lord l'a demandée en mariage il y a des mois, Maggie. Des mois ! s'est-elle exclamée en faisant claquer sa fourchette sur son assiette. Dans le secret le plus total. Elle n'en a jamais rien dit à personne.

Elle s'est tue un instant.

— Maggie, c'est un vieillard ! a-t-elle repris.

Sa voix laissait poindre sa solitude et son chagrin. On aurait dit qu'elle comptait se lamenter comme lors d'une veillée irlandaise.

— C'était l'ami de notre père.

— Ma foi, elle m'a l'air heureuse en sa présence.

— Il n'est jamais question que de fleurs et de chants d'oiseaux, avec Emily. Tout est beau et délicieux.

Alors là, je savais que ce n'était pas vrai. Emily avait ses problèmes comme n'importe laquelle d'entre nous. Et il n'y avait pas plus sarcastique qu'elle. Même ses poèmes étaient pleins de petites piques et d'ironie. Et le juge était pareil.

— Elle n'a pas les idées claires, a continué Vinnie. Vous l'imaginez vivre à Salem ? Elle n'a pas passé notre portail depuis des années.

Et elle a éclaté en sanglots.

— Oh non, miss Vinnie, ne pleurez pas !

J'ai fait de mon mieux pour la réconforter et, une fois calmée, elle m'a dit qu'Emily était venue dans sa chambre et lui avait montré une bague de corail et un bracelet que le juge lui avait offerts. Elle avait ouvert le fermoir du bracelet pour révéler ce qui était gravé à l'intérieur.

— *Little Phil*, y était-il inscrit ! Vous imaginez ? m'a dit Vinnie en s'essuyant les joues du dos de la main. Je suppose que c'est une plaisanterie d'Emily, puisqu'il n'y a pas plus grand que le juge Lord. Mais ça m'a donné la chair de poule, Maggie.

Je lui ai tapoté l'épaule en murmurant sur un ton apaisant et en m'abstenant de lui dire que j'avais entendu le juge appeler Emily « Jumbo », que ces surnoms étaient effectivement une plaisanterie entre eux puisqu'elle était aussi menue qu'il était imposant. J'ai assuré à Vinnie que, si Emily avait promis au juge de l'épouser, j'aurais été au courant. Et que, pour être franche, je ne pensais pas qu'elle irait où que ce soit.

— Une femme qui attend si longtemps pour répondre a peu de chance de dire oui, ai-je ajouté.

Je lui ai donné mon mouchoir propre pour qu'elle puisse sécher ses larmes et se moucher.

— Je ne sais pas, Maggie. Elle a changé depuis la mort de Mère. C'est comme si un barrage avait cédé en elle.

Je l'ai de nouveau calmée et lui ai servi une tasse de thé. Parfois, c'est tout ce que l'on peut faire.

31

En septembre, le juge Lord a été suffisamment remis pour pouvoir venir à Amherst. Emily était aux anges de le voir et la maison a retenti de leurs rires mêlés pendant une semaine. Après son départ, je l'ai surveillée attentivement, mais elle a recommencé à écrire des lettres et des poèmes et à s'occuper de ses plantes, même si elle avait l'air plus abattue que d'habitude après la visite du juge. Un jour que nous étions dans le jardin à couper des lys fanés, je lui ai demandé ce qui n'allait pas.

— Je me disais que ces lys étaient splendides il y a à peine une semaine. Comme des étendards triomphaux. Et maintenant ils sont tous morts.

— Certes. Mais, à mon avis ce n'est pas pour ça que vous avez le moral au plus bas. Quelque chose vous pèse sur le cœur.

Elle m'a souri sans vraiment sourire.

— C'est le juge Lord ? C'est lui qui vous pose souci ?

— Il m'est très cher, a-t-elle murmuré, mais la façon dont elle l'a dit m'a menée à penser que ce n'était pas la raison de son malaise.

Au bout d'un moment, j'ai fini par lui tirer les vers du nez : Sue, qui avait arrêté de venir à Homestead de crainte d'y croiser Mabel Todd, lui manquait. Pour sûr, j'aurais dû le deviner dès le début. Emily ne pouvait pas être heureuse quand Sue était triste.

À la fin du mois, Gib s'est mis à souffrir de fièvre et de dysenterie. Le Dr Bigelow lui a diagnostiqué la typhoïde. J'ai eu de la peine pour le bout de chou parce que j'étais bien placée pour savoir ce que ça faisait. La famille entière se rongeait les sangs et plus personne ne fermait l'œil de la nuit. Austin avait le front plissé en permanence et le visage de Sue était pourpre de tant pleurer. Le Dr Bigelow passait chaque jour, mais la santé du pauvre petit se dégradait de plus en plus et, le 4 octobre à la nuit tombante, Betty est arrivée en courant à Homestead pour nous dire qu'il n'en avait plus pour longtemps.

Emily était dans tous ses états. Elle faisait les cent pas de l'étage à la cuisine et dans le passage du Nord-Ouest. Elle se tordait les mains et les sons qui sortaient de sa bouche se rapprochaient de lamentations.

J'ai essayé de la calmer, en vain.

— Je ne peux pas le supporter, a-t-elle gémi en regardant par la fenêtre de la cuisine, même s'il faisait trop sombre pour voir les Evergreens.

— Vous voulez y aller ? lui ai-je demandé, sachant que la réponse serait sans doute non.

Mais elle s'est retournée pour me faire face, le visage éclairé comme une bougie.

— Oui, a-t-elle murmuré. Oui, je veux y aller.

— Je vous accompagne.

Avant qu'elle change d'avis, j'ai attrapé son châle et saisi la lampe pour la guider dans le noir.

Emily était dans son élément la nuit – un baume pour ses yeux et son cœur. Mais elle avait l'air d'un spectre dans sa robe blanche, à remonter le sentier de son pas flottant, la lumière jaune de la lanterne éclairant le bas de sa jupe. La maison était froide comme une tombe quand nous sommes arrivées. Je l'ai suivie dans l'escalier jusqu'à la chambre de Gib. L'odeur – d'ammoniaque, de fièvre et de vomi – m'a piqué le nez.

Vinnie était installée tout près de la porte. Quand elle a vu Emily, elle a laissé échapper un cri de surprise et s'est levée.

— Que fais-tu ici ?

Emily l'a ignorée, accourant au chevet du pauvre petit qui gigotait en gémissant. Sue, assise à côté de lui, pleurait, le visage enfoui dans ses mains. Austin, debout au pied du lit, a pris une chaise dans le coin et l'a placée près de celle de Sue. Emily a chancelé et s'est laissée tomber dessus.

Le pauvre garçon n'avait plus toute sa tête. Il criait, restait silencieux le temps d'un terrible instant, puis se remettait à hurler. La fièvre était en train de le consumer. Je ne supportais pas de ne rien faire. J'ai aperçu la bassine d'eau sur la table de toilette et j'ai essoré le linge qui s'y trouvait pour le poser sur son front, mais il l'a envoyé valser. Le Dr Bigelow est apparu sur le seuil, l'expression sombre. J'ai ramassé le linge mouillé et reculé pour laisser de la place au médecin ; il y en avait peu avec toute la famille réunie autour du lit.

Je l'ai regardé soulever le drap et appliquer son stéthoscope sur la poitrine de Gib. Il a pris le pouls du pauvre petit et palpé son ventre. Sa bouche formait un trait fin au milieu de sa barbe et ses sourcils montaient et descendaient comme des papillons blancs. Il était évident que le garçon était en train de sombrer, et même un médecin ne peut pas donner de l'espoir quand il n'y en a plus. La vie de Gib reposait désormais entre les mains de Dieu et nous le savions, tous autant que nous étions.

J'ai fait le signe de croix et murmuré un Notre Père. Emily parlait à Gib de la voix douce qu'elle avait toujours avec lui. Elle lui a promis une tranche de pain d'épices lorsqu'il irait mieux et lui a raconté que, ce matin-là, elle avait aperçu une chouette dans le pin qu'elle voyait depuis la fenêtre de sa chambre. Elle caressait la couverture au niveau de ses jambes. Il a arrêté de convulser. Comme par magie. Elle a continué à lui parler, lui a dit à quel point sa famille l'aimait et qu'il devait rester tranquillement au lit et se remettre, sans quoi elle ne le supporterait pas. Je ne sais pas pourquoi il était si réceptif à sa voix.

Puis elle a commencé à trembler. Elle n'avait pas quitté Gib du regard depuis qu'elle était entrée dans la chambre, hormis pour jeter un œil inquiet à Sue. Le Dr Bigelow a fermé sa sacoche et reculé. J'ai eu l'impression qu'il était lui-même gagné par l'envoûtement d'Emily. Le seul bruit dans la pièce était celui des pleurs de Sue. Emily a sorti un mouchoir de sa manche et l'a pressé contre ses lèvres.

— Emily ? ai-je dit, mais elle n'a pas paru m'entendre.

Gib a crié et s'est redressé sur les coudes, puis il est retombé dans son lit. Austin a laissé échapper un grognement et tenté de le toucher, mais le garçon a repoussé le bras de son père.

— Ouvrez la porte – ils m'attendent ! a-t-il déclaré d'une voix claire et forte.

Sa pauvre mère a levé les yeux, le visage aussi pâle que la robe d'Emily. Et tous les regards sans exception se sont dirigés vers la porte pour savoir de qui il parlait. Il devait voir des fantômes. Je me suis rappelé les visions que la fièvre typhoïdique m'avait inspirées, si éprouvantes que je me serais enfuie en courant si Emily ne m'avait pas retenue.

— Je vais rendre gorge, Maggie, a-t-elle dit, la voix aussi tremblante que ses mains. Aidez-moi.

Je me suis dépêchée de l'accompagner jusqu'à la porte, où elle a vomi dans les rhododendrons avant que nous rentrions à Homestead. Elle a fait tout le chemin du retour appuyée sur mon épaule. Je l'ai mise au lit et elle y est restée. Le lendemain en fin d'après-midi, Vinnie est venue apporter la terrible nouvelle que Gib était mort dans les bras de sa mère peu avant 17 heures. Nous étions toutes trois terrassées par le chagrin. Le monde entier est sens dessus dessous lorsqu'un enfant meurt.

Je me suis concentrée sur le fait de prendre soin d'Emily, plus mal en point que jamais.

La famille Dickinson a été plongée dans une confusion totale après la mort de Gib. Emily a gardé le lit, à peine capable de lever la tête de son oreiller. Le peu de force qui lui restait, elle l'utilisait pour écrire à Sue. Mes pauvres pieds souffraient de ces allers-retours incessants entre Homestead et les Evergreens tant elle lui adressait de lettres. Il n'a plus jamais été question de la relation amoureuse d'Emily et du juge.

Il a fallu attendre Noël pour qu'elle soit de nouveau sur pied, mais personne n'était d'humeur à célébrer les fêtes. J'étais contente d'avoir ma propre famille à Kelley Square, où l'atmosphère était plus joyeuse. Les rires, les chants et les pâtisseries ont été les bienvenus après tant de journées sombres.

Je crois qu'Austin a été aussi bouleversé que Sue par la mort de Gib, mais au lieu de faire son deuil avec elle il s'est tourné vers Mabel. Et cette dernière s'est fait un plaisir de le réconforter. N'importe quel sot aurait pu voir quel tournant prenaient les choses. Le jour de la Saint-Valentin, Mabel est venue frapper à la porte. Quand je lui ai ouvert, elle est entrée et s'est laissée tomber sur le canapé du salon. Elle n'arrêtait pas de regarder par la fenêtre, et j'ai tout de suite su qu'elle attendait Austin. Vinnie est arrivée de la bibliothèque et m'a dit de préparer du café avant de s'asseoir en compagnie de Mabel. À l'évidence, elle était dans la combine, mais je n'étais pas d'humeur à sourire de leurs manigances.

Quand je suis revenue avec le café, Mabel parlait de refaire la décoration de la maison qu'elle et son mari louaient. Austin est apparu peu après 16 heures et elle s'est élancée vers lui, allant même jusqu'à poser la main sur son torse sous mes yeux et ceux de Vinnie. Et lui l'a recouverte de la sienne.

— Prendrez-vous un café ? lui ai-je demandé.

— Non, Maggie, a-t-il répondu sans se tourner vers moi. J'ai quelque chose d'important à montrer à Mabel.

Il lui a jeté un regard enflammé que toute personne ayant les yeux en face des trous aurait pu interpréter. Et il l'a embarquée avec lui.

Ils se sont enfermés dans la salle à manger pendant deux heures. Ils devaient savoir que j'étais dans la cuisine, de l'autre côté du mur. Je me serais bouché les oreilles si j'avais pu, car les bruits obscènes qui me parvenaient m'ont donné des haut-le-cœur. Quand ils ont fini par quitter la pièce, roses de leur dépravation, j'ai été incapable de les regarder en face. Heureusement qu'ils ne m'ont rien dit, parce que je n'aurais pas pu rester polie.

À partir de ce jour, ils se sont retrouvés deux à trois fois par semaine. Ils ne faisaient même plus l'effort de rendre la salle à manger présentable après leur passage. Quand je m'y rendais plus tard pour mettre la table, je trouvais les coussins du divan sur le tapis et les jetés que la mère Dickinson avait confectionnés un peu partout dans la pièce. Ils étaient réguliers comme des horloges dans leurs rendez-vous. Nous savions toutes les anticiper. Si Emily était dans la cuisine, elle se dépêchait de filer à l'étage tandis que Vinnie se hâtait d'aller accueillir Mabel en riant joyeusement. Il ne fallait pas plus d'une heure pour qu'Austin et Mabel s'enferment dans la salle à manger et je passais les trois heures suivantes à faire semblant de ne pas entendre ce qu'aucune créature dotée d'oreilles n'aurait pu manquer.

Sue a suivi l'exemple d'Emily et n'est plus sortie de chez elle. Betty m'a raconté qu'elle gardait la chambre, les rideaux tirés, et ne portait plus que des tenues du noir le plus sombre, de jour comme de nuit. J'avais bien de la peine pour cette pauvre femme, et encore plus pour Ned et Mattie. Ils étaient devenus grands : Ned était un étudiant de 22 ans et Mattie une coquette et jolie adolescente de 17 ans. Gib leur manquait énormément à tous les deux et ils en voulaient beaucoup à leur père, l'accusant de faire du mal à leur mère. Personnellement, j'étais du même avis qu'eux. Je ne l'avais jamais beaucoup aimé, mais, désormais, je n'avais plus aucun respect pour lui. Je baissais la tête quand je le voyais pour ne pas avoir à le regarder dans les yeux. Quant à Mabel Todd, je n'arrivais pas même à diriger mon regard vers elle. Le péché reste le péché, quand bien même il s'orne de soieries et de fourrures.

Un triste jour de la mi-mars, de véritables rideaux de pluie grise ont semblé se déployer des nuages. Quelqu'un a toqué à la porte et mon cœur s'est serré quand je suis allée ouvrir. Comme si je savais qu'une mauvaise nouvelle m'attendait de l'autre côté. Et j'avais raison : un homme était là devant moi, trempé jusqu'aux os même s'il tenait un immense parapluie au-dessus de sa tête. Lorsqu'il m'a tendu le télégramme et que j'ai vu qu'il était pour Emily, mon cœur s'est mis à palpiter. Je lui ai donné une pièce de 25 cents et lui ai dit que s'il faisait le tour par-derrière il pourrait venir se sécher deux minutes et prendre une part de gâteau. Mais il a refusé, et comment lui en vouloir ?

Personne ne souhaite se trouver dans les parages quand la mort s'invite.

J'ai vite apporté le télégramme à Emily, qui s'était déjà levée de son bureau tandis que j'allais ouvrir. Son regard apeuré a reflété le mien. Elle a ouvert le pli et je crois qu'elle l'a lu, bien qu'elle n'ait pas eu l'air de comprendre ce qui y était écrit. Puis elle l'a écrasé contre sa poitrine et est retombée sur sa chaise.

— Emily ?

Elle a secoué la tête et fermé les yeux. Mais elle me tendait le bout de papier. Alors je l'ai parcouru.

Le juge Lord était mort.

Il me semble qu'un son m'a échappé, pareil au miaulement d'un chaton. Mais Emily, elle, est restée tout à fait silencieuse.

32

Nous avons fermé Homestead aux visiteurs pendant un mois, ornant le portail de crêpe noir et n'ouvrant la porte qu'à la famille proche. Seule conséquence positive : Mabel Todd n'était plus la bienvenue. Austin et elle ont dû s'adonner à leurs activités immorales ailleurs.

Emily était presque invisible, ne quittant quasiment pas sa chambre des jours durant. Quand elle le faisait, elle flottait à travers la maison, émergeant de l'ombre avant d'y replonger. Ça m'a rappelé les semaines qui avaient suivi la mort de Monseigneur, lorsqu'elle me faisait sursauter en apparaissant au détour d'un couloir tel un spectre.

Mais elle a continué d'écrire. Elle ne faisait que ça, hormis s'occuper de ses plantes. Elle écrivait des heures à son petit bureau, dans sa chambre. Elle a demandé à Dennis d'installer une table dans son jardin d'hiver pour qu'elle puisse y écrire aussi. Elle noircissait page sur page. Tous les jours, je portais ses lettres à la poste, et tous les jours j'en revenais avec une pile de courriers qui lui étaient adressés. Mais ses ébauches de poèmes étaient si tristes que j'ai arrêté de les lire.

Avril est arrivé ; les crocus étaient en fleur et une nouvelle couvée de poussins a éclos. Dennis a bêché et ratissé les parterres pour qu'ils soient prêts à planter. Les jours de beau temps, Emily enfilait ses gants de jardinage et allait désherber, même si le cœur n'y était plus. Elle s'agenouillait et gratouillait la terre avant de se relever en un rien de temps pour déambuler, se laissant porter comme un papillon d'une plante à l'autre. Un après-midi, en barattant le beurre sur la terrasse, je l'ai vue prendre le même chemin que quand elle se promenait avec le juge Lord. Elle penchait même un peu sur la gauche comme si elle s'était appuyée sur son bras. Ça m'a donné des frissons. J'en ai arrêté de baratter. Il m'a fallu une minute pour pouvoir me remettre au travail.

Ce printemps-là, mon neveu Willie a eu 13 ans et a commencé à enquiquiner ses parents en leur disant qu'il voulait partir dans l'Ouest pour travailler dans les mines avec son oncle Tommy. Tom ne voulait pas en entendre parler et Mary a déclaré que ça lui briserait le cœur. Mais je voyais le goût de l'aventure briller dans les yeux du garçon, celui-là même que j'avais ressenti à son âge. C'est un peu devenu mon préféré, et je lui servais une plus grosse part de gâteau quand il s'attardait dans la cuisine de Homestead. Je le sermonnais tandis qu'il mangeait, lui assenant que la famille était le seul trésor qui en vaille la peine.

En mai, Mabel Todd et son mari ont loué une maison sur Lessey Street, juste derrière Homestead. Une demeure imposante, dotée de colonnes, d'arbres et d'une vaste pelouse. Il ne fallait pas cinq minutes à Mabel pour aller de sa porte à Homestead. Elle venait chaque jour et Austin l'accueillait. Leurs rendez-vous étaient si réguliers que je savais à quelle heure je pouvais commencer à attendre Mabel. Bientôt, j'organisais mes tâches de manière à me trouver à l'étage ou dehors entre 14 heures et 16 h 30, afin de ne pas avoir à entendre leurs ébats.

Mabel s'est mise à raconter en ville qu'elle était une grande amie d'Emily Dickinson. Elle disait qu'Emily l'admirait et lui confiait des secrets. J'ignore où elle est allée pêcher cette idée. Emily, elle ne la connaissait pas du tout, et encore moins ses secrets. Peut-être Mabel était-elle imbue de sa personne au point de penser que tout le monde la croirait. Elle se voyait comme une grande artiste. Elle peignait des fleurs sur ses cols et sur le devant de ses robes. Elle s'était même mise à me les montrer et je lui murmurais des compliments en faisant semblant d'admirer son talent. Mais en vérité mes nièces, toutes autant qu'elles étaient, auraient dessiné des fleurs plus réalistes que celles de Mabel.

À la mi-juin, Emily s'est évanouie dans la cuisine. Nous préparions ensemble un gâteau à la noix de coco en discutant. Depuis la mort du juge, elle voulait que je l'aide à faire ses gâteaux. Elle était plus faible, avait parfois la tête qui tournait et du mal à se souvenir de ses recettes. Ce jour-là, elle était debout devant la table en train de casser des œufs dans un bol quand ses jambes se sont dérobées sous elle.

J'ai prononcé son nom, mais à son immobilité complète j'ai su qu'elle ne m'entendait pas. Elle a fermé les yeux et sa peau a pris une teinte bleutée.

J'ai couru chercher de l'aide.

Dennis est venu et l'a portée dans sa chambre pendant que j'allais quérir le médecin. Quand je suis rentrée à Homestead, Vinnie était revenue du marché, mais il n'y avait pas eu de changement chez Emily. Elle était allongée sur son lit et seule sa respiration nous permettait de savoir qu'elle était encore en vie. Le Dr Bigelow a pris son pouls et examiné ses yeux : elle n'avait pas de fièvre, mais quelqu'un devait rester à son chevet jusqu'à son réveil et le faire chercher à ce moment-là. Alors je me suis portée volontaire.

Emily est restée inconsciente pendant des heures. Quand elle a fini par rouvrir les paupières, c'était la tombée de la nuit et les oiseaux s'étaient tous tus, hormis un moucherolle solitaire qui chantait sous sa fenêtre. « Peut-être est-ce ce qui l'a réveillée », me suis-je dit dans l'obscurité, près de son lit. Dès qu'elle s'est redressée, elle a vomi partout sur ses draps.

Quand le Dr Bigelow est venu, il a déclaré qu'elle souffrait de revanche des nerfs. Sans doute, selon lui, causée par tous ces décès dans la famille. Et encore, il ne savait pas tout. La vérité, c'est que nous étions tous terrifiés, persuadés qu'Emily était à l'article de la mort. Et, visiblement, elle pensait la même chose, si faible qu'elle était à peine capable de tourner la tête sur son oreiller.

Sue est venue dès l'aube le lendemain, et elle est restée au chevet d'Emily jusque dans l'après-midi. Je ne crois pas qu'elles aient beaucoup parlé, car Emily pouvait à peine murmurer, mais je les ai vues se tenir la main tout du long.

Emily est restée alitée tout l'été. Sue allait et venait. Parfois, elle restait simplement là à la regarder dormir.

Parfois, elles chuchotaient ensemble. Vinnie s'est mise à faire la lecture à sa sœur le matin et Austin lui rendait visite tous les jours après le travail. C'est en août qu'elle a recouvré assez de forces pour s'asseoir et écrire une lettre. Nous avons tous eu l'impression d'avoir frôlé une nouvelle tragédie.

À l'automne, Emily était de nouveau sur pied, quoique encore fragile. Au lieu de travailler dans la cuisine, elle s'installait sous la véranda pour observer les écureuils et les oiseaux, et porter son regard en direction des Evergreens. Les jours où elle se sentait plus d'aplomb, elle se promenait dans le jardin ou travaillait dans son jardin d'hiver.

En octobre, Mabel Todd a organisé un grand thé d'après-midi, invitant toute la crème d'Amherst. Vinnie y est allée, vêtue d'une nouvelle robe de soie rose et taffetas blanc pleine de volants. Elle avait bien belle allure. Elle est rentrée les joues roses, impatiente de nous raconter ce qu'elle avait vu. Elle a tiré Emily de son jardin d'hiver et nous a préparé le thé à toutes les trois.

Avant même que l'eau ne soit chaude, Emily riait aux éclats. À cet instant j'ai pris conscience du temps qui s'était écoulé depuis que j'avais entendu ce son joyeux pour la dernière fois.

— Elle a servi de la salade au poulet, Em. De la salade au poulet ! Dans des assiettes ébréchées avec des pots de compote de pommes.

Buffy, le gros matou de Vinnie, est entré dans la pièce en se dandinant et lui a cogné le bras en sautant sur ses genoux, renversant du thé sur la nappe. J'ai essayé de l'attraper, mais Vinnie l'a enveloppé d'un bras et a secoué la tête. Emily m'a jeté un clin d'œil avant de tamponner la tache à l'aide d'une serviette.

— Dis-nous en plus, Vinnie, a-t-elle dit. Racontenous tout.

Alors Vinnie s'est lancée dans le récit de l'après-midi, en exposant chaque détail comme des cadeaux destinés à nous divertir.

— La mère de Mabel était là – Mrs Loomis. Une femme élégante, très guindée. Si elle savait ce que sa fille traficote…

Vinnie a été prise de fou rire et elle a dû boire du thé pour se calmer. Elle continuait à caresser le chat, qui ronronnait fort comme tout. Elle devait élever la voix pour se faire entendre, ce qui a poussé Buffy à ronronner plus fort encore. Bientôt, j'ai dû me mordre la langue pour ne pas rire moi aussi.

— Quand Mrs Loomis a appris que j'étais la sœur d'Austin, elle a voulu savoir s'il était proche des Todd et pourquoi Sue n'était pas venue à la fête. Elle m'a confié être surprise que sa fille puisse se permettre de louer cette maison avec le salaire de professeur de son mari. Je suis convaincue qu'elle est au courant pour Mabel et Austin. Je lui ai affirmé qu'ils étaient seulement amis, mais je ne pense pas qu'elle m'ait crue.

— Que dirait Père s'il savait que sa gentille Vinnie raconte des mensonges ?

Emily fronçait les sourcils, mais elle faisait semblant d'être préoccupée.

— C'est notre maison maintenant, Em, a dit Vinnie avec ce mouvement de tête sophistiqué qu'ont les jeunes filles, alors qu'elle avait passé l'âge. Et je refuse d'empêcher Austin de faire l'expérience du bonheur. Il n'y a pas beaucoup eu droit.

— Et qu'en est-il du bonheur de Sue ? a rétorqué Emily sur un ton coupant. Le mariage malheureux d'Austin est une pure invention de la part de Mabel Todd, et tu le sais très bien.

Elle s'est levée et appuyée contre la table pour garder l'équilibre. Depuis son attaque, elle tenait mal sur ses jambes.

J'ai bondi pour la prendre par le coude.

— Ne devriez-vous pas aller vous allonger ?

Je pensais qu'elle résisterait, mais elle a murmuré que oui et pris appui sur moi tandis que je l'aidais à monter l'escalier.

À dire vrai, Emily ne s'est jamais tout à fait remise de son attaque de cet été-là. Elle restait de plus en plus alitée. Elle souffrait régulièrement de toux, de fièvre et d'indigestion. Elle dormait tard et descendait rarement déjeuner. Elle passait la plus grande partie de ses journées à écrire des lettres. Parfois, quand j'allais préparer son feu, je la trouvais endormie avec sa bougie encore allumée, son écritoire sur les genoux et une lettre à moitié finie sur le sol. Par deux fois, elle a renversé de l'encre sur le couvre-lit. Les taches étaient telles que j'ai eu beau frotter tant que je pouvais, elles ne sont jamais parties.

Elle a commencé à refuser de voir le Dr Bigelow. Elle disait que ce n'était pas de traitements médicaux qu'elle avait besoin, mais d'oiseaux, de ciel et de lumière. Quelquefois, elle l'autorisait à l'observer depuis le couloir quand il passait devant sa porte ouverte. Elle soutenait que s'il était compétent cela devait lui suffire. Elle se moquait, et je l'exhortais à arrêter de faire sa *gombeen*, à laisser l'homme faire son travail. Mais elle riait et déclarait avoir toujours été une *gombeen* au fond, même si j'étais bien la seule à pouvoir m'en rendre compte.

Peu importe combien je la grondais et combien je m'inquiétais, elle refusait de se laisser examiner. Ça a vexé le médecin et je n'ai pas tardé à apprendre qu'il en avait parlé dans tout Amherst, la faisant passer pour une toquée.

Ça m'horripilait, cette manie qu'avaient les gens de tordre la vérité et de répandre des ragots, sans se soucier le moins du monde des blessures qu'ils pouvaient causer.

Emily s'est mise à réclamer ma compagnie l'après-midi. Elle aimait que je lui lise les lettres qu'elle recevait de ses amis. Ma voix l'apaisait, disait-elle ; ma façon de m'exprimer lui donnait l'impression d'être choyée et entre de bonnes mains. Parfois, les lettres étaient aussi fabuleuses qu'un livre. Un jour d'hiver, elle m'a demandé de lui lire une missive d'une amie qui se trouvait en Californie. La dame en question en offrait des descriptions remplies de fleurs blanches et de brises chaudes sur fond de mer argentée.

— On dirait le jardin d'Éden avant la chute, non ? ai-je dit en rangeant la lettre dans son enveloppe.

Emily a souri.

— J'ai beaucoup réfléchi à l'Éden. Mais je ne pense pas qu'on puisse le trouver en Californie.

— Eh bien, moi non plus. Plus maintenant. Même si j'aurais bien aimé voir l'endroit. Fut un temps où je le considérais proche du paradis.

— Oh, Maggie. Non seulement le paradis n'est pas loin, mais il est dans l'air que nous respirons. Je crois que nous vivons bien souvent dedans sans nous en rendre compte. Parfois, si nous avons de la chance, le voile est levé et il se révèle à nous.

Je n'ai pas compris ce qu'elle voulait dire ce jour-là. Je pensais que sa maladie lui faisait peut-être un peu perdre la tête. Comme pour ses poèmes, il m'a fallu des années pour percer l'énigme de ses propos.

Emily s'est mise à me confier des choses qu'elle n'avait jamais dites à personne. Je ne sais pas si c'est parce que j'étais toujours là. Ou à cause de son état de santé. Mais je voulais croire que c'était parce que nous étions comme des sœurs et qu'elle me faisait confiance.

Que ç'ait été le cas ou non, une grande partie de ce qu'elle me racontait relevait du secret ; il y avait des choses surprenantes, d'autres troublantes ou touchantes. Les longues heures que nous avons passées ensemble nous ont rapprochées. Et, assise en sa compagnie dans cette chambre baignée de la lumière de l'après-midi, je lui ai confié certains de mes propres secrets. À mesure que les jours se changeaient en semaines et que les semaines se changeaient en mois, j'ai commencé à comprendre que depuis des années ma destinée ne m'appartenait plus totalement, mais qu'elle était à jamais liée à la sienne.

Je lui ai tout raconté sur Patrick, son travail à l'école de dynamite et les explosions en Angleterre et en Écosse. Je lui ai parlé des arrestations et des procès des poseurs de bombes. Je lui ai dit que j'avais honte des actes de ces Irlandais. Et que pourtant rien ne m'était plus précieux que l'idée d'une Irlande libre.

À sa manière de m'écouter, je savais que j'avais toute son attention : elle ne me quittait pas des yeux et tressaillait lors des épisodes les plus malheureux. Je sentais son inquiétude comme si c'était la mienne. Être écoutée de la sorte était tellement apaisant.

— Mais il était courageux, m'a-t-elle dit. Et c'est une qualité que j'admire. Malgré tous ses défauts, il semblerait que votre Patrick ait été un guerrier.

La chaleur m'est montée au visage. Je me suis souvenue de Maria Doughtery me disant à quel point Patrick était combatif après son discours à Northampton. Je n'y avais pas pensé depuis fort longtemps. À l'époque, ça m'avait inquiétée et laissée perplexe, mais me le remémorer me rendait désormais fière.

— Oui, un guerrier, ai-je confirmé. Mais m'est avis que c'était aussi un voyou.

Elle a ri.

— Quoi de plus facile en ce monde que de tomber amoureuse d'un voyou ?

Emily regardait par-dessus mon épaule comme si elle voyait quelque chose ou quelqu'un de visible à elle seule – voire qui n'était pas là du tout. Elle le faisait désormais si souvent que ça ne me donnait même plus la chair de poule.

— Ils sont irrésistibles. C'est leur côté indomptable, je crois. Cela vous donne envie de vivre…

Elle s'est interrompue avant de reprendre lentement :

— … de manière incandescente. Oui, c'est cela. Vous avez ce côté indomptable, vous aussi, Maggie. Et mon cœur se réjouit lorsque vous êtes dans les parages.

J'en suis restée comme deux ronds de flan.

— Pour sûr, je ne suis pas plus indomptable qu'un des chats de miss Vinnie.

— Ah, mais vous avez mis le doigt sur ce que je voulais dire, a répliqué Emily en souriant. Ils ont tous encore des crocs, des griffes et l'âme fière, quand bien même ils ronronnent et se toilettent.

J'ignorais quoi répondre. Je me suis demandé si j'aurais dû être vexée mais pour être honnête ses paroles me faisaient plaisir. Je voyais bien qu'elle disait vrai. Car après toutes ces années à m'entraîner à être une véritable Américaine j'étais plus irlandaise que jamais. Emily était peut-être la seule à l'avoir vu. Mais ça m'a fait du bien de m'en rendre compte à mon tour, enfin.

J'ai écrit à Patrick ce soir-là. Une lettre de trois pages. Je l'y remerciais de m'avoir offert *Knocknagow*, de m'avoir présentée à Maria Doughtery et de m'avoir emmenée à la foire irlandaise de Worcester. L'y remerciais d'avoir été mon ami et d'avoir voulu m'épouser. Je lui ai raconté ce qui s'était passé à Amherst depuis qu'il était parti – l'incendie du quartier de Phoenix, mon long alitement causé par la typhoïde, l'arrivée en ville de Mabel Todd. Je lui ai appris que la mère Dickinson avait fini par mourir et lui ai décrit la catastrophe qu'avait été le décès du petit Gib. Je me suis enquise de sa santé et lui ai dit que j'étais désolée de ne pas lui avoir adressé de courrier plus tôt. Sur la dernière page, j'ai écrit qu'il me manquait. Les choses n'étaient plus les mêmes depuis qu'il était parti. Comme si le ciel avait perdu ses couleurs. Je me suis demandé longtemps comment la signer. Et ma vue s'est brouillée tandis que je concluais par : *Votre Margaret.*

Un après-midi d'avril où je lui tenais compagnie, Emily m'a montré l'ultime lettre qu'elle avait reçue du juge Lord. Elle avait été pliée et dépliée tant de fois que de petites déchirures s'étaient formées le long de ses plis.

— C'est un message du fond de la tombe. Nous n'avons jamais pu nous dire adieu, vous savez. Quand il est parti pour la dernière fois, nous ignorions tous les deux que c'était la fin.

Elle a serré la lettre contre son sein un instant.

— C'est ainsi que la mort survient la plupart du temps, n'est-ce pas ? Pourtant, ses derniers mots ont été : *Quelqu'un frappe à la porte.* Quand je les ai lus pour la première fois, j'ai pensé qu'un visiteur l'avait interrompu, mais aujourd'hui je crois que c'est la mort qui était venue. Il savait, en écrivant cette lettre, qu'il était en train de mourir.

J'ai acquiescé, car apprendre qu'un homme ait pu entendre la mort toquer à sa porte ne me surprenait pas le moins du monde. N'avais-je pas moi-même entendu hurler la banshee plus d'une fois ?

— Certains soutiennent que c'est une bénédiction de ne pas s'en aller sans en avoir été averti, ai-je dit.

— Ce serait une immense bénédiction que de pouvoir le rejoindre, a-t-elle murmuré. Et je crois que je ne tarderai pas à le faire.

— Ne dites pas ça !

J'ai pris sa main comme si ç'avait pu la retenir. Je l'ai fait sans réfléchir, par pur instinct de protection.

Elle a souri, puis eu un petit rire.

— Pour être honnête, ce sera un soulagement quand la fin surviendra, Maggie. J'ai perdu tant d'êtres chers. Presque tous ceux que j'ai aimés et qui m'ont aimée.

J'ai serré sa main, mais je ne suis pas sûre qu'elle s'en soit rendu compte. Les larmes lui étaient montées aux yeux, prêtes à lui rouler sur les joues.

— Tous partis rejoindre l'éternité avant moi.

— Il vous reste Vinnie. Et Sue, ai-je dit, avant d'ajouter, parce que je ne pouvais plus me retenir et que c'était la vérité, et moi. Ne nous quittez pas tout de suite.

Il me semble qu'elle ne m'a pas entendue. Elle regardait par la fenêtre tandis que le soleil couchant peignait le ciel de bandes roses. La même couleur que ses roses de Damas juste avant qu'elles perdent leurs pétales.

— Tout cela n'a servi à rien, a-t-elle murmuré. Tous mes espoirs partis en fumée. Tous mes rêves réduits en cendres.

De la fumée et des cendres ? Ses paroles m'ont fait froid dans le dos.

— Ce n'est pas vrai, Emily. C'est la maladie qui parle.

Elle a secoué la tête.

— Je fais allusion à mes poèmes, Maggie. Vous les avez toujours ?

— Oui, ils sont à l'abri dans ma malle. Je sais qu'ils vous sont aussi précieux que s'ils étaient vos enfants et que vous ne supporteriez pas qu'il leur arrive malheur. Mais ma malle porte chance. Elle a fait tout le voyage depuis l'Irlande sans la moindre éraflure.

Je lui ai tapoté l'épaule.

— Vos poèmes sont en sécurité. Aucun malheur ne pourra leur arriver.

— Je veux que vous me promettiez une chose, Maggie. Vous devez me le jurer.

— Je ferai tout ce que vous voudrez, ai-je dit sans me douter une seconde de ce qu'elle s'apprêtait à me demander.

— Promettez-moi que vous les brûlerez quand je ne serai plus là, a-t-elle murmuré.

Je crois avoir tressailli. Je suis certaine d'avoir pris une grande inspiration et retiré ma main.

— Oh non ! Ne me demandez pas ça.

— Il le faut. Leur place est à mon côté dans l'éternité.

— L'éternité ? ai-je répété en me demandant où elle pensait qu'elle se trouvait et comment ses poèmes feraient pour l'y rejoindre si je les brûlais.

— Jurez-le-moi.

Elle m'a fixée pour m'empêcher de me dérober. Et ç'a été son tour de serrer ma main dans la sienne. Son expression avait un air suppliant que je ne lui avais jamais vu – si misérable que je ne pouvais pas refuser.

Il m'a tout de même fallu une minute pour me résigner à hocher la tête.

— Je vous le promets, ai-je murmuré.

— Merci mille fois.

Elle a embrassé mes doigts. Ses lèvres les ont frôlés doucement, comme des papillons. Puis elle a retourné ma main et embrassé ma paume. En plein milieu. J'en ai eu les larmes aux yeux. Tout le reste de la journée, ma main m'a lancée comme si je m'étais brûlée.

Partie VI

Couloirs

33

1916

Après avoir promis à Mattie D. que je me renseignerais sur le révérend Parke, je commence à poser des questions en ville. Personne n'a jamais entendu parler de lui. Mais il faut dire que je ne connais personne qui fréquente l'église épiscopalienne, donc ça n'a rien de surprenant.

En fait, je n'ai pas réfléchi à la manière dont je m'y prendrais pour le rencontrer. Je ne sais même pas à quoi il ressemble, si je le croisais dans la rue je ne le reconnaîtrais pas. Chaque jour, en allant faire mes courses en ville, je mets un point d'honneur à emprunter Spring Street, où se trouve l'église. Je me dis que je pourrais le repérer. Un pasteur revêt sûrement un habit différent. Pourtant je n'aime pas prendre ce chemin-là car je dois passer devant The Dell, la grande demeure qu'Austin a fait construire pour Mabel Todd. Une maison à deux étages, avec plus d'une douzaine de pièces, tout en arches, en pignons et en fenêtres aux formes fantasques. Jamais vu une horreur pareille. Heureusement, les Todd n'y vivent plus, et je n'ai pas à m'inquiéter de tomber sur Mabel. Mais malgré mes efforts je n'ai toujours pas aperçu le pasteur. Et mes tergiversations commencent à m'agacer.

Le dernier samedi de mars, je mets des pantalons de travail à sécher sur l'étendage quand il m'arrive une chose curieuse. C'est une magnifique journée ensoleillée, et les oiseaux volettent en tous sens. Je laisse tomber une pince à linge et, lorsque je me baisse pour la ramasser, Patrick Quinn me vient à l'esprit. Je n'ai pas pensé à lui depuis des mois. Tandis que je secoue un épais pantalon en drill, je le revois tête renversée, la bouche grande ouverte alors qu'il s'esclaffe bruyamment.

— Et de quoi riez-vous cette fois, espèce de nigaud ? dis-je tout haut, si bien que le premier passant qui jetterait un œil par-delà la palissade me croirait folle.

Et peut-être que je le suis, car il n'y a personne avec moi, et encore moins cet homme qui pour ce que j'en sais pourrait être mort et enterré. Si je m'adresse à quelqu'un, c'est sans doute à un fantôme.

En vérité, j'ai passé trop d'années aux côtés d'Emily, où tout était flou et le contour de chaque chose si fin et mouvant qu'il était difficile à percevoir. Je secoue la tête pour me sortir Patrick de l'esprit et me concentrer sur ma tâche en cours. Mais, alors que j'accroche le dernier bleu de travail, sa voix résonne à mon oreille : « Depuis quand Margaret Maher est-elle si peureuse ? »

Et, tout à coup, je le sais : il me faut aller trouver le pasteur et lui parler. J'ignore ses habitudes et son lieu de résidence, mais il sera sans doute dans son église dimanche. J'irai le voir avant la messe.

Le dimanche matin, le vent fait filer les nuages haut dans le ciel. Grace Church a une taille similaire à St Bridget, mais elle est plus clinquante. Alors que je monte les marches, une bourrasque menace d'emporter mon chapeau et je dois le tenir afin de ne pas le perdre. J'avoue me sentir coupable à l'idée d'entrer dans une église protestante, risquant de me voir recouvrir par une sorte de pellicule d'hérésie qui sauterait aux yeux de tous quand j'en ressortirais.

À l'intérieur, il règne une semi-obscurité hivernale, et presque le froid qui va avec. Je me dis qu'il est stupide de venir ici. Mais des pas approchent et je distingue dans la pénombre un homme qui se dirige vers moi. Il porte une longue soutane, comme un prêtre.

— Bonjour, me dit-il. Puis-je vous aider ?

Il se rapproche pour se poster dans la lumière que projette la grande fenêtre ronde située au-dessus de la porte. Un instant, il semble pris dans un immense halo. Ça me rappelle une image de saint Finbarr que Molly Ryan m'a montrée un jour. Il est bel homme – plus jeune que je ne m'y attendais –, il a un regard plein de vivacité. Mais c'est son sourire qui me surprend le plus : si bienveillant que j'en reste sans voix.

Il se penche vers moi.

— Vous sentez-vous mal ?

Je dois avoir une sacrée allure avec mon chapeau de travers et mes cheveux échappés de leur chignon. Il me faut une minute pour retrouver ma langue.

— Êtes-vous bien le révérend Parke ?

— Lui-même, acquiesce-t-il, toujours souriant, mais avec un air interrogateur. Et vous êtes ?

— Margaret Maher. Je ne vous retiendrai pas, monsieur. J'aimerais simplement discuter avec vous un moment.

— Allons nous asseoir, suggère-t-il en désignant un banc de pierre posé contre une cloison.

Il attend que je me sois installée pour prendre place près de moi. Me traite comme une dame même s'il a sans doute entendu mon accent et sait donc que je n'ai rien à faire dans son église.

— C'est à propos de la maison, lui dis-je.

— La maison ? répète-t-il avec perplexité.

— Celle que vous voulez acheter. La grande demeure en brique jaune sur Main Street.

Je suis à deux doigts de dire tout haut « la maison d'Emily ». Seigneur, je ne me sens pas moi-même ; les mots se bousculent dans ma bouche et me font des nœuds dans la gorge. Je suis incapable de les aligner comme il faut.

— Comment le savez-vous ? me demande-t-il, et je le sens soudain beaucoup moins accueillant.

Il faut dire que j'ai l'air d'une guenille et que je lui pose des questions sur un sujet qui ne me regarde en rien.

— C'est ce qu'on raconte, je réponds, trop agitée pour lui rendre son regard. Et je connais Mme Bianchi, qui l'a mise en vente. On dit que vous vous apprêtez à l'acheter.

Il me surprend en pouffant.

— J'ignorais que c'était déjà de notoriété publique. Mais, effectivement, j'espère acquérir cette maison pour ma famille. C'est un bel endroit. Aussi coquet à l'intérieur qu'à l'extérieur, je dois dire. Avez-vous eu le plaisir d'y entrer ?

— Oui, je la connais bien ; j'y ai vécu pendant trente ans.

Dieu me pardonne, je ressens une pointe de satisfaction à voir sa mine étonnée. Il ne s'attendait pas à ce qu'une vieille Irlandaise puisse se targuer de pareille bonne fortune.

— J'ai été la bonne des Dickinson une trentaine d'années durant. Ma chambre était au-dessus de la cuisine. Mais maintenant, je continue en me redressant sur mon siège, je gère ma propre pension. Pour ceux qui ont besoin d'un toit.

Je ne précise pas que je ne prends que des Irlandais. Inutile d'entrer dans les détails.

— Trente ans, répète-t-il, songeur. Alors vous savez combien cette demeure est magnifique.

— Pour sûr.

J'essaie de trouver une question que Mattie D. aimerait me voir lui poser, mais il se met à parler avant que j'en aie l'occasion.

— Quelle chance !

Je me demande quelle idée il se fait du métier de bonne, s'il croit qu'en être une est une chance, mais je n'ai pas le temps de m'attarder là-dessus car il continue.

— Je dois admettre avoir été charmé par cette propriété au premier regard. « En voilà une maison impressionnante ! », ai-je dit à ma femme, et elle a acquiescé. Elle est originaire de New York et sait reconnaître une belle demeure quand elle en voit une.

Il arbore cette expression plaisante des gens évoquant un sujet qui les rend heureux.

— J'ai toujours rêvé d'une maison de ce genre : une propriété modeste, aux proportions classiques, idéalement située. Comme si elle était à sa place et ne l'aurait été nulle part ailleurs. C'est ainsi que j'ai toujours imaginé mon chez-moi : une maison à chérir sur des générations. Que nos cinq enfants aimeraient encore une fois adultes. Une maison de famille, un *homestead*, comme on dit.

Je retiens mon souffle.

— Oui, j'acquiesce, la voix réduite à un murmure. C'est exactement ça.

Les émotions se bousculent en moi comme le linge qu'on brasse dans la lessiveuse. C'est un signe qu'il ait utilisé le mot *homestead*, j'en suis sûre. Comme si Emily me communiquait elle-même qu'elle voyait cet homme d'un bon œil. Il est étrange d'imaginer la maison d'Emily remplie de petits. Ils ont le chic pour occuper les moindres recoins. Je les visualise courant de pièce en pièce, ouvrant avec fracas penderies et placards. Pourtant, Emily n'aimait rien mieux que discuter avec des enfants, et elle leur donnait toujours des friandises. Je ne me rappelle pas l'avoir vue plus heureuse que quand elle s'amusait avec Ned ou Gib, ou quand elle manigançait avec Mattie pour jouer un tour à Vinnie.

J'opine du chef.

— Merci, monsieur.

Je lisse mes cheveux et remets mon chapeau en place avant de me lever.

— Je suis navré, s'excuse-t-il. Je crains de m'être laissé emporter par mon enthousiasme. Il me semble que vous étiez venue me parler de quelque chose ?

— Oui, je réponds, agréablement surprise par cet homme si enchanté par la maison d'Emily. Je vois ce que vous ressentez pour cet endroit. À dire vrai, je ressens la même chose. Mais…

Je fais une pause, me demandant par quel bout aborder la chose.

— Allez-y, dit-il de sa voix posée.

— C'est juste que…, je commence en prenant une inspiration. Je pense que vous devriez savoir… que cette maison a ses fantômes.

— Des fantômes ?

Ses lèvres esquissent un sourire, puis il finit par éclater de rire.

— Des fantômes ! répète-t-il en se frottant les mains. Fabuleux !

J'en reste bouche bée, ignorant s'il plaisante ou s'il est simplement téméraire.

— Eh bien, bonne chance à vous.

Je lui adresse un signe de tête avant de prendre congé. Ma foi, je ne sais que penser d'un homme qui n'a pas le bon sens de se méfier du monde des esprits. Il n'a pas l'ombre d'un ancêtre irlandais, c'est certain.

Après la messe, Nell vient m'aider à dresser la table pour le dîner. Tandis que j'épluche des carottes et qu'elle prépare un dessert, je lui parle de ma rencontre avec le pasteur et de la bonne impression qu'il m'a faite, même s'il en pince pour les fantômes.

— Alors j'imagine que Homestead est idéale pour lui, dit-elle en riant.

Je lui lance un regard en coin ; ma nièce semble ne pas bien saisir la nature des spectres.

— Qu'est-ce que tu as fait cette semaine ?

Elle m'explique s'être arrêtée au cimetière de St Mary vendredi, lorsqu'elle était à Northampton.

— L'herbe est belle sur la tombe d'oncle Tommy, dit-elle. J'ai récité le rosaire pour lui.

— C'est gentil de ta part, dis-je en sentant les yeux me piquer. Ç'a été dur de le mettre en terre, sachant que j'étais la dernière des Maher à me souvenir de la ferme en Irlande.

Au bout d'une minute, Nell reprend :

— Je suis contente qu'il soit rentré de l'Ouest avant de mourir. Ça nous a donné à tous la chance de le connaître. Tu te rappelles que Kate avait demandé qui c'était ? Comme si ç'avait été un inconnu ?

Je ris en me remémorant l'étonnement de ma plus jeune nièce.

— Je suppose que c'en était un pour elle. C'est un bien beau souvenir que ce jour-là.

D'ailleurs, tous mes souvenirs sont beaux s'agissant de Tommy. J'aurais seulement aimé qu'il y en ait davantage.

— Mais il a eu une vie difficile. Si j'étais partie avec lui en 1869 comme je l'avais prévu, je pense que je ne serais pas restée longtemps.

— Pourtant, ça t'a plu de lui rendre visite en 1894, me dit Nell. Tu nous as dit que c'était sensationnel.

Je fais oui de la tête et me rappelle l'excitation qui avait été la mienne l'année où j'avais fini par aller en Californie. Avec l'accord de Vinnie et une nouvelle malle, j'avais pris une année sabbatique.

— Ç'a été une aventure, c'est sûr, dis-je en finissant d'éplucher les carottes avant de m'attaquer aux pommes de terre. Surtout quand Tommy m'a emmenée à la

Grande Exposition de San Francisco. Le campement de mineurs de 49 était fantastique, même s'il m'avait prévenue que les vrais campements étaient bourrés de maladies, de saleté et de contremaîtres cruels, et le travail si éreintant que ça en avait brisé plus d'un. C'est pour ça qu'il s'est lancé dans l'élevage.

Je me tais, l'esprit ailleurs. La plupart des rêves vont et viennent comme le vent, mais certains forment la charpente d'une vie. Celui de notre père d'aller en Amérique ne l'a jamais quitté, et a tout changé pour la famille Maher. J'ai eu de la chance de me rendre en Californie après en avoir rêvé pendant des années. Mais quand ç'a fini par arriver, je ne voulais plus m'y installer, simplement voir l'endroit de mes yeux.

Tommy avait espéré que je resterais pour l'aider à s'occuper de son ranch, dans le territoire du Nouveau-Mexique. Mais un coup d'œil m'a suffi pour savoir que jamais je ne m'y sentirais chez moi. Au bout de quelques mois, j'étais déjà pressée de rentrer à Amherst.

Je me souviens d'une fois où je parlais à Emily de mon envie d'aller à l'Ouest, et de cet espoir que j'avais toujours eu que ça arriverait un jour. Elle était en train de coudre, mais elle avait posé son aiguille pour me regarder.

— L'espoir est un malin glouton, m'avait-elle dit. Il se nourrit de nos aspirations, mais finit par nous laisser vidés.

Ça m'avait paru une drôle de chose à l'époque, mais maintenant je suppose qu'elle faisait référence à son grand rêve à elle de voir ses poèmes publiés. Et de son chagrin à l'idée que ça n'arriverait pas de son vivant.

34

1886

Ç'a été un rude hiver, et Emily était si malade que Vinnie ne s'éloignait pas de Homestead. Austin venait souvent tenir compagnie à sa sœur le soir, et il a mis un terme à ses rendez-vous galants avec Mabel Todd dans la salle à manger.

Emily passait la plus grande partie de son temps au lit, à lire ou à rédiger des lettres. Un petit recueil de poèmes de Mrs Browning était toujours à portée de main. Un bel objet, fin et bleu, à la couverture ornée de lettres dorées. En entrant dans la pièce, je la trouvais régulièrement en pleine lecture. Elle en touchait les pages comme Vinnie caressait Buffy, les doigts pleins de tendresse.

— Écoutez cela, Maggie, m'a-t-elle dit une fois.

Et elle m'en a lu une strophe.

La terre est pleine du ciel,

Et chaque buisson de la route embrasé par la présence de Dieu ;

Mais celui-là seul qui a des yeux pour voir ôte les sandales de ses pieds,

Les autres restent assis autour du buisson, en mangent les baies,

Et perdent de plus en plus leur ressemblance originelle avec leur Créateur[1].

Elle a soupiré et refermé le livre.

— N'est-ce pas à couper le souffle ?

Je lui ai répondu que c'était en effet un très beau poème, puis j'ai vu son visage baigné de larmes.

— Avez-vous mal quelque part, miss ?

Mais elle a secoué la tête. Ses doigts dansaient sur les lettres dorées.

— Ceci, a-t-elle dit d'une voix tremblotante, ceci est une immortalité.

Je ne comprenais pas ce qu'elle voulait dire et me suis demandé si sa fièvre était revenue ou s'il fallait s'attendre à une autre attaque. Je lui ai pris le livre doucement et l'ai reposé sur la table, puis j'ai lissé son oreiller.

Sur le moment, je n'y ai pas pensé davantage parce que j'étais occupée à poser le plateau sur ses genoux et à ramasser les feuilles et lettres qu'elle avait éparpillées par terre. Mais plus tard, une fois ma journée de travail terminée, en me brossant les cheveux avant de me mettre au lit, je me suis rappelé de quelle manière le soleil de la fin de l'hiver avait éclairé la chambre d'Emily cet après-midi-là, tandis qu'elle se nourrissait des mots de Mrs Browning. Et je me suis dit qu'il était curieux qu'une dame anglaise ait pu écrire, par-delà l'océan, des mots qui auraient pu sortir droit du cœur d'Emily.

1. *Aurora Leigh*, 1856, Elizabeth Barrett Browning.

Même si cette dernière était fragile, elle restait fidèle à elle-même ; avide des comptes rendus de procès dans les journaux comme si le juge était encore en vie et qu'elle s'apprêtait à en discuter avec lui. Elle a mitraillé Vinnie de questions au sujet d'un procès pour meurtre dont l'accusé portait le nom de Dickinson. Et elle n'arrêtait pas de parler d'un jongleur itinérant jugé pour avoir empoisonné une dame qu'il avait séduite.

— Cela ferait un bon roman, n'est-ce pas ? m'a-t-elle dit un jour où je venais chercher son plateau après le dîner. Cette histoire du jongleur et de la dame.

— Vous n'avez pas touché à vos pommes de terre, l'ai-je grondée.

— Maggie, a-t-elle dit en riant, nous avons une conversation sur l'art et vous ne pensez qu'aux pommes de terre !

— Il ne faut pas sous-estimer les pommes de terre. Une bonne patate en a revigoré plus d'un. Il y a pires pensées que les pommes de terre.

Je n'ai pas précisé de quelles choses je voulais parler ; Emily pouvait se le figurer d'elle-même, j'en étais sûre. Elle avait toujours eu un tempérament mélancolique.

— Laissez ce plateau et racontez-moi une histoire de pommes de terre, alors.

Il était bon de la voir sourire après tant de journées chagrines. J'ai posé le plateau sur la table.

— La seule histoire de pommes de terre que je connaisse est trop triste à raconter. C'est celle du malheur qu'a apporté la Grande Famine. Vous n'auriez aucune envie de l'entendre.

— Mais si, a-t-elle insisté. Je veux tout savoir, sans exception. Je suis terriblement ignorante de ce qui se passe dans le monde.

Ce n'était pas vrai : Emily lisait tous les livres sur lesquels elle pouvait mettre la main et était la femme la plus intelligente que je connaisse. Mais comment refuser quoi que ce soit à un regard aussi suppliant ? Alors je me suis assise et lui ai raconté la famine – ce dont je me souvenais et ce que ma mère m'en avait dit. Comment j'avais vu de mes propres yeux des enfants en haillons mourir en bord de route. Comment de braves hommes et leur famille s'étaient fait expulser de chez eux. Comment il y aurait eu assez de grains, d'avoine et de denrées pour nourrir les gens qui crevaient de faim si on n'avait pas embarqué tout ça dans des bateaux vers l'Angleterre. Et elle a écouté chaque mot. Les larmes lui sont montées aux yeux.

Je lui ai tapoté la main.

— Assez parlé de misères pour aujourd'hui. Alors que vous ne vous sentez toujours pas bien. Ce n'est pas le genre d'histoire à vous remonter le moral.

Je me suis levée.

— J'ai eu tort, a-t-elle dit, enfoncée dans ses oreillers. Toutes ces années, j'ai cru les Irlandais ignorants et imbéciles. Mais je me trompais.

J'ai été prise d'une pointe d'espièglerie.

— Et moi qui pensais que vous me croyiez seulement bonne à faire le ménage.

J'attendais qu'elle se mette à rire ; elle devait savoir que je plaisantais. Mais elle s'est contentée de me scruter de ses yeux tristes.

— C'est vrai. Nous autres Irlandais ne sommes pas toujours beaux à voir. Mais ce n'est pas facile de vivre loin de chez soi. Parfois, je me dis que je devrais retourner dans le Tipperary pour vivre parmi les miens.

— Que voulez-vous dire, parmi les vôtres ? a-t-elle demandé en fronçant les sourcils. Les vôtres, c'est nous, Maggie. Tout le monde ici à Amherst. Vous êtes américaine désormais, plus irlandaise.

Mes joues ont dû devenir aussi roses que les fleurs de son papier peint.

— J'aurais donné la moitié de mes gages pour vous entendre dire ça il y a dix-sept ans, miss. Mais la vérité c'est que je suis tout ce qu'il y a de plus irlandaise. Et fière de l'être. Il n'y a pas en ce monde pays plus persécuté ni peuple plus noble et plus courageux.

Je me suis tue, consciente de réciter du Maria Doughtery.

— Comme tous les autres Irlandais, je suis venue trouver ici une existence meilleure pour ma famille et moi. La famille est ce qui compte le plus, au bout du compte.

— Oui, a-t-elle acquiescé, le regard brillant. Et la vie m'a appris que la véritable famille d'une femme ne se limite pas aux liens du sang.

J'y ai réfléchi et je me suis demandé si elle m'incluait dans sa véritable famille, puis qui faisait partie de la mienne.

Elle m'a regardée dans les yeux.

— Pourrez-vous me pardonner ?

— Moi ? Vous pardonner quoi ?

— De m'être méprise sur le compte des Irlandais pendant des années, a-t-elle murmuré. J'étais si mal avisée.

Elle s'est mise à pleurer, pour de vrai cette fois, le visage inondé de larmes. Je ne pouvais que la prendre dans mes bras. Je lui ai frotté le dos et j'ai essuyé ses joues avec mon mouchoir, avant d'embrasser ses larmes.

Une lettre de Patrick est arrivée la semaine suivante à Homestead. J'en ai été fort surprise ; je n'avais reçu aucune réponse à la lettre que je lui avais envoyée après l'attaque d'Emily. Je l'ai vite emportée dans ma chambre. Elle faisait trois pages et, même si l'écriture était facile à lire, j'ai pris tout mon temps. Pour en savourer chaque mot, comme l'aurait fait Emily.

Chère Margaret,

Voilà quatre ans que j'ai vu votre joli visage pour la dernière fois, et je ne vous ai pas oubliée. Je vais bien et les affaires aussi ; je vis à Brooklyn et travaille dans le bâtiment. J'ai quitté l'école de dynamite après un an sous la direction du Pr Mezzeroff. Vous avez dû entendre le nom de Jeremiah O'Donovan Rossa. C'est le brave homme qui m'avait recruté et que je considère toujours comme un ami. Mais j'ai compris que le Pr Mezzeroff était un imposteur et un escroc auquel on ne pouvait faire confiance. Il s'y connaît en dynamite mais n'a aucun sens de l'honneur. À dire vrai, il n'est pas originaire de Russie. Même son accent est contrefait.

Brooklyn est un endroit fantastique, plein de magasins et de parcs. Il y a du travail pour tout le monde.

Vous pourriez trouver un poste en un claquement de doigts si vous veniez. Je pense que New York vous plairait, car la ville est aussi époustouflante que la plus vibrante des aventures.

Je me suis sentie rougir et retrouver mes vieux désirs. Je me suis rappelé la sensation des bras de Patrick et le goût de ses lèvres quand nous nous embrassions. La chaleur a envahi mon ventre. Puis j'ai tourné les pages jusqu'à la dernière.

Je souhaite vous dire que je m'apprête à épouser une ravissante Irlandaise en juin. Elle a émigré du comté de Cork il y a deux ans. Elle s'appelle Nora Sullivan et c'est une vraie patriote. Après le mariage, nous emménagerons à Dublin et ferons notre possible pour libérer l'Irlande.

Il signait : *Avec toute mon affection, Patrick.*

Cette nouvelle m'a abasourdie. Je m'étais demandé s'il se marierait, mais à présent j'avais du mal à assimiler cette idée. J'ai lu la lettre trois fois, puis je suis restée assise sur mon lit un moment. Il n'avait pas l'air de m'en vouloir. Ne m'accusait pas de lui avoir fait du mal. C'était le même Patrick, charmant et regorgeant d'enthousiasme. Encore à se battre pour la cause. Celui qu'il avait toujours été – et qu'il serait toujours.

J'ai parlé de la lettre à Mary, lui ai avoué regretter parfois encore de ne pas avoir épousé Patrick ; qui ne se languit pas de temps à autre des bras d'un homme ?

Mary a fait « tss » et secoué la tête, ajoutant que les saints avaient dû veiller sur moi à l'époque. Quelle vie aurais-je menée à Brooklyn et en Irlande, loin de ma famille et de mes amis ?

Mary avait raison, mais c'est Emily qui a fini de me réconforter. Quand je lui ai raconté ce que Patrick m'avait écrit, je n'ai vu sur son visage que de la compassion.

— Le cœur fait fi de la distance et du temps, m'a-t-elle dit, mais ne laisse jamais l'esprit en paix.

— Est-ce l'un de vos poèmes ? lui ai-je demandé.

Elle a secoué la tête en souriant.

— Cela m'est apparu en vous écoutant.

Et elle a ouvert les bras pour que je vienne m'y blottir.

Le temps des grandes aventures était passé. Je recherchais un autre genre de frisson désormais : le frisson de l'esprit. Et les heures passées en compagnie d'Emily les après-midi de fin d'hiver étaient de grandes aventures, à n'en point douter. Chaque conversation commençait de la même manière, par les nouvelles, le temps ou la santé de ses plantes, mais nous en venions rapidement à des sujets plus profonds : la foi, l'amour, l'espoir.

Au fil des jours, Emily s'est mise à évoquer la mort de plus en plus régulièrement. Au début, je ne voulais pas en entendre parler, de peur que cela n'ouvre la porte à d'autres ennuis. Mais elle l'avait toujours à l'esprit alors j'ai fini par l'écouter. Certes, ça n'avait rien de surprenant. Ses poèmes traitaient si souvent de deuil. Tant de gens qu'elle avait aimés avaient disparu, pas étonnant qu'elle fût si triste. La mort tente de nous terrasser tous autant que nous sommes, après tout. J'avais moi-même enterré beaucoup trop de proches.

Quand meurt un être cher, vous ressentez d'abord de la peine, puis de la solitude, et enfin de la jalousie. C'est comme si la mort vous volait votre cœur pour ne jamais vous le rendre. Pour la plupart d'entre nous, la jalousie finit par s'estomper avec le temps, le trou béant se voit combler par de nouvelles personnes et le chagrin se change en paix intérieure. Mais pour Emily rien ne s'atténuait. La douleur de la perte perdurait, aussi fraîche qu'au premier jour.

Le printemps est revenu avec sa cohorte d'oiseaux et de fleurs, et j'espérais qu'Emily reprendrait des forces : c'était sa saison de prédilection, celle où elle recouvrait son entrain et sa vivacité à mesure que les journées s'allongeaient. Les oiseaux à sa fenêtre lui ont effectivement remonté le moral, elle parlait de sortir dans le jardin et s'est déclarée par deux fois « extatique ». Mais elle ne s'est jamais aventurée hors de sa chambre. Marcher de son lit à son bureau et vice versa la vidait de ses forces. Elle se plaignait de se sentir perdre sa « vélocité ». Un mot qui m'a paru bien curieux jusqu'à ce que je me souvienne de son pas flottant à travers la maison. C'était le mot idéal pour son allant d'autrefois. Mais désormais elle avait une lenteur d'escargot et s'appuyait sur mon bras quand j'étais là.

Elle ne cessait de parler de son jardin. Un matin, elle nous a demandé à Vinnie et moi de l'emmener dehors, même si chaque pas lui coûtait.

— Je dois saluer les crocus, nous a-t-elle dit. Leur belle parade est martiale comme un tambour d'armée.

Vinnie a protesté et j'ai pesté, mais nous nous sommes pliées à sa demande. Car après tout c'était Emily, et sa volonté de fer était aussi implacable que son corps était fragile. Nous l'avons presque portée dans l'escalier, et enveloppée dans une cape même si le soleil brillait et si l'air était doux comme un chaton. Elle prenait appui tantôt sur moi, tantôt sur Vinnie, et m'a dit de cueillir un bouquet de jonquilles pour le rebord de sa fenêtre. Mais il ne s'est pas passé plus d'une heure avant qu'elle nous demande de l'aider à remonter se coucher.

Ces jonquilles étaient un rayon de soleil dans sa chambre, et j'en ajoutais de nouvelles chaque jour. Puis ç'a été le tour des fritillaires, avec leurs cloches rose et blanc qui baissaient la tête tels des garçons polissons. Ensuite, les jacinthes bleues, ses préférées. Mais, tandis que le bouquet passait du jaune au rose, puis au bleu, la santé d'Emily m'a paru se dégrader.

35

Emily sombrait, ça ne faisait aucun doute. Elle se couchait tôt, se réveillait tard et se plaignait de douleurs à la poitrine, au dos et aux yeux. Elle écrivait plus lentement et ses lettres raccourcissaient – à peine une phrase ou deux. Pourtant elle continuait à les rédiger et, chargée de leur livraison partout dans Amherst, je les glissais dans mon panier, accompagnées de fleurs du jardin ou de son jardin d'hiver.

Sue venait régulièrement, encore vêtue du noir qu'elle n'avait pas quitté depuis la mort de Gib. Ses visites égayaient Emily. Parfois, elle restait des heures et leurs murmures me mettaient du baume au cœur. Un après-midi pluvieux, je l'ai entendue chanter une berceuse que Mary fredonnait à ses enfants quand ils étaient bébés. L'air m'était si familier et la voix de Sue était si jolie que je n'ai pas pu m'empêcher de jeter un œil dans la pièce. Sue, assise sur le lit, tenait Emily dans ses bras et lui caressait les cheveux, telle la plus tendre des mamans.

Malgré le dévouement de Sue et toutes mes prières, Emily n'a pas recouvré la santé. L'espoir vivace qu'elle avait ressenti au début du printemps s'est fait fortitude lucide à la mi-avril, puis, tandis que son jardin explosait de couleurs vives, douce résignation. J'avais déjà veillé des mourants ; je connaissais la grâce et le réconfort de ce genre de paix intérieure. Mais je n'arrêtais pas de penser à un vers tiré des poèmes d'Emily : celui sur l'espérance qui, tel un oiseau, ne cesse jamais de chanter.

La crise a atteint son paroxysme un jeudi matin de bonne heure. Je venais de rentrer dans la cuisine après avoir nourri les poules quand Vinnie m'a appelée, penchée si bas par-dessus la rampe de l'escalier que je me suis demandé comment elle faisait pour ne pas tomber.

— Courez chercher Austin !

Son visage était grimaçant, sa voix pleine de larmes.

Au lieu de lui obéir, je me suis précipitée à l'étage, consciente que Vinnie avait parfois l'art de faire un drame de pas grand-chose. Mais, avant d'entrer dans la chambre, j'ai entendu la respiration d'Emily : une locomotive. Elle était allongée dans son lit, le bras gauche étiré sur le côté comme si elle essayait de toucher les jacinthes sur sa fenêtre. Elle avait les yeux à demi ouverts mais n'y voyait rien.

— Elle a eu une nouvelle attaque, m'a dit Vinnie en s'agitant autour du lit comme une poule inquiète. Je n'arrive pas à la réveiller.

— Je vais chercher le médecin, ai-je lancé en partant.

— Allez d'abord prévenir Austin, Maggie, m'a suppliée Vinnie, la voix tremblotante. S'il vous plaît.

Alors je suis redescendue en courant et me suis élancée vers les Evergreens. Le long du sentier, les violettes foisonnaient dans l'herbe comme si le monde ne venait pas de basculer.

Austin lisait le journal, mais il a bondi en me voyant entrer.

— Est-ce Emily ?

À peine avais-je hoché la tête qu'il s'est rué dehors. Sans même prendre son chapeau.

L'agonie d'Emily a été terrible. Ça a pris deux jours. Même hors de la pièce j'entendais sa respiration rauque et ses tremblements. Le Dr Bigelow lui a donné du chloroforme et de l'huile d'olive pour calmer les attaques, ce qui la rendait molle comme une serpillière, bien que ces horribles sons aient continué de sortir de sa pauvre gorge. J'en tremblais moi aussi rien qu'à l'écouter.

Le médecin ne cessait de répéter qu'elle ne sentait rien, mais ça ne pouvait pas être vrai. Emily souffrait, c'était évident. La nuit, je récitais trois dizaines au chapelet avant d'aller dormir. Au petit matin, j'entrais doucement dans sa chambre, je m'approchais de son lit et murmurais le Notre Père – trois fois pour la Sainte Trinité. Sa respiration me semblait se calmer un peu, mais peut-être ne faisais-je que prendre mes désirs pour des réalités.

Austin la veillait jour et nuit, tandis que Vinnie et moi faisions des allers-retours dans sa chambre, trop agitées pour rester en place. Sue venait tous les matins et Marriet, l'amie de Vinnie, passait l'après-midi pour la réconforter.

Une heure avant le coucher du soleil, dont la lumière dorée baignait sa chambre, Emily a cessé de respirer.

Je venais d'entrer dans la pièce, les bras encombrés de draps propres. Le silence a été si soudain qu'il m'a semblé être devenue sourde. Puis Vinnie a gémi et le sifflet de la fabrique de chapeaux a retenti : ça n'avait donc rien à voir avec mes oreilles. Marriet a aidé Vinnie à se lever de son fauteuil et l'a fait sortir. Austin, debout devant la fenêtre, dos à Emily, n'a pas prononcé un mot.

Le Dr Bigelow a monté l'escalier, le parquet craquant sous ses talons comme des coups de fusil, et une rage folle s'est emparée de moi. Je voulais me tenir près de la porte et garder tout le monde éloigné d'Emily. Cela n'avait-il pas été mon rôle pendant dix-sept ans ? Mais il est entré et a posé deux doigts sur son cou, puis secoué la tête. Alors un sanglot s'est échappé de ma gorge.

J'ai déposé les draps sur la commode le plus délicatement possible. Les larmes me roulaient sur les joues et je n'ai pas même pris la peine de les essuyer. Je ne sais pas pourquoi, mais ça m'aurait paru irrespectueux. Austin s'est détourné de la fenêtre pour regarder longuement Emily avant de quitter la pièce. Le médecin a remonté le drap pour lui couvrir le visage et emboîté le pas à Austin.

J'étais seule avec Emily. J'ai retiré le drap et je me suis agenouillée auprès d'elle. Je n'aurais pas supporté de voir son cher visage couvert tandis que je priais tous les saints et les anges de venir vite la chercher pour l'emporter au paradis sans passer par le purgatoire. Puis j'ai ouvert la fenêtre la plus proche, en espérant qu'il ne soit pas trop tard pour que son âme prenne son envol, et je suis descendue discrètement au rez-de-chaussée chercher des linges pour la toilette mortuaire.

Tandis que je la préparais, quelques-unes de mes larmes ont atterri sur son visage, si bien que j'ai dû l'essuyer de nouveau. Cette tâche m'a réconfortée. Je lui avais si souvent fait la toilette au cours des derniers mois que son corps m'était aussi familier que le mien. Je l'ai habillée d'une chemise de nuit propre, enfilant délicatement les manches et tirant l'ourlet jusqu'à ses chevilles. Puis je lui ai brossé les cheveux et lui ai croisé les bras sur la poitrine, avant de remonter le drap jusqu'à sa taille.

Au moment où je repliais l'ourlet de cette jolie façon qu'elle aimait tant, un faisceau de lumière est tombé sur ses mains. Comme une longue dague dorée. Dieu m'est témoin, j'ai fait un bond en arrière tant ça m'a surprise. Je me suis retournée. Par la fenêtre ouest, j'ai vu le soleil percer à travers des bandes de nuages doré et pourpre. J'ai eu l'impression troublante qu'Emily m'offrait ce spectacle pour alléger ma peine.

Je n'ai pas pu me résoudre à quitter la pièce, alors je suis restée assise à son chevet jusqu'à ce que mes larmes cessent de couler. Ça a pris un moment. Finalement, j'ai refermé la fenêtre et tiré les rideaux pour que son esprit ne revienne pas faire des siennes ; je savais qu'elle essaierait. Emily était espiègle par nature et je n'étais pas assez sotte pour croire que la mort pourrait l'arrêter.

Une fois redescendue, j'ai brûlé les linges dans le fourneau. Tom est arrivé de Kelley Square et je lui ai annoncé qu'Emily était morte. Il m'a dit qu'il était déjà au courant et a passé son bras autour de moi, le laissant là pour me consoler tandis que le jour baissait. Au bout d'un moment, je me suis essuyé les yeux avec mon tablier et j'ai touché la manche vide là où avait été son autre bras. Bizarrement, ça m'a apaisée ; son accident était ce qui m'avait poussée à rester à Amherst et à entrer au service des Dickinson.

Nous sommes allés de pièce en pièce, couvrant chacun des miroirs de la maison. Tout le monde était parti, sauf Vinnie. Elle se trouvait encore dans le salon, deux chatons sur les genoux ; elle les caressait comme si sa vie en dépendait. Tom et moi aurions aussi bien pu ne pas être là. Mais nous en avions l'habitude. Certains ont tendance à ne pas voir ce qui est juste sous leur nez.

Emily n'était pas comme ça. Emily prêtait attention à tout.

Le lendemain matin, Sue est venue aider Vinnie à organiser les funérailles. Les deux femmes n'étaient pas en bons termes depuis qu'Austin et Mabel avaient commencé à se voir, mais toutes deux aimaient profondément Emily, et cette dernière avait laissé des instructions claires sur la manière dont elle souhaitait être inhumée : enveloppée d'une robe blanche et enterrée dans un cercueil de la même couleur. Comme son père, on la porterait à pied au cimetière. Mais, au lieu de parader le long de Main Street, son corps devrait être transporté à travers la grange, puis les champs, par des employés des Dickinson. Irlandais tous autant qu'ils étaient, Tom en tête.

Ses souhaits ont laissé Austin dubitatif : ce n'était pas du tout séant pour les obsèques d'une Dickinson. Mais c'est ce qu'Emily avait voulu, il ne pouvait donc rien y faire.

Sue a commandé une robe en flanelle blanche, mais c'est moi qui ai habillé Emily. Ça m'a fait penser aux veillées irlandaises que je lui avais dépeintes. Elle m'avait posé des tas de questions et je lui avais décrit les prières, les pleurs, les lamentations et les rires. Les verres levés en l'honneur du défunt, les histoires racontées et le linceul blanc dont on enveloppait les morts. Emily aurait apprécié le cercueil : peint de blanc, les poignées recouvertes de toile, et doublé à l'intérieur de flanelle russe, laiteuse et douce comme un nuage.

Le matin des funérailles, le soleil levant avait l'air d'une perle s'efforçant de percer les nuages et le brouillard. Tom et l'homme des pompes funèbres ont descendu Emily dans son cercueil, qu'ils ont déposé dans la bibliothèque. Austin a fait des allers-retours toute la matinée. Mais à 11 heures passées il s'est éclipsé, après m'avoir lancé en se dirigeant vers la porte qu'il avait besoin d'un moment en privé avec Mrs Todd. Comme si je devais approuver la chose.

À midi, les nuages se sont dissipés pour laisser place à l'une de ces splendides journées de printemps qu'Emily aimait tant. Quand Sue est arrivée, elle est allée tout droit dans la bibliothèque et a refermé la porte derrière elle. Je ne l'ai pas dérangée, même si j'avais espéré dépoussiérer la pièce un dernier coup avant l'apparition des invités. Au bout d'un moment, elle est venue dans la cuisine pour me dire qu'elle rentrait chez elle : elle n'assisterait pas aux funérailles. J'ai dû paraître choquée parce qu'elle a ajouté :

— Elle sera là, n'est-ce pas ?

— J'imagine que oui, ai-je répondu, sachant pertinemment qu'elle parlait de Mabel Todd.

— Donc voilà.

Sue se montrait parfois glaciale et ignorait les domestiques. Mais, ce jour-là, le triste sourire qu'elle m'a adressé aurait brisé le cœur de n'importe quelle femme.

Plus tard, quand je suis allée dans la bibliothèque pour tirer les rideaux et m'assurer que tout était en ordre, j'ai remarqué que Sue avait posé un petit bouquet de violettes et une orchidée sur le sein d'Emily.

Mr Higginson est arrivé et s'est posté près du cercueil. Ses yeux sont restés rivés sur le visage d'Emily, auquel la lumière feutrée donnait un air fantomatique entre ses cheveux roux aussi brillants qu'un lever de soleil parmi les étoffes blanches.

— Pas le moindre cheveu blanc. Elle pourrait avoir 30 ans, a-t-il dit en s'essuyant les yeux.

Vinnie est entrée avec deux gerbes d'héliotropes et les a déposées sur les mains d'Emily.

— Pour qu'elle puisse les offrir au juge Lord, m'a-t-elle chuchoté.

L'odeur vanillée des héliotropes a empli la pièce. Ça m'a évoqué les gâteaux d'Emily. Ça m'a évoqué l'amour.

La cérémonie n'a pas duré longtemps. Le cercueil est resté dans la bibliothèque. Ça lui aurait plu, je crois, de reposer parmi tous ces livres. Les gens venus lui rendre hommage étaient installés dans le hall, quelques-uns dans le salon. Ma famille est arrivée de Kelley Square, dans ses beaux habits du dimanche. Vinnie était assise entre Austin et Marriet. Mabel Todd se trouvait derrière Austin, vêtue de la robe la plus noire que j'aie jamais vue et d'un voile si épais que je me suis demandé si elle y voyait quoi que ce soit. Elle reniflait dans son mouchoir et le glissait de temps à autre sous son voile, comme si elle se retenait de pleurer. Mais sa peine m'a paru feinte.

Mr Higginson a lu un poème qu'aimait Emily et le nouveau pasteur de l'église congrégationaliste un passage de la Bible. Le révérend Jenkins a fait le déplacement depuis Pittsfield pour bénir le corps à la fin de la cérémonie.

Tout le monde s'est levé quand les amis d'Austin ont porté le cercueil dans le hall pour le déposer par la porte de derrière sur le brancard mortuaire couvert de violettes et de branches de pin. Puis Tom et les autres porteurs l'ont soulevé et transporté à travers le jardin et la grange ouverte, comme Emily l'avait souhaité. Nous avons tous formé un triste cortège derrière eux – patrons et employés confondus –, car la mort d'Emily faisait de nous des égaux devant le chagrin.

Tandis que nous ressortions de la grange, une chose étrange est arrivée : une nuée de papillons jaune orangé est venue voleter autour du cercueil. Et n'ont-ils pas suivi Emily tout du long ? Comme s'ils lui rendaient hommage eux aussi ? Nous avons pris à travers champs, au milieu des boutons-d'or et des violettes, pour nous rendre au cimetière. Le ciel était d'azur et les oiseaux chantaient.

Quand j'ai vu qu'on avait déposé des branches de pin dans la tombe ouverte, ça m'a mis du baume au cœur. Cela venait de Sue, je le savais, il n'y avait qu'elle pour s'assurer qu'Emily reposerait dans un endroit confortable, aux arômes frais de forêt.

J'ai jeté un œil à Vinnie, si près de la fosse que le bout de ses bottines dépassait. Son expression m'a fait peur : on aurait dit qu'elle voulait rejoindre sa sœur dans la tombe. Je me suis placée juste derrière elle pour pouvoir la rattraper si besoin.

Le pasteur a récité une prière. Les mains jointes et les yeux humides, j'ai regardé Emily se faire porter en terre tout en blanc, déposée tel un minuscule oisillon dans son nid. Ç'a été un poème en soi.

36

Le lendemain des obsèques, j'ai dû user de toutes mes forces pour me sortir du lit. Par réflexe, je suis allée dans la chambre d'Emily pour allumer le feu. J'ai sursauté en voyant son lit vide ; ça m'a réveillée d'un seul coup et le chagrin m'a submergée.

J'ai parcouru la pièce du regard – son bureau et sa chaise, sa lampe et ses bougies, son panier et sa commode. Je ne sais pas pourquoi, mais c'est son papier peint qui m'a le plus émue. Je l'avais vu tant de fois que j'avais cessé d'y prêter attention. Mais, dans la pénombre ce matin-là, les roses ont semblé prendre vie sous mes yeux. De tiges d'un vert bleuté et jaune pendaient de grosses fleurs, de celles dans lesquelles on aime fourrer le nez quand elles sont fraîches.

J'ai réaligné la pile de livres sur la tablette de sa cheminée, bien qu'elle n'en ait pas besoin. Par habitude, j'imagine. J'ai ouvert le volume du haut de la pile et un bout de papier s'en est échappé en virevoltant : le rabat d'une vieille enveloppe. Quand je l'ai ramassé, j'ai vu que quelque chose était écrit dessus de la plume d'Emily : *Prenez-moi tout, mais laissez-moi l'Extase.*

Je l'ai glissé dans ma poche pour le ranger avec les autres dans ma malle, en me demandant à quel moment elle l'avait écrit. Ç'aurait pu être n'importe quand, mais ce devait être un matin de printemps.

À la cuisine, Vinnie versait de la crème dans les coupelles des chats. Il était étrange de la trouver là : le matin, la cuisine avait été le territoire d'Emily. Elle ne m'a pas adressé la parole, mais a pris Buffy dans ses bras et l'a bercé comme un bébé. Il a gigoté et a agité la queue. J'ai essayé de ressentir la compassion que j'avais éprouvée pour elle au cimetière. Mais tout ce que je voyais, c'était une vieille oie qui gâtait trop ses chats.

Je lui ai demandé si elle avait bien dormi. Elle m'a répondu n'avoir pas fermé l'œil et être soulagée que l'aube soit enfin là. Sentir encore le froid de la nuit sur sa nuque. Elle n'a pas eu besoin de me dire qu'Emily lui manquait. La maison paraissait vide et froide, malgré le rectangle de soleil qui du sol commençait déjà à atteindre le mur.

Je me suis affairée à allumer les feux, pomper de l'eau et remplir la bouilloire destinée à la lessive. Quand je suis revenue dans la cuisine, Vinnie s'était postée devant la fenêtre donnant à l'ouest et frottait son visage contre la tête de Buffy en ronronnant.

J'ai mis sur le feu une casserole de gruau d'avoine. Je n'ai pas pu m'empêcher de lui tenir rigueur d'avoir choisi cette fenêtre. C'était celle d'Emily, celle vers laquelle elle dirigeait souvent le regard quand elle faisait son pain. Une fois, elle m'avait expliqué aimer regarder vers l'ouest parce que le soleil voyageait dans cette direction, si bien que c'était comme avoir un aperçu de l'avenir. Cette explication m'avait moyennement convaincue : c'était aussi à l'ouest que se situaient les Evergreens, où vivait Sue. Mais tout ce qu'elle disait portait à réflexion. Parfois, elle récitait un de ses poèmes. « Je teste les mots sur ma langue », expliquait-elle comme s'ils étaient aussi mélodieux que des chansonnettes. En réalité, ses mots étaient autant de coups martelés sur les parois de mon cœur.

Sa voix me manquait déjà.

— Je suppose que nous devons nous occuper de la chambre d'Emily, a dit Vinnie.

J'ai gardé le silence une bonne minute tant ça m'a surprise. Je remuais le porridge.

— Il est trop tôt pour penser à ça, ai-je répondu au bout d'un moment. Il y a d'abord du ménage à faire. La maison est sens dessus dessous.

J'ai ouvert le fourneau pour y ajouter une bûche.

— Je ferais mieux de mettre la table.

Et, en moins de temps qu'il n'en faut à l'enfer pour roussir une plume, j'ai filé attraper des assiettes à l'office.

À la vérité, j'appréhendais de trier les affaires d'Emily. Si ça n'avait tenu qu'à moi j'aurais fermé la porte de sa chambre à double tour, comme Sue l'avait fait après la mort de Gib, et je n'y aurais plus jamais mis les pieds.

Les deux semaines suivantes n'ont pas été de tout repos. J'ai aéré le rez-de-chaussée, trié les draps, poli les cuivres, passé au noir le fourneau, préparé les repas, lavé la vaisselle, et je galopais d'un bout à l'autre d'Amherst pour faire les courses et délivrer les billets de Vinnie. Je me rendais aux Evergreens tous les jours pour voir si Sue avait besoin de quelque chose. Les amies de Vinnie se relayaient et il me fallait les nourrir. C'était un tourbillon d'activités, mais au moins cela m'empêchait de m'appesantir sur mon chagrin.

Il était étrange de m'occuper de Homestead sans Emily. Elle était comme un parfum qu'on humerait encore dans l'air. Parfois, je regardais par la fenêtre et j'apercevais un éclair blanc parmi les digitales pourpres du jardin. Ça ne me faisait pas froid dans le dos comme on pourrait l'imaginer, simplement sourire à l'idée qu'elle était en train de se promener.

Puis le jour que je redoutais tant est arrivé. À l'heure du petit déjeuner, Vinnie m'a dit que nous ne pouvions pas repousser la chose indéfiniment. Il nous fallait commencer à mettre de l'ordre dans la chambre d'Emily. Elle ne voulait plus m'entendre protester que c'était trop tôt. D'après elle j'essayais de gagner du temps. Elle m'a donné l'ordre d'allumer un feu dans le poêle à bois d'Emily afin que nous puissions brûler ses lettres à mesure que nous les trouverions.

— Nous ? ai-je objecté. Emily ne m'a jamais parlé de brûler ses lettres.

Je ne voulais avoir aucune responsabilité dans cette affaire. Avoir promis de brûler ses poèmes me suffisait.

Vinnie m'a jeté un regard en coin.

— Vous croyez que j'en ai envie ? Que je le ferais si je ne l'avais pas solennellement promis ?

« Parfois, les gens nous en demandent trop sur leur lit de mort », voilà ce que je pensais. Mais je me suis abstenue de le dire à Vinnie.

— Je ferais mieux de m'y mettre, alors, ai-je dit en commençant à débarrasser la table.

C'était une matinée splendide ; les oiseaux chantaient à la fenêtre. Les poules caquetaient près de la porte de service et j'ai entendu un cabriolet passer dans la rue. Je me suis demandé combien de lettres nous allions trouver et si Vinnie les lirait avant de les jeter au feu.

J'ai mis aussi longtemps que possible à laver la vaisselle et nettoyer la cuisine, si bien qu'il était presque 10 heures quand je suis montée. Nous avons commencé par la penderie et en avons extirpé les robes d'Emily pour les déposer sur le lit. Des robes de laine, de coton ou de lin, toutes blanches comme de la craie. Certaines étaient ornées de rubans et de dentelles, mais la plupart étaient simples. Il n'y avait pas un seul frou-frou en vue. Aussi ordinaires que mes habits de travail.

— Qu'allons-nous en faire ? m'a demandé Vinnie en secouant la tête d'un air affligé.

— On pourrait en faire don aux indigents, ai-je suggéré.

— Pas les robes d'Emily, a sifflé Vinnie, le visage pincé.

Je lui ai caressé le dos pour la calmer.

— Bien sûr que non. Quelle imbécile je fais !

— Prenez-les, m'a dit Vinnie.

Mais ni elle ni moi n'avons bougé. Nous sommes restées là à regarder toutes ces robes blanches étalées sur le lit où Emily était morte.

Vinnie a déniché le premier paquet de lettres dans le tiroir du haut de la commode, et le second dans une boîte à chapeau rangée dans le placard. Certaines étaient dans des enveloppes et liées par des rubans, mais elles avaient manifestement été lues et relues.

Vinnie en a pris une poignée et me les a tendues.

— Mettez-les au feu, Maggie.

Je ne les ai pas touchées.

— N'allez-vous pas les lire d'abord ? Pour savoir de quoi il y est question ?

Je me suis déplacée de sorte à me trouver entre elle et le poêle.

— Les lire ?

À voir son expression, on aurait dit que je venais de proférer un blasphème.

J'étais triste et désespérée. J'ai pris conscience que si Vinnie laissait les lettres tranquilles, je n'aurais pas à brûler les poèmes.

— Ne devrions-nous pas plutôt les renvoyer aux gens qui les ont écrites ? C'est l'usage, me semble-t-il.

Elle a secoué la tête.

— Je tiendrai la promesse que j'ai faite à ma sœur. Je n'ai pas pu la sauver, mais je peux au moins respecter ses dernières volontés.

À l'évidence, je ne pourrais pas l'arrêter. Elle était déterminée à faire ce qu'Emily lui avait demandé, peu importe à quel point ça la chagrinait. J'aurais dû m'en douter : elle avait passé sa vie à faire ce qu'Emily lui disait. Mais j'ai essayé une dernière fois.

— Vous n'avez pas besoin de les brûler aujourd'hui. Il doit y en avoir d'autres. Pourquoi ne pas toutes les rassembler d'abord ?

Elle m'a fixée comme si elle voulait se ranger à mon avis. Mais elle a froncé les sourcils avant de me contourner. J'ai entendu le poêle s'ouvrir, puis le bruissement des feuilles qu'elle y a jetées et le souffle des flammes qui les ont avalées.

Je ne me suis pas retournée pour voir ce spectacle, mais précipitée vers le lit pour empiler les robes.

— Je m'occupe de celles-ci, ai-je dit. Ensuite, je ferais bien de préparer le déjeuner afin que vous gardiez des forces.

Et sans un regard en arrière j'ai trimballé les tenues hors de la chambre d'Emily pour les emporter dans la mienne au bout du couloir.

Dès que je les ai posées sur mon lit, j'ai su que j'avais été stupide de les prendre ; j'ignorais quoi en faire. J'ai regardé autour de moi, jeté un œil à la petite commode remplie de mes affaires. À ma malle sous la fenêtre.

Elle ne contenait que les poèmes d'Emily. Ceux que j'avais promis de brûler. Il y avait amplement la place pour les robes. Je les ai pliées avec soin et j'ai ouvert la malle. Je suis restée une minute à observer les livrets. Je les avais feuilletés tant de fois que je connaissais certains vers par cœur. Si j'avais eu l'intention de tenir ma promesse, je les aurais rassemblés sur l'instant et jetés dans le fourneau de la cuisine pour en finir une bonne fois pour toutes.

Au lieu de quoi je les ai recouverts des robes. Aussi délicatement qu'une mère dépose son enfant dans son berceau. En refermant la malle, j'avais une boule dans la gorge comme si Emily venait d'être de nouveau mise en terre.

Il m'a fallu trois semaines pour trier ses affaires. J'ai dû m'y atteler seule : Vinnie a déclaré n'avoir pas le cœur de le faire après avoir brûlé les lettres. Elle m'a dit que, si quelque babiole me faisait envie, je pouvais la garder. Mais Emily possédait peu de choses à mon goût – une broche et un bracelet, quelques jolis châles. Un après-midi, tandis que je finissais de débarrasser sa commode, je me suis demandé pourquoi je n'avais toujours pas mis la main sur le chapelet que je lui avais donné. Si elle l'avait jeté, je l'aurais trouvé parmi les déchets. J'étais contente que tel n'ait pas été le cas, car cela m'aurait fendu le cœur. Mais je n'avais aucune idée de ce qui lui était arrivé. Nous n'avions pas encore vu le bout de ses énigmes, même après sa disparition.

Après avoir passé sa chambre au peigne fin, je me suis occupée de ses robes, les teignant une à une dans un vieux tonneau à lessive quand le temps le permettait. Chaque fois que j'en plongeais une dans la teinture, j'en avais les larmes aux yeux. Chose étrange : je m'étais souvent plainte de leur blancheur alors qu'à présent je ne pouvais me résoudre à en colorer plus de la moitié. Une fois cette besogne terminée, j'ai apporté le tout à Mary pour qu'elle en fasse des robes pour mes nièces. Puis j'ai repassé la dernière et je l'ai remise à sa place dans la penderie d'Emily. C'était une manière de préserver une partie d'elle dans cette chambre qu'elle avait tant aimée.

Tout ce qu'il restait dans ma malle était donc ses poèmes. Ils y étaient en sécurité. J'étais la seule à en connaître l'existence. Emily s'en serait sûrement satisfaite.

Mais je n'ai cessé de penser à son expression quand je lui avais juré de les brûler. Celle du soulagement. Et cette manière dont elle avait embrassé mes doigts avant de murmurer « Merci » comme un prêtre vous donne l'absolution.

Ma malle était la première chose que j'apercevais en me levant le matin et je ressentais une bouffée de culpabilité à l'idée de ne pas avoir tenu ma promesse. Je me réprimandais pour avoir failli à mon devoir. J'étais certaine qu'Emily se sentirait trahie.

J'ai essayé de me convaincre que ça ne changerait rien pour moi si les poèmes se retrouvaient en cendres. Mais j'avais passé des années à regarder Emily les écrire, je l'avais vue chercher ses mots, les faire rouler dans sa bouche jusqu'à trouver le terme adéquat. Je l'avais vue griffonner avec frénésie, juste à côté de moi dans la cuisine. Son regard pétillait d'exaltation. Parfois, elle me posait une question.

— Qu'en pensez-vous, Maggie : « attacher » ou « sanction », lequel sonne le mieux ?

Puisqu'elle semblait vouloir une réponse de ma part, je lui en donnais une. Certaines fois, elle souriait et s'écriait « Bien sûr ! » ; d'autres fois elle plissait le front, secouait la tête et continuait à griffonner.

Elle travaillait et retravaillait ces poèmes comme une couturière travaille son ouvrage – en cousant quelques points, les étudiant, les mesurant puis les défaisant avant de se remettre à coudre. Son corps tremblait du plaisir qu'elle prenait à cette tâche. Ces poèmes étaient des trésors ; elle y tenait comme à la prunelle de ses yeux. Des perles rares, tous autant qu'ils étaient.

Lors d'une chaude matinée de juin, j'ai vu un objet briller au fond de la poubelle de la cuisine. Je l'ai ramassé. Il tenait tout juste dans ma paume : l'un de ces petits cadres qui s'ouvrent comme un livre, doublés de velours rouge.

C'était un portrait d'Emily jeune fille. La mine sérieuse, la silhouette frêle, une fleur à la main, sans trace de ce sourire malicieux ni de l'étincelle habituelle de ses yeux. Je l'avais déjà vu, mais dans la famille personne ne l'aimait, pas même Emily. Une fois, je l'avais entendue se plaindre qu'elle y avait un air d'oie blanche.

Vinnie avait dû le jeter.

Je l'ai glissé dans la poche de mon tablier et il y est resté toute la journée, à cogner contre ma jambe à chacun de mes mouvements. Ce soir-là dans ma chambre, je l'ai ouvert et contemplé un bon moment. Il était éraflé, délavé et ne ressemblait pas beaucoup à Emily, mais j'étais contente de l'avoir. C'était quelque chose.

Je l'ai placé ouvert sur ma malle. Ça me rappelait la sensation familière du regard d'Emily. Comme si elle se tenait encore dans l'ombre, fidèle à ses habitudes.

J'ai décidé de brûler ses poèmes le lendemain matin.

Aussitôt levée, j'ai sorti tous les livrets de la malle et je les ai étalés sur mon lit. Ils se consumeraient rapidement, attiseraient les flammes pour commencer la journée sur un feu de joie. Quand Vinnie descendrait, ils ne seraient plus que cendres.

J'ai enfilé ma robe et attaché mes cheveux. Ils étaient striés de mèches grises que j'étais contente de dissimuler dans un chignon. En ajustant mon col je me suis regardée dans le miroir. J'avais conscience de repousser l'échéance. J'ai respiré un grand coup, rassemblé les poèmes, et une vive nausée m'a prise en descendant l'escalier de service. En arrivant au bas, là où les marches tournaient, j'ai aperçu une lueur blanche ; ça ne devait être qu'un chat, me suis-je dit. Mais une sensation de froid m'a traversée.

Je me suis immobilisée, à l'affût d'un bruit de pas, sans rien entendre. Un terrible effroi s'est emparé de moi. J'ai fait demi-tour et couru à l'étage jusqu'à la chambre d'Emily. Je ne sais pas ce que je pensais y trouver – Emily en train d'écrire à son bureau ?

Il n'y avait personne, ni fantôme ni fée. Je me suis plantée au beau milieu de la pièce, les livrets dans les bras. Il ne restait plus grand-chose d'Emily. Seulement sa robe blanche dans la penderie. J'avais dépoussiéré la tablette de la cheminée et les rebords des fenêtres, remisé ses livres sur les étagères de la bibliothèque et ses plantes dans le jardin d'hiver. Même le dessus de sa commode était vide – tous ses flacons et ses pots de crème partis au rebut. Je savais qu'il restait encore quelques babioles dans le tiroir du haut : des peignes et des rubans, un miroir à main en argent, un corset qu'elle n'avait jamais porté.

Et alors j'ai su quoi faire. J'ai ouvert le tiroir du bas, qui était vide, et j'y ai fourré les poèmes pêle-mêle, comme si Emily les y avait déposés elle-même.

Le tiroir en était plein à craquer. J'ai eu grand-peine à le refermer. Mais je me suis sentie mieux en quittant la pièce. Vinnie s'y rendait régulièrement pour faire la poussière et remettre les choses en ordre le temps d'une heure, même s'il n'y avait plus rien à remettre en ordre. C'était sa manière à elle de faire son deuil. Tôt ou tard, elle finirait par trouver les poèmes. Et elle les chérirait. Il ne serait plus question de brûler les affaires d'Emily.

Deux semaines plus tard, je faisais le ménage dans le salon quand Vinnie a descendu l'escalier en courant, brandissant un livret comme un étendard.

— C'est Emily ! Des poèmes à elle, s'est-elle exclamée, le souffle court. Ils étaient dans son tiroir du bas. Je ne sais pas pourquoi je ne l'avais jamais ouvert. Il doit y en avoir des centaines.

Elle s'est effondrée sur le canapé. Mais il ne lui a pas fallu une minute pour bondir sur ses pieds.

— Je dois le dire à Austin. Il va être tellement surpris !

Et, avant que j'aie pu lui répondre, elle avait filé par la porte de derrière.

J'en ai eu la nausée. Je n'avais qu'une image en tête : Emily me disant qu'elle ne voulait pas qu'on trouve ses poèmes. C'était pour cette raison qu'elle me les avait confiés, comptant sur mon obéissance.

Au lieu de ça, je l'avais trahie.

Toute la journée la culpabilité m'a rongée. Je voyais le fantôme d'Emily rôder dans les recoins les plus sombres de la maison et flotter près des rosiers quand j'allais nourrir les poules. Plus tard dans l'après-midi, Sue et Mattie sont entrées par la porte de service et m'ont trouvée en train de pleurer comme une madeleine en récurant les casseroles. J'ai retiré les mains de l'eau de vaisselle et essuyé mes larmes avant de leur demander en quoi je pouvais les aider.

— Maggie, que diable se passe-t-il ?

Sue témoignait rarement de la gentillesse au personnel, mais ce jour-là elle m'en a montré.

— Ce sont les poèmes de miss Emily, lui ai-je expliqué. Je n'ai pas pu les brûler. Même si je le lui avais promis.

— Maggie ! m'a dit Sue, d'un ton sec cette fois – il en fallait peu pour la mettre en colère. De quoi parlez-vous ?

— Ses poèmes cachés dans ma malle. Miss Emily ne voulait pas qu'on les trouve. Elle m'a fait jurer de les brûler après sa mort.

Le regard de Sue s'est enflammé.

— Brûler ses poèmes ? Quelle idée abominable !

— Je le lui avais promis, ai-je marmonné.

— Je suis sûre que tante Emily n'en pensait pas un mot, m'a rassurée Mattie. Ses poèmes étaient son testament.

C'était à présent une élégante et jolie jeune fille de 20 ans. Mais, tandis qu'elle se tenait près du coffre à tartes à se tordre les mains, je ne pensais qu'à la fillette adorée qu'elle avait été pour Emily.

Je me suis remise à pleurer.

— Exactement, a confirmé Sue avec vigueur avant de me tendre le mouchoir qu'elle venait de tirer de sa manche. Maintenant, séchez vos larmes, Maggie, et racontez-moi tout.

Alors c'est ce que j'ai fait. J'ai déversé l'histoire pendant que Sue m'écoutait. Quand j'ai eu fini, elle a posé la main sur mon bras.

— Maggie, vous avez pris la bonne décision. Vous n'avez aucune raison de vous sentir coupable. C'est la timidité maladive d'Emily qui l'a poussée à vous soutirer une promesse si terrible. Je suis contente que vous n'ayez pas eu le cœur de vous y tenir. Ses poèmes étaient ses enfants, et il est de notre devoir d'en prendre soin.

Ses yeux sombres étaient bienveillants et débordaient de larmes. Son amour pour Emily se lisait sur son visage. J'ai repensé à tous les petits mots que j'avais fait circuler entre elles et à toutes ces fois où je les avais trouvées en tête à tête dans le passage du Nord-Ouest. Elles s'étaient aimées, je le savais, mais je m'étais toujours dit que c'était un amour de belles-sœurs. Maintenant, je voyais qu'il y avait eu quelque chose en plus, quelque chose d'aussi vivace, acharné et puissant que le feu.

— Merci, madame.

Les yeux de Mattie étaient rouges. À l'évidence mes larmes avaient fait venir les siennes.

— Voulez-vous du pain d'épices ? leur ai-je demandé à toutes les deux. Il est frais d'hier. C'est la recette d'Emily.

Cette nuit-là, j'ai rêvé que je désherbais autour des rosiers dans le jardin d'Emily. Il y avait des tas de fleurs, roses, rouges, blanches et jaunes, qui frôlaient mon visage. Au-dessous se trouvait un enchevêtrement d'herbes folles, de longues plantes dont le dessous des feuilles était jaune et les racines comme des pattes d'araignée. Elles tuaient les roses et j'essayais désespérément de les arracher jusqu'à la dernière. Mais plus j'en arrachais plus il en repoussait autour de mes doigts.

Puis Emily apparaissait. Elle me tendait quelque chose de si brillant que je ne pouvais pas voir ce que c'était.

— Emily ? disais-je en retirant les mains de la terre avant de les essuyer dans l'herbe.

— C'est ma lettre au monde, déclarait Emily, un sourire dans la voix.

Elle lâchait ce qu'elle tenait et l'objet virevoltait comme un oiseau pour se poser sur mes genoux. C'était un petit livre fin et pâle, qui sentait la jacinthe. La couverture était aussi blanche que sa robe, hormis les mots *Poèmes d'Emily Dickinson* embossés en lettres dorées. Il était beau à couper le souffle. Je le prenais pour l'ouvrir. Les pages étaient chaudes sous mes doigts. Quand je relevais les yeux, Emily était partie.

Je me suis réveillée en sursaut, me redressant dans mon lit. Mon cœur battait la chamade et mes oreilles sifflaient. Il faisait sombre, mais je me suis levée pour aller à la fenêtre. C'était une nuit claire et la Voie lactée brillait, un fin croissant de lune en partie dissimulé derrière les arbres. Cela m'a rappelé la fois où j'avais veillé avec Emily et où nous avions vu le cirque quitter la ville. Un secret entre nous. Gardé toutes ces années. Puis je me suis souvenue que, quelques mois plus tôt, Emily m'avait dit qu'un livre était une forme d'immortalité.

Je suis restée longtemps à la fenêtre, à sentir encore l'odeur des roses et la sensation des mauvaises herbes sous mes doigts. Dans l'obscurité, j'avais l'impression de tenir le livre chaud et doux, son lettrage doré étincelant sous mes paumes. De voir le sourire d'Emily.

Partie VII
Porches

37

1916

À la mi-avril, j'entends dire que Homestead a été vendue. Même si j'ai fini par accepter le révérend Parke comme nouvel occupant des lieux, je ressens une pointe de tristesse à l'idée qu'elle n'appartienne plus aux Dickinson. Mais je garde ce sentiment pour moi et, quand les gens me posent la question, je leur réponds que le pasteur prendra grand soin de ce cher endroit. Je suis surtout contente que Mattie D. ait désormais les moyens de mener sa propre vie et de veiller sur les poèmes et les lettres d'Emily.

Deux semaines passent sans que le révérend Parke semble y avoir emménagé. Homestead se dresse encore vide sous la pluie printanière et le soleil, avec pour seul signe de vie l'herbe qui retrouve sa couleur verte. Je me demande si les crocus d'Emily ont réapparu cette année, s'ils fleurissent près de la porte de service, tout pimpants. « Ne vous font-ils pas penser à des soldats, si courageux et martiaux face au froid ? » m'avait-elle dit. Ça ne m'avait pas paru évident à l'époque. Mais, désormais, je ne peux plus voir un crocus sans songer à un soldat.

Et je ne suis pas la seule à penser à l'infanterie, on dirait. On parle de plus en plus de la grande guerre en Europe ; mes pensionnaires ramènent le sujet sur la table à chaque repas. Certains disent que l'Amérique pourrait bientôt s'en mêler.

— S'ils commencent à enrôler les hommes ici, je repars tout de suite dans le comté de Cork, dit Dan Casey. Je rejoindrai le Sinn Féin s'il le faut.

— Qu'est-ce que tu y connais au Sinn Féin ?

Martin O'Day a un côté sombre ; à mon avis, il en sait beaucoup plus qu'il ne le devrait sur ces manigances pas très catholiques.

Dan le regarde en fronçant les sourcils.

— Je sais qu'ils se battent pour une Irlande indépendante. Ça me suffit.

Martin secoue la tête et pose sa fourchette. Une seconde, je crains qu'il ne s'apprête à en coller une à Dan. Mais il croise les bras et se cale contre le dossier de sa chaise.

— Le Sinn Féin est en train de tomber en morceaux, les gars. Vous feriez mieux de rejoindre l'*Irish Republican Brotherhood* si vous comptez mourir pour l'Irlande.

— Pas besoin de retourner en Irlande pour ça, intervient Joseph Connor. Vous pouvez intégrer le *Clan na Gael* ici même. Ce sont tous des fenians.

Je pose ma fourchette en entendant ce mot. Ça me fait ressentir des choses que je croyais enfouies depuis longtemps. Comme si Patrick venait de passer la porte.

— Bon, mes gaillards. Ça suffit pour aujourd'hui avec vos chamailleries. Si vous n'avez rien de plus joyeux à raconter, vous feriez mieux de vous concentrer sur vos assiettes.

Ce sont tous de braves ouvriers qui tiennent à rester dans mes petits papiers. Et, de ce que je peux en voir sur leurs visages, ils ont l'air soulagés d'abandonner cette conversation sur les fenians.

Le jour suivant est splendide, venteux et ensoleillé, les feuilles apparaissant sur les arbres. Nell a promis de m'aider à préparer le souper, alors je prends mon temps pour les courses de l'après-midi. Je rentre de la pharmacie Murphy, mon panier sous le bras, quand je tombe nez à nez avec Mabel Todd. Elle sort de la bijouterie et ne regarde pas où elle va, si bien qu'elle me cogne du coude et je titube légèrement. Si je ne l'ai pas vue depuis des années et si ses cheveux sont devenus blancs, je la reconnais immédiatement avec ses yeux immenses et ses grands airs de reine d'Amherst, malgré son pas boiteux depuis l'attaque dont elle a été victime il y a quelques années.

Je sens une torsion dans mon ventre, une étincelle de contrariété à revoir les mois durant lesquels Vinnie m'avait envoyée à The Dell faire la cuisine et la lessive de Mabel pendant qu'elle éditait les poèmes d'Emily. Je revois sa relation licencieuse avec Austin, que j'avais dû endurer chaque jour. Les livrets d'Emily décousus et éparpillés, feuilles et ficelles pêle-mêle sur le bureau de Mabel. Les modifications griffonnées que Mabel avait apportées aux poèmes qui ne lui plaisaient pas. Tout ça me met en colère, et au lieu de poursuivre mon chemin je me plante devant elle, droite comme un *i*, et m'exclame :

— Seigneur, si ce n'est pas Mabel Todd !

— Maggie, me salue-t-elle, toute en bonnes manières.

Mais le mépris se lit sur son visage. Ça me met encore plus hors de moi.

— Je ne vous ai pas vue depuis le procès. Un temps magnifique pour se promener.

Son regard se durcit et je ressens une pointe de satisfaction. Manifestement, elle se remémore l'affaire du froid mois de mars 1898, lorsqu'elle et Vinnie se sont attaquées en justice pour un bout de terrain appartenant aux Dickinson. Je n'oublierai jamais le chapeau alambiqué qu'elle portait au tribunal, avec ses stupides ailes d'oiseau blanches. Elle avait l'air d'une vraie bécasse. L'avocat de Vinnie l'a poussée à admettre qu'elle n'avait pas acheté The Dell, mais qu'Austin lui avait donné la maison. Il lui a aussi tiré les vers du nez à propos d'Emily, lui faisant avouer qu'elle ne l'avait jamais vraiment vue elle mais seulement son ombre, dans le passage du Nord-Ouest.

Je ne baisse pas les yeux comme elle aimerait que je le fasse. Je sais ce qu'elle raconte à mon sujet depuis le procès, me traitant de menteuse et d'idiote. De lâche et de traîtresse, de moins que rien. Juste une plouc d'Irlandaise sans importance.

Je n'ai su que plus tard que ma déposition lui avait fait perdre l'affaire. Le témoignage que j'avais donné une année entière avant le début du procès. Tout ce que j'avais fait, c'était répondre aux questions qu'on m'avait posées. Raconter la vérité sur ce que j'avais vu. Je n'avais pas le choix ; j'avais prêté serment. Si Mabel ne voulait pas que certaines choses se sachent, elle aurait dû commencer par ne pas les faire. Rien ne reste secret éternellement. Pour faire bonne figure, elle avait répandu dans toute la ville ces horribles rumeurs sur mon compte.

Devant moi, Mabel fronce le nez comme si elle ne supportait pas mon odeur et fait un pas de côté pour me laisser passer. Je fais un pas de côté moi aussi, mais dans la même direction qu'elle, si bien que je lui bloque encore le passage. Ce n'était pas mon intention, mais j'y prends un malin plaisir.

— Excusez-moi, dit-elle de sa voix hautaine. Vous me barrez la route.

En passant à côté de moi, elle pince les lèvres si fort que sa bouche semble disparaître. Je la regarde claudiquer jusqu'au coin de la rue et ressens un élan de pitié face à ce spectacle. Cela me surprend : c'est la dernière personne à Amherst pour qui j'ai envie d'éprouver de la compassion. Pourtant me voilà attendrie.

Je remonte la rue en passant devant les Evergreens. Dès que Homestead se dresse derrière la haie, je sens sa magie opérer sur moi, plus forte que jamais. Je remarque alors le portail grand ouvert et m'arrête en plein milieu du trottoir. Toutes les années que j'ai passées à Amherst, il est resté fermé. En m'approchant, je vois des ouvriers s'affairer devant la maison.

Ça me chiffonne. J'étais sûre que le révérend Parke aimait les lieux tels quels – ne l'a-t-il pas affirmé lui-même ? Mais on dirait bien qu'il compte procéder à des changements. J'en suis aussi irritée que s'il revenait sur un marché que nous aurions conclu.

Je remonte l'allée. J'en ai des frissons. Voilà des années que je n'ai pas mis les pieds ici, pourtant le temps semble s'être arrêté. En contournant la maison, je m'attends presque à voir sortir Emily par la porte de service, son panier de jardinage au bras, si bien que quand j'aperçois du coin de l'œil une sorte d'éclat blanc, je n'en suis pas étonnée. Mais ce n'est pas Emily, simplement le vieux poirier en fleur. Ce spectacle me met en joie : le poirier était toujours le premier arbre à fleurir à Amherst, et constater que c'est encore le cas m'apaise.

Un des ouvriers me remarque. Il passait devant le vieux treillis de vigne avec une échelle, qu'il pose en secouant la tête. À l'évidence, il n'est pas ravi de me trouver là. La treille est en partie détruite et le toit de la grange s'affaisse. Je ressens une pointe de tristesse mais n'ai pas le temps de m'appesantir sur la question, car l'homme me regarde d'un mauvais œil.

— Vous êtes sur une propriété privée, madame, me lance-t-il. Vous n'avez pas le droit d'être ici.

Je me dirige vers lui.

— Pour sûr. Et j'en connais les moindres recoins. Elle m'a tout l'air de tomber en ruine. J'imagine que vous êtes là pour lui redonner un coup de jeune.

Ses yeux s'agrandissent et son expression renfrognée disparaît.

— Vous êtes miss Maher.

Il l'affirme avec une certitude que je ne m'explique pas.

— En personne. Et vous, qui pouvez-vous bien être ?

De plus près, il me paraît vaguement familier, mais je n'arrive pas à le replacer.

— Jerry O'Shea, répond-il en posant la main sur son torse. Le cadet de Molly. Vous ne me reconnaissez pas ?

Dès qu'il prononce le nom de Molly, la ressemblance devient frappante : il a les yeux de sa mère. Ça me met un coup ; ma chère amie Molly Ryan est morte depuis huit ans. J'ai dû le voir lors de la veillée.

— Jerry ? Je me souviens de toi comme d'un sacré petit garnement. Mais tu es devenu un bien bel homme !

— Vous n'avez pas changé du tout.

Il n'aurait pas arboré plus grand sourire si les portes du paradis s'étaient ouvertes devant lui.

— Allons bon, tu vas me faire tourner la tête avec ton baratin. Dis-moi ce que vous faites ici, toi et tes comparses.

— On rénove les lieux avant que le nouveau propriétaire emménage. Et ça va être du boulot, parce qu'il veut que tout soit prêt pour juillet.

— Qu'est-ce qu'il compte changer ?

Au moment même où je pose la question, je me demande si j'ai vraiment envie de le savoir.

— Ah, tout un tas de choses, me répond Jerry. Sabler la peinture jaune pour laisser ressortir la brique. Raser la grange et construire un garage. Faire tomber cette pièce carrée à l'avant, avec toutes les fenêtres. D'après lui elle ne va pas avec le corps de la maison.

— Le jardin d'hiver ?

Je sens mon cœur se serrer en repensant à toutes les heures qu'Emily y a passées, au bonheur qu'elle prenait à s'occuper de ses plantes. Aux arômes de fleurs qui émanaient d'elle le reste de la journée. J'essaie d'imaginer la maison sans le jardin d'hiver, avec des briques rouges au lieu de la peinture jaune. Ce dont le jardin aura l'air sans la grange.

— Ma foi, c'est bien dommage.

Je me sens trahie par le pasteur alors qu'en réalité il ne m'a rien promis. J'espère que ce ne sera pas trop bouleversant pour Mattie D. Elle m'a invitée à prendre le thé la semaine prochaine et je suis sûre que nous en parlerons. Peut-être que je lui apporterai un nouveau pain d'épices.

— Je me demande si je pourrais aller faire un tour à l'intérieur, dis-je.

J'attends qu'il y réfléchisse. Il est sans doute mal à l'aise car ce doit être contre le règlement.

— Juste une minute, j'ajoute, prise d'une envie irrépressible, urgente, viscérale.

La plupart des hommes admirent les femmes de caractère, quel que soit leur âge. Alors je ne suis pas surprise qu'il m'autorise à aller jeter un œil. Il promet même de faire le guet près de la porte de service pour que personne ne m'interrompe. Un bon petit gars, ce Jerry. Il fait honneur à sa mère.

Y entrer me ramène à cette première fois où j'ai passé le seuil ce fameux matin enneigé, près de cinquante ans plus tôt. J'ai encore l'odeur de bois fraîchement coupé dans les narines et je revois les casseroles empilées dans l'évier pour la vaisselle. Je m'arrête un instant pour laisser les lieux m'envelopper. Une sensation riche et agréable s'empare de mon corps comme si du miel chaud emplissait ma poitrine.

Au bout d'une minute je pénètre dans la cuisine. Mes pas font un bruit étrange en rebondissant sur les murs nus. Tout ou presque a été démonté. Les placards manquants ont laissé de sombres rectangles sur le sol et l'immense table de travail a disparu. Il n'y a plus rien sur les étagères de l'office, pas même une assiette ébréchée. Les rebords des fenêtres n'accueillent que la poussière. Je fais courir mon doigt sur celui devant lequel Emily aimait se tenir, il en ressort tout gris.

J'ai promis à Jerry de faire vite, mais chaque pas me paraît lent et lourd. Le passage du Nord-Ouest est plus obscur que jamais. Je trébuche par deux fois sans raison comme si je me prenais les pieds dans des objets qui ne sont plus là. Je ne cesse de m'arrêter, à l'affût d'échos et de bruissements – de fantômes. Mais il n'y a aucun son hormis ceux que je produis.

Le vestibule est bordé de lumière et je remarque des taches d'humidité au-dessus de la grande porte, ainsi qu'une longue traînée sur le papier peint. Je me demande combien de fois j'ai ouvert cette porte pour refuser l'entrée à des inconnus. Afin de protéger Emily.

Le salon est vide ; les tapis et les rideaux envolés. Tous les tableaux ont été décrochés. Le seul objet qui reste est un vase bleu et blanc sur le rebord de la fenêtre avant. Je ne l'ai jamais vu – il devait appartenir à un locataire – et il est couvert de poussière. En le soulevant, je comprends pourquoi on l'a laissé là. Il est fissuré de haut en bas. Une boule se forme dans ma gorge et je repose le vase en pensant aux choses brisées que les gens laissent derrière eux quand ils partent.

Dans la bibliothèque, le bureau de Monseigneur a disparu et les étagères sont vides. Les livres et le mobilier doivent être entreposés quelque part aux Evergreens. Mais j'ai l'impression qu'on a profané la pièce. Je continue jusqu'au jardin d'hiver, dont les étagères sont vides elles aussi. Tout ce qui reste des plantes d'Emily, c'est une légère odeur de moisi et de poussière.

À l'étage, je jette un œil à mon ancienne chambre et mon lit se trouve encore dans le coin, avec son fin matelas. Alors ça, je ne m'y attendais pas. Ceux qui ont débarrassé les lieux ont dû le ranger dans la même catégorie que le vase brisé. Je m'y assieds un moment. Il est aussi inconfortable qu'à l'époque, mais ça me réchauffe le cœur. Je regarde par la fenêtre et constate que les pommiers commencent à bourgeonner. Je repère des teintes mauves au-dessous et souris : ce sont sans doute les violettes et les jacinthes des bois d'Emily. Derrière la palissade, deux ouvriers longent la haie. Au bout du verger, ils se retournent et l'un des deux hommes tend le bras en indiquant le jardin. L'autre secoue la tête et pointe la maison du doigt. Comme s'il me désignait moi. Ça me donne la chair de poule. J'ai l'impression d'être un fantôme.

Je garde la chambre d'Emily pour la fin. En fait, je tremble en ouvrant la porte. J'ignore ce que je pense y trouver, mais elle est vide comme le reste. La seule chose qui me rappelle Emily est le papier peint : toutes ces roses colorées qui grimpent le long du mur.

Je me tiens un moment au milieu de la pièce, à regarder la lumière glisser entre les branches des arbres à l'ouest de la maison. Les larmes me picotent les yeux, mais je reste là à écouter et attendre quelque chose qui ne vient pas.

Je ne sais pas combien de temps il se passe avant que j'entende des pas dans le couloir et que je reprenne mes esprits. Ce doit être Jerry qui vient me chercher. Je me retourne et sors de la chambre d'Emily, refermant délicatement la porte derrière moi. Le son creux me rappelle qu'elle n'est plus là.

J'ai bien l'intention de redescendre. Je ne veux pas créer d'ennuis à Jerry. Mais, droit devant moi, il y a l'escalier qui mène au grenier et, quand je regarde en l'air, je crois voir quelque chose virevolter tout en haut. Une ombre – puis un son, doux comme un murmure. Mon dos frissonne, mais sans crier gare mes jambes se mettent à grimper les marches de leur propre volonté.

Il n'y a pas beaucoup de lumière ici, seulement celle qui s'insinue par les fenêtres des pignons donnant à l'est et à l'ouest. Il y a quelques boîtes sous les combles et une grosse malle de voyage. L'endroit sent la poussière. Durant toutes mes années au service des Dickinson, je n'y suis montée qu'une dizaine de fois. Un jour, quand la mère Dickinson m'avait demandé d'y chercher un vieux panier pour un pique-nique. Un autre, quand j'avais pris en chasse un chat de Vinnie. Dès que je me rappelle cet épisode, je me rends compte que ce n'est pas un fantôme qui m'a attirée ici, mais un chat. Je ne sais pas où il est passé ni comment il est entré dans la maison, mais tous les chats que j'ai connus avaient leurs secrets.

Je sonde la pièce, puis j'avance jusqu'au fond du grenier avant de faire demi-tour, mais il n'y a aucun chat dans les parages. Je m'apprête à partir quand quelque chose me pousse à me retourner. J'ignore pourquoi mais, sans même y réfléchir, je monte l'escalier en colimaçon qui mène à la coupole. Comme si une force m'attirait là-haut, une ficelle allant de mon cœur à la petite pièce située au sommet de la maison.

Je pose le pied sur le plancher de la coupole en prenant appui sur le poteau de l'escalier. L'endroit n'a pas changé – silencieux et baigné de lumière. Le vieux fauteuil se trouve toujours au beau milieu de la pièce. Et, pour la première fois depuis que j'ai pénétré dans la maison, je sens la présence d'Emily.

J'inspire un grand coup avant d'expirer lentement, puis je fais le tour de la coupole pour regarder par chaque fenêtre. Il suffit de pivoter d'un pas pour passer de l'une à l'autre. Je contemple la longue pelouse de Homestead : le verger et ce qui reste du jardin d'Emily. Je vois les cheminées de la fabrique de chapeaux et les collines de Pelham. À la fenêtre suivante, la grange, et, plus loin, les grandes demeures dont l'université a fait l'acquisition sur Lessey Street. Un oiseau passe dans un éclair gris et blanc. Ce n'est qu'en me tournant pour regarder par les fenêtres qui donnent vers l'ouest que je le remarque. Pendu à un clou enfoncé dans le châssis et brillant dans la lumière. Le chapelet que j'avais donné à Emily.

J'en tombe presque à la renverse. Un bourdonnement aigu me prend aux oreilles et je m'effondre dans le fauteuil, trop tremblante pour rester debout. J'ignore combien de temps s'écoule avant que j'entende Jerry m'appeler.

Je me lève lentement ; il me semble me trouver au centre d'une couronne de lumière. Je décroche le chapelet de son clou et le glisse dans la poche de ma jupe.

Il est un peu plus de 16 heures quand je rentre chez moi.

À l'intérieur, tout est calme et je ressens cette sensation d'immobilité et d'espace qui enveloppe la maison d'une femme lorsqu'elle y est seule. *Son amplitude*, aurait dit Emily. Je referme la porte derrière moi et j'écoute le cliquetis du loquet comme le faisait Emily quand elle s'enfermait dans sa chambre. Pendant des années, je n'ai pas compris pourquoi elle prenait plaisir à fuir le monde ; je voyais ça comme une sorte de péché. Il a fallu que je devienne propriétaire de ma propre maison pour prendre conscience qu'Emily ne fermait pas la porte à quoi que ce soit ; elle portait tous les aspects de la vie en elle.

Emily avait le cœur ample, pour sûr.

Dans la cuisine, je me prépare un thé avant de m'installer à la table près de la fenêtre où pénètre le soleil en fin d'après-midi. Dans les arbres, les oiseaux poussent leur chant du crépuscule. C'était le moment de la journée qu'Emily préférait, une heure avant le coucher du soleil, quand l'atmosphère devient dorée.

— Voyez-vous comme le monde brille ? me demandait-elle. Comme tout ce qui s'y trouve est vivant ?

À dire vrai, je ne le voyais pas à l'époque. Mais maintenant, c'est aussi évident que le thé dans ma tasse. Je regrette de n'avoir jamais pensé à lui dire qu'elle aussi brillait. C'est ce qu'elle faisait à travers ses poèmes : nous renvoyer à tous la lumière qu'elle percevait. Et il me semble qu'en sauvegardant les poèmes et en les rangeant à l'endroit où Vinnie les trouverait, j'ai moi-même reflété cette lumière.

Je me souviens d'une chose qu'Emily m'a dite peu avant de mourir. C'était un après-midi similaire à celui-ci, le soleil s'invitait dans la maison. Je faisais la poussière dans sa chambre tandis qu'elle me parlait de Carlo, le chien que son père lui avait offert quand elle était petite, me racontant les longues balades qu'elle avait faites avec lui à travers la campagne. Le sentiment de sécurité qu'il lui avait procuré.

— Il n'y avait pas compagnon plus fidèle, m'a-t-elle dit. Quand il est mort, mon monde s'est écroulé.

J'ai perçu son chagrin depuis l'autre côté de la pièce.

— Nous avions des chiens à la ferme, ai-je répondu. Mon préféré, c'était Rory. Il me suivait partout, même à l'école. Il se couchait près du portail jusqu'à ce que la journée soit terminée. Je n'ai jamais vu une patience pareille. J'adorais ce chien.

J'ai dépoussiéré le lourd sablier sur la tablette de la cheminée et l'ai fait glisser pour pouvoir passer mon chiffon dessous.

— Parfois, je me rappelle ces moments où je courais avec Rory dans le champ du haut. Un souvenir si vivace qu'il me semble humer de nouveau les prés du Tipperary. Comme si j'y étais encore et que nous pouvions continuer à courir ainsi pour toujours.

— Oui, a-t-elle dit doucement.

Elle s'est tue un instant, avant d'ajouter :

— L'éternité est derrière nous et l'immortalité nous attend. Mais, entre les deux, il nous reste le bonheur du souvenir.

Je me suis interrompue pour la regarder. Elle était assise, les bras autour des genoux dans la lumière dorée de l'après-midi. Son sourire était éblouissant. Il n'y avait rien à répondre à ça. J'étais submergée par l'amour.

Je sors le chapelet de ma poche et le pose dans ma main. Les grains en corne lancent dans ma direction leurs reflets irisés, comme des perles ambrées.

Je finis mon thé bien qu'il ait refroidi tandis que j'avais la tête dans les nuages. Bientôt, Nell sera là. Elle me relatera sa journée et me demandera comment s'est passée la mienne. Je lui parlerai un peu des courses que j'ai faites en ville, et des pensionnaires qui jacassent à propos des fenians et d'un soulèvement en Irlande. Peut-être que je lui raconterai avoir croisé le fils de mon amie Molly. Je crois que je garderai pour moi ma visite à Homestead. Certaines choses gagnent à être préservées au fond de soi.

Je me ressers un thé. Peut-être que j'irai le boire sous le porche en attendant Nell. Le soleil dardera ses rayons sur mon rocking-chair, créant une douce flaque de lumière.

J'ouvre la porte et je sors.

Note de l'auteure

Tout roman a une histoire. La genèse de *La Maison d'Emily* remonte à plus de sept ans, quand j'ai commencé à m'intéresser à Emily Dickinson. Comme beaucoup, j'ai été attirée par sa poésie et fascinée par l'excentricité de sa vie de recluse. Je savais qu'écrire une fiction autour d'un personnage aussi intriguant et original ne serait pas une mince affaire. Mais, pour moi, l'un des plus grands plaisirs de l'écriture réside dans la découverte d'une intrigue et la résolution des énigmes qui entourent l'expérience d'un personnage. Alors je me suis plongée avec enthousiasme dans mes recherches sur sa vie, ainsi que celle de ses amis et de sa famille. J'ai lu tout ce que j'ai pu trouver sur la poétesse et son monde. J'ai vite eu l'impression qu'Emily était le point fixe autour duquel se jouait le psychodrame familial, en particulier après l'arrivée de Mabel Loomis Todd à Amherst.

Puis j'ai lu *Maid as Muse*, d'Aífe Murray, et je suis tombée sur Margaret Maher. J'ai tout de suite su que je tenais ma protagoniste. Le rôle clé qu'a joué Margaret lorsqu'il s'est agi de partager la poésie d'Emily avec le reste du monde m'a poussée à lui donner une voix et une histoire. À partir de ce moment, je n'ai plus eu que ça en tête. J'ai trouvé son ton et elle est devenue la femme ambitieuse et énergique qu'Emily a décrite comme « farouche, chaleureuse et féroce ».

La véritable Margaret Maher est née en 1841 dans le comté de Tipperary. Elle a grandi durant la Grande Famine puis, adulte, est devenue la compagne et la confidente de la femme que beaucoup considèrent comme la plus grande poétesse américaine. L'histoire de Margaret est celle d'une immigrée qui a su surmonter les épreuves grâce à sa détermination, sa persévérance et sa force de caractère. On ne peut être qu'admiratif de l'immense impact qu'elle et ses semblables ont eu sur l'histoire américaine.

Bien qu'il existe une foule d'informations sur la vie d'Emily, ainsi que de nombreuses théories sur ses motivations et intentions, l'expérience de Margaret durant les années qu'elle a passées au service des Dickinson est très peu documentée. Je me suis permis de lui prêter une vie trépidante en dehors de son travail chez la famille Dickinson, y compris un intérêt pour le mouvement d'indépendance irlandais, une passion partagée par de nombreux Irlando-Américains dans les dernières décennies du XIXe siècle.

Comme dans mes précédents romans, la plupart des personnages principaux sont basés sur des gens qui ont réellement existé. Ici, la seule exception est Patrick Quinn. Un commentaire énigmatique dans une des lettres d'Emily – « la courageuse Maggie n'a pas encore laissé Patrick l'attirer dans ses filets » – m'a poussée à créer un homme dans la vie de ma protagoniste. Son histoire et sa relation avec Margaret sont une pure invention de ma part. Néanmoins, j'ai basé la vie de Patrick sur l'expérience d'immigrants irlandais de l'époque en relation avec le long combat pour l'indépendance, les raids fenians au Canada et la création de l'école de dynamite de Brooklyn.

Jusque récemment, les écrits de Mabel Loomis Todd ont constitué la source principale d'informations pour la plupart des biographies des Dickinson. Cela a eu pour effet de dresser un portrait que je crois déformé de la belle-sœur d'Emily, Sue Dickinson, et d'effacer presque complètement la présence et le rôle de Margaret. Mabel n'a jamais rencontré Emily en chair et en os, et, à cause de sa longue liaison avec Austin Dickinson, elle avait de bonnes raisons de vouloir nuire à la réputation de Sue ainsi que de minimiser l'importance de cette dernière dans la vie d'Emily. Elle en voulait aussi à Margaret d'avoir révélé sa liaison lors de sa déposition, et l'a dénigrée oralement des années plus tard. Pour contrebalancer, je me suis appuyée sur les souvenirs de la nièce d'Emily, Martha Dickinson Bianchi. C'est Martha qui a décrit la scène à laquelle elle avait assisté : Margaret bouleversée par l'ordre qu'Emily lui avait donné de brûler ses poèmes après sa mort.

Dans sa déposition de 1897, Margaret a témoigné sous serment que les livrets (que Mabel appelait des « fascicules ») avaient été cachés dans sa malle. Le fait qu'on attribue si souvent à Vinnie la « trouvaille » des poèmes m'a inspiré l'idée que Margaret les aurait placés à un endroit où Vinnie les découvrirait. Avant cette « découverte », personne dans la famille, à l'exception peut-être de Sue, ne connaissait l'ampleur de l'œuvre d'Emily.

Après la mort de cette dernière, Vinnie est devenue obsédée par l'idée de faire publier les poèmes. Elle s'est d'abord tournée vers Sue pour qu'elle les édite, mais s'est impatientée de la lenteur de la progression de sa belle-sœur. Elle les a ensuite confiés à Mabel, qui les a transcrits et édités avec l'aide de Thomas Wentworth Higginson. Trois recueils ont été publiés entre 1890 et 1896, et leur popularité a poussé Mabel à donner des conférences autour d'Emily et son œuvre.

Dans le roman, Margaret fait rapidement allusion à une période passée au service de Mabel à The Dell tandis que celle-ci transcrivait les poèmes d'Emily. Margaret s'est acquittée de cette tâche (sur instructions de Vinnie) en plus de son travail à Homestead. Elle n'a reçu aucune autre compensation que ses gages habituels. Je suppose qu'elle n'a accepté que par désir personnel de voir les poèmes imprimés un jour. Au cours de cette période, elle a été témoin de la liaison que Mabel entretenait toujours avec Austin, et dont elle a révélé les détails dans sa déposition.

Margaret a continué à travailler pour les Dickinson treize ans après la mort d'Emily, mais il semblerait qu'elle ait quitté Amherst une année au cours de cette période. Aucune trace écrite ne donne les raisons de cette absence ni l'endroit où elle est allée, mais je l'ai imaginée passant du temps avec son frère sur la côte Ouest.

En 1896, les relations de Vinnie et Mabel se sont détériorées au point d'aboutir à un procès. Le cœur de la dispute reposait sur un lopin de terre qu'Austin aurait promis à Mabel selon les dires de cette dernière. Après la mort de son frère en 1895, Vinnie avait signé des papiers signifiant son accord sur cette transaction mais, plus tard, elle a accusé Mabel de l'avoir poussée à le faire. Vinnie a porté l'affaire devant la justice, et Mabel l'a poursuivie à son tour. Margaret a donné sa déposition en 1897, et son témoignage a révélé la liaison d'Austin et de Mabel, ce qui a valu à cette dernière de voir sa défense s'effondrer.

Les événements des chapitres qui se déroulent en 1916 sont essentiellement fictifs. Hormis le fait que Margaret appelait Homestead « ce cher endroit », je n'ai rien trouvé sur l'impact émotionnel que la vente de la maison a pu avoir sur elle, sans parler de preuves qu'elle s'y soit activement opposée. La maison est restée dans la famille Parke jusqu'en 1965, lorsque le conseil d'administration de l'université d'Amherst en a fait l'acquisition pour y loger du personnel pendant plusieurs années. Il s'agit désormais d'un musée, et d'immenses efforts sont entrepris pour restaurer la demeure afin de lui rendre l'apparence qu'elle avait du vivant d'Emily.

Après la mort de Vinnie, Margaret a géré sa propre pension à Kelley Square de nombreuses années durant. Elle est décédée à Amherst en 1924 et est enterrée au cimetière St Mary, à Northampton, Massachusetts, aux côtés de ses parents et de son frère.

Tout roman émane en définitive de son sujet. En empruntant la voix et le point de vue de Margaret, j'ai gagné en connaissances sur une période tumultueuse de l'histoire des États-Unis et appris à faire plus attention à celles et ceux dont on omet souvent l'existence. Et, comme ma protagoniste, je suis totalement tombée sous le charme d'Emily. J'ai été éblouie par son génie, son immense talent et la sublime beauté de son âme.

Remerciements

Mes remerciements les plus sincères à :

Susan Ramer, mon incroyable agent. Merci pour ton intérêt obstiné pour mon travail et ton soutien de longue date dans ma carrière d'écrivaine. Merci de me prêter tes efforts assidus et ton sens des affaires, de ne jamais préférer la médiocrité à l'excellence, de répondre rapidement à mes questions, de m'aider à progresser en tant qu'autrice, et de me mettre si souvent sur la bonne voie. Merci en particulier de te montrer toujours franche et honnête, et de faire en sorte que je puisse constamment compter sur toi pour me dire la vérité.

Margarite Landry, amie de longue date, collègue romancière et première lectrice. Merci pour tes conseils d'écriture, tes encouragements toujours renouvelés, nos innombrables conversations au cours des années et la joie que tu m'apportes grâce à ton merveilleux sens de l'humour.

Ina Anderson, poétesse, amie et première lectrice. Merci pour ta camaraderie généreuse et chaleureuse, et pour ta curiosité infinie à l'égard de ce roman, qui a nourri ma passion pour ce travail tout du long.

Emma Wunsch, Andi Diehn, Tamar Schreibman, Susan Kaplan Carlton, Kimberly Kol, Becca Yuan, Sarah Dickenson Snyder et Patricia Baird Greene, camarades écrivaines de l'Upper Valley Fiction Collective. Merci pour vos retours sincères, nos discussions enrichissantes et vos encouragements amicaux.

Amanda Bergeron, éditrice originaire de Nouvelle-Angleterre, comme moi. Merci pour ton enthousiasme contagieux, tes chaleureux encouragements et tes conseils avisés qui m'ont aidée à réaliser ce projet de roman.

Emily Osborne, directrice artistique. Merci pour la superbe couverture que vous avez imaginée et qui saisit si bien l'âme de ce roman.

Jane Wald, directrice générale du musée Emily Dickinson. Merci d'avoir, malgré votre planning chargé, consacré du temps à répondre à mes questions et à me faire visiter les quartiers des domestiques de Homestead.

Et surtout et toujours, merci à Duane, mon époux et âme sœur. Rester marié à une écrivaine plus de 50 ans n'est pas chose aisée. Merci pour tes pertinentes remarques, ta patience infinie, tes paroles rassurantes et – par-dessus tout – pour ton amour inconditionnel.

Composition et mise en pages
Nord Compo à Villeneuve-d'Ascq

#lisez engagé !
www.lisez.com
Pour plus d'information :
Imprimé sur du papier issu de forêts gérées durablement.

CET OUVRAGE
A ÉTÉ ACHEVÉ D'IMPRIMER
SUR ROTO-PAGE
PAR L'IMPRIMERIE FLOCH
À MAYENNE EN AVRIL 2024

N° d'impression : 104601
Imprimé en France